가가
교이치로
加賀恭一郎

냉철한 머리, 뜨거운 심장, 빈틈없이 날카로운 눈매로 범인을 쫓지만, 그 어떤 상황에서도 인간에 대한 따뜻한 배려를 잃지 않는 형사 가가 교이치로. 때로는 범죄자조차도 매료당하는 이 매력적인 캐릭터는 일본 추리소설계의 일인자 히가시노 게이고의 손에서 태어나, 30년 넘게 그의 작품 속에서 함께해왔다.

가가 교이치로가 제일 먼저 등장한 것은 청춘 미스터리 소설 『졸업』이다. 교사가 될 꿈을 품은 평범한 대학생인 가가는 친구들의 연이은 죽음을 접하며 인간의 양면성과, 사건 해결에 대한 자신의 재능을 깨닫는다. 하지만 형사였던 아버지가 가정에 소홀했기 때문에 어머니가 집을 떠났다고 생각한 가가는 형사라는 직업 대신, 교사의 길을 택한다. 그러나 운명은 그를 평범한 교사로 머물게 두지 않았다. 가가 교이치로는 재직 중 어떤 사건으로 인해(자세한 내용은 『악의』에서 밝혀진다) 자신이 '교사로서는 실격'이라 판단하고 사직, 경찰에 입문한다.

가가 교이치로가 다른 추리소설 속 명탐정들과 다른 점은 무엇일까? 가가 형사는 그 어떤 경우에도 다정함과 최고의 선을 향한 인간적인 배려를 잃지 않는다. 이는 상대가 범죄자라 해도 마찬가지이다. 그리고 그것이 바로 가가 형사가 '인간의 심리를 가장 완벽하게 꿰뚫는 한 편의 드라마' 같은 추리소설을 쓰는 히가시노 게이고, 그에게 가장 사랑받는 캐릭터인 이유이다.

<가가 형사 시리즈>는 『졸업』을 시작으로 『잠자는 숲』 『악의』 『둘 중 누군가 그녀를 죽였다』 『내가 그를 죽였다』 『거짓말, 딱 한 개만 더』와 나오키상 수상 이후의 첫 작품 『붉은 손가락』, 『신참자』 『기린의 날개』 『기도의 장막이 내려질 때』까지 총 10권이 출간되었다.

KEIGO HIGASHINO

現代文學　가가 형사 시리즈　東野圭吾

히가시노 게이고

양윤옥 옮김

내가 그를 죽였다

현대문학

"내 몸속에서 끓어오르는 것이 있었다.
그것을 어떻게 발산해야 할지 알 수 없어서 나는 그저 주먹만 부르쥐었다.
나는 해치웠다. 내가 그를 죽였다—."_유키자사 가오리

"내 마음속에 죄책감 따위는 없었다.
나는 꼭 해야 할 일을 한 것뿐이다."_스루가 나오유키

"그 독의 효과는 잘 알고 있다. 내가 준 독에 의해
그 녀석이 죽어가던 광경은 지금도 눈꺼풀에 낙인처럼 찍혀 있다."_간바야시 다카히로

간바야시 다카히로의 장

1

맨 끝에 걸려 있던 연녹색 레인코트를 옷걸이와 함께 꺼냈더니 옷장 안은 완전히 텅 비어버렸다. 나는 발돋움을 하고 위쪽 선반 위를 점검한 뒤에 미와코 쪽을 돌아보았다. 그녀는 레인코트를 단정히 접어 옆에 놓인 종이 박스에 넣으려는 참이었다. 윤기 있는 긴 머리칼이 그녀의 옆얼굴을 반쯤 가리고 있었다.

"이걸로 의류는 모두 끝났지?" 나는 그녀의 옆얼굴을 향해 물었다.

"응, 이제 빠진 건 없을 거야." 그녀는 손을 멈추지 않은 채 대답했다.

"그래. 하긴 그런 게 있으면 바로 가지러 오면 돼."

"응."

미와코는 레인코트를 조심스럽게 집어넣더니 종이 박스의 뚜껑을 닫았다. 그리고 뭔가를 찾듯이 슬쩍 고개를 돌리더니 종이 박스 뒤쪽에 있던 포장용 테이프를 집어 들었다.

나는 허리에 손을 짚고 방 안을 둘러보았다. 3평 남짓한 미와코의 방에는 돌아가신 어머니가 쓰던 낡은 옷장이 있었다. 그 안의 것도 이미 모두 정리했다. 이 옷장과 붙박이장 안에 미와코가 가진 모든 의류가 들어 있었다. 그 몇십 벌의 옷들 중에서 그녀는 날씨와 유행, 그리고 그때그때의 기분에 맞는 것을 골라 입고 회사에 나갔다. 이틀 연속으로 똑같은 옷을 입는 건 그녀 스스로 엄격히 금지했다. 외박한 것처럼 보이기 때문이라고 했다. 거의 일주일 내내 계속 똑같은 옷을 입고 다니는 나 같은 사람은 그런 규칙이 꽤 번거롭겠다고 생각했었다. 그래도 그녀가 과연 어떤 옷을 입고 나오느냐 하는 건 매일 아침마다 나의 큰 즐거움이었다. 하지만 이제 그런 즐거움은 누릴 수 없다. 그것 또한 내가 포기하지 않으면 안 되는 것 중의 하나였다.

미와코는 포장용 테이프로 종이 박스를 단단히 붙이고 그 위를 타악 쳤다.

"다 됐다, 끝!"

"수고했어." 나는 말했다. "피곤하지? 뭐 좀 먹을까?"

"음, 뭐가 있었나?" 미와코가 고개를 갸우뚱 기울였다. 우리 집 냉장고 속을 생각해보고 있는 얼굴이었다.

"라면 있어. 내가 끓여줄게."

"아냐, 내가 할 거야." 미와코는 깡충 일어섰다.

"괜찮아, 오늘 같은 날은 내가 해줘야지."

나는 그녀의 허리에 팔을 감고 약간 힘을 주어 내 쪽으로 끌어당겼다. 그 행위에 그다지 큰 의미는 없었다. 적어도 나는 없다고 생각했다. 하지만 미와코는 그렇게 생각하지 않은 모양이었다. 그녀의 웃는 얼굴에 어색함이 묻어났다. 그리고 아이스댄싱의 여성 파트너처럼 매끈하게 몸을 빙그르르 돌려서 내 품에서 벗어났다.

"내가 할게. 오빠가 끓이면 면이 너무 풀어져서 안 돼." 그렇게 말하며 그녀는 복도로 나가 계단을 내려갔다.

나는 미와코의 온기가 남은 왼손을 지그시 바라보면서 한차례 한숨을 내쉬었다. 그리고 연보랏빛 카펫에 놓여 있는 종이 박스 쪽으로 다가갔다. 번쩍 들었는데 의류로만 채워진 박스는 뜻밖일 만큼 가벼웠다. 나는 박스를 안은 채 다시 한번 방 안을 돌아보았다. 통신판매로 사들인 싸구려 장식장이며 어머니의 유품인 옷장은 그대로였지만, 눈에 익은 프렌치데스크*가 사라지고 없었다. 그 진한 갈색 책상을 마주하고 그림을 그리듯이 만년필로 원고용지에 한 자 한 자 써넣던 미와코의 모습이 뇌리에 떠올랐다. 그녀는 업무상 워드프로세서**나 컴퓨터를 사용하지만, 시를 쓸 때는 반드시 직접 손으로 쓰는 것이다.

하얀 레이스 커튼이 흔들리고 있었다. 좁은 골목길 쪽으로 난 창문을 통해 미지근한 바람이 흘러들었다.

나는 박스를 일단 바닥에 내려놓은 뒤, 창문을 닫고 고리를 채웠다.

우리들의 집은 50평 남짓한 대지에 지어졌다. 1층은 약간 널찍한 다이닝키친, 그리고 다다미방 두 칸이 나란히 이어져 있다. 2층에는 방이 세 개. 이 집을 아버지는 마흔 살이 되기 전에 지었다. 하지만 계약금도 없었고 장기 대출을 받은 것도 아니었다. 할아버지가 돌아가시면서 유산을 상속받았지만 그 상속세를 감당할 형편이 안 되어 어쩔 수 없이 그때까지 살던 가옥을 팔고 남은 돈으로 이 집을 지었다고 들었다. 친척들이 하는 말에 따르면, 우리 간바야시 집안은 대대로 물려받은 토지며 가옥을 그런 식으로 하나하나 잃어가는 중이라고 한다.

1층의 다이닝키친에서 나는 미와코가 끓여준 된장 라면을

✛ 수납형 책상.
✛✛ 문서의 작성, 편집, 인쇄가 한 번에 가능한 전용 기기로, 작업과 이동의 편리성 등으로 일본에서 1980~1990년대에 널리 쓰였다. 이후 워드프로가 컴퓨터의 소프트로 대체되면서 현재는 단종 상태.

먹었다. 미와코는 긴 머리를 뒤로 올려 장식 편으로 묶고 있었다.

"그쪽 집은 신혼여행 다녀와서 정리할 거야?" 라면을 먹으면서 내가 물었다.

"그럴 수밖에 없을 것 같아. 아무튼 시간이 없으니까. 내일은 결혼식이며 신혼여행 준비 때문에 바쁠 거야."

"그렇겠다."

나는 벽에 붙은 달력을 보았다. 5월 18일에 빨간색 동그라미가 쳐져 있었다. 그게 벌써 모레로 바짝 다가왔다. 이 빨간 동그라미를 쳤을 때는 아직 한참 남았다고 생각했었는데.

라면을 다 먹고 나는 젓가락을 내려놓았다. 테이블에 팔꿈치를 대고 손으로 턱을 괴었다.

"이제 나는 어떻게 할까……."

"역시 이 집은 내놓으려고?" 불안한 얼굴로 미와코가 물었다.

"글쎄, 내놓을지 어떨지 아직 모르겠다. 우선 임대를 해야 하나? 어쨌든 이대로 여기서 살 생각은 없어. 나 혼자 살기에는 너무 넓어."

"오빠도 결혼하면 좋을 텐데." 미와코는 웃는 얼굴을 지으며 말했다.

아마도 나름대로 마음먹고 그 말을 했을 터였다. 그것을 잘 알기 때문에 나는 그녀의 얼굴을 마주 보는 짓은 하지 않았다.

"그래, 생각해볼게."

"응…….."

우리는 잠시 침묵에 잠겼다. 미와코도 젓가락을 내려놓고 있었다. 라면이 아직 남았지만 더 이상 먹을 생각이 없는 모양이었다.

나는 유리문 너머 정원으로 시선을 던졌다. 잔디가 슬슬 자라나고 있었다. 여기저기 잡초도 눈에 띄었다. 남에게 빌려주든 팔아치우든 그 전에 손질을 하는 게 좋겠다고 생각했다. 하지만 손질해서 아름다움이 되살아나면 내놓기가 아깝다는 생각이 들 게 틀림없다.

내가 들은 바로는, 예전에 우리 집안의 선조들은 상당히 많은 재산을 비축하고 있었다. 하지만 내가 이 집안의 일원이 된 시점에는 그런 흔적은 거의 찾아볼 수 없었다. 아버지는 모 증권회사에 다니는 일반 회사원이었고, 평균적인 생활을 유지할 수만 있다면 그걸로 행복하다고 생각하는 사람이었다. 그리고 여기 이렇게 새로 지은 집도 지극히 서민적이다. 아버지는 장래에 이 집을 2세대 주택으로 사용할 생각이었다. 1층의 다다미방은 자신들 노부부가 쓰고 2층은 아들 내외, 혹은 딸 내외가 쓴다. 그런 미래를 꿈꾼 모양이었다. 그것은 순조로운 인생을 보냈다면 충분히 이루어질 수 있는 꿈이었을 것이다. 하지만 돌연한 불행이 가장 방심하고 있을 때에 찾아왔다.

미와코가 초등학교에 입학한 다음 날의 일이었다. 친척 제

사 때문에 지바현까지 갔던 아버지와 어머니는 그길로 살아서
는 돌아오지 못했다. 아버지가 운전하던 폭스바겐이 고속도로
에서 대형 트럭에 들이받혔던 것이다. '퐁뎅이'라는 애칭으로
알려진 그 조그만 차는 반대편 차로까지 튕겨나갔다. 아버지
와 어머니는 그 자리에서 즉사했다. 두개골이 깨지고 뇌와 내
장이 짓눌렸으니 단 1초도 살 수 있었을 리 없었다.

그날 나와 미와코는 잘 아는 이웃집에서 맡아주었다. 아버
지의 회사 동료이기도 했던 그 사람은 자신의 아이와 우리 오
누이를 도시마엔 유원지에 데려갔다. 우리가 제트코스터와 회
전목마를 타고 있을 때, 그 사람의 부인은 집에서 경찰이 전하
는 어두운 소식을 들어야만 했다. 그녀는 아직 어린 두 아이에
게 어떻게 이 비극적인 소식을 전해야 할지, 아마도 속이 울렁
거릴 만큼 고민했을 것이다. 유원지에서 돌아온 우리를 맞아주
던 그녀의 회색빛 얼굴이 그것을 고스란히 보여주고 있었다.

그 이웃 아저씨가 중간에 한 번도 자기 집에 전화를 걸지 않
았던 것을 나는 두고두고 큰 행운이었다고 생각한다. 왜냐하
면 그 집에 돌아갈 때까지 나는 미와코와 함께 꿈처럼 즐거운
시간을 보낼 수 있었기 때문이다. 오누이가 함께 즐겁게 놀았
던 건 그날이 마지막이었다.

나와 미와코는 따로따로 친척 집에 맡겨졌다. 두 집 모두,
아이 하나쯤은 거둬줄 수 있지만 아무래도 두 명까지는 어렵

다는 속사정이 있었을 것이다.

다행히 양쪽의 친척 모두 우리를 몹시 친절하게 대해주었다. 내 경우에는 대학원까지 다니게 해준 것이다. 생명보험금을 포함한 부모의 유산에서 우리의 양육비가 지불되었겠지만, 어린아이를 한 사람의 성인으로 키워내는 일은 돈만 있다고되는 게 아니라는 것쯤 나도 잘 알고 있다.

나와 미와코가 각각 떨어져서 살아가는 동안에 이 집은 아버지 회사의 임대 사택으로 이용되었다. 빌려 쓰던 사람들이집을 함부로 하지 않았다는 건 다시 이 집에 돌아와 살게 된뒤에 알았다.

내가 대학에 남기로 결정한 해에 나와 미와코는 이 집으로돌아왔다. 그녀는 그새 여대생이 되어 있었다.

15년. 그것이 나와 미와코가 각각 떨어져 살았던 세월이다.오누이가 그토록 오랜 시간을 헤어져 살았던 것이 첫 번째 잘못이었다. 그리고 15년 만에 한집에서 살기 시작한 것이 두 번째 잘못이었다.

전화벨이 울렸다. 벽에 붙여둔 무선전화기를 미와코가 급하게 집어 들었다. "네, 간바야시입니다."

그다음에 나타난 그녀의 표정 변화를 보고 나는 전화를 한사람이 누구인지 알았다. 하긴 금요일 낮 시간에 전화할 사람이라면 누군지 이미 알고 있었다고 하는 게 맞을지도 모른다. 대학 연구실에서 내게 긴급한 전화가 올 가능성은 애초에 거의 없었고, 미와코는 지난달에 지금까지 다니던 보험회사를 사직했다. 그녀의 또 하나의 얼굴인 '시인 간바야시 미와코'의 전화는 대낮이든 휴일이든 가리지 않고 걸려 오지만, 그 전화는 이미 신혼집 쪽으로 옮겨 갔다. 어제오늘쯤은 출판사며 텔레비전 방송국 사람들이 시인 간바야시 미와코를 잡지 못해 애를 태우고 있을 터였다.

"응, 이제 남은 짐은 다 정리했어요. 방금 오빠하고 점심으로 라면을 먹었어." 입가에 미소를 머금은 채 미와코는 전화기를 향해 말했다.

나는 두 개의 라면 그릇을 싱크대에 내놓고 다이닝키친을 나왔다. 미와코가 호다카 마코토와 이야기하는 곁에서는 어떤 얼굴을 하고 있어야 좋을지 알 수 없었다. 그런 나 자신의 모습을 그녀에게 보이는 것도 싫었다.

호다카 마코토―. 내일모레 미와코와 결혼할 사람이다.

미와코는 금세 통화를 끝냈는지 내 방의 문을 두드렸다. 나는 책상을 마주하고 멍하니 앉아 있던 참이었다.

"호다카 씨한테서 온 전화였어." 그녀는 약간 조심스러운 기색으로 말했다.

"응, 알고 있어." 나는 대답했다.

"오늘부터 새집으로 오는 게 어떠냐고 묻던데."

"응⋯⋯." 나는 고개를 끄덕였다. "그래서 뭐라고 대답했어?"

"아직 여기서 할 일도 있고, 그냥 원래 예정대로 하겠다고 했어. ⋯⋯잘못했나?"

"아니, 그렇지는 않아." 잘못일 리가 없었다. "하지만 그래도 괜찮겠니? 빨리 그쪽에 가고 싶었던 거 아니야?"

"내일 밤에는 호텔에서 잘 건데, 오늘 밤만 그쪽 집에 가는 것도 이상해."

"하긴 그렇다."

"나, 잠깐 쇼핑하러 나갔다 올게."

"응, 조심해."

미와코가 계단을 내려가고 몇 분 뒤에 현관문이 열리는 소리가 났다. 나는 창문 옆에 서서 그녀가 자전거를 구르며 큰길로 나가는 것을 내려다보았다. 하얀 파카의 후드가 바람을 받아 동그랗게 부풀었다.

모레 있을 결혼식은 아카사카의 호텔에서 하기로 했다. 그래서 나와 미와코는 아예 내일 밤부터 그쪽 호텔에 가서 묵기로 했다. 우리가 살고 있는 요코하마에서 아카사카까지 가려면 도로 사정에 따라 자칫 결혼식 예정 시각에 도착하지 못할 우려가 있었기 때문이다. 단지 이런저런 결혼식 준비를 위해 내일 호텔에 들어가기 전에 둘이서 호다카의 집에 들르기로 했다. 그의 집은 도쿄 네리마구의 샤쿠지이코엔이라는 곳에 있었다.

우리는 그 참에 조금 전 포장한 박스 등을 내 차로 실어 갈 예정이었다. 가구 같은 큰 이삿짐은 지난주에 전문 이사 업자에게 부탁해서 모두 실어 갔다. 내일 가져갈 건 그때 미처 정리하지 못한 자잘한 물건과 의류뿐이었다.

호다카 마코토가 오늘부터 미와코를 그쪽 집으로 오라고 한 것은 생각해보면 합리적인 일인지도 모른다. 그러는 게 시간을 더 유용하게 쓸 수 있기 때문이다. 게다가 신랑이 신부와 함께 있으려고 하는 것도 아마 당연한 일일 것이다.

그래도 나는 그에 대한 불쾌감을 지울 수 없었다. 미와코가 이 집에서 자는 건 오늘 밤이 마지막인 것이다. 그 귀중한 하룻밤을 왜 그 남자에게 빼앗겨야 하는지, 나는 몹시 화가 났다.

2

그날 저녁은 샤브샤브를 해 먹기로 했다. 나와 미와코 모두 좋아하는 요리였기 때문이다. 둘 다 술은 별로 못하는 편이지만, 웬일로 500밀리리터 캔 맥주를 두 개나 비웠다. 미와코는 뺨이 불그레하게 물들었다. 아마 나도 눈 주위가 붉어졌을 것이다.

식사를 마친 뒤에도 우리 두 사람은 거실 의자에 앉은 채 한참 이런저런 이야기를 나누었다. 내가 나가는 대학의 이야기, 그녀가 그만둔 회사의 일 등이다. 하지만 결혼에 관한 이야기나 연애를 주제로 한 에피소드 등에 대해 언급하는 일은 없었다. 물론 나는 그것을 의식하고 있었고 그녀도 일부러 피했던 것이리라.

하지만 결혼식을 이틀 앞둔 터에 그런 화제가 전혀 나오지 않는다는 건 너무도 부자연스러운 일이었다. 그 부자연스러움은 어색하게 긴 침묵이라는 형태로 나타났다.

"드디어 마지막 밤이네." 각오를 하고 나는 입을 열었다. 그러자 아픈 어금니를 일부러 건드려보는 듯한 감각이 몰려왔다. 아픔을 확인해보고서야 마음이 놓이는 것이다.

미와코는 희미하게 미소를 지으며 고개를 끄덕였다.

"어쩐지 이상해, 이제 이 집에서 살지 않는다는 게."

"언제든 돌아와도 좋아."

"응, 하지만……." 잠시 고개를 숙인 뒤에 그녀는 말을 이었다. "그렇게 되지 않도록 해야지."

"그야 물론이지." 나는 빈 맥주 캔을 오른손으로 꾹 눌러 찌그러뜨렸다. "아이는?"

"아이?"

"낳을 거냐는 얘기야."

"응." 미와코는 눈을 내리뜨고 고개를 끄덕였다. "그 사람은 갖고 싶다고 하던데?"

"몇이나?"

"둘. 우선은 딸, 그다음에 아들."

"그래?"

따분한 화제를 꺼내고 말았다. 아이 이야기를 하는 이상, 그와 동시에 섹스를 연상하지 않으면 안 된다.

문득 미와코가 호다카 마코토와 이미 육체적인 관계를 가졌을까, 하는 의문이 생겨났다. 그걸 짐작할 수 있을 만한 괜찮은 질문이 없을까 하고 생각해봤다. 하지만 결국 그런 짓은 그만두기로 했다. 이제는 어찌 됐건 상관없는 일이었다. 육체적인 관계가 있었다고 무슨 문제가 있는 것도 아니다. 게다가 현시점에서는 아니라고 해도 이제 곧 그런 관계가 생길 것이기 때문이다.

"시는 어떻게 할 거야?" 나는 화제를 바꾸었다. 사실 정말로 마음에 걸리던 일이었다.

"어떻게, 라니?"

"계속 쓸 거야?"

"써야지, 물론." 미와코는 크게 고개를 끄덕였다. "호다카 씨는 나를 좋아하는 게 아니라 내 시를 좋아하는데, 뭐."

"아니, 꼭 그렇지는 않겠지만……. 좀 조심했으면 좋겠다 싶어서."

"조심하다니, 뭘?"

"그러니까……." 나는 관자놀이를 문질렀다. "신혼 생활로 이래저래 바쁜 분위기에 휩쓸려서 본래의 자신을 잃어버리지 않도록 조심하라는 얘기야."

미와코는 고개를 끄덕였다. 하얀 앞니를 입술 사이로 내보였다.

"알았어. 조심할게."

"시를 쓰려고 깊은 생각에 잠겨 있을 때가 가장 행복하게 보였거든."

"응."

그리고 다시 한참 동안 우리는 입을 다물었다. 분위기가 껄끄럽지 않을 만한 화제는 이제 다 써버린 것 같았다. 나에게는 더 이상 내놓을 카드가 없었다.

"미와코." 나는 조용히 그녀의 이름을 불렀다.

"응?" 그녀는 이쪽으로 얼굴을 돌렸다.

그녀의 커다란 눈을 응시하며 나는 물었다. "행복해질 수 있겠니?"

잠시 망설이는 모습을 보이더니 나의 누이는 목소리에 약간 힘을 주어 대답했다. "응, 물론이지. 틀림없이 행복해질 수 있을 거야."

"그렇다면 됐어." 나는 말했다.

11시가 지나자 우리는 각자의 방으로 올라갔다. 나는 모차르트의 대표곡이 들어 있는 CD를 플레이어에 걸고, 양자역학에 관한 리포트 작업에 들어갔다. 하지만 작업은 전혀 진척되지 않았다. 내 귀는 모차르트가 아니라 옆방에서 희미하게 들려오는 미와코의 기척에 쏠려 있었다.

파자마로 갈아입고 세미더블 침대에 기어든 것은 밤 1시가 다 된 시각이었다. 하지만 잠이 올 기미는 전혀 없었다. 그건 이미 각오했던 일이라 딱히 초조해할 것도 없었다.

조금 지나자 옆방에서 작은 소리가 들려왔다. 이어서 슬리퍼를 끄는 소리가 났다. 미와코는 아직 잠들지 않은 것이다.

나는 침대에서 빠져나와 조용히 문을 열었다. 복도는 어두웠지만 미와코의 방문 틈새로 빛이 새어 나와 바닥에 가느다란 선을 그리고 있었다.

그런데 그 선이 눈앞에서 툭 사라졌다. 그리고 다시 그녀의 방에서 작은 소리가 났다. 그녀가 침대에 들어가려고 하는 것이리라.

나는 그녀의 방 앞에 섰다. 어둠 속에서 문을 가만히 바라보고 있으려니 방 안의 정경이 엑스선 카메라로 투시한 것처럼 머릿속에 떠올랐다. 의자 등받이에 걸쳐 있는 그녀의 네글리제 모양까지 다 보일 것 같았다.

하지만 곧바로 고개를 저었다. 그 방이 이제는 내가 잘 아는 그것과는 다르다는 게 생각났기 때문이다. 미와코가 사랑하던 프렌치데스크와 함께 의자도 그쪽 집으로 실어 가버렸다. 그리고 그녀는 오늘 밤 네글리제가 아니라 티셔츠를 입고 잠을 잘 터였다.

두 차례 살짝 두드렸다. 네, 라는 작은 목소리가 금세 들려왔다. 역시 미와코는 아직 잠이 들지 않았던 것이다.

다시 전등이 켜졌다는 것을 문 틈새로 새어 나온 불빛으로 알았다. 그 문이 열렸다. 예상했던 대로 미와코는 티셔츠를 입고 있었다. 그 옷자락 아래로 가느다란 맨발이 삐죽 나와 있었다.

"무슨 일이야?" 망설임이 뒤섞인 눈빛으로 그녀는 나를 올려다보았다.

"영 잠이 안 오네." 나는 말했다. "그래서 혹시 네가 아직 안 잔다면 이야기를 좀 할까 하고."

거기에 대해 미와코는 아무 말 없이 지그시 내 가슴께만 쳐다보았다. 오빠가 무슨 목적으로 문을 두드렸는지 분명하게 알고 있는 얼굴이었다. 분명하게 알고 있는 그 지점에서 그녀는 뭐라고 대답해야 할지 모르고 있는 것이다.

"미안." 침묵을 견딜 수 없어서 나는 말했다. "오늘 밤은 네 곁에 있고 싶었어. 우리 둘이서 함께 있는 건 아마 이게 마지막일 거 같아서. 내일 묵을 호텔은 방을 따로 잡았잖아? 게다가 호다카 씨가 오겠다는 얘기도 했고."

"앞으로도 가끔 집에 돌아올 거야."

"하지만 다른 누구의 사람도 아닌 미와코와 함께 있는 건 오늘 밤이 마지막이야."

내 말에 미와코는 입을 다물었다. 그래서 나는 한 걸음 앞으로 나갔다. 하지만 그녀는 내 가슴팍을 오른손으로 가볍게 밀어냈다.

"나, 이제 그만 끊기로 했어."

"끊기로?"

미와코는 고개를 끄덕였다.

"끊지 않고서는 어느 누구와도 결혼은 못 하잖아?"

속삭이는 듯한 목소리였지만 그녀의 말은 가늘고 긴 바늘처럼 내 심장을 뚫었다. 아픔 이외에 서늘하게 차가운 감촉도 나는 감내하지 않으면 안 되었다.

"그래." 나는 고개를 숙이고 한숨을 내쉬었다. "그건 그렇지."

"미안해."

"아니, 괜찮아. 내가 잠깐 정신이 나갔었던 모양이다."

나는 미와코의 티셔츠를 보았다. 고양이가 골프를 치는 일러스트가 그려져 있었다. 둘이서 하와이에 갔을 때 산 티셔츠라는 게 생각났다. 그런 나날도 이제 두 번 다시 찾아오지 않는 것이다.

"잘 자라." 나는 말했다.

"잘 자." 미와코는 쓸쓸한 미소를 짓더니 문을 닫았다.

온몸이 뜨거웠다. 나는 침대에서 수없이 몸을 뒤척였다. 수마가 찾아올 듯한 기척은 없었다. 아예 이대로 얼른 아침이 와주었으면 좋겠다고 생각했지만 시곗바늘의 움직임은 지겨울 만큼 느렸다. 나는 더할 수 없이 비참한 기분에 빠져 있었다.

그날 밤의 일이 생각났다.

우리의 인생이 뒤엉켜버린 그날 밤, 세계가 돌연 뒤틀려버린 밤이다.

나와 미와코가 한집에서 살기 시작하고 처음으로 맞이한 여름의 일이었다.

변명을 하자면, 결국 우리 둘 다 15년이라는 세월을 몹시 고독하게 보냈었다는 얘기가 될 거라고 생각한다. 겉으로는 항상 명랑하게 굴었지만 우리의 마음속 깊은 곳에는 오래된 우물 같은 어둠이 존재하고 있었던 것이다.

나를 거둬준 큰아버지는 매우 친절하고 마음이 따뜻한 사람이었다. 나를 항상 친자식과 다름없이 대해주었고, 내가 묘한 콤플렉스를 갖는 일이 없도록 항상 세심한 주의를 기울여주었다. 그리고 그런 호의에 응하고자 나는 가족의 일원으로서 최선을 다해 행동했다. 타인처럼 지나치게 조심하지 않도록 항상 신경을 써서 때로는 일부러 어리광도 부렸다. 한마디로, 가족을 연기한 것이었다. 너무 착한 아이여서는 안 된다는 생각에 사소한 나쁜 짓을 저질러서 큰아버지와 큰어머니를 걱정시키기도 했다. 항상 착한 아이로 있는 것보다 일단 나쁜 짓을 한 다음에 반성하는 척하는 편을 어른들이 더 좋아한다는 것을 나는 잘 알고 있었다.

내가 그런 이야기를 했더니 미와코는 깜짝 놀란 얼굴로 자기도 똑같았다고 말했다. 그리고 그녀의 체험담을 들려주었다.

그녀는 처음 맡겨졌을 때는 말수 적은 소녀였다고 한다. 어느 누구와도 어울리지 않고 항상 혼자서 책만 읽었다. "한동안은 어쩔 수 없다, 큰 충격에서 헤어나지 못해 그럴 것이다. 주위 어른들이 그렇게 말했었어." 그 무렵의 일을 떠올리고 미와코는 웃으면서 말했다.

말 없고 음울하던 소녀는 해가 지나면서 건강해져갔다. 초등학교를 졸업할 즈음에는 완전히 명랑한 아가씨로 변해 있었다.

"하지만 그건 모두 다 연기였어." 그녀는 말했다. "말이 없었던 것도, 조금씩 명랑해졌던 것도 모두 다 연기. 나는 어른들이 이해하기 쉬운 태도를 취했던 것뿐이야. 왜 그랬는지는 나도 잘 모르겠어. 아마 그것이 살기 위해 내가 하지 않으면 안 되는 일이라고 느꼈던 거 같아."

둘이서 함께 이야기해보고 알게 된 일이지만, 우리는 무서울 만큼 똑같은 마음, 똑같은 생각 아래 행동했었다. 우리의 마음속에서 핵심을 이루고 있는 것은 '고독'이었다. 그리고 우리의 마음이 진심으로 원하는 것은 '진짜 가족'이었다.

한집에서 살기 시작한 뒤로 우리는 되도록 오랜 시간을 함께 있으려고 노력했다. 그건 지금까지의 몫을 되찾는다는 의미도 있었고, 진짜 가족과 함께 있다는 데서 생기는 편안함의 포로가 되었기 때문이기도 했다. 우리는 고양이처럼 찧고 까불었다. 나와 똑같은 피를 가진 인간이 곁에 있다는 게 이토록 행복한 것인가 하고 이따금 감격에 젖기도 했다.

그리고 그날 밤이 찾아온 것이다.

내가 미와코에게 키스를 해버린 것이 판도라의 상자를 여는 일이 되고 말았다. 뺨이나 이마라면 아무 문제도 없었을 테지만 내가 키스한 곳은 입술이었다.

그 직전까지 우리는 얼굴을 맞대다시피 하고서 이야기를 나누고 있었다. 아버지와 어머니에 관한 추억 이야기였다. 미와코는 조용히 눈물을 흘렸다. 그 눈물을 지켜보는 사이에 나는 견딜 수 없이 그녀가 사랑스러워졌던 것이다.

물론 고백하자면 그 이전부터 내 안에는 미와코를 누이로서가 아니라 젊은 여성으로 바라보는 면이 있었다. 그런 점에 대해 나는 매번 나 자신을 꾸짖었지만 그다지 위기감을 느끼지는 않았다. 오래도록 못 본 사이에 갑작스럽게 성숙해버린 누이를 눈부시게 바라보는 정도는 누구라도 경험하는 일이라고 생각했었다. 잠시 시간이 지나면 그녀는 내게 누이 이외의 다른 어떤 사람도 아니게 될 거라고 믿었다.

아마 그건 틀린 생각은 아니었을 것이다. 하지만 나는 그 잠시의 시간을 기다리지 못했다. 마음속에 잠재한 악마가 비집고 들어올 만한 빈틈을 만들어버렸던 것이다.

미와코가 어떤 마음으로 그때의 키스를 받아들였는지, 나는 알지 못한다. 상상해보면 그녀 쪽에서도 나와 똑같은 종류의 빈틈이 마음속에 생겼던 게 아닐까. 그녀의 얼굴에 충격을 받은 듯한 기색은 없었기 때문이다. 오히려 예상했던 일을 확인한 듯한 만족감 같은 표정을 띠고 있었다.

그때 우리를 감싼 공간은 이 세계와는 단절되어 있었다. 그리고 시간은 멈춰버렸다. 적어도 우리에게는 그랬다. 나는 미와코의 몸을 힘껏 끌어안았다. 그녀는 잠시 인형처럼 꼼짝도 하지 않았지만 이윽고 소리 내어 울음을 터뜨렸다. 내게 안기는 것이 싫어서 우는 것은 아닌 듯했다. 그녀의 팔도 내 등을 부둥켜안았기 때문이다. 그녀가 울면서 부르짖은 것은 아버지와 어머니였다. 그녀의 목소리는 15년 전의 어린 목소리가 되어 있었다. 오랜 시간을 거쳐 그녀는 마침내 진심으로 울 수 있는 장소를 찾아냈던 것인지도 모른다.

왜 그때 내가 미와코의 옷을 벗겼는지, 왜 그녀가 저항하지 않았는지, 그건 아직도 잘 알지 못한다. 아마 그녀도 모를 것이다. 그때는 그저 그렇게 하고 싶었다—. 그렇게밖에는 달리 설명할 도리가 없다.

우리는 좁은 침대 위에서 하나가 되었다. 내가 미와코의 안에 들어갈 때, 그녀는 고통스러운 듯 얼굴을 찌푸렸다. 그녀가 처녀였다는 것을 나는 그다음 날 알았다.

서투른 삽입 후에 미와코는 다시 울음소리를 냈다. 나는 그녀의 가녀린 어깨에 입술을 맞대고 천천히 움직이기 시작했다.

모든 것이 꿈속에서 일어난 일만 같았다. 시간과 공간의 감각은 여전히 애매했다. 나의 뇌는 사고하기를 완전히 거부하고 있었다.

그래도 우리가 암흑으로 연결된 기다란 비탈로 굴러떨어지기 시작했다는 생각만은 분명하게 가슴속에 새기고 있었다.

3

호다카 마코토는 각본가이다. 그리고 소설가이기도 한 모양이었다. 하지만 나는 그의 책을 읽은 적도 없고 그가 각본을 쓴 드라마나 영화를 본 적도 없다. 그래서 그의 작품을 통해 그가 어떤 사상의 소유자고 어떤 사고방식을 가진 사람인지 알 기회도 나에게는 없었다. 하긴 작품을 통해 과연 그런 것을 추정할 수 있는지 어떤지, 나는 그것도 잘 알지 못하지만.

호다카와는 지금까지 두 번을 만났다. 도쿄 시내의 커피숍에서 미와코가 그를 소개해준 게 첫 만남이었다. 사귀는 남자가 있다는 말은 미리 들었기 때문에 딱히 놀라지는 않았다. 그리고 두 번째 만난 것은 그들이 결혼하기로 정한 뒤였다. 내가 나가는 대학교 근처의 패밀리 레스토랑에서 둘이 결혼하겠다는 이야기를 들은 것이다.

그 두 번의 만남에서 내가 호다카를 마주한 시간은 채 30분이 안 된다. 호다카 쪽에서 계속 휴대전화가 울리는 바람에 중간에 자리에서 일어나 들락날락하더니 급한 볼일이 생겼다면서 가버렸기 때문이다. 그래서 나는 그가 어떤 사람인지 전혀 파악하지 못하고 있었다.

"응, 나쁜 사람 아니야. 적어도 나를 대할 때는 아주 착해"라는 게 호다카 마코토에 대한 미와코의 인물평이었다. 그건 당연히 그럴 거라고 나는 생각했다. 나쁜 사람이고, 연인에게조차 착하지 않은 사람이라면 결혼할 가치라고는 전혀 없을 것이다.

아무튼 일이 그렇게 되어서 누이의 결혼 상대와 차분하게 만나보는 건 어쩌면 오늘이 처음이라고 할 수 있었다.

5월 17일 오전 중에 내가 운전하는 구형 볼보는 조용한 주택가 안에 세워진 호다카의 저택 앞에 도착했다.

우선 집만을 보자면 호다카 마코토는 자의식이 강하고 오만한 남자가 아닐까 하는 마음이 들었다. 사방을 두르고 있는 높은 담장, 근처의 주택과는 어울리지 않을 만큼 새하얀 색깔의 집을 보며 상상한 것이다. 어째서 담장이 높고 집이 흰색이면 그런 생각이 드느냐고 누가 묻는다면 나는 대답할 말이 없다. 왠지 그런 마음이 들었을 뿐이다. 어쩌면 담장이 낮고 집 색깔이 새까맸어도 그렇게 생각했을지 모른다.

미와코가 차임벨을 누르는 사이에 나는 차 트렁크를 열고 어제 그녀가 포장했던 박스 등의 이삿짐을 꺼냈다.

"오, 의외로 빨리 왔네?" 대문이 열리고 호다카 마코토가 나타났다. 검은 바지에 하얀 니트를 걸치고 있었다.

"다행히 길이 막히지 않았어요." 미와코가 말했다.

"그거 다행이네." 호다카는 이쪽을 보며 슬쩍 머리를 숙였다. "수고 많으셨습니다. 힘들었죠?"

"아니, 뭐, 별로."

"아, 내가 할게요."

어깨에 닿을락 말락 하는 긴 머리를 휘날리며 호다카는 대문 앞 계단을 뛰어 내려왔다. 그 몸동작이 경쾌해서 도저히 30대 후반으로는 보이지 않았다. 테니스와 골프를 취미로 하고 있다는 이야기가 생각났다.

"차 좋은데요?" 박스를 받아 들며 그는 말했다.

"중고차예요." 나는 말했다.

"그래요? 하지만 정말 손질을 잘했는데요."

"주문呪文 같은 거죠."

"주문?"

"예에." 나는 호다카의 눈을 보았다. 그는 무슨 뜻인지 알아듣지 못한 눈치였지만 애매하게 고개를 끄덕이고 내게 등을 돌렸다.

차를 함부로 다루면 여차할 때에 배신을 당할 것 같은 마음이 들기 때문이다─. 그렇게 말하려고 했다. 우리 아버지는 폭스바겐을 별로 소중히 다루지 않았었다. 호다카 마코토, 너는 우리가 맛본 슬픔에 대해 아는 게 하나도 없어.

호다카 저택의 1층에는 널찍한 리빙룸이 있다. 며칠 전에 실어 온 미와코의 이삿짐 일부가 한쪽 구석에 쌓여 있었다. 그 속에 프렌치데스크는 없었다.

유리문 옆의 소파에 한 남자가 앉아 있었다. 회색 정장을 입은, 마른 남자였다. 호다카처럼 혈색이 좋은 건 아니지만 그와 동년배로 보였다. 남자는 뭔가 쓰고 있다가 우리를 보고 얼른 자리에서 일어섰다.

"소개할게요. 우리 사무실의 운영을 맡고 있는 스루가 나오유키예요." 호다카 마코토가 남자 쪽을 가리키며 내게 말했다. 그러고는 그를 향했다. "이쪽은 미와코의 오빠 되시는 분이야."

"처음 뵙겠습니다. 축하드립니다." 그렇게 말하며 상대 남자는 명함을 내밀었다. '스루가 나오유키'라고 인쇄된 명함이었다.

"고맙습니다." 마주 인사를 하며 나도 명함을 건넸다.

스루가는 내 직장에 관심을 가진 듯했다. 명함을 보고 잠깐 눈이 큼직해졌다.

"양자역학 연구실이라니, 굉장하네요."

"그런가요?"

"양자역학만으로 독립된 연구실이 있다니, 이건 대단한 일이죠. 대학 측에서 상당히 기대를 걸고 지원하는 부문인 모양이지요? 거기서 조교로 일하신다면 장래가 탄탄하겠어요."

"글쎄요, 그건 어떨지……."

"다음에 그런 대학 연구실을 무대로 작품을 써보는 게 어떨까?" 스루가는 호다카 쪽을 바라보며 말했다. "간바야시 씨께 취재를 부탁해서 말이야."

"물론 나도 생각 중이야." 호다카 마코토는 미와코의 어깨에 팔을 두르고 그녀에게 미소를 건네며 말했다. "하지만 쩨쩨한 서스펜스 드라마로 만들 생각은 없어. 기왕 할 거라면 장대한 SF를 써야지. 스크린에 멋지게 걸릴 만한 물건으로."

"영화 이야기를 하기 전에……."

"아, 알았어, 알았어. 먼저 소설부터 쓰라는 거지?" 호다카는 슬쩍 김빠진 얼굴을 짓더니 내 쪽을 바라보았다. "내 고삐를 바짝 죄는 게 저 친구가 하는 일이랍니다."

"앞으로는 나도 좀 편해질 거 같아요. 미와코 씨라는 든든한 아군이 생겼으니까."

스루가의 말에 미와코는 수줍은 듯 고개를 저었다.

"아이, 난 아무것도 못 해요."

"아뇨, 기대가 큽니다. 그런 의미에서 이번 결혼은 만만세라고나 할까요?" 스루가는 신이 난 어조로 말한 뒤, 내 쪽을 보며 문득 진지한 얼굴로 돌아왔다. "누이를 떠나보내는 오빠는 그만큼 섭섭하시겠지만."

"아뇨……." 나는 슬쩍 고개를 저었다.

스루가 나오유키의 관찰하는 듯한 시선이 한참이나 내게로 향하고 있었다. 아니, '한참이나'라는 표현이 적절한지 어떤지는 나도 잘 모르겠다. 그건 불과 몇 초 동안이었는지도 모른다. 아니, 기껏해야 영 점 몇 초의 일이었는지도 모른다. 아무튼 내게는 꽤 길게 느껴졌던 것이다. 그리고 나는 생각했다. 저 사람은 특히 조심해야 한다. 어떤 의미에서는 호다카보다도 더 방심할 수 없는 사람이다—.

호다카 마코토는 현재 혼자 살고 있다. 한 차례 결혼한 적이 있어서 이 집을 지었을 때는 아내와 함께 살았지만 몇 년 전에 헤어졌다고 들었다. 왜 이혼을 했는지, 그건 나는 전혀 알지 못한다. 미와코가 알려주지 않았기 때문이지만, 실은 그녀도 잘 알지 못하는 게 아닐까 하고 나는 생각했다.

생명보험회사에 다니는 26세의 직장 여성이 결혼 경력이 있는 37세의 작가와 맺어지기까지는 그 나름의 우연성이 필요했던 것이다. 만일 미와코가 단순한 미혼의 직장 여성이었다면 아마 두 사람이 만나는 일도 없었을 것이다.

만남의 계기는 2년 전에 미와코가 시집을 출판한 것에서 시작되었다.

미와코가 시를 쓰기 시작한 건 중학교 3학년 때부터였다. 고등학교 입시 공부 틈틈이 문득문득 떠오르는 언어를 노트에 적어나가다 보니 일종의 취미 같은 것이 되었다는 이야기였다. 그런 노트가 대학 졸업 때는 수십 권이 되었다고 하니, 역시 놀랍다.

미와코는 오랜 세월 그 노트를 어느 누구에게도, 즉 나에게도 보여주지 않았는데 어느 날 집에 놀러 왔던 여자 친구가 살짝 훔쳐보고 말았다. 게다가 그 친구는 미와코에게는 말도 하지 않고 몰래 한 권을 빼내 자기 집에 가져갔다. 그 친구에게 악의가 있었던 것은 아니다. 그녀는 출판사에 근무하는 자신의 언니에게 그것을 보여주기로 했던 것이다. 요컨대 그토록 미와코의 시는 그 친구의 마음을 사로잡았다는 얘기다.

그리고 그 직감은 그녀만의 착각이 아니었다. 시를 읽어본 그녀의 언니는 당장 책으로 출간해야 한다고 생각했다. 이른바 편집자의 감 같은 것이 발동했다는 것이다.

유키자사 가오리라는 이름의 그 여성 편집자는 이윽고 우리 집에 찾아와 시 노트를 모두 보고 싶다고 했다. 오랜 시간을 들여 모든 시를 훑어본 그녀는 그 자리에서 미와코에게 책 출간을 제의했다. 머뭇머뭇 망설이는 미와코에게서 희망적인 대답을 들을 때까지 집에 돌아가지 않겠다고 고집을 부렸을 만큼 적극적이었다.

그 뒤에 어떤 우여곡절이 있었는지는 정확히 알지 못하지만, 아무튼 재작년 봄에 간바야시 미와코의 시집은 출판되었다. 하지만 대부분의 사람들이 예상했던 대로 당초 이 책은 전혀 팔리지 않았다. 나도 인터넷으로 잡지며 신문의 서평란을 검색해봤지만 출판 후 한 달이 지나도록 아무 반응도 없었다.

그런데 두 달째에 일대 전기가 찾아왔다. 유키자사 가오리가 반강제로 여성 주간지에 이 책을 다뤄달라고 부탁한 것이 받아들여지면서 갑작스럽게 책이 팔리기 시작한 것이다. 독자층은 압도적으로 젊은 직장 여성이 많았다. 시집에 수록할 시를 선정할 때에 직장 여성의 심경을 표현한 것들을 중심으로 했던 유키자사 가오리의 작전이 적중한 것이다. 책은 차례차례 판을 거듭하여 마침내 베스트셀러 목록에 이름을 올리기에 이르렀다.

그 뒤 미와코에게는 다양한 미디어에서 취재 요청이 들어왔고 때로는 텔레비전에 출연하기도 했다. 집 전화가 연달아 울리는 바람에 그녀는 또 한 대의 전화를 놓았다. 봄에는 소득세 확정신고가 필요해져서 세무사에게 그 처리를 의뢰했다. 그래도 4월에는 정신이 아득해질 만큼 엄청난 액수의 추가세를 징수당했고, 게다가 넋이 나가버릴 만큼 엄청난 액수의 주민세 청구서가 구청에서 날아왔다.

하지만 미와코는 자신이 다니던 보험회사를 그만두지 않았다. 내가 지켜본 한에서는 그녀는 결코 그녀 이외의 무엇이 되려고 하지 않았다. 오히려 변하지 않으려고 노력하는 것처럼 보였다. "난 유명한 사람이 되고 싶지 않아"라는 게 그녀의 입버릇이었다.

미와코가 호다카 마코토를 알게 된 것은 작년 봄이었다. 자세한 사정 이야기는 듣지 못했지만, 아무래도 유키자사 가오리를 통해 만난 모양이었다. 호다카 역시 유키자사가 담당한 작가였던 것이다.

두 사람의 개인적인 교제가 언제부터 시작되었는지도 미와코는 아직 말해주지 않았다. 아마 앞으로도 말할 생각이 없을 것이다. 단지 분명한 것은 작년 크리스마스 때에는 벌써 결혼을 약속했다는 것이다. 크리스마스이브 날 밤에 돌아온 미와코의 손가락에는 큼직한 다이아몬드가 빛나고 있었다. 아마집에 들어오기 전에 빼려고 했는데 깜빡 잊어버렸을 것이다. 내 시선을 눈치채고 그녀는 서둘러 왼손을 감췄던 것이다.

"마지막 축사는 사나다 선생으로 하자고. 이래저래 신세도 졌고, 괜히 아무것도 아닌 일에 토라지시면 나중에 귀찮아져." 바인더에 철해둔 서류를 들여다보며 스루가 나오유키가 말했다. 그는 소파에 슬쩍 엉덩이를 걸친 채 볼펜으로 서류에 잽싸게 뭔가를 적어 넣었다.

"뭘 그런 일로 토라지시겠어?" 호다카가 말했다.

"토라지실지도 모른다는 말이야. 그 선생이 의외로 자잘한 것을 따지는 편이거든. 자기가 그 밖의 여러 사람들과 똑같은 취급을 당했다고 느끼면 두고두고 꽁하실 거라고."

"어휴, 미치겠군." 호다카는 한숨을 내쉬고 옆자리의 미와코에게 웃음을 건넸다.

미와코의 결혼식을 상의하는 자리에 함께하는 것은 나로서는 바늘방석에 앉는 것처럼 괴로운 일이었다. 가능하다면 이 자리에서 도망치고 싶었다. 하지만 우리 쪽 친척들의 예우에 대해서는 내가 판단할 수밖에 없었다. 사무적으로 내가 확인하지 않으면 안 될 일도 몇 가지나 있었다. 그리고 무엇보다 도망칠 만한 명분이 없었다. 나는 가죽 소파 위에서 돌처럼 몸이 굳어버린 채, 미와코를 다른 남자에게 건네주는 의식 절차를 아무 말 없이 지켜보고 있었다. 대각선으로 앞자리에 앉은 호다카 마코토의 왼손이 계속 미와코의 몸 어딘가를 만지작거리는 게 자꾸 신경이 쓰여서 견딜 수가 없었다.

"그다음에는 신랑의 인사가 들어갈 텐데, 괜찮지?" 스루가가 볼펜 끝으로 호다카를 가리켰다.

호다카는 고개를 갸우뚱했다.

"인사만 계속 이어지는 거야? 어쩐지 따분한데."

"하지만 그럴 수밖에 없어. 보통 결혼식에서는 양가 부모님께 꽃다발을 드리는 좋은 볼거리가 나올 차례인데…….."

"야야, 관둬." 호다카가 얼굴을 찌푸렸다. 그러고는 미와코 쪽을 돌아보며 손가락을 따악 튕겼다. "좋은 수가 있어. 신랑 인사 전에 신부가 시 낭송을 하자."

"어머." 미와코는 눈이 큼직해졌다. "안 돼요. 그런 거 못해요."

"결혼식에 어울릴 만한 시가 있을까?" 스루가가 물었다. 마음이 동하는 눈치였다.

"찾아보면 있겠지, 한두 개는?" 호다카는 미와코에게 물었다.

"그야 있기는 하지만……. 근데, 안 돼요. 절대로 안 돼." 그녀는 계속 고개를 저었다.

"아냐, 괜찮을 거 같아." 그렇게 말하고 호다카는 뭔가 생각난 듯한 얼굴로 스루가를 보았다.

"아예 프로를 불러다가 낭송할까?"

"프로?"

"프로 성우 말이야. 이거 좋네. 기왕 하는 거, 음악도 넣자."

"이봐, 결혼식은 내일이야. 지금 프로 성우를 어디서 찾아오느냐고." 제발 살려달라는 듯한 얼굴로 스루가가 말했다.

"이런 때 순발력을 발휘하는 게 네가 할 일이잖아? 잘 부탁한다." 다리를 꼬고 앉은 자세로 호다카는 스루가의 가슴께를 손끝으로 가리켰다.

스루가는 한숨을 내쉬고 서류에 뭔가를 써넣었다. "알았어, 어떻게든 알아봐야지."

그때, 현관 차임벨이 울렸다.

미와코가 벽에 붙은 인터폰의 수화기를 집어 들었다. 그리고 상대의 이름을 확인하더니 "네, 어서 오세요"라고 말하고 곧바로 수화기를 내려놓았다.

"유키자사 씨예요." 미와코가 호다카에게 말했다.

"와우, 감찰관이 들이닥치는군." 스루가가 그렇게 말하고 빙글빙글 웃었다.

미와코가 현관까지 나가 유키자사 가오리를 데리고 돌아왔다. 능력 있는 여성 편집자는 딱딱한 느낌의 하얀 정장을 입고 있었다. 머리 스타일하며 등을 꼿꼿이 세운 자세하며, 나는 이 여자를 보면 다카라즈카 극단[*]에서 남자 역할을 하는 여배우가 생각난다.

"안녕하세요?" 유키자사 가오리는 우리 세 사람을 향해 말했다. "드디어 내일이네요."

"마지막 상의를 하는 참이에요." 스루가가 말했다. "좋은 의견 좀 내줘요."

"그 전에 한 가지, 일부터 처리해야겠어요." 그렇게 말하고 유키자사는 미와코 쪽을 보았다.

"아, 에세이 원고? 지금 가져올게요." 미와코는 리빙룸을 나갔다. 이어서 계단을 올라가는 소리가 났다.

"결혼식 전날까지 일을 시키다니, 역시 대단하셔." 호다카가 앉은 채로 말했다.

"칭찬을 해주시는 건가요, 아니면……."

"그야 칭찬이지. 당연한 얘기 아냐?"

"고맙군요."

유키자사 가오리는 공손히 머리를 숙였다. 얼굴을 들 때, 나와 눈이 마주쳤다. 그녀는 잠깐 거북스러운 듯한 표정을 보였다. 그녀를 만나는 건 이것이 두 번째인데, 왜 그런지 그녀는

[*] 1913년에 창단한 일본 최고의 여성 가극단.

때때로 내게 이런 표정을 내보이는 것이다.

　나에게서 눈을 돌려 유키자사 가오리는 먼 곳으로 시선을 던졌다. 그때였다. 그녀의 길쭉한 눈이 갑자기 큼직해졌다. 헉 하고 숨을 들이쉬는 것이 느껴졌다.

　그 모습에 나를 포함한 세 남자는 그녀가 바라보는 쪽으로 눈을 돌렸다. 그녀의 시선이 가 있는 곳은 유리문 쪽이었다. 레이스 커튼 너머로 잔디밭이 펼쳐진 정원이 보였다.

　그 정원에 머리가 긴 여자가 홀로 서 있었다. 혼이 빠져나간 듯한 얼굴을 하고 지그시 이쪽을 응시하고 있었다.

스루가 나오유키의 장

1

그곳에 서 있는 여자를 보고, 나는 일순 숨이 턱 막힐 뻔했다. 심장이 가슴 안쪽을 발로 마구 걷어찼다.

하얗고 하늘하늘한 원피스를 입고 서 있는 여자, 유령 같은 얼굴을 하고 있는 여자는 나미오카 준코가 틀림없었다.

준코는 우리 쪽으로 얼굴을 향하고 있었지만, 물론 그녀가 바라보는 것은 단 한 사람이었다. 표정은 공허하지만 그 눈은 오로지 한 점, 호다카에게로 쏟아지고 있었다.

2초 만에 나는 사태를 파악했다. 나아가 다음 2초 만에 대응할 방법을 생각해냈다.

호다카는 얼간이 같은 얼굴로 얼어붙어 있을 뿐이었다. 그리고 나머지 두 사람도 소리를 내지 않았다. 그 여자가 누구인지 유키자사 가오리는 알지 못할 터였다. 더구나 간바야시 다카히로는 알 리가 없다. 그나마 다행이었다. 아니, 무엇보다 다행이었던 것은 지금 이 자리에 간바야시 미와코가 없다는 것이었다.

"아, 준코, 웬일이야, 갑자기?" 나는 소파에서 일어나 유리문을 열었다. 그래도 그녀의 시선은 내 쪽을 향해주지 않았다. 나는 이어서 말했다. "일은 벌써 끝났어?"

그녀의 입술이 희미하게 움직였다. 뭔가 중얼거린 모양이었다. 하지만 뭐라고 말했는지는 알아들을 수 없었다.

나는 바깥에 놓인 남자용 샌들을 신고, 준코가 호다카에게로 보내는 시선을 가로막듯이 그녀 앞에 섰다. 물론 리빙룸 안에 있는 간바야시 다카히로나 유키자사 가오리에게 준코의 몽유병자 같은 얼굴을 보여주지 않으려는 목적도 있었다.

준코가 그제야 내 얼굴을 보았다. 내가 앞에 서 있는 것을 방금 알아차린 것처럼 화들짝 놀라는 표정을 보였다.

"이게 대체 뭐야?" 나는 작은 소리로 물었다.

준코의 하얀 뺨이 금세 홍조를 띠었다. 그와 동시에 눈도 충혈되기 시작했다. 눈물이 글썽글썽 차오르는 소리가 내 귀에는 들리는 것만 같았다.

"어이, 스루가, 괜찮아?" 뒤에서 소리가 났다. 돌아보니 호다카가 유리문 밖으로 얼굴을 내밀고 있었다.

"응, 괜찮아." 나는 대답했다. 대답하면서, 뭐가 괜찮다는 건가, 하고 자문했다.

"이봐, 스루가." 호다카가 이번에는 작은 소리로 다시 한번 속닥였다. "제발 어떻게 좀 해줘. 그녀의 눈에 띄면 안 돼."

"알았어." 나는 호다카 쪽을 쳐다보지 않고 대답했다. '그녀'라는 건 물론 간바야시 미와코다. 유리문이 드르륵 닫히는 소리가 났다. 호다카의 머릿속은 리빙룸의 두 손님에게 이 상황을 어떻게 설명할 것이냐 하는 생각으로 가득 차 있을 것이다.

"저쪽으로 가자." 나는 나미오카 준코의 어깨를 가볍게 밀었다.

준코는 고개를 저었다. 막다른 궁지에 몰린 듯한 눈빛이었다. 그 눈에 마침내 눈물이 고이기 시작했다. 그것은 눈 깜짝할 사이에 커져갔다.

"나랑 저쪽에서 이야기하자. 이런 곳에 있어봤자 별수도 없잖아? 자, 어서."

나는 약간 거칠게 준코의 몸을 밀었다. 그제야 겨우 그녀의 발이 움직였다. 그때가 되어서야 처음으로 그녀가 손에 종이봉투를 들고 있는 것을 알아보았다. 안에 무엇이 들어 있는지는 알 수 없었다.

준코를 리빙룸에서 보이지 않는 곳까지 데리고 갔다. 마침 작은 의자가 있어서 거기에 앉혔다. 곁에 골프 연습용 네트를 쳐놓은 것을 보면 호다카가 연습 중간에 쉬기 위해 마련한 의자인 모양이었다. 의자 옆에 놓인 화분 몇 개에는 팬지가 노란색이며 보라색 꽃을 매달고 있었다. 간바야시 미와코가 사 온 것이라고 호다카가 말했던 게 생각이 났다.

"준코, 뭐 하려고 이런 곳에 왔어? 게다가 벨도 누르지 않고 느닷없이 정원에서 안을 들여다보다니, 준코답지 않잖아." 나는 어린 여자애를 달래는 듯한 말투로 물었다.

"……사람……?" 가까스로 그녀가 뭔가 중얼거렸다. 하지만 여전히 알아들을 수 없었다.

"응? 뭐라고?" 나는 그녀의 입가에 귀를 바짝 댔다.

"그 사람이에요?"

"그 사람이라니, 누구?"

"리빙룸에 있던 사람. 하얀 옷을 입은 머리 짧은 사람……. 그 사람이 마코토 씨하고 결혼해요?"

"아, 그거?" 준코가 무슨 말을 하려는지 그제야 나는 이해했다. 그리고 호다카 마코토만 뚫어져라 쳐다보는 것 같더니 그렇지도 않았구나, 하고 생각했다.

아니야, 라고 나는 손을 내저었다. "그 여자는 편집자야. 일 때문에 우연히 온 것뿐이라니까."

"그럼 어떤 사람이 마코토 씨의 여자예요?"

"어떤 사람이냐니……."

"마코토 씨 결혼할 거라면서요. 나도 들었어요. 그 여자, 지금 여기 와 있지요?" 지금까지 꾹 참고 있었던 것을 터트리듯이 준코는 연달아 질문을 던졌다. 뺨은 이미 눈물로 젖어 있었다. 그 뺨의 라인을 바라보며, 어느새 이렇게 여위었을까, 하고 나는 생각했다. 예전에는 달걀처럼 매끈하고 동그스름한 뺨이었다.

"여기 없어." 나는 말했다.

"그럼 어디 있어요?"

"글쎄, 나도 잘 모르겠네. 그런 걸 알아서 뭐 하려고?"

"만나고 싶어요, 그 여자." 준코는 리빙룸 쪽으로 얼굴을 돌리는가 싶더니 자리에서 일어나려고 했다. "마코토 씨에게 물어봐야겠어요."

"아, 잠깐, 잠깐, 잠깐만 있어봐." 나는 그녀의 어깨를 두 손으로 잡아 다시 자리에 앉혔다. "아까 그자가 하는 꼴을 봤잖아? 이런 말은 하고 싶지 않지만, 지금 그자는 준코를 만나주지 않을 거야. 이런저런 불만이 많다는 건 잘 알지만 오늘은 그냥 꾹 참고 이만 돌아가줄래?"

그러자 준코는 몹시 이상한 것을 바라보는 듯한 눈빛을 내게로 던졌다.

"난 아무 말도 못 들었어요. 마코토 씨가 결혼한다는 얘기……, 나 말고 딴 여자하고 결혼한다는 얘기, 며칠 전에 처음으로 알았단 말이에요. 그것도 마코토 씨한테서 들은 게 아니라 병원에 온 손님에게……. 그래서 확인해보려고 전화를 해도 금세 끊어버리기만 하고. 어떻게 이럴 수가 있어요?"

"그래, 호다카는 나쁜 놈이야. 그러니까 반드시 사과하라고 할게. 정식으로 사과하러 가라고 할게. 내가 보증하지." 나는 잔디에 무릎을 꿇고 그녀의 어깨에 양손을 얹은 채 말했다. 내가 그녀에게 이런 식으로 애원해야 한다는 것이 너무도 비참했다.

"언제요?" 준코는 물었다. "언제 올 거예요?"

"금방이야. 그렇게 오래 기다리지 않도록 할게."

"지금 여기로 데려와요." 준코는 아몬드 모양의 눈을 둥그렇게 떴다. "그 사람을 데리고 오라고요."

"그런 억지소리는 하지 말고."

"그럼 내가 갈 거예요." 그렇게 말하자마자 그녀는 일어섰다. 그 기세가 너무 강해서 나는 그녀의 어깨를 놓쳐버렸다.

"앗, 잠깐, 잠깐!" 나는 양 무릎을 바닥에 꿇고 있었기 때문에 곧바로 몸을 일으킬 수 없었다. 그래서 순간적으로 준코의 발목을 잡았다.

그녀는 작은 비명을 올리며 쓰러졌다. 종이봉투가 그녀의 손에서 떨어졌다.

"앗, 미안." 나는 준코를 안아 일으키려고 했다. 그때 종이봉투 밖으로 튀어나온 것에 눈이 갔다. 그 순간, 내 몸이 딱 굳어 버렸다.

그것은 부케였다. 결혼식에서 신부가 드는 것이다.

"준코⋯⋯." 나는 그녀의 옆얼굴을 보았다.

그녀는 네발을 짚은 자세로 멍하니 그것을 바라보고 있었다. 그리고 흠칫 놀라는 얼굴을 보이더니 급하게 종이봉투에 다시 집어넣었다.

"준코, 그걸로 뭘 어떻게 하려고 그래?"

"아무것도 아니에요." 준코는 일어섰다. 하얀 옷의 무릎 언저리가 조금 더러워져 있었다. 그것을 손으로 살짝 털어내더니 그녀는 급히 발길을 돌렸다.

"어디 가려고?" 나는 물었다.

"그만 갈래요."

"그럼 내가 데려다줄게." 나도 일어섰다.

"아뇨, 나 혼자 갈 수 있어요."

"그래도."

"그냥 놔둬요." 그녀는 종이봉투를 안고 기계인형처럼 어색한 발걸음으로 현관으로 향했다. 나는 그 뒷모습을 눈으로 배웅했다.

그녀의 모습이 사라진 뒤에 리빙룸으로 돌아왔다. 유리문에는 고리가 채워져 있었다. 레이스 커튼 때문에 안에 사람이 있는지 어떤지는 알 수 없었다. 나는 손끝으로 유리문을 툭툭 쳐보았다.

사람이 움직이는 기척이 들렸다. 커튼이 열리고 간바야시 다카히로의 신경질적인 얼굴이 나타났다. 나는 얼굴에 웃음을 찍어 바르며 유리문의 고리를 손끝으로 가리켰다.

간바야시 다카히로는 무표정하게 고리를 벗겨주었다. 도무지 무슨 생각을 하는지 읽어내기가 어려운 남자다.

유리문을 열고 안에 들어갔지만 호다카와 간바야시 미와코, 유키자사 가오리의 모습은 없었다.

"호다카랑 다른 사람들은 어디 있죠?" 나는 간바야시 다카히로에게 물었다.

"2층 서재로 자리를 옮겼어요." 그는 대답했다. "무슨 업무적인 회의가 있다고 해서."

"아, 그렇군요." 나와 나미오카 준코가 실랑이하는 소리를 간바야시 미와코가 들을까 봐서 호다카가 그런 핑계를 댔을 것이다. "근데 간바야시 씨는 왜 여기에?"

"나는 문학에 대해서는 전혀 문외한이라서 곧장 내려왔어요."

"여기서 혼자 뭐 하고 있었어요?"

"아무것도 안 했어요." 간바야시 다카히로는 퉁명스럽게 대답하더니 소파에 앉았다. 그리고 곁에 놓여 있던 신문을 펼쳐 들었다.

혹시 준코와 주고받은 이야기를 들었을까, 하고 나는 생각했다. 혹시 그 대화를 들었다면, 준코가 어떤 입장의 여자인지 이 남자가 눈치채지 않았을까. 하지만 그런 것을 확인할 수는 없었다. 간바야시 다카히로 쪽에서 조금 전의 그 여자는 누구냐고 물어본다면 그 참에 탐색해볼 수도 있겠지만 그는 전혀 아무 관심이 없는 기색으로 신문에 눈을 떨구고 있었다.

"그럼 나는 잠깐 2층에 가봐야겠네요." 그렇게 말을 건넸지만 간바야시는 대답도 하지 않았다. 무뚝뚝한 괴짜다.

2층에 올라가 서재의 문을 노크했다. 네에, 라는 호다카의 목소리가 들렸다.

문을 열자 창가의 서재 책상에 다리를 얹고 앉아 있는 호다카의 모습이 보였다. 그 책상 너머 간바야시 미와코가 마주 앉아 있었다. 유키자사 가오리는 책장 앞에서 팔짱을 끼고 서 있었다.

"마침 잘 왔어." 호다카가 나를 보며 말했다. "자네가 내 에이전트로 활약해줘야겠어. 여기 두 여자분을 좀 설득해봐."

"무슨 얘기야?"

"미와코의 시를 영화로 만드는 문제에 대해서 얘기하는 중이야. 미와코에게 분명히 플러스가 될 제안을 했는데 둘이서 전혀 동의해주지 않고 있다니까."

"그 얘기라면 나도 동의하기가 어려워. 영화 이야기는 앞으로 한참 동안은 하지 않기로 약속했잖아."

호다카는 얼굴을 찌푸렸다.

"지금 당장 만들자는 게 아니잖아. 준비야, 준비. 계약만 먼저 해두자는 거야. 그러면 괜한 어중이떠중이들이 몰려들 걱정 없이 미와코는 창작에만 전념할 수 있잖아." 뒷부분의 말은 간바야시 미와코에게 던진 것으로, 그 순간만 찌푸렸던 얼굴이 벙실벙실 웃는 표정으로 바뀌었다.

"이미지가 고정되는 영상화에 대해 현시점에서는 전혀 생각하고 있지 않다, 라는 게 미와코 씨의 의견이에요. 호다카 씨도 이제 남편이 되실 텐데, 그런 사정을 이해해주셔야죠." 유키자사 가오리가 딱딱한 어조로 말했다.

"물론 이해하지. 남편이기 때문에 더더욱 그녀를 위해 바람직한 일을 하려는 거야." 그리고 호다카는 알랑거리는 목소리로 미래의 아내에게 말했다. "미와코, 이 일은 나한테 맡겨줄래?"

간바야시 미와코도 마음이 흔들리는 눈치였다. 하지만 그녀는 의외로 강단이 있는지 금세 꺾일 듯하면서도 결코 꺾이지 않는다.

"당신의 호의는 고마워요. 하지만 솔직히 아직 어떻게 해야 좋을지 잘 모르겠어요. 마코토 씨, 그렇게 서두를 필요는 없잖아요? 좀 더 시간을 두고 생각하게 해줘요."

간바야시 미와코의 말에 호다카는 뭐라고 표현하기 어려운 웃음을 보였다. 그것이 그가 답답해할 때마다 나오는 버릇이라는 것을 나는 알고 있었다.

호다카는 두 손을 번쩍 드는 포즈를 취하더니 내 쪽을 향했다.

"이런 식으로 아까부터 다람쥐 쳇바퀴 돌 듯이 똑같은 말만 하고 있어. 나도 편들어줄 사람이 필요하던 참이라고."

"사정은 잘 알겠어."

"뒷일은 너한테 맡길게. 이건 네가 할 일이잖아?" 호다카는 책상에서 다리를 내렸다. 그리고 화장지 상자에 손을 내밀어 한 장을 빼더니 요란한 소리를 내며 코를 풀었다. "이것 참, 벌써 약효가 떨어진 모양이네. 조금 전에 약을 먹었는데."

"약은 있어요?" 간바야시 미와코가 물었다.

"응, 괜찮아."

호다카는 서재 책상 안쪽으로 돌아가 맨 위쪽 서랍을 열더니 작은 상자를 꺼내 왔다. 상자 뚜껑이 열려 있어서 약병이 보였다. 뚜껑을 열고 하얀 캡슐 하나를 꺼내 입에 톡 던져 넣었다. 그리고 책상 위에 놓인 캔 커피를 집어 꿀꺽꿀꺽 마셨다. 비염약이었다. 미남이라고 자처하는 호다카에게 지병인 알레르기성 비염은 고민의 씨앗이었다.

"커피로 약을 먹어도 괜찮아요?" 미와코가 걱정스러운 듯 물었다.

"괜찮아. 항상 이렇게 먹는데 뭘." 호다카는 뚜껑을 잠그고 약병을 포장 상자에서 꺼내 미와코 쪽으로 내밀었다. 포장 상자는 옆의 쓰레기통에 버렸다. "당신의 신혼여행 짐에 함께 넣어줘. 오늘은 더 이상 안 먹을 거니까."

"내일 결혼식 전에도 먹어야 하잖아요?"

"아래층에 필 케이스*가 있으니까 나중에 거기에 두 알쯤 넣어서 가져갈 거야." 그렇게 말하고 호다카는 다시 한번 코를 풀더니 나를 보았다. "아, 어디까지 이야기했더라?"

"영화에 대한 논의는 신혼여행에서 돌아온 다음에 하면 안 될까?" 나는 제안했다. "미와코 씨도 오늘은 그런 얘기를 할 경황이 없을 거야. 우선 내일 치를 결혼식이 중요하잖아?"

간바야시 미와코는 내 쪽을 보며 빙긋 웃었다.

호다카는 한숨을 쉬더니 내 쪽을 손끝으로 가리켰다.

"알았어. 그럼 우리가 신혼여행 가 있는 동안에 조금 더 상세한 부분을 검토해줘야 해. 알았지?"

"응, 알았어."

---

* pill case. 알약을 필요한 만큼 덜어서 갖고 다니는 작은 통. 겉에 아름다운 무늬를 넣은 은 제품이 많다.

"좋아, 그 얘기는 이걸로 끝." 호다카는 기세 좋게 자리에서 일어섰다. "다 같이 밥이나 먹으러 갈까? 내가 괜찮은 이탈리안 레스토랑을 찾았거든."

"그 전에 한 가지 용건이 있어." 나는 호다카에게 말했다. "기쿠치 동물 병원 건이야."

호다카의 오른쪽 눈썹과 입술 끝이 미묘하게 틀어졌다.

"그곳을 취재하기로 해서요." 나는 간바야시 미와코 쪽을 보았다. "그 일로 잠깐 따로 상의할 게 있어요."

"그럼 우리는 먼저 실례할까요?" 유키자사 가오리가 말했다.

"예, 그래요." 간바야시 미와코도 자리에서 일어섰다. "옆방에서 기다릴게요."

"5분이면 끝날 거야." 두 사람의 등에 대고 호다카는 말을 건넸다. 미와코가 미소를 지으며 고개를 끄덕였다.

"그녀에게 아무 설명도 안 한 거야?" 옆방의 문이 닫히기를 기다려 나는 입을 열었다. 그녀라는 게 나미오카 준코라는 건 아무리 무신경한 호다카라도 뻔히 알 터였다.

호다카는 머리를 긁적이면서 다시 서재용 의자에 털썩 앉았다.

"무슨 설명이 필요해?" 호다카는 엷은 웃음을 띠었다. "다른 여자하고 함께 살기로 했다는 걸 내가 왜 일일이 보고해야 하느냐고."

"그녀가 받아들이지 않을 텐데?"

"그럼, 설명을 하면 받아들이겠어? 미와코와 결혼할 거라고 하면, 아, 그러세요, 하고 그 여자가 포기해줄 거 같아? 어차피 결과는 똑같아. 내가 어떻게 하든 그 여자는 받아들이지 못해. 한없이 주절주절 잔소리를 하겠지. 그런 여자는 내버려두는 수밖에 없어. 그냥 무시해버리면 나중에는 포기할 거야. 괜히 미안하다는 둥 안됐다는 둥, 그런 말은 안 하는 게 나아."

나는 두 손을 배에 대고 깍지를 꼈다. 꾹 힘을 주지 않으면 그 손이 떨릴 것만 같았다.

"그녀가 위자료를 청구해도 아무 말도 못 할 입장이잖아." 나는 말했다. 목소리를 나지막하게 낮추면서 애써 태연한 척했다.

"무슨 위자료? 나는 그 여자에게 결혼을 약속한 적이 없어."

"아이를 지우게 했잖아. 설마 잊어버린 건 아니지? 내가 그녀를 달래서 병원에 데려갔었어."

"그러니까 그 여자도 낙태에 동의한 거잖아."

"앞으로 너와 결혼할 거라고 믿었기 때문이지. 내가 그렇게 말해서 이해를 시킨 거라고."

"그건 네가 마음대로 약속한 거야. 내가 약속한 게 아니라고."

"호다카!"

"엇, 큰 소리 내지 마. 옆방에 들리잖아." 호다카는 얼굴을 찌 푸렸다. "알았어. 그럼 이렇게 하자. 돈을 줄게. 그러면 됐지?"

나는 고개를 끄덕이고 상의 주머니에서 수첩을 꺼냈다.

"금액에 대해서는 후루하시 선생과 상의해서 결정할게." 나 는 아는 변호사의 이름을 댔다. "그리고 돈은 네 손으로 직접 전해줘."

"야야, 좀 봐줘라. 그래봤자 아무 의미도 없다니까?" 호다카 는 의자에서 벌떡 일어나 문을 향해 걸음을 옮겼다.

"그녀는 네가 직접 사과해주기를 원하는 것뿐이야. 딱 한 번 이야. 딱 한 번만 만나서 네 입으로 말해."

하지만 호다카는 고개를 저으며 내 가슴팍을 손끝으로 가리 켰다.

"협상하는 건 네가 할 일이잖아. 네가 어떻게든 처리하라 고."

"호다카……."

"얘기 끝났어. 밥이나 먹으러 가자." 호다카는 문을 열고 손 목시계에 눈을 떨구었다. "쳇, 5분이나 기다리라고 할 일도 아 니었잖아."

나는 옆방으로 향하는 호다카의 목덜미를 손에 든 볼펜으로 찍어버리고 싶은 충동에 휩싸였다.

2

　모두 함께 1층으로 내려갔을 때 간바야시 다카히로는 아까와 똑같은 자세로 소파에 앉아 신문을 읽고 있었다. 미와코가 이제부터 함께 식사하러 갈 거라고 말했다. 그는 그다지 반기는 기색도 없이 자리에서 일어섰다.

　"어라?" 벽 쪽의 장식장 서랍을 열던 호다카가 소리를 흘렸다. 손에 은색의 작은 회중시계 같은 것을 들고 있었다. 하지만 그건 회중시계가 아니라 그가 애용하는 필 케이스였다. 지난번 결혼 때에 당시의 부인과 한 쌍으로 샀던 필 케이스라는 얘기를 호다카에게서 들은 적이 있다.

　"왜 그래요?" 간바야시 미와코가 물었다.

　"아니, 지금 이 필 케이스를 열어봤더니 캡슐 두 개가 들어 있어서."

　"그게 왜요?"

　"분명 비었다고 생각했었는데. 이상하네, 내가 잘못 생각했었나?" 호다카는 고개를 갸웃거렸다. "뭐, 마침 잘됐네. 내일 이걸 먹으면 되겠어."

　"언제 넣어둔 약인지 모르면 안 먹는 게 좋아요."

　내일의 신부가 하는 말을 듣고 호다카는 필 케이스 뚜껑을 닫으려던 손을 멈췄다.

"하긴 그렇다. 그럼 이건 버리기로 하지." 그렇게 말하며 그는 안에 들어 있던 두 개의 캡슐을 옆의 쓰레기통에 버렸다. 그리고 필 케이스를 간바야시 미와코에게 건넸다. "나중에 여기에 약 좀 넣어줄래?"

"그럴게요." 미와코는 필 케이스를 자신의 가방에 넣었다.

"자, 그럼 가볼까?" 호다카가 따악 손바닥을 마주쳤다.

레스토랑은 호다카의 집에서 자동차로 10분 거리에 있었다. 주택가에 있는 데다가 건물 자체도 간판만 없다면 그저 약간 세련된 서양식 가정집으로 보이는 레스토랑이었다.

호다카와 나, 간바야시 오누이, 그리고 유키자사 가오리까지 다섯 명이 안쪽 테이블을 둘러싸고 앉았다. 시곗바늘은 오후 3시를 조금 지나고 있었다. 어중간한 시간대라서인지 우리 외에는 전혀 손님이 없었다.

"그러니까 외면적으로는 상당히 비슷하게 보이지만 실상은 전혀 달랐던 거야." 호다카가 포크를 휘두르며 지껄이고 있었다. "미국과 일본은 야구에 기울이는 열정도 다르고 야구 역사 자체도 달라. 관심을 두는 방식도 전혀 다르지. 내가 그런 면을 미리 이해하지 못했던 건 아닌데, 그게 상상했던 것보다 훨씬 더 컸다는 게 지난번 작품의 실패로 이어진 거야."

"영화뿐만 아니라 소설에서도 야구를 소재로 하는 건 잘 팔리지 않는다고 유키자사 씨도 말했었죠?" 간바야시 미와코가 유키자사 가오리 쪽을 바라보며 말했다.

유키자사는 성게알 스파게티를 입으로 옮기며 슬쩍 고개를 끄덕였다.

"결국은 야구 일색인 나라처럼 보이지만 실제로는 본고장만큼 침투한 건 아니라는 얘기야. 생각해보면 야구 시합은 안 보고 서로 응원전에만 열을 올리는 팬들이 있다는 것 자체가 이상한 현상이야. 아주 큰 걸 배웠어."

"그럼 야구에 관한 건 이제 안 하시겠다는?"

"응, 이제 지긋지긋해." 그렇게 말하며 호다카는 이탈리아산 맥주를 마셨다.

호다카가 작년에 촬영한 영화 이야기였다. 그가 각본을 직접 썼던 그 영화는 프로야구의 세계를 그린 것이었다. 단순히 소재로 다루는 차원이 아니라 프로의 세계를 가능한 한 리얼하게 묘사한다는 게 당초부터의 목표였다. 그것이 적중했는지 일부 영화 마니아와 전문가들 사이의 평가는 좋게 나왔다. 하지만 흥행 면에서는 완전한 실패였다. 호다카 기획의 빚만 잔뜩 늘어났을 뿐이다.

호다카는 미국에서 야구 영화가 잘 먹히니까 일본에서도 괜찮게 만들면 틀림없이 통할 거라고 생각한 모양이지만 내 예상은 달랐다. 일본의 영화 팬은 국내 영화에 환멸을 느끼고 있었다. 특히 야구 영화니 뭐니 하는 말을 들으면 프로야구의 인기에 편승한 경박한 영화라는 선입견을 가질 터였다. 그런 오명을 털어낸다는 건 보통 어려운 일이 아니다. 나는 처음부터 이 기획은 위험하다고 주장했다. 하지만 호다카는 남의 말에 귀를 기울이지 않는 인간이다.

야구를 다룬 소설이 팔리지 않는 건 영화의 경우와는 그 이유가 다르다. 〈메이저리그〉 같은 미국 야구 영화라면 일본에서도 히트를 쳤지만, 야구 소설을 번역해서 베스트셀러를 만들었다는 이야기는 지금까지 들어본 적이 없다.

그런 근본적인 사정을 알지 못하는 이상, 호다카가 영화에 손을 대는 건 극구 말리는 것이 옳다는 게 내 생각이었다. 녀석의 재능은 인정하지만, 세상이라는 건 항상 높은 쪽에서 낮은 쪽으로만 물이 흐른다고 할 수는 없는 것이다.

나는 페페론치노 스파게티를 포크에 돌돌 감으며 옆의 호다카를 흘끔 쳐다보았다. 세 사람 이상의 인간이 모이면 어떻게든 자신이 왕이 되어야 속이 시원한 성격의 그는 조금 전부터 내내 자기 이야기만 하고 있었다. 어쩌면 저렇게 쉴 새 없이 말이 줄줄 나올까, 감탄스러울 정도다. 그리고 그런 점은 예나 이제나 전혀 변한 게 없다고 나는 생각했다.

나와 호다카는 대학 때 같은 동아리에서 활동했다. 영화 연구회다. 당시부터 그는 영화감독을 꿈꾸었다. 동아리 멤버는 유령 부원까지 포함하여 수십 명은 되었던 것 같은데 진지하게 영화인의 길로 나가려고 마음먹은 사람은 호다카뿐이었을 것이다.

하지만 호다카는 우리가 전혀 예상하지도 못한 방법으로 자신의 꿈을 향한 첫걸음을 뗐다. 그는 우선 소설을 쓴 것이다. 쓰기만 한 게 아니라 모 문예지 신인상에 응모하여 보기 좋게 상을 타버렸다.

소설가로서 한동안 실적을 쌓은 그는 이윽고 각본에도 손을 뻗쳤다. 자신의 작품이 영상화될 때, 거기에 참여한 것이 계기가 되었다. 그때의 소설이 베스트셀러가 되고 이어서 영화까지 히트를 친 것이 그의 운신의 폭을 넓혀주었다.

그가 사무실을 낸 것은 7년 전이었다. 단순한 세금 대책뿐만 아니라 영상 쪽으로 발을 넓히기 위한 포석으로서 만든 것이었다.

그때에 호다카 쪽에서 나에게로 연락이 왔다. 사무실 일을 도와주었으면 좋겠다는 것이었다.

솔직히 그 제안은 나에게는 뜻밖에 굴러든 행운이었다. 개인적인 사정으로 당시 나는 실업자로 전락할 게 분명한 상황에 처해 있었기 때문이다. 그렇다고 곧바로 승낙할 수도 없는 처지였다. 아무튼 그 무렵의 나는 몹시 절박한 상황에 내몰려 있었다.

당시 나는 자동차 타이어 제조회사에서 경리 일을 하고 있었다. 따분하기 짝이 없는 일거리여서 하루하루 재미있는 일이라고는 하나도 없었다. 그래서 나도 모르게 그만 도박에 손을 댔다. 경마 쪽이다. 처음에 아주 조금 돈을 딴 것에 맛을 들여서 거의 매주 마권을 사들였다. 하지만 원래부터 경마 지식이나 테크닉이 있었던 건 아니었다. 아니, 그런 지식이나 테크닉이 있었다고 해도 계속 돈을 딸 수 있는 게 아니다. 나는 눈깜짝할 사이에 그간의 저금을 다 까먹고 말았다.

거기서 그만뒀더라면 좋았을 텐데 나는 어떻게든 손실을 만회할 방법을 찾았다. 그렇게 사채의 자동문을 넘어섰다. 한 방만 터지면 모든 게 다 원만하게 해결된다―. 지금 생각해보면 참으로 어리석은 일이지만 그때 나는 진심으로 그런 꿈을 꾸었다. 그래서 사채로 빌린 돈을 모조리 경마에 던져 넣었다.

그다음은 뭐, 정해진 패턴대로 흘러갔다. 눈덩이처럼 불어난 빚을 막기 위해 나는 회삿돈에 손을 댔다. 별도의 회사를 만들어 가공의 거래가 있었던 것처럼 조작해서 회삿돈이 그 계좌로 들어가도록 한 것이다. 상사가 경리의 어떤 부분을 점검하는지 훤히 꿰뚫고 있었기 때문에 그 부분의 숫자만 잘 맞춰두면 우선은 들키지 않는 것이다.

하지만 그건 정말로 '우선은'이었다. 어느 날, 다른 건으로 기록을 점검하던 과장이 내 부정을 발견했다. 과장은 당장 그 자리에서 나를 불러들여 추궁했다. 나는 솔직히 털어놓았다.

이미 각오하고 있던 일이었다.

"이달 안으로 어떻게든 결산을 맞추도록 해." 상사는 말했다. "그렇게만 해주면 이 일을 아무에게도 밝히지 않겠어. 내 가슴속에만 묻어두지. 그런 다음에 자네는 사표를 내. 그러면 퇴직금도 나올 테니까."

아마도 과장은 제대로 감독하지 못한 데 대한 책임 추궁이 두려워서 그런 말을 했을 것이다. 하지만 나한테는 고마운 이야기라는 건 사실이었다. 문제는 어떻게 장부의 구멍을 메우느냐 하는 것이었다. 필요한 금액은 나 스스로도 적잖이 놀랐지만 1천만 엔을 훌쩍 뛰어넘고 있었다.

호다카를 만났을 때, 나는 그런 저간 사정을 솔직히 털어놓았다. 그렇게 손버릇이 나쁜 사람에게는 사무실을 맡길 수 없다고 한다면 그때는 별수 없다고 생각했다.

그런데 호다카는 내 말에 그리 놀라지 않았다. 놀라기는커녕 그 빚을 자신이 대신 메워주겠다는 제안까지 하고 나섰다.

"몇 푼 되지도 않는데 괜히 그런 문제로 끙끙 고민하지 마. 그보다 나하고 한 팀이 되어서 대박을 터뜨려보자. 이쪽은 경마보다 훨씬 재미있는 도박이거든."

무사히 장부의 구멍을 메워서 업무상 횡령으로 잡혀 들어가는 일도 없고, 게다가 다음 일자리까지 생긴다―. 갑자기 내게 행운이 통째로 굴러들어온 듯한 기분이었다. 나는 그 즉시 호다카의 제안을 받아들이기로 했다.

그 무렵, 호다카는 살인적인 스케줄에 쫓기고 있었다. 소설가로서 인기를 얻은 데다가 각본가로서도 여기저기서 그를 부르지 못해 아우성이었다. 게다가 영상 제작 자체에도 머리를 들이밀려고 하는 판이어서 독립된 사무실을 꾸려 업무를 관리할 필요는 분명히 있었다. 아무튼 내가 맨 처음에 한 일은 아르바이트생을 모집하는 일이었다.

호다카가 나를 파트너로 선택한 이유는 얼마 지나지 않아 알게 되었다. 어느 날 그가 내게 이런 말을 했던 것이다.

"다음 주까지 스토리 두세 개만 써줄래? 이번 가을에 나갈 단편 드라마야."

그 말에 나도 모르게 눈이 휘둥그레졌다.

"스토리는 네가 직접 써야지."

"그거야 나도 알지. 하지만 이래저래 너무 바빠서 그런 것까지 쓰고 있을 틈이 없어. 적당히 써줘도 되니까 아무튼 그럴싸하게 대충 만들어봐. 너, 대학 다닐 때 시나리오 몇 편 쓴 거 있지? 그중에서 골라도 될 거 같은데."

"그런 건 프로의 세계에서는 통하지도 않아."

"괜찮아, 괜찮아. 우선 당장 땜질만 하면 돼. 제대로 된 작품은 나중에 내가 천천히 써낼 테니까."

"정 그렇다면 해보겠지만……."

나는 예전에 내가 썼던 스토리를 세 개쯤 문서로 정리해서 호다카에게 건네주었다. 결론만 말하자면, 그 세 개의 스토리는 모조리 호다카의 이름을 달고 세상에 나가버렸다. 그중 한 편은 소설로도 출판되었다.

그 뒤에도 몇 번이나 나는 그를 위해 아이디어를 제공했다. 나 스스로 크리에이터가 되고 싶다는 바람도 별로 없었고, 어떤 창작물이건 호다카의 이름으로 상품화하는 게 훨씬 더 비싸게 팔린다는 건 나도 인식하고 있었기 때문에 그리 큰 불만은 없었다. 무엇보다 나는 호다카에게 큰 빚을 진 처지였다.

호다카 기획은 순풍에 돛 단 듯이 흘러왔지만 어느 시기부터 앞길에 어두운 그림자가 드리우기 시작했다. 호다카가 본격적으로 영화 제작에 뛰어든 게 원인이었다.

원작과 각본뿐만 아니라 제작과 감독까지 호다카는 자신이 직접 하려고 들었다. 그 바람에 스폰서 찾기와 은행 출입이 나의 가장 중요한 업무가 되었다. 내가 긁어모은 돈을 호다카는 기세 좋게 펑펑 써댔다.

그렇게 만들어진 두 편의 영화는 모두 빚만 남겼다. 내가 나서서 협찬 기업에 티켓을 반강제로 떠넘기지 않았다면 훨씬 더 참담한 결과가 나왔을 것이다.

나는 호다카 기획이 앞으로 영화 제작에 관여하는 건 단호하게 반대할 생각이었다. 나 자신은 영화를 좋아하지만, 그것과 이것은 얘기가 다른 것이다. 영화가 돈을 벌어들이지 못하기 때문만은 아니다. 영화 제작에 온통 정신이 쏠려서 그의 본업인 소설과 각본 일이 줄줄이 밀려 있는 게 두려운 것이다. 실제로 그는 최근 1년여 동안 글다운 글은 거의 써본 적이 없었다. 원래 원고를 써서 수입을 얻던 그가 글을 쓰지 않게 되었으니 어디서도 돈이 들어오지 않는 건 당연한 일이었다. 호다카 기획의 은행 잔고는 순식간에 줄어갔다.

하지만 호다카는 나와는 생각이 전혀 달랐다. 그는 자신이 다시금 부자 순위에 올라가기 위해서는 영상 미디어 쪽에서 히트를 쳐야 한다고 굳게 믿고 있었다. 나아가 히트를 치기 위해서는 반드시 화젯거리가 필요하다는 신념을 갖고 있었다.

거기에서 간바야시 미와코의 이름이 나온다.

호다카가 그녀에게 관심을 두게 된 이유는 그녀가 한창 화제에 오른 여류 시인이기 때문이라는 것 이외에는 아무것도 없었다. 그래서 마침 자신의 담당 편집자이자 그녀의 편집자이기도 한 유키자사 가오리에게 부탁해서 그녀를 만나게 해달라고 한 것이다.

그 뒤 어떤 경위가 있었는지, 나는 정확하게는 알지 못한다. 문득 깨달았을 때 이미 두 사람은 연인 사이가 되어 있었다. 그뿐만 아니라 결혼 약속까지 한 뒤였다.

간바야시 미와코라는 여자에 대해 나는 잘 알지 못한다. 아예 하나도 모른다고 하는 게 더 정확할 것이다. 하지만 내 눈으로 보기에 호다카가 재혼을 결심할 만큼 여성적인 매력이 있는 것 같지는 않았다. 오히려 여자로서 소중한 무언가가 빠져버린 것처럼 보이는 사람이었다. 분명 아름답기는 하지만 그 아름다움은 여성 본래의 것과는 약간 다른 아름다움이다. 굳이 말하자면 미소년 같은 아름다움이었다. 여자에게 미소년이라는 표현을 쓰는 건 이상하지만, 아무튼 정상적인 남자인 내가 성적인 느낌을 전혀 갖지 못할 정도였다. 젊은 여자를 보면 내 경우에는 대개 그 옷 속을 상상해버리고 마는데, 그녀에 대해서는 그런 상상을 해본 일이 없었다. 그런 상상을 할 마음이 들게 하지 않는 뭔가가 있었다.

물론 그 뭔가에 끌렸다고 한다면 그야 뭐 그렇기도 하겠지만, 내가 아는 한 호다카는 그런 쪽을 좋아하는 타입이 아니었다. 따라서 두 사람이 사귄다는 이야기를 들었을 때부터 나는 뭔가 불쾌한 예감 같은 것을 느꼈다.

그 예감이 적중했다고 깨달은 것은 호다카가 처음으로 그녀의 시를 영상화하고 싶다는 말을 꺼냈을 때였다.

"애니메이션으로 갈 거야. 이건 틀림없이 잘 먹혀." 서재 창가에 서서 주먹을 휘두르던 호다카의 모습이 되살아난다. "벌써 제작사와 사전 협상도 해뒀어. 이제 찍기만 하면 돼. 이걸로 한 방에 인생 역전이야."

그 말을 처음 들었을 때 나는 온몸의 털이 거꾸로 솟는 것을 느꼈다.

"미와코 씨 쪽에서 허락한 일이야?" 나는 물었다.

"그야 어떻게든 허락하게 해야지. 나는 그녀의 남편이 될 사람이야." 호다카는 코를 벌름거렸다.

그 표정을 보고 나는 다른 것을 상상했다. 그래서 농담이라는 투로 넌지시 물어보았다.

"호다카, 꼭 그걸 노리고 결혼하려는 것 같잖아."

그 말에는 어지간히 뻔뻔한 호다카 녀석도 "설마, 그럴 리가 있냐?"라고 대꾸하며 쓴웃음을 지었다. 그 웃음은 나를 안심시켰다. 하지만 다음에 그는 이렇게 덧붙였다.

"하지만 이걸로 흐름이 바뀔 거라고는 생각해."

"흐름?"

"그 여자는 아주 특이하거든." 그는 말했다. "이런 시대에 시로 큰 인기를 얻다니, 이건 정말 특이한 뭔가가 갖춰져 있다는 얘기야. 그녀의 인기는 일시적인 게 아냐. 그런 보물을 내 것으로 만들어서 손해 볼 건 없지. 틀림없이 나한테 행운이 굴러든 거야."

"꽤 불순한 동기로 결혼하겠다는 것처럼 들리는데?"

"물론 그것만은 아냐. 하지만 이런 말은 할 수 있겠지. 그녀가 간바야시 미와코라는 이름의 평범한 직장 여성이었다면 절대로 결혼하지 않았을 거야."

내가 불쾌한 얼굴을 보였던 것이리라. 호다카는 나지막하게 웃으며 이렇게 말했다.

"그런 얼굴 하지 마라. 이 나이에 재혼하는 거야. 좋아한다는 것 외에 뭔가 부가가치를 원하는 것쯤은 괜찮잖아?"

"그녀를 정말 좋아하기는 하는 거지?"

"좋아하고말고. 다른 여자들보다는." 호다카는 진지한 얼굴로 거리낌 없이 말했다.

그때의 대화도 불쾌했지만, 나를 한층 더 소름 끼치게 한 것은 그로부터 며칠 지난 뒤의 일이었다. 뭔가 이야기 끝에, 간바야시 미와코와는 절대로 이혼할 수 없겠다는 말을 내가 했었다. 그녀와 헤어졌다가는 작가 호다카의 이미지가 엄청나게 다운될 것이다, 라는 게 내 주장이었다.

"지금으로서는 그녀와 헤어질 마음은 없어. 나 역시 자꾸 번거로운 짓을 되풀이하고 싶지는 않거든." 그렇게 말하고 나서 호다카는 잠시 머뭇거리는 표정을 보이더니 다시 입을 열었다. "단 한 가지, 마음에 걸리는 게 있어."

"뭔데?"

"미와코의 오빠라는 사람이야." 호다카는 대답했다. 입가가 삐뚜름해져 있었다.

"오빠라는 사람이 왜?"

내가 묻자 호다카는 엷은 웃음을 지으며 파충류 같은 눈빛을 보였다.

"그 오빠라는 사람, 미와코를 좋아하고 있어. 틀림없어."

"뭐라고?" 나는 입이 떡 벌어졌다. "그 두 사람, 친오누이 사이잖아?"

"근데 오래 떨어져서 살았던 모양이야. 미와코에게 직접 들은 건 아니지만 이런저런 얘기 끝에 배어 나오는 미묘한 뉘앙스로 짐작할 수 있어. 그 오빠는 미와코를 여자로 보고 있어. 내가 실제로 만나보고서 확신했지."

"설마. 네가 잘못 본 거 아냐?"

"너도 만나보면 알 거야. 보통 오빠는 누이를 그런 식으로 빤히 쳐다보지 않아. 어쩌면 미와코 쪽에서도 제 오라비를 이성으로 보고 있었는지도 모르지."

"너, 어떻게 그런 소리를 태연하게 할 수 있어?"

"그 여자가 가진 신비함의 비밀이 거기에 있는지도 모른다고 생각하기 때문이야. 게다가 나와 결혼하기 전에 누구를 사랑했건 내 알 바 아니야. 그게 한 핏줄의 친오빠라고 해도. 하긴 육체관계만은 없었기를 빌고 있다만. 야, 왜 그래, 어디 아파?"

"그래, 속이 메슥거린다."

내 말에 호다카는 소리 없이 웃었다.

"남녀 간의 일이니 앞으로 어떻게 될지는 나도 모르겠다. 하지만 나와 미와코가 헤어지는 경우도 있을 수 있겠지. 그때는 이 이야기를 듣고 나서면 돼. 이렇게 말하는 거야. 아무래도 그 일이 자꾸만 마음에 걸리고 꺼림칙했었다, 라고. 이건 아주 쇼킹한 화젯거리야. 일거에 세상의 주목을 끌 수 있을 거란 말이지."

호다카의 말을 들으며 나는 등에 소름이 돋는 것을 느꼈다. 무엇에 대해 그런 한기를 느꼈는지, 그건 잘 모르겠다. 아무튼 뭔가 정상이 아니라는 느낌이 내 마음을 점거하고 있었다.

3

가슴팍의 호주머니에 넣어둔 휴대전화가 울렸다. 전원을 끄는 걸 깜빡 잊은 모양이다. 저마다 메인 요리를 즐기고 있는 참이었다. 내 앞의 접시에는 징거미새우 세 마리가 올라와 있었다. 호다카가 휴대전화 소리에 노골적으로 불쾌한 얼굴을 했다.

"잠깐 실례." 나는 자리를 떠나 화장실 쪽으로 갔다. 다른 손님들 쪽에서는 보이지 않는 자리를 찾아 통화 버튼을 눌렀다. "여보세요."

우선 잡음이 들리더니 작은 목소리가 귀에 와 닿았다. "……
여보세요."

나는 곧바로 누군지 알았다.

"준코 씨?" 나는 되도록 온화한 말투를 쓰려고 조심하며 말
했다. "웬일이야?"

"저어……, 마코토 씨에게……."

"응?"

"마코토 씨에게 기다릴 거라고 전해주세요."

나미오카 준코의 목소리에는 눈물이 섞여 있었다. 코를 훌
쩍이는 소리가 들렸다.

"준코 씨, 지금 어디야?"

급히 물어봤지만 대답은 없었다. 가슴이 콱 막혀왔다. 불길
한 예감이 엄습했다.

"여보세요, 준코 씨, 듣고 있어?"

뭔가 소리가 났다.

"응? 뭐라고?" 나는 되물었다.

"……지가 너무 예뻐."

"응? 뭐가 예쁘다고?"

내가 물었을 때는 이미 전화는 끊겨 있었다.

나는 휴대전화를 호주머니에 집어넣으며 고개를 갸웃거렸
다. 나미오카 준코가 어디에서 전화를 걸어온 것일까. 무엇 때

문에 걸어온 건가. 뭐가 예쁘다고 한 걸까.

자리에 돌아가려고 걸음을 뗐을 때, 갑자기 머릿속에 퍼뜩 떠오르는 게 있었다. 단순한 잡음이었던 것이 필터를 빠져나온 것처럼 또렷한 말로 바뀌었다.

팬지라고 한 것이다. 팬지가 너무 예뻐—.

노란색과 보라색 꽃잎이 눈꺼풀에 되살아났다. 나는 큰 걸음으로 테이블에 다가갔다.

"호다카, 잠깐만……." 나는 선 채로 그의 귓가에 속닥였다.

그 즉시 호다카는 미간을 찌푸렸다.

"뭔데 그래? 그냥 여기서 말해."

"이런 데서 할 얘기가 아니야."

"이거 참, 귀찮은 친구네. 대체 어디서 온 전화인데 유난을 떠는 거야?" 호다카는 냅킨으로 입가를 닦고 자리에서 일어섰다. "미안해요, 신경 쓰지 말고 식사 계속하세요." 이건 간바야시 다카히로에게 건넨 말이었다.

나는 호다카를 조금 전의 자리로 데리고 갔다.

"너, 지금 바로 집에 가봐." 나는 말했다.

"왜?"

"나미오카 준코가 기다리고 있어."

"준코?" 호다카는 혀를 찼다. "어지간히 좀 해. 그건 이미 끝난 얘기잖아?"

"아무래도 이상해. 지금 너희 집 정원에 있는 모양이야. 너를 기다릴 거라고 말했어."

"나를 기다려서 뭘 어쩌겠다는 거야? 진짜 그 여자는⋯⋯." 호다카는 턱 끝을 북북 긁었다.

"아무튼 빨리 가보는 게 좋겠어. 준코가 사람들 눈에 띄는 건 너도 원하지 않지?"

"어휴, 진짜 미치겠네." 호다카는 입술을 깨물며 시선을 급하게 움직였다. 그리고 뭔가 결심한 얼굴로 나를 쳐다보았다. "네가 가서 좀 살펴보고 와."

"준코는 너를 기다리는 거라니까."

"나는 손님이 있잖아. 저 사람들을 그냥 두고 가라는 거야?"

"손님?"

그때 누군가 나를 보았다면 몹시 어처구니없는 얼굴을 하고 있다고 생각했을 것이다. 간바야시 다카히로를 손님이라고 생각하다니, 이건 완전 놀랄 일이었다. 그런 말을 태연한 얼굴로 내뱉는 호다카라는 녀석의 신경이 나는 의심스러웠다.

"부탁한다." 호다카는 내 어깨에 손을 얹었다. 알랑거리는 얼굴로 바뀌어 있었다. "어떻게든 좀 쫓아버려. 준코에 대해서는 나보다 네가 더 잘 알잖아."

"야, 호다카⋯⋯."

"미와코 쪽에서 이상하게 생각하겠어. 나는 그만 자리로 돌아갈 테니까 네가 집에 좀 가봐. 이쪽은 내가 잘 둘러댈 테니까." 그렇게 말하자마자 호다카는 내 대답도 기다리지 않고 자리로 돌아가버렸다. 나는 한숨을 쉴 마음도 나지 않았다.

레스토랑을 나와 큰길까지 걸어 내려가 거기서 택시를 탔다. 나미오카 준코가 어떤 심정으로 호다카를 기다리고 있을지 생각하면 가슴이 욱신욱신 아파왔다. 일이 이 지경이 된 데는 나한테도 일말의 책임이 있는 것이다.

준코를 알게 된 것은 호다카보다 내가 먼저였다. 그녀와 나는 같은 맨션에 살고 있다. 어느 날 엘리베이터 안에서 그녀가 내게 말을 걸어준 것이 만남의 계기였다. 하지만 그녀가 나 같은 30대 남자에게 관심을 가졌던 것은 아니다. 그녀가 주목한 것은 내가 들고 있는 케이지 쪽이었다. 거기에는 러시안블루 암고양이가 들어 있었다. 지금도 내 방에 있는 고양이다. 우리 맨션은 애완동물을 기르는 게 허용되는 것이다.

감기에 걸린 거 같아요―. 그게 그녀가 처음으로 내게 건넨 말이었다.

"눈으로 보기만 해도 알아요?" 나는 물었다.

"네. 병원에는 가봤어요?"

"아뇨."

"빨리 치료를 받는 게 좋겠어요. 괜찮으시다면, 이거." 그렇게 말하고 준코는 명함 한 장을 내밀었다. 동물 병원의 이름이 인쇄되어 있었다. 그녀는 거기서 조수로 근무하고 있었던 것이다.

다음 날, 나는 준코가 근무하는 병원에 고양이를 데리고 갔다. 그녀는 나를 기억하고 있었다. 얼굴을 보자마자 빙긋 웃어주었다. 건강한 웃음이었다.

내 고양이가 그날의 마지막 환자였기 때문에 진찰이 끝난 뒤에도 잠시 이야기를 나누었다. 준코는 천진난만하고 곧잘 웃는 아가씨였다. 그 명랑함에 나는 저절로 마음이 따스해지는 것만 같았다. 하지만 동물에 대한 이야기가 나오면 그 눈에 진지함이 깃들었다. 한심한 동물 주인에 대해 말할 때는 무릎 위에서 양손을 부르쥐고 있었다. 그렇게 상반된 반응이 나에게는 신선하게 보였다.

고양이를 구실 삼아 몇 번이나 병원을 들락거린 끝에 가까스로, 차나 한잔하자고 청해보았다. 준코는 거절하지 않았다. 그리고 커피숍에서도 병원에서와 똑같이 명랑한 표정으로 나를 대해주었다.

준코에게 마음이 끌린다는 것을 나는 또렷하게 자각하고 있었다. 하지만 열 살 가까운 나이 차 때문에 나는 아무래도 소극적일 수밖에 없었다. 지금까지 그렇게 어린 여자와는 사귀어본 적이 없었던 것이다.

어느 날, 내 일에 대한 이야기가 나왔다. 그때까지는 내가 어떤 일을 하고 있는지 자세히 말할 기회가 없었다.

호다카 마코토의 이름을 대자 당장 준코의 눈빛이 변했다.

"나, 그분의 열렬한 팬이에요. 와아, 스루가 씨가 호다카 마코토 사무실에서 일하는 분이었어요? 진짜 깜짝 놀랐네. 굉장하다." 가슴 앞에서 움켜쥔 두 개의 주먹을 그녀는 부르르르 흔들어 보였다.

"그렇게 열렬한 팬이라면 이다음에 한번 소개해줄까?" 나는 말했다. 가벼운 마음에서 해본 말이었다.

"와아아, 정말이에요? 하지만 공연히 폐를 끼치는 건 아닌지 좀……."

"폐를 끼칠 게 뭐가 있나? 그의 스케줄을 관리하는 사람이 바로 난데 뭘." 일부러 수첩을 꺼내 일정표를 살펴보는 척했다. 정말로 바보 같은 짓이었다. 그따위로 잘난 척할 시간에 차라리 그녀를 호텔로 유혹할 방법이나 생각했어야 하는 것이다.

며칠 뒤, 나미오카 준코를 호다카의 집에 데려갔다. 준코는 예쁜 여자다. 호다카가 불쾌한 얼굴을 할 리 없다는 내 예상은 적중했다. 그날 밤에는 셋이서 식사를 하러 나갔다. 준코는 꿈을 꾸는 듯한 얼굴을 하고 있었다.

식사를 마치고 내가 그녀와 함께 돌아가려는데 호다카가 슬쩍 내 귓가에 속닥였다.

"꽤 괜찮은 아가씨인데?"

나는 호다카의 얼굴을 노려보았다. 하지만 이미 그의 시선은 앞서 걸어가는 준코의 뒷모습으로 향하고 있었다.

내가 엄청난 실수를 저질렀다는 것을 깨달은 건 그로부터 약 두 달 뒤였다. 호다카의 집에 갔더니 리빙룸에 준코가 와 있었다. 그뿐만 아니라 나와 호다카를 위해 커피까지 끓여주었다. 그녀가 주방에 서 있는 모습을 보고 나는 모든 사정을 알아차렸다.

그래도 나는 충격을 겉으로 드러내지 않고, 오히려 짓궂게 놀리는 얼굴로 호다카에게 물었다.

"언제부터야?"

"한 달쯤 전부터인가?" 그는 대답했다. 마침 그 무렵부터 준코가 나와의 만남을 거절했었다는 게 생각났다.

호다카는 어땠는지 모르지만 준코가 내 마음을 알아차리지 못했을 리는 없다. 그녀도 미안한 마음이 있었던 모양이다. 그날, 우리 둘만 남았을 때 그녀는 작은 소리로 내게 말했다. 미안해요, 라고.

됐어, 라고 나는 대답했다. 내 쪽에서 불만을 품을 만한 일이 아니었다. 내가 멍청했던 게 잘못인 것이다.

하지만 그로부터 몇 달 뒤, 나는 그녀를 호다카 따위와 만나게 해준 것을 새삼 절절히 후회하게 되었다. 그녀가 임신을 한 것이다. 그 일을 호다카는 내게 상의해왔다.

"야, 어떻게 좀 해줘. 자꾸 낳겠다면서 도무지 말을 안 들어."

정말로 미치겠다는 듯한 얼굴로 호다카는 리빙룸에 놓인 소파에 벌러덩 누워버렸다. 실제로 두통까지 일어났는지 눈두덩을 꾹꾹 누르고 있었다.

"아이를 낳으면 되잖아." 나는 선 채로 그를 내려다보며 말했다.

"지금 농담하냐? 나는 어린애 같은 건 진짜 싫어. 스루가, 제발 나 좀 살려줘."

"결혼할 마음은 전혀 없어?"

"아직 거기까지는 생각도 안 해봤어. 아, 물론 재미 삼아 사귄 건 아니야." 뒤에 덧붙인 말은 내 성격을 뻔히 알고서 해본 소리일 것이다. "어떻든 애가 먼저 생기는 건 마음에 안 들어."

"그럼 이번 기회에 그녀와의 결혼을 진지하게 고려해보는 건 어때? 그렇다면 그녀도 이해해줄지 모르는데."

"아, 좋아. 그걸로 가자. 그거면 되겠어." 호다카는 소파에서 몸을 벌떡 일으켰다. "그런 식으로 잘 달래서 결론을 좀 내줘. 귀찮은 짓은 제발 하지 말아달라고 달래봐."

"정말로 결혼을 진지하게 고려해볼 거지?"

"응, 알았어." 호다카는 크게 고개를 끄덕였다.

분명 그날 저녁에 나는 준코의 집을 찾아갔다. 그녀는 내가 찾아온 이유를 미리 알고 있었다. 내 얼굴을 보자마자 "절대로 지우지 않을 거예요"라고 말한 것이다.

오랜 시간을 들인 설득이 시작되었다. 정말 하기 싫은 역할이었다. 그래도 계속 그녀를 달랬던 것은 낙태하는 게 그녀를 위한 일이라고 나 스스로도 생각했기 때문이었다. 호다카 같은 놈과는 맺어지지 않는 게 좋다, 라고 생각했었다. 그러면서도 어떻게든 낙태에 동의하게 하려고 호다카와의 결혼을 추진해보겠다는 약속을 했다.

페트병 두 개 정도의 눈물을 흘린 뒤, 준코는 낙태를 승낙했다. 나도 완전히 녹초가 되어 있었다. 그 며칠 뒤에 나는 그녀를 데리고 산부인과 병원의 문을 넘었다. 몇 시간 뒤에는 수술을 마친 그녀를 자동차로 집까지 데려다주었다. 그녀는 표정이 죽어버린 얼굴로 창밖만 바라보고 있었다. 그 옆얼굴에 처음 만났을 무렵의 명랑함은 없었다.

"호다카에게 반드시 약속을 지키라고 내가 꼭 말할게." 나는 그렇게 그녀를 위로했다. 그녀는 아무 대답도 하지 않았다.

호다카가 약속을 지키지 않았다는 건 새삼 말할 것도 없다. 그 몇 달 뒤에 간바야시 미와코와 결혼을 약속했던 것이다. 그것을 알았을 때, 나는 준코는 어떻게 할 거냐고 호다카를 다그쳤다.

"내가 설명할게. 어쩔 수 없잖아? 두 여자와 한꺼번에 결혼할 수도 없고." 호다카는 말했다.

"틀림없이 말할 거지?"

"글쎄, 알았다니까." 귀찮다는 듯이 그는 내뱉었다.

하지만 그는 결국 준코에게 아무런 설명도 하지 않았다. 그녀는 바로 며칠 전까지도 자신이 호다카의 아내가 될 거라고 굳게 믿고 있었던 것이다.

낮에 얼핏 보았던 준코의 공허한 눈빛이 뇌리에 되살아났다.

택시가 호다카의 집 앞에 도착하자 나는 5천 엔짜리 지폐를 운전기사에게 건네고 잔돈도 받지 않은 채 급하게 뛰어내렸다. 그리고 현관 계단을 뛰어 올라갔다. 문은 잠긴 채였다. 호다카는 준코에게 집 열쇠를 내준 적은 없었다.

나는 정원으로 돌아갔다. "팬지가 예뻐……"라고 했던 그녀의 말이 머릿속에 맴돌았다.

정원을 바라본 순간, 나는 우두커니 멈춰 섰다.

아름답게 깎인 잔디 위에 하얀 천이 펼쳐져 있었다. 찬찬히 바라보니 나미오카 준코의 모습이었다. 그녀는 아까 보았던 하얀 옷 그대로였다.

다른 점은 머리에 하얀 베일을 쓰고 있다는 것, 그리고 오른손에 부케를 들고 있다는 것이었다. 살짝 젖혀진 베일 틈새로 그녀의 야윈 뺨이 내보이고 있었다.

유키자사 가오리의 장

1

성게알 스파게티는 별로 대단할 것도 없었다. 소금기가 너무 강해서 내 입에는 맞지 않았다. 그다음에 먹은 농어도 마찬가지. 그러면서도 둘 다 위에 들어가자마자 입 안에는 아무 맛도 남지 않았다. 그저 건성으로 입을 움직였기 때문인지도 모른다.

스루가 나오유키의 휴대전화가 울리는 소리는 내게 모종의 예감을 던져주었다. 느닷없이 머리에 떠오른 것은 조금 전에 보았던 여자의 얼굴이었다. 하얀 옷에 하얀 얼굴. 막다른 궁지에 몰린 듯한 눈빛을 호다카 마코토에게 던지고 있었다.

얼어붙은 호다카의 표정과 스루가의 허둥거리는 태도로 그녀가 어떤 여자인지 나는 순식간에 깨달았다. 만일 간바야시 다카히로가 그 자리에 없었다면 당장 호다카를 철저히 추궁했을 것이다.

휴대전화를 받은 뒤에 스루가는 얼굴이 잔뜩 굳은 채로 호다카를 부르러 왔다. 그 여자가 뭔가 까다로운 요구를 해온 게 틀림없다고 나는 짐작했다. 그것 말고는 간바야시 미와코와 식사 중인 호다카를 따로 불러낼 이유가 전혀 없다. 그들에게 지금 누구보다 중요한 존재는 미와코인 것이다.

"역시 바쁜가 봐요." 미와코가 내게 말을 건넸다.

"응, 그런 모양이네." 나는 대답했다. 미와코는 너무 순진하다. 애초에 의심이라는 것을 할 줄 모른다. 호다카 마코토 같은 남자에 대해서조차. 그게 나를 답답하게 만들었다.

잠시 뒤에 돌아온 호다카의 얼굴에는 그렇게 봐서 그런지 여유가 없는 것처럼 느껴졌다. 스루가는 급한 볼일이 생겨서 먼저 보냈어요, 식사 중에 정말 미안해요―. 자리에 앉자마자 그는 말했다. 그의 얼굴은 간바야시 오누이 사이를 왕복하고 있었다.

"스루가 씨도 참 힘드시겠어요." 미와코가 순정 만화 같은 눈빛으로 호다카를 보았다.

"응, 내가 이것저것 일을 벌여놓는 바람에 저 친구가 요즘 엄청나게 힘들 거야." 마음에도 없는 소리를 하고서 호다카는 내일의 신부에게 미소를 지었다. 그가 자랑하여 마지않는 웃음이었다. 어떤 여자라도 한 번은 속아 넘어간다.

나는 스루가 나오유키의 여윈 얼굴을 머릿속에 떠올리며, 정말 딱하다고 생각했다. 어떤 사건이 터졌는지는 모르겠지만 지금쯤 호다카의 엉덩이를 닦아주기 위해 이마에 땀을 흘리며 어딘가를 뛰어다니고 있을 것이다.

디저트를 다 먹고 커피를 마시고 있을 때였다. 젊은 웨이터가 호다카에게 다가와 허리를 숙였다. 전화가 왔는데요, 라고 작은 소리로 속삭였다.

"전화?" 크게 당황한 듯한 얼굴을 하더니 호다카는 미와코를 보며 쓴웃음을 지었다. "스루가일 거야. 또 무슨 실수라도 저지른 모양이지."

"빨리 전화 받아봐요."

"그래, 잠깐 실례해야겠네." 호다카는 자리에서 일어섰다. "미안합니다, 형님, 몇 번씩이나."

아뇨, 라고 간바야시 다카히로는 짧게 대답했다. 이 잘생긴 남자가 호다카를 그리 탐탁지 않게 생각한다는 건 명백했다. 식사 중에도 거의 말을 하지 않았다.

"무슨 일일까요?" 미와코가 불안한 듯한 얼굴로 내 쪽을 보았다. 그녀는 유령 같은 얼굴을 한 여자가 호다카의 집 정원에 우두커니 서 있었다는 것을 알지 못했다.

글쎄, 라고 나는 대충 대답해두었다.

잠시 뒤에 호다카가 돌아왔다. 그 얼굴을 보고 나는 심상치 않은 사건이 터졌다는 것을 확신했다. 그는 여전히 억지웃음을 얼굴에 바르고 있었지만 그 뺨은 분명하게 굳어 있었다. 시선도 침착하지 못하고 호흡이 흐트러진 것도 내 눈에는 분명하게 보였다.

"왜 그래요?" 미와코가 물었다.

"아, 아니, 별일 아니야." 웬일로 호다카는 목소리까지 갈라졌다. "그나저나 이제 슬슬 가볼까?" 의자에 앉으려고도 하지 않고 뻣뻣이 선 채로 말했다. 어지간히 급한 모양이었다.

나는 일부러 느릿느릿한 동작으로 커피 잔을 입에 옮겼다.

"난 좀 더 있고 싶은데. 무슨 급한 볼일이라도 있어요?"

호다카가 일순 나를 노려보았다. 나의 자그마한 악의를 눈치챘는지도 모른다. 하지만 나는 모르는 척하는 얼굴로 얼마 남지도 않은 커피를 느긋하게 즐겼다.

"할 일이 아직 몇 가지 남아 있어. 집에 가서 신혼여행 준비도 해야 돼."

"내가 도와줄까요?" 미와코가 즉석에서 말했다.

"아냐, 자기한테까지 수고를 끼치는 건 미안하지. 그 정도는 내가 할 수 있어." 그리고 호다카는 간바야시 다카히로를 보았다. "저기, 호텔까지 가는 길은 아십니까?"

"지도가 있으니까 갈 수 있을 겁니다."

"그래요? 그럼 차를 앞에 대달라고 하지요. 저한테 키를 주시겠습니까?"

간바야시 다카히로에게서 자동차 키를 받아 들더니 호다카는 상의 안주머니에 손을 찔러 넣으며 잽싸게 출구 쪽으로 나갔다.

나는 그런 그를 쫓아 나갔다.

"오늘은 내가 낼게요." 작은 소리로 말했다. 음식값 얘기였다.

"아니, 됐어. 청한 건 내 쪽인데."

"그래도."

"됐다니까." 호다카는 금빛 신용카드를 담당자에게 건넸다. 그러고는 다른 직원에게 키 두 개를 건네며 가게 앞에 차를 대달라고 부탁했다. 또 하나는 호다카 자신의 자동차 키였다. 이 레스토랑까지 두 대의 차에 나눠 타고 온 것이다.

"뭔가 일이 터진 모양이죠?" 미와코 일행 쪽에 신경을 쓰며 나는 물었다.

"아니, 그런거 없어." 호다카는 쌀쌀맞게 대답했다. 눈에 침착성이 없었다.

"유키자사 씨." 뒤에서 미와코가 나를 불렀다. "지금 어딘가 가셔야 해요?"

"응, 나는……." 딱히 예정은 없었다. 하지만 순간적으로 한 가지 생각이 번뜩 떠올랐다. "나는 회사에 들어가야 해. 아까 받은 에세이 원고, 올려야 하니까."

"그럼 우리랑 함께 타고 가시면 되겠네요. 중간에 출판사 앞에서 내려드릴게요." 미와코가 친절을 베풀 마음으로 말했다.

"미안해, 그 전에 한 군데 들를 데가 있어." 나는 얼굴 앞에 손바닥을 세우며 말했다. "나중에 호텔 쪽으로 전화할게."

"그럼 기다릴게요." 미와코는 빙긋 웃었다.

두 대의 자동차를 문 앞에 대주는 데 몇 분이 걸렸다. 그 몇 분 동안이 호다카에게는 한없이 길게 느껴지는 모양이었다. 몇 번이나 손목시계를 들여다보고, 곁에서 미와코가 말을 걸어도 그저 건성으로 들어 넘겼기 때문이다.

호다카는 간바야시 오누이를 쫓아내듯이 볼보에 태웠다.

"내일 봐요." 차창 너머로 미와코가 말했다.

"응, 오늘 밤은 일찌감치 잘 자." 호다카가 웃는 얼굴로 대답했다. 이런 때에도 가면을 벗지 않는 걸 보면 역시 호다카다웠다.

볼보가 모퉁이를 지나 시야에서 사라지자마자 호다카의 얼굴에서도 웃음이 사라졌다. 그는 내 쪽은 돌아볼 것도 없이 자신의 벤츠를 향해 걸음을 옮겼다.

"엄청 급하신 모양이네." 등에 대고 말을 건네보았다. 들리지 않았을 리가 없는데 그는 돌아보지 않았다.

그의 벤츠가 엔진 소리를 울리며 떠나가는 것을 지켜보고 나는 반대 방향으로 걷기 시작했다. 빈 택시가 좀체 눈에 띄지 않았다. 10분쯤 지나서야 겨우 한 대를 발견했다. 나는 즉시 손을 번쩍 들었다.

"샤쿠지이코엔 쪽으로 가주세요"라고 나는 말했다.

내가 지금 뭐 하는 건가, 하고 창밖으로 흘러가는 경치를 바라보며 생각했다. 바깥은 벌써 밤의 색깔로 바뀌어 있었다.

호다카 마코토의 얇은 입술이 생각났다. 약간 튀어나온 턱, 모양새 좋은 코, 깨끗하게 커트된 눈썹 등을 떠올렸다.

잠시 잠깐이었지만 나도 꿈을 꾼 시기가 있었다. 호다카의 아내가 되는 꿈. 평생 편집 일은 계속할 생각이었지만 그때만은 하루 종일 앞치마를 입고 있는 나 자신의 모습을 상상했었다. 아둔했었다, 라고밖에는 달리 말할 도리가 없다.

호다카 마코토의 담당이 된 것은 문예부로 옮긴 지 2년째가 되던 해였다. 재능이 많은 작가라는 게 내가 가졌던 그에 대한 이미지였다. 하지만 처음 만났을 때, 전혀 다른 인상이 내 뇌리에 새겨졌다. 그건 지금 와서 생각하면 헛웃음이 나는 일이지만, 바로 '남자로서도 멋진 사람'이라는 것이었다.

그가 언제부터 나를 여자로 보게 되었는지, 나는 알지 못한다. 하지만 아마 처음 만났을 때부터 언젠가는 제 것으로 만들겠다는 흑심을 품었을 것이다. 그럴 만큼 그는 기막히게, 그리고 착실하게 내 마음을 사로잡았다. 마치 컴퓨터가 짜여진 프로그램에 따라 일을 해치우듯이.

"우리 집에서 한잔 더 할까?"

그가 그런 말을 내게 건넨 것은 일 한 가지를 마무리하고 식사를 한 뒤에 긴자의 바에서 칵테일을 마셨을 때였다. 그는 호스티스가 있는 술집은 좋아하지 않는다. 적어도 나한테는 그렇게 말했었다.

당시 그는 아직 유부남이었다. 그래서 신주쿠에 따로 작업실을 빌려놓고 있었다. 가정과 일은 철저히 구분하고 싶다는 게 그 이유였다.

거절할 이유라면 얼마든지 있었다. 그리고 한마디만 거절의 의사를 표시했다면 이 남자는 결코 끈질기게 청하지 않을 거라는 확신도 있었다. 하지만 앞으로 두 번 다시 이런 식으로 청해올 일은 없을 거라고도 생각했다.

결국 그대로 그의 작업실로 갔다. 한잔 더 하자는 게 목적이었는데, 실제로 그의 방에서 내가 마신 것은 버번 반 잔 정도였다. 곧바로 침대에 들어갔기 때문이다.

"나는 재미로 이런 건 안 해요"라고 그때 나는 말했다.

"나도 그래"라고 호다카도 응했다. "그러니까 자기도 각오를 해둬"라고도. 정말 말은 잘한다.

이혼한다는 말을 호다카에게서 들은 건 그로부터 석 달쯤 지난 뒤였다. 이미 나와는 본격적인 교제를 하고 있었다.

"전부터 별로 사이가 좋지 않았어. 너와의 일 때문이 아니야. 그러니까 괜히 괴로워할 거 없어."

이혼의 이유를 묻자 그는 조금 화난 듯한 말투로 그렇게 대답했다. 그 대답에 나는 감격까지 했었다. 내 마음을 배려해주는 거라고 생각했다.

다시 그다음의 말이 나를 붕 뜨게 했다.

"하긴 네가 없었다면 나도 결심을 못 했을지 모르지."

그 이야기를 했을 때, 우리는 호텔 커피숍에 있었다. 만일 둘만 있는 방이었다면, 아니, 커피숍이었어도 주위에 사람들만 없었다면 나는 그의 가슴에 뛰어들었을 것이다.

그리고 햇수로 3년 동안 우리의 관계는 지속되었다. 솔직히 말해 나는 그가 프러포즈해주기를 기다리고 있었다. 하지만 내 입으로 그것을 재촉한 일은 단 한 번도 없었다. 이혼하고 얼마나 지나야 주위에서 축복을 받는 재혼이 가능한지, 나는 전혀 짐작도 하지 못했다. 게다가 나 스스로도 몹시 손해나는 성격이라고 항상 생각하고 있지만, 내가 먼저 결혼 이야기를 꺼내는 건 나로서는 자존심을 버리지 않으면 안 되는 일이었다. 그래서 기껏해야 농담처럼, 평생 편집자로 일하는 것보다 어딘가에 영구 취직을 하는 게 더 낫겠다고 슬쩍 던져보는 정도였다. 그러면 호다카 마코토는 "전혀 그럴 생각도 없으면서 뭘 그래?"라고 웃으면서 대꾸하는 것이었다. "네가 가정에 들어앉을 여자가 아니라는 건 내가 더 잘 알아"라고도 했다. 그런 식으로 말해버리면 내가 더 이상 결혼을 주장하지 못한다는 걸 뻔히 알고 있었던 것이다.

대체 어떻게 되는 거야, 라고 슬슬 마음이 불안해졌을 즈음에 그에게서 뜻밖의 부탁이 들어왔다. 간바야시 미와코를 소개해달라는 것이었다.

미와코는 원래 내 여동생의 친구였다. 여동생이 미와코의 시 노트를 내게 보여줬던 것이 모든 일의 시작이었다. 나는 미와코의 시에 담긴 열정, 슬픔, 안타까움에 단숨에 매료되었다. 그리고 이렇게 생각했다. 이건 반드시 상품이 되겠다, 라고.

이름도 없는 여자의 시집을 출판한다는 건 원래는 생각할 수도 없는 일이었다. 하지만 나의 이 기획을 회사에서 인정해주었다. 난색을 보이던 상사들도 간바야시 미와코의 시에는 뭔가 강한 매력이 있다는 것을 느낀 모양이었다.

하지만 솔직히 그렇게 많이 팔릴 줄은 꿈에도 생각하지 못했다. 한동안 화젯거리가 되는 정도면 만족스럽다는 게 애초의 의도였다. 시집 속의 한 구절이 유행어가 되고, 그 시집을 패러디한 책이 줄줄이 출간되는 일 따위는 전혀 예상 밖의 일 대 사건이었다.

눈 깜짝할 사이에 간바야시 미와코는 화제의 인물로 떠올랐다. 텔레비전 출연 의뢰도 잇달아 들어왔다. 당연히 다른 출판사에서도 경쟁적으로 미와코와의 접촉을 시작했다.

하지만 미와코가 나 모르게 마음대로 일을 하는 경우는 없었다. 항상 나를 연락 담당자로 정해두어서 어떤 일이든 나를 통하지 않고서는 그녀에게 전달되지 않는다는 형식을 취해주었다. 현재 다른 출판사 사람들이 나에게 굽실거리는 것은 간바야시 미와코를 꽉 잡고 있는 덕분이라는 건 틀림이 없다.

"왜 그녀를 만나려는 건데?" 나는 호다카에게 물었다.

"응, 좀 관심이 있어서. 괜찮잖아, 소개해주는 것쯤은?"

그는 그렇게 대답했다. 나로서는 그 부탁을 굳이 거절할 이유가 생각나지 않았다. 단지 뭔가 안 좋은 예감은 분명히 있었다.

아마 호다카 쪽에서도 처음부터 미와코를 제 것으로 만들겠다는 마음은 없었을 것이다. 영화 쪽으로 그녀를 이용할 수 있었으면 좋겠다는 정도의 속셈이었을 것이다. 그가 어떻게든 영화를 통해 실패를 만회하려고 한다는 건 나도 알고 있었다.

하지만 사태는 내가 생각지도 못한 방향으로 굴러가기 시작했다. 처음 그것을 감지한 것은 미와코에게서 전화가 걸려왔을 때였다. 호다카 마코토 씨에게서 식사를 함께 하자는 청이 들어왔는데 어떻게 하면 좋겠느냐는 이야기였다. 그 말투에서 그녀가 가고 싶어 한다는 것을 나는 눈치챘다. 그것이 공연히 나를 더 초조하게 했다.

나는 호다카 마코토에게 연락을 취했다. 어쩔 생각이냐고 캐묻기 위해서였다. 그는 나에게서 연락이 오리라는 것을 이미 예상하고 있었던 것처럼, 그리 당황하는 기색도 없었다.

"업무에 관한 것이라면 나를 통해서 말해달라고 했잖아."

내 말에 그는 미리 결심했다는 듯이 딱 잘라서 말했다.

"업무 얘기가 아냐. 사적으로 그녀를 만나고 싶었어."

"그건 무슨 뜻이야?"

"별 뜻 없어. 그녀와 식사를 하고 싶어. 그냥 그것뿐이야."

"이봐요." 나는 필사적으로 마음을 진정시키면서 물었다. "내 머리가 나빠서 혹시 오해한 거라면 정말 미안한데, 지금 당신 말하는 걸 들어보니 간바야시 미와코라는 여자에게 관심이 있다는 것처럼 들리네?"

"오해 아냐. 그 말이 맞아." 그는 말했다. "그녀에게 관심이 있어. 여자로서."

"어떻게 태연하게 그런 말을 할 수 있어?"

"그럼 한마디 묻겠는데, 너 아닌 다른 여자를 사랑하게 되었을 때, 나는 어떻게 해야 하지? 그래도 너에 대한 의리를 앞세워 꾹꾹 참아야 할까? 결혼을 한 것도 아닌데?"

결혼을 한 것도 아니다―. 그 말이 내 가슴에 깊숙이 박혔다.

"좋아한다는 거야, 미와코 씨를?"

"응, 호감을 갖고 있는 건 사실이야."

"그녀는 내가 담당하고 있는 작가야."

"우연히 일이 그렇게 된 것뿐이잖아?"

"그러니까……." 나는 침을 삼켰다. "나는 차인 거야?"

"간바야시 미와코라는 여자에 대한 감정이 앞으로 얼마나 깊어질지는 나도 모르겠어. 하지만 그녀와 식사하기 위해서는 너와 헤어져야 한다면 그렇게 할 수밖에 없을 것 같다."

"응, 잘 알았어."

이상이 3년 가까이 이어온 관계에 종지부를 찍었을 때의 대화다. 호다카는 미와코를 유혹했을 때부터 우리 사이가 이렇게 될 것을 계산하고 있었던 게 틀림없었다. 내가 꼬치꼬치 따지거나 울고불고 매달리지 않으리라는 것도 그는 뻔히 다 내다보고 있었다. 또한 그걸 뻔히 내다보았다는 것을 뻔히 다 알면서도 나는 다른 어떤 대응도 할 수 없었다.

그가 계산했던 것은 또 한 가지가 있었다. 내가 결코 우리 둘의 관계를 미와코에게 말하지 않으리라는 것이었다. 말하지 않을 뿐만 아니라 그가 미와코에게 접근하는 것을 방해하는 일도 없을 거라고 미리 읽고 있었다.

실제로 그의 계산대로 일이 흘러갔다. 나는 간바야시 미와코에게 한마디도 일러주지 않았다. 몇 번인가 미와코가 "호다카 씨는 어떤 사람이에요?"라는 질문을 던져왔지만 나는 결코 내 속마음을 입 밖에 내지 않았다. 업무상으로 만난 것밖에 없어서 잘 모르겠다―. 내내 그 말만 했던 것이다.

자존심을 버릴 수가 없었다, 라는 것도 물론 있었다. 하지만 또 한 가지, 전혀 다른 이유에서 간바야시 미와코가 남자와 교제하는 것을 방해하고 싶지 않았다.

그 이유는, 바로 간바야시 다카히로다.

미와코에 대한 그 남자의 사랑이 여동생에게 향하는 것과 질적으로 다르다는 건 처음 만났을 때부터 느꼈다. 실은 그전부터 미와코에게서 오빠 이야기를 들을 때마다 기묘한 인상을 받았는데 마침내 그 정체를 알게 된 듯한 기분이었다. 즉 미와코 쪽에서도 친오빠에게 특별한 감정을 갖고 있다고 나는 내심 짐작했던 것이다. 그 생각은 지금도 바뀌지 않았다. 그녀의 저 독특한 감성과 표현력의 원천도 어쩌면 거기에서 나온 것이라고 나는 생각하고 있다.

그런 미와코가 오빠 이외의 남자에게 관심을 가졌다는 건 중요한 일이다. 그에 따라 새로운 인생관을 얻을 수 있을 게 틀림없기 때문이다. 그녀가 그저 평범한 여자가 되거나 그 재능에 악영향을 끼치리라고는 생각할 수 없었다. 그녀가 가진 능력은 그렇게 허약한 것이 아니다. 게다가 혹시 그렇게 된다고 해도 그건 어쩔 수 없는 일이다. 인생에서 무엇보다 소중한 것을 손에 넣기 위한 희생일 뿐이다. 일개 편집자가 책이 팔리지 않는다는 이유만으로 그녀의 인생이 크게 전환하는 것까지 참견할 수는 없다. 나는 미와코를 정말로 좋아하는 것이다. 어떻든 행복하게 살아주기를 바라고 있다.

그런 만큼—.

호다카 마코토가 앞으로 얼마나 성실성을 발휘해주느냐 하는 건 내게도 중요한 문제였다. 나는 그와 미와코를 위해 너무나 큰 희생을 했다. 그가 단순히 나를 이용한 것뿐이라면 나는 결코 그를 용서하지 않을 것이다.

저 앞으로 호다카의 집이 보였다. 나는 슬쩍 내 아랫배를 더듬었다. 그곳이 좀 아픈 듯한 느낌이 들었기 때문이다.

"여기서 세워주세요"라고 나는 운전기사에게 말했다.

2

주위는 완전히 어두워졌지만 호다카의 집 대문 전등은 꺼져 있었다. 집 앞에 그의 벤츠가 서 있었다. 하지만 차 안에 인기척은 없었다.

대문 옆에 달린 우편함에 반상회 회람판回覽板이 꽂혀 있었다. 지금의 호다카에게는 그것을 뽑아 갈 여유도 없었던 모양이다. 나는 차임벨을 누르려다가 급히 손을 거두었다. 만일 뭔가 그에게 불리한 일이 생긴 거라면 나는 이대로 문 앞에서 쫓겨날 터였다.

대문을 슬쩍 밀어보았다. 그것은 힘없이 안쪽으로 열렸다. 발소리를 죽여 현관 계단을 올라가 정원 쪽으로 돌아갔다.

높은 벽에 둘러싸인 탓에 가로등 불빛도 닿지 않아 정원은 컴컴했다. 그래도 리빙룸에서 불빛 한 줄기가 새어 나오고 있었다.

나는 발밑을 조심해가며 정원 안으로 들어갔다. 유리문에는 커튼이 쳐져 있었다. 하지만 아주 조금 틈새가 있어서 거기로 빛이 새어 나왔다. 나는 그 틈새에 얼굴을 가까이 댔다.

호다카 마코토의 모습이 보였다. 그는 큼직한 종이 박스에 포장용 테이프를 붙이고 있었다. 그것은 세탁기를 담았던 상자였다. 신혼 생활을 앞두고 가전제품 몇 가지를 새로 바꿨다는 이야기를 간바야시 미와코에게서 들었다. 세탁기도 그중 하나일 것이다.

하지만 이제야 그런 상자를 꾸리고 있다는 건 아무리 생각해도 이상했다. 게다가 호다카의 얼굴에서는 전혀 여유가 느껴지지 않았다. 거의 한 번도 본 적이 없을 만큼 심각한 표정이었다. 나는 좁은 틈새에 눈을 최대한 가까이 대고 안에서 무슨 일이 일어나는지 확인해보려고 했다. 하지만 그 밖에 눈길을 끌 만한 것은 없었다.

그때 집 앞에 차가 서는 소리가 났다. 누군가 현관 계단을 올라오고 있었다. 그리고 문을 열고 안으로 들어가는 소리가 들렸다. 리빙룸에 있던 호다카가 그 기척에 당황하는 기색이 없는 걸 보면 누가 왔는지 이미 알고 있는 모양이었다.

이윽고 리빙룸에 들어선 사람은 예상했던 대로 스루가 나오유키였다. 스루가의 얼굴도 험악하게 굳어 있었다. 내가 선 자리에서는 한참 떨어져 있어서 그것까지 보일 리는 없었지만, 아무래도 눈에 핏발이 섰을 듯한 얼굴이었다.

두 사람은 잠시 말을 나눈 뒤에 돌연 이쪽으로 얼굴을 돌렸다. 그리고 호다카가 성큼성큼 큰 걸음으로 다가왔다.

들켰는가 하고 나는 급히 현관 반대 방향으로 이동해서 기둥 그늘에 몸을 숨겼다. 그 직후에 유리문 열리는 소리가 들려왔다.

"이쪽으로 나갈 수밖에 없겠지?" 호다카의 목소리였다.

"그게 나을 거야." 스루가의 대답이다.

"그럼 옮기자고. 차는 밖에 세워뒀지?"

"응. 근데 이 상자, 바닥이 빠지지는 않겠지?"

"괜찮아."

잠시 뒤에 슬쩍 내다보니 두 남자가 조금 전의 박스를 앞과 뒤에서 붙잡고 리빙룸에서 나오는 참이었다. 앞쪽이 스루가, 뒤쪽이 호다카였다.

"의외로 가볍네. 이 정도면 혼자서도 들 수 있겠는데?" 호다카가 말했다.

"그러면 너 혼자 들어." 스루가가 쏘아붙였다. 화가 난 말투였다.

유리문을 열어놓았기 때문에 둘 중 누군가는 다시 돌아올 게 틀림없었다. 그래서 나는 조금 더 이쪽에 숨어 있기로 했다.

예상했던 대로 호다카가 금세 돌아왔다. 나는 잽싸게 얼굴을 숨겼다. 그가 정원에서 리빙룸으로 들어가 유리문을 닫는 소리가 났다. 기둥 뒤에서 슬쩍 고개를 내밀어 커튼이 닫힌 것을 확인하고 나는 재빨리 현관 쪽 정원으로 돌아갔다.

집 앞에 승합차가 서 있었다. 그 운전석에 앉은 사람은 스루가였다. 조금 전의 박스는 뒤편 짐칸에 실은 모양이었다.

현관문이 열리는 소리가 났다. 그리고 밖에서 문을 잠그는 소리. 호다카가 계단을 내려왔다.

"맨션 관리인은?" 호다카가 물었다.

"거의 자리에 없어. 하필 오늘만 와 있지는 않겠지."

"집이 3층이랬지? 엘리베이터에서 멀어?"

"가장 앞쪽이야."

"다행이다."

호다카도 자신의 벤츠에 올라탔다. 그것을 기다렸다는 듯 승합차의 엔진이 켜졌다. 우선 승합차가 출발하고, 조금 늦게 벤츠도 떠났다.

나는 정원에서 현관 앞으로 나와 계단을 내려갔다. 두 대의 차는 이제 미등조차 보이지 않았다.

잠시 생각해본 뒤에 나는 수첩을 꺼냈다. 주소 페이지를 펼쳐 스루가 나오유키의 이름을 찾아보았다. 두 사람의 대화를 통해 어쩐지 목적지가 스루가의 맨션인 듯한 마음이 들었기 때문이다.

스루가의 맨션도 네리마구였다. 하지만 집 번호가 503호라고 되어 있는 게 마음에 걸렸다. 조금 전에 호다카가 3층이라고 말했기 때문이다.

하지만 혼자 궁리하고 있어봤자 별수도 없어서, 나는 다시 택시가 잡힐 만한 큰길까지 걸어가기로 했다.

택시 운전기사에게 주소를 말하자 메지로 대로에서 조금 들어간 곳에서 내려주었다. 저 앞이 도서관이에요, 라고 운전기사는 말했다.

전봇대에 붙은 주소 표시를 확인하며 걸어가자 길가에 낯익은 벤츠가 서 있는 게 눈에 들어왔다. 호다카의 차가 틀림없었다.

나는 주위를 둘러보다가 주소에 적혀 있던 맨션을 찾아냈다. 5, 6층 건물의 조촐한 맨션이었다.

앞쪽으로 돌아갔더니 정면 현관에 조금 전의 승합차가 주차되어 있었다. 뒤편 짐칸이 열린 채였다. 두 사람의 모습은 없었다.

현관을 보니 오토록인 듯한 출입문이 활짝 열려 있었다. 지금이라면 들어갈 수 있다, 그렇게 생각했을 때였다. 맨션 안쪽의 엘리베이터 문이 열렸다.

엘리베이터에 타고 있는 사람이 호다카와 스루가라는 것을 알아본 순간, 나는 잽싸게 뛰었다. 길에 주차한 차가 있어서 그 뒤로 숨었다.

두 사람은 서로 전혀 모르는 사람들처럼 맨션에서 나왔다. 호다카는 빠른 걸음으로 사라지고, 스루가는 승합차의 짐칸 쪽으로 돌아갔다. 그는 착착 접은 박스를 들고 있었다. 그것을 짐칸에 싣고 뒤쪽 해치를 닫았다.

승합차가 출발하고 건물 모퉁이를 돌아가는 것을 지켜본 뒤에 나는 차 뒤편에서 나왔다. 맨션 앞에서 현관을 들여다보았다. 오토록 도어는 아직 열려 있었다.

나는 마음을 굳게 먹고 그 안으로 들어갔다. 엘리베이터를 타고 망설임 없이 '3'의 버튼을 눌렀다.

엘리베이터에서 내리자 바로 앞에 현관문이 보였다. 문패는 붙어 있지 않았다. 인터폰이 있어서 그 버튼을 눌러보았다. 누른 뒤에 상대가 나왔을 경우에는 어떻게 말해야 좋을지 생각했다. 호다카나 스루가라는 사람을 아느냐고 물어보면 될까.

하지만 이런 생각은 쓸모없이 끝이 났다. 아무 반응도 없었기 때문이다. 나는 문 틈새를 들여다보았다. 열쇠를 채웠다면 반드시 보여야 할 고리가 보이지 않았다.

망설이면서도 나는 손잡이를 잡고 슬쩍 돌렸다. 그리고 당겨보았다.

하얀 샌들이 뒹굴고 있었다. 우선 그것이 보였다. 나는 천천히 안쪽으로 시선을 옮겼다. 현관문 바로 앞이 1평 반 정도의 부엌이었다. 그 끝에 방이 있었다.

그곳에 누군가가 쓰러져 있는 것이 보였다.

3

하얀 원피스를 입은 사람이었다. 본 기억이 있었다. 점심때, 호다카의 집 정원에 나타났던 유령 같은 여자였다.

나는 구두를 벗고 머뭇머뭇 다가갔다. 그때 이미 내 머릿속에는 한 가지 상상이 자리 잡고 있었다. 그것은 호다카의 집에서 그가 박스를 꾸리는 모습을 봤을 때부터 막연하게 떠오른 것이었다. 그러나 그것은 너무도 불길하고 또한 믿기 어려운 상상이었기 때문에 나는 더 이상의 생각을 스스로 거부하고 있었던 것이다.

나뭇결을 살린 마룻바닥의 부엌에 서서 나는 안쪽 방에 쓰러져 있는 여자를 내려다보았다. 창백한 옆얼굴에는 생기라는 게 전혀 없었다.

나는 가슴을 누르며 호흡을 가다듬으려고 했다. 심장이 급하게 뛰기 때문인지, 아니면 극도의 긴장 때문인지 위에서 뭔가 거꾸로 솟구치는 듯한 느낌이 들었다. 그러면서도 이런 기회는 두 번 다시 찾아오지 않는다, 똑똑히 봐두어야 한다, 라는 편집자다운 생각이 문득 떠올랐다.

안쪽은 3평 정도의 방이었다. 작은 옷장이 있었지만 그것만으로는 옷을 다 집어넣을 수 없었는지 그 앞에 행거가 놓였고 거기에 촘촘히 옷이 걸려 있었다. 그 반대쪽 벽에는 경대와 책장이 있었다.

쓰러진 여자 곁에는 유리 테이블이 있었다. 그 위에 있는 것이 마음에 걸려 나는 몇 발짝 더 다가갔다.

그곳에는 우선 한 장의 종이가 펼쳐져 있었다. 신문 전단지 뒷면에 볼펜으로 글씨가 적혀 있는 것이었다. 글의 내용은 다음과 같았다.

이런 식으로밖에는 내 마음을 전할 수가 없어요.

먼저 천국에 가서 기다릴게요.

당신도 틀림없이 금세 뒤따라올 거라고 믿어요.

내 모습을 당신의 눈 속에 똑똑히 새겨주세요.

준코

유서가 틀림없었다. 글 속의 '당신'이 호다카라는 건 의심할 여지가 없었다.

그 유서 옆에는 눈에 익은 약병이 놓여 있었다. 호다카가 항상 복용하는 비염용 캡슐 약병이다.

그리고 그 곁에 또 하나, 하얀 가루가 든 병이 있었다. 상표는 시판하는 비타민제였지만 그 병 속의 흰 가루가 비타민제가 아니라는 건 분명했다. 이 비타민제는 원래 빨간 알약일 터였다.

그리고 약병 옆에 두 조각으로 분해된 빈 캡슐이 떨어져 있었다. 말할 것도 없이 호다카의 비염용 캡슐과 똑같은 것이었다.

나는 흠칫했다. 비염 약병을 열고 안의 캡슐을 손바닥에 꺼내보았다. 캡슐은 모두 여덟 알이 들어 있었지만 자세히 보니 모두 다 한 차례 분해했던 것처럼 보였다. 게다가 소량의 흰 가루가 묻어 있다.

그러니까 이건―.

캡슐의 내용물을 이 하얀 가루로 바꿔 넣었다는 것인가.

그때였다. 바깥 엘리베이터에서 누군가 내리는 기척이 들렸다. 나는 직감적으로 호다카나 스루가가 다시 돌아온 것이라고 생각했다.

순간적으로 캡슐 하나를 상의 호주머니에 집어넣고 나머지는 약병에 돌려놓았다. 그리고 재빨리 행거 뒤로 숨었다. 오늘 들어 뒤로 숨은 게 대체 몇 번째인가.

허리를 깊숙이 숙이는 것과 동시에 현관문이 열렸다. 누군가 들어오는 발소리가 들렸다. 나는 행거에 걸린 옷 틈새로 상황을 살펴보았다. 스루가가 피곤한 얼굴로 앞에 서 있었다. 그의 눈이 이쪽으로 향하는 것 같아서 나는 좀 더 머리를 낮추었다.

잠시 지나자 흐느껴 우는 소리가 들려왔다. 준코, 준코, 라고 중얼거리고 있었다. 저 스루가 나오유키라고는 도저히 생각할 수 없을 만큼 가늘고 연약한 목소리였다. 마치 어린아이가 아무도 모르는 뒤쪽 그늘에 숨어서 울고 있는 것 같았다.

그리고 희미한 소리가 귀에 들어왔다. 약병 뚜껑을 여는 소리였다.

뭘 하는 건가 하고 다시 한번 고개를 내밀려고 했을 때였다. 위쪽에 슬쩍 걸쳐둔 모자가 털썩 떨어졌다. 스루가의 웅얼거림이 뚝 멎었다.

무시무시한 침묵. 그의 가느다란 눈이 이쪽을 보고 있는 게 느껴졌다.

"미안해요." 그렇게 말하며 나는 일어섰다.

스루가 나오유키는 눈을 휘둥그렇게 뜨고 있었다. 뺨이 눈물로 젖어 있는 게 보였다. 바닥에 무릎을 꿇은 자세였고 오른손은 여자의 어깨에 얹혀 있었다. 그 손에는 장갑이 끼워져 있었다.

"유키자사 씨……." 가까스로 한 마디씩을 내뱉듯이 그는 소리를 냈다. "어, 어떻게 여기에?"

"미안해요. 당신들 뒤를 밟았어요."

"언제부터?"

"처음부터예요. 아무래도 호다카 씨의 눈치가 이상해서 그의 집에 갔었어요. 그랬더니 당신과 그가 큼직한 상자를 옮기는 게 보여서⋯⋯." 미안하다고 나는 다시 한번 작은 소리로 말했다.

"그랬군." 스루가의 온몸에서 힘이 스르르 빠지는 게 느껴졌다. 그리고 다시 쓰러져 있는 여자에게로 눈길을 돌렸다. "이 여자는 죽었어요."

"그런 거 같네요. 호다카 씨 집에서 죽은 건가요?"

"정원에서 자살했어요. 그 직전에 내게 전화를 걸었고."

"아, 아까 레스토랑에서 받은 전화⋯⋯."

"이미 짐작했겠지만 호다카와 사귀던 여자예요." 스루가는 손끝으로 눈 밑을 비볐다. 눈물의 흔적을 지우려는 모양이었다. "그가 결혼한다는 소식에 충격을 받아서 자살한 거예요."

"가엾게도, 그런 한심한 남자 때문에."

"내 말이 그 말이에요." 스루가는 깊은 한숨을 내쉬었다. 그리고 머리칼을 움켜쥐었다. "그런 놈 때문에 죽을 것까지는 없었는데."

스루가 씨도 이 여자를 좋아했었느냐고 물어보고 싶을 만큼 슬픈 표정이었다. 하지만 차마 그런 걸 물어볼 수는 없었다.

"근데 왜 사체를 여기로?"

"호다카의 명령이에요. 내일이 경사스러운 결혼식인데 자기 집 정원에서 사람이 자살했다는 게 알려지면 한바탕 난리가 날 테니까."

"그랬군요. 경찰에는 언제 신고할 거예요?"

"신고는 안 할 거예요."

"뭐라고요?"

"신고는 안 할 거랍니다. 누군가 발견할 때까지 기다리는 게 좋다는 거예요. 호다카로서는 준코와 자기가 아무 관계도 없었던 것으로 하고 싶겠지요. 아무 관계도 없었으니 여기서 죽었다는 것도 알아차리지 못하는 게 당연하고." 스루가의 얼굴이 고통스럽게 뒤틀렸다. "신혼여행 가는 걸 경찰에게 방해받고 싶지 않은 거겠죠."

"설마."

검은 구름이 서서히 내 마음속을 휘감았다. 이상한 상황인데도 의외로 태연하게 이야기를 하는 나 자신과 점차로 혼란에 빠지는 또 하나의 나 자신이 있었다.

"이름이 준코였군요……." 유서에 눈을 떨구며 나는 말했다.

"맞아요, 나미오카 준코." 스루가는 무뚝뚝하게 말했다.

"준코 씨의 자살 동기를 경찰이 조사하겠죠. 호다카 씨와의 관계도 밝혀내지 않겠어요?"

"그건 나도 모르겠지만 뭐, 밝혀낼 수도 있겠죠."

"그렇게 되면 무사히 넘어갈 리가 없어요. 그는 대체 어쩔 작정인 거예요?"

내 질문에 느닷없이 스루가 나오유키가 웃음을 터뜨렸다. 나는 흠칫해서 그의 얼굴을 보았다. 머리가 이상해진 건가 하고 생각했다. 하지만 찬찬히 보니 그 웃음은 작위적인 것이었다.

"나였다고 할 모양이에요."

"예? 그게 무슨 말이에요?"

"그녀와 사귄 사람이 나였다고 하자는 거예요. 내가 그녀에게 싫증이 나서 차버렸고, 그녀는 그것에 충격을 받고 자살했다. 그렇게 하자는 거예요."

"아……." 그런 생각을 해내다니. 나는 순수하게 감탄했다.

"이 유서는 그녀 옆에 떨어져 있었지만, 받는 사람의 이름이 없어요."

"그렇군요."

"원래는 맨 위에 적혀 있었어요. '호다카 마코토 님께'라고. 하지만 호다카가 커터 칼로 그 부분을 잘라냈어요."

"어떻게 그런 짓을." 나도 모르게 머리를 젓고 있었다. "스루가 씨는 그래도 괜찮아요?"

"괜찮지는 않죠."

"하지만 그 명령을 따르겠다는 거군요?"

"따르지 않을 생각이었다면 사체를 여기까지 옮겨 오지 않았겠죠."

"……하긴."

"한 가지 나한테 약속해줄 게 있어요." 스루가가 내 얼굴을 보며 말했다.

"뭐죠?"

"지금 보고 들은 건 이 맨션을 나가면 다 잊어줘요."

나는 가볍게 웃어 보였다.

"내가 경찰에 말해버리면 아무 의미도 없겠군요."

"약속해줄 거지요?" 스루가는 내 눈을 빤히 들여다보았다.

나는 가만히 고개를 끄덕였다. 이 남자의 충성심에 협력하려는 마음 때문이 아니었다. 비장의 카드를 내가 쥐고 싶었기 때문이다.

"그러면 어서 나가죠. 어물거리다가 누군가 찾아오기라도 하면 귀찮아져요." 스루가는 몸을 일으켰다.

"한 가지만 알려줘요. 준코 씨와 호다카 씨는 얼마나 사귀었죠? 어느 정도의 사이였어요?"

"기간은 자세히 생각이 안 나고, 아무튼 1년이 넘었다는 건 확실해요. 바로 최근까지 사귀었어요. 그녀 쪽에서는 아직까지도 자신이 호다카의 연인이라고 믿고 있었으니까 더 말할 것도 없죠. 어느 정도의 사이였느냐 하면 그녀가 결혼을 생각했을 정도의 사이였어요. 임신했던 적이 있으니까."

"예엣?"

"물론 낙태를 했지만." 그렇게 말하고 스루가는 고개를 끄덕였다.

다시금 내 마음속에서 검은 구름이 퍼져갔다. 임신—. 나는 내 아랫배에 손을 댔다. 그 슬픈 아픔. 그것을 이 여자도 경험했다는 건가.

내가 임신했다는 것을 알게 된 건 호다카와 이별한 직후였다. 하지만 그 말을 그에게는 하지 않았다. 임신을 무기로 그의 마음을 되찾을 생각 따위는 하지 않았다. 그리고 그런 일로 마음을 바꿀 남자가 아니라는 것도 나는 잘 알고 있었다.

하지만 내가 그런 고민을 하고 있을 때, 호다카는 미와코 이외에도 또 다른 여자와 사귀고 있었던 것이다. 그뿐만 아니라 임신까지 시켰다. 그 남자에게 나라는 여자는 결혼할 생각도 없는데 임신을 해버린 수많은 여자들 중의 한 사람에 지나지 않았던 것이다.

"자, 갑시다." 스루가가 내 팔을 잡았다.

"그녀의 사인死因은요?"

"음독자살일 거예요."

"저 하얀 가루가 독약이었어요?" 나는 테이블 위를 가리키며 말했다.

"아마도."

"그 옆에 있는 건 호다카 씨가 항상 복용하는 것과 똑같은 약이에요. 하지만 캡슐 안에 든 것은 비염약이 아닌 것 같던데요."

내가 말하자 스루가는 후우 한숨을 내쉬었다.

"봤어요?"

"조금 전에."

"흐음." 그는 캡슐이 든 약병을 손에 들었다. "그녀가 갖고 있던 종이봉투 속에 이 약병이 들어 있었어요."

"왜 이런 걸 만들었을까요?"

"그야 물론……." 말을 하다 말고 스루가는 입을 꾹 다물었다.

그를 대신해서 내가 설명해주기로 했다.

"호다카 씨에게 먹이려고 했군요. 집 안에 있는 진짜 비염약과 바꿔치기해서."

"그랬던 모양이에요."

"하지만 마음먹은 대로 되지 않았다. 그래서 혼자 죽기로 했다. 그런 얘기인가요?"

"그녀가 그럴 생각이었다면." 스루가가 혼잣말처럼 중얼거렸다. "바꿔칠 수 있는 기회를 내가 만들어줬을 텐데."

나는 그의 얼굴을 들여다보았다. "진심으로 하는 말이에요?"

"진심일 것 같아요?"

"글쎄요." 나는 슬쩍 어깨를 쳐들어 보였다.

"일단 나갑시다. 여기 오래 있으면 위험해요." 스루가는 손목시계를 들여다보고 내 등을 밀었다.

내가 구두 신는 것을 그는 지그시 바라보고 있었다.

"그랬군, 그건 유키자사 씨의 구두였어." 스루가는 혼잣말처럼 중얼거렸다. "준코는 페라가모 같은 비싼 구두는 없었는데……."

나미오카 준코에 대해 잘 알고 있구나, 하고 나는 생각했다.

"집 안의 물건을 만지지는 않았지요?" 그가 물었다.

"예?"

"지문이 남아 있으면 곤란하니까."

"아, 네." 나는 고개를 끄덕였다. "현관문 손잡이에……."

"그럼 부자연스럽지만 어쩔 수가 없네." 그는 장갑 낀 손으로 손잡이를 닦아냈다.

"그리고 아까 그 약병."

"앗, 깜빡할 뻔했네."

스루가는 비염용 캡슐 약병을 일단 닦아낸 뒤에 바닥에 쓰러져 있는 나미오카 준코의 손에 한 차례 쥐여주었다. 그리고 테이블 위에 다시 올려놓았다.

"그렇지. 이것도 가져가야지." 그는 벽의 콘센트에 꽂혀 있던 코드를 뽑아냈다. 휴대전화 충전기였다.

"휴대전화 충전기를 어쩌려고요?"

"그녀가 나한테 전화할 때 사용한 휴대전화는 호다카가 전에 사준 것이었어요. 명의도 호다카로 되어 있고 요금도 녀석이 냈던 모양이에요. 해약하려고 했는데 미루고 있다가 아직 못 했다는 거예요. 하긴 그녀도 휴대전화를 거의 쓰지 않았던 모양이지만."

"그걸 이번 기회에 가져가려는 거군요?"

"가져갈 수밖에 없죠. 그 휴대전화가 발견되면 경찰이 발신 기록을 조사할 거예요. 그렇게 되면 그녀가 낮에 나한테 전화했다는 것도 밝혀질 거고, 이래저래 일이 귀찮아져요."

"스루가 씨가 힘드시겠어요."

"정말, 누가 아니랍니까."

집을 나와 현관문을 닫자 스루가는 그대로 엘리베이터 앞에 섰다.

"열쇠는 채우지 않아도 돼요?" 나는 물었다.

"열쇠를 채우면 그 열쇠를 어떻게 처리하느냐는 문제가 생겨요. 집 안에 열쇠가 없으면 이상하잖아요?" 스루가는 입술을 삐죽거렸다. "호다카 녀석, 복사 키를 갖고 있지 않았어요. 이 집에는 온 적도 없었대요. 마치 일이 이렇게 될 줄 미리 예상했던 것처럼."

엘리베이터 안에서 스루가는 장갑을 벗었다. 그 옆얼굴을 보며 나는 조금 전 그가 캡슐이 든 약병을 손에 들었을 때의 일을 생각하고 있었다.

만일 내 착각이 아니라면 그때 병 속의 캡슐 숫자는 여섯 개였다.

나는 상의 호주머니를 슬쩍 만져보았다. 캡슐의 감촉이 느껴졌다.

간바야시 다카히로의 장

1

호텔 체크인을 마치고 일단 각자의 방으로 짐을 옮긴 뒤, 우리는 곧바로 방을 나왔다. 내일의 준비를 위해 미와코가 미용실에 가야 했기 때문이다.

"시간이 얼마나 걸릴까?"

"두 시간쯤?" 미와코는 고개를 갸우뚱하면서 대답했다.

"그럼 나는 서점에라도 다녀와야겠다. 그다음에는 호텔 1층 커피라운지에 가 있을게."

"방에서 기다리면 좋잖아."

"혼자 있어봤자 따분하기만 해."

미와코가 신부가 되기 위해 준비하는 동안, 나 혼자 좁은 호텔 방에서 하얀 벽을 바라보며 기다린다는 건 도저히 견딜 수 없었다. 상상만 해도 오싹했다. 하지만 그런 마음을 그녀에게 털어놓을 수는 없었다.

1층 엘리베이터 홀 앞에서 미와코와 헤어져 나는 호텔을 나섰다. 호텔 앞길은 비탈길이었다. 그곳을 다 내려가자 곧바로 차들이 엄청나게 오고 가는 사거리가 나왔다. 사거리 건너편에 서점 간판이 보였다.

서점은 손님들로 붐비고 있었다. 샐러리맨과 직장 여성으로 보이는 사람들이 대부분이었다. 하지만 그들이 몰려 있는 건 잡지 코너 쪽이었기 때문에 나는 한적한 문고본 코너로 들어가 오늘 밤 잠자리에서 읽을 만한 책을 찾아보았다. 내가 고른 것은 마이클 크라이튼의 상하 두 권짜리 책이었다. 혹시 오늘 불면에 시달리더라도 밤을 꼬박 새우며 읽어야 할 만큼 긴 소설이었기 때문이다.

서점을 나온 뒤에는 근처 편의점에 가서 버번위스키 '얼리 타임스'를 작은 병으로 하나, 그리고 치즈가 든 어묵과 포테이토칩을 샀다. 술을 별로 못하는 내가 중간 사이즈라고는 해도 이런 버번을 한 병씩이나 비우고도 잠을 못 잔다면 그때는 그냥 포기하는 수밖에 없다.

편의점 봉투를 손에 들고 나는 호텔로 돌아가기로 했다. 나올 때와는 다른 길로 돌아갔기 때문에 호텔 뒤편이 나왔다. 담장을 따라 걸으며 나는 건물을 올려다보았다. 지상 30층이 넘는 호텔은 밤하늘을 찌르는 굵은 기둥처럼 보였다. 미와코가 내일 결혼식을 올리는 교회는 어디쯤에 있는 걸까. 피로연 회장은 어디일까. 그런 생각을 하면서 올려다보고 있으려니 미와코가 정말로 머나먼 존재가 되고 마는 듯한 마음이 들었다. 그리고 그건 나만의 생각이 아니라 실제로 코앞에 닥친 현실인 것이다.

작게 한숨을 내쉬고 다시 걸음을 옮겼다. 그때 시야 끝에서 뭔가가 움직였다. 바라보니 비쩍 마른 검은색 점박이 고양이가 앞발을 나란히 맞추고 길가에 앉아 있었다. 고양이 쪽에서도 나를 쳐다보았다. 병이 들었는지 왼쪽 눈에 눈곱이 껴 있었다.

나는 편의점 봉지에서 치즈 어묵을 꺼내 한 조각을 떼어 던져주었다. 고양이는 잠깐 경계하는 기색을 보였지만 금세 어묵에 다가와 킁킁 냄새를 맡고는 먹기 시작했다.

이 고양이와 지금의 나, 둘 중 누가 더 고독할까, 생각했다.

호텔 1층의 커피라운지로 들어가 로열밀크티를 주문했다. 시각은 오후 7시를 조금 지난 참이었다. 나는 마이클 크라이튼의 문고본을 꺼내 읽기 시작했다.

오후 8시 정각에 미와코가 나타났다. 나는 그녀를 향해 슬쩍 오른손을 흔들며 자리에서 일어섰다.

"다 끝났어?" 카운터에 계산서를 내밀면서 나는 물었다.

"응, 일단 끝난 셈이야."

"뭘 했는데?"

"매니큐어 칠하고 얼굴 면도하고 머리 말고……, 그리고 그 밖에 여러 가지."

"그거, 시간도 걸리고 힘도 많이 드는 일이구나."

"아이, 이제 겨우 시작이야. 앞으로가 더 큰일이지. 내일은 일찍 일어나야 할 것 같아."

미와코는 긴 머리를 틀어 올리고 있었다. 눈썹을 다듬어서 그런지 평소보다 눈가가 단정하게 보였다. 신부의 얼굴을 만드는 것이라고 생각하자 말할 수 없는 초조감이 가슴속에 번졌다.

호텔 안의 일식집에서 저녁을 먹었다. 우리는 별로 말을 하지 않았다. 주고받은 말이라고는 음식에 대한 평가 정도였다.

그래도 식후의 녹차를 마실 때 미와코가 먼저 입을 열었다.

"이다음에 오빠와 둘이서 식사를 하는 건 언제쯤이 될까?"

"글쎄." 나는 고개를 갸웃거렸다. "이제 그럴 기회는 없는 거 아닌가?"

"왜?"

"왜냐니, 앞으로는 계속 호다카 씨와 함께 있을 거잖아."

"결혼해도 나 혼자 움직이는 일이 있을 거야." 그렇게 말하고 미와코는 뭔가 생각난 듯한 얼굴을 했다. "그래, 오빠도 이제 얼마 뒤에는 혼자가 아니게 될 텐데 뭘."

"응?"

"결혼할 거잖아, 언젠가는."

"아니야." 나는 찻잔을 입가로 옮겼다. "그런 건 생각해본 적도 없어."

그리고 나는 호텔 정원이 내려다보이는 창문으로 시선을 돌렸다. 정원에 산책로가 있어서 남녀 커플이 나란히 걷고 있었다.

창유리 표면에 초점을 맞추자 미와코의 얼굴이 반사되어 비치고 있었다. 그녀는 턱을 괴고 비스듬히 아래쪽을 응시하고 있었다.

"아참, 그거." 미와코가 가방을 열고 패치워크로 만든 주머니를 꺼냈다.

"그건 뭐지?"

"여행용 약주머니야. 내가 만들었어." 그러면서 그녀는 주머니 속에서 알약 두 개를 꺼냈다. "오늘 점심에도 맛있다고 과식을 했거든. 미리 약을 먹어두는 게 좋을 것 같아."

미와코는 여점원에게 물을 부탁해서 둥글고 납작한 위장약 두 개를 먹었다.

"다른 약은 뭐가 있지?"

"음, 어디 보자." 미와코는 약주머니의 내용물을 손바닥에 꺼내놓았다. "감기약하고 멀미약, 반창고……."

"그 캡슐은?" 작은 약병을 가리키며 나는 물었다. 병 안에 하얀 캡슐이 들어 있었다.

"응, 이건 비염용 캡슐이야." 미와코는 약병을 테이블 위에 놓았다.

"비염용 캡슐?" 약병을 집어 들면서 나는 되물었다. 12정, 이라고 겉면에 인쇄되어 있었다. 약병 속에는 열 개가 남아 있었다. "미와코, 비염이 있어?"

"아니, 내가 아니라 그 사람이 먹을 거야. 알레르기성 비염이래." 그렇게 말하고 그녀는 가슴 앞에서 손뼉을 따악 쳤다. "아차. 아까 가방 정리할 때 필 케이스를 꺼내놓고 그냥 와버렸네. 나중에 꼭 챙겨 넣어야지."

"필 케이스라니, 아까 낮에 호다카 씨가 장식장 서랍에서 꺼냈던 그거?"

"응. 내일 결혼식 시작하기 전에 꼭 전해줘야 해."

"그래……."

"나, 잠깐 화장실에 다녀올게." 미와코는 자리에서 일어나 식당 안쪽으로 걸어갔다.

나는 손에 든 병을 가만히 바라보았다. 호다카 마코토의 상비약을 미와코가 갖고 있는 이유를 생각했다. 함께 신혼여행을 가니까 그녀가 두 사람분의 약을 챙기는 건 이상한 일이 아니다. 하지만 나는 어쩐지 석연치 않은 느낌이 들었다. 아마 이 사실이 뭔가를 상징적으로 보여주고 있기 때문일 것이다. 그리고 이제 그만 지겨워졌다. 이런 사소한 일 하나에도 금세 마음이 흐트러지고 마는 나 자신에 대해.

식당을 나선 뒤 우리는 각자의 방으로 돌아가기로 했다. 시각은 10시를 넘어서고 있었다.

"내 방에서 잠깐 이야기나 할까?" 미와코의 방 앞까지 왔을 때 나는 제안했다. 우리의 방은 나란히 붙어 있었다. 둘 다 싱글룸이다. "버번도 있고 안주도 있어." 그렇게 말하며 편의점 봉투를 번쩍 들었다.

미와코는 미소를 지으며 하얀 봉투와 나를 번갈아 바라보았다. 그리고 천천히 고개를 저었다.

"유키자사 씨와 마코토 씨에게 전화하기로 했어. 게다가 오늘은 일찍 자야 할 거 같아. 좀 피곤하기도 하고, 내일은 새벽에 일어나야 해."

"그래? 그게 좋을지도 모르겠다." 마음과는 반대로 나도 미소를 지었다. 아니, 미소를 짓는 것처럼 보였는지 어떤지 나는 잘 알지 못한다. 미와코에게는 어색하게 뺨이 당겨진 것으로만 보였는지도 모른다.

그녀는 금속판이 달린 열쇠를 가방에서 꺼내 문의 열쇠 구멍에 꽂았다. 그리고 그것을 돌리면서 문을 밀었다.

"잘 자." 미와코는 나를 보며 말했다.

"잘 자라." 나도 대답했다.

그녀가 몸을 문 틈새로 밀어 넣으며 안으로 들어갔다. 그리고 그 문이 닫히기 직전, 나는 순간적으로 그 문을 반대쪽으로 밀었다. 그녀가 깜짝 놀라서 내 얼굴을 올려다보았다.

나는 미와코의 입술을 응시했다. 마지막으로 그 감촉을 맛본 게 언제였던가, 하고 생각했다. 그리고 지금 이 자리에서 그 부드러움과 따스함을 확인하고 싶은 충동에 휩싸였다. 내 눈에는 그녀의 입술밖에 보이지 않았다. 몸의 중심이 뜨거워졌다.

그래도 나는 필사적으로 나 자신을 억누르려고 했다. 억지를 부려서는 안 된다, 여기서 억지를 부렸다가는 평생 되돌아갈 수 없다. 거기에 대해 내 안의 무언가가 대답했다. 알 게 뭐야. 한없이 추락해보는 것도 좋잖아—.

"오빠." 그때 미와코가 말했다. 그것이 1초만 늦었더라면 내가 어떤 짓을 저질렀을지 알 수 없었을 만큼 절묘한 타이밍이었다.

오빠, 라고 그녀는 다시 한번 말했다. "내일, 잘 부탁해. 아무래도 내일은 오빠가 해줄 일이 많을 거야."

"미와코……."

"그럼 잘 자." 그녀는 문을 다시 밀었다. 상당히 강한 힘이었다.

나는 그것을 온몸의 힘을 다해 맞받았다. 10센티미터쯤의 문 틈새로 미와코의 곤혹스러운 얼굴이 보였다.

미와코, 라고 나는 말했다. "나는 미와코를 그런 놈에게 주고 싶지 않아."

미와코의 눈이 슬프게 깜빡였다. 그리고 그녀는 다시 웃는 얼굴을 지었다.

"고마워. 딸을 시집보낼 때, 아버지는 대개 그런 말을 한다는데." 그리고 그녀는 다시 한번 잘 자라고 말하더니 엄청난 기세로 문을 밀었다. 이번에는 나도 막을 수가 없었다. 굳게 닫힌 문 앞에서 나는 우두커니 서 있었다.

2

거센 두통과 함께 나의 아침은 찾아왔다. 몹시 무거운 물건에 짓눌린 것처럼 몸을 움직일 수가 없었다. 전자음이 머리 바로 옆에서 계속해서 울리고 있었다. 그것이 호텔에 딸린 자명종 소리라는 것을 곧바로는 알지 못했다. 그걸 깨닫고 손으로 더듬더듬 스위치를 눌렀다. 몸을 잠깐 뒤척인 것만으로도 머릿속이 빙글빙글 돌았다.

이어서 구역질이 엄습해왔다. 누군가 내 위장을 걸레처럼 쥐어짜는 듯한 불쾌감이었다. 나는 되도록 내장을 자극하지 않게 조심조심 침대에서 기어 나왔다. 그리고 네발로 기어서 화장실까지 갔다.

양식 변기를 껴안는 듯한 자세로 위 속의 것을 모두 토해내자 조금 편안해졌다. 세면대를 붙잡고 천천히 몸을 일으켰다. 전면 거울 속에 수염이 덥수룩하게 자란 창백한 얼굴의 남자가 나타났다. 남자의 하반신은 벌거숭이였다. 곤충의 배처럼 갈비뼈가 드러나 있었다. 남자의 그 몸뚱이에서는 정기精氣라고는 한 조각도 느껴지지 않았다.

자꾸만 구역질이 나는 것을 참아가며 이를 닦은 뒤, 뜨거운 물을 머리에서부터 뒤집어썼다. 살갗이 얼얼할 만큼 물의 온도를 높였다.

머리를 감고 수염을 깎고, 그럭저럭 사회에 복귀할 수 있을 만큼은 기분이 나아졌다. 젖은 머리를 닦으며 나는 화장실을 나왔다. 마침 그때 전화벨이 울렸다.

"여보세요."

"오빠? 나야." 미와코의 목소리였다. "자고 있었어?"

"방금 일어나서 샤워를 한 참이야."

"그렇구나. 아침은 어떻게 할 거야?"

"식욕이 전혀 없는데." 나는 창가에 놓인 테이블을 보았다. 얼리타임스 작은 병이 반절쯤 비어 있었다. 기껏 저 정도의 술에

이 꼴이라니 정말 한심하다. "하지만 커피는 마시고 싶어."

"그럼 함께 아래층 라운지에 갈까?"

"좋아."

"20분쯤 뒤에 노크할게." 그렇게 말하고 미와코는 전화를 끊었다.

수화기를 내려놓고 나는 커튼 쪽으로 다가갔다. 힘껏 좌우로 젖혔더니 투명한 햇살이 실내로 흘러들었다. 내 마음속의 어둠까지 고스란히 드러나는 것 같은 느낌이었다.

괴로운 하루가 될 게 틀림없다고 나는 생각했다.

정확히 20분 뒤에 미와코가 문을 노크했다. 우리는 엘리베이터를 타고 1층까지 내려갔다. 거기에 조식을 할 수 있는 라운지가 있었기 때문이다. 미와코의 말에 의하면 호다카 일행도 9시까지 그곳으로 오기로 했다고 한다.

미와코는 홍차를 곁들여 핫케이크를 먹었고 나는 커피를 마셨다. 그녀는 하얀 셔츠에 파란 바지 차림이었다. 화장을 하지 않아서, 아르바이트하러 나가는 여대생처럼 보였다. 실제로 내가 학생을 가르치는 캠퍼스를 미와코가 걸어간다면 모두들 여대생이라고 생각할 것이다. 하지만 그런 그녀도 몇 시간 뒤에는 눈이 부실 만큼 성숙한 아름다움을 내뿜게 되는 것이다.

어젯밤에 일식당에서의 저녁 식사 때처럼 우리는 거의 말을 주고받지 않았다. 나는 그녀에게 할 말이 하나도 생각나지 않왔고, 그녀 쪽에서도 재미있는 화젯거리가 없는 모양이었다. 어쩔 수 없이 라운지의 다른 손님들을 관찰하기로 했다. 벌써 예복을 입은 사람 둘이 나란히 앉아 있었다. 나는 그이들의 얼굴을 흘끔흘끔 쳐다보았지만 두 사람 다 모르는 얼굴이었다.

"뭘 보고 있어?" 미와코가 핫케이크를 자르던 손을 멈추고 물어왔다.

나는 내가 쳐다본 것에 대해 솔직히 말했다. 그리고 "미와코의 결혼식 손님이라고 하기에는 시간이 너무 이르지?"라고 물어보았다.

아마 아닌 거 같은데 나도 잘 모르겠네, 라고 그녀는 대답했다.

"그 사람 쪽은 손님이 엄청나게 많다고 했거든."

"백 명이나 백오십 명?"

미와코는 고개를 갸우뚱하더니, 좀 더 많을 거야, 라고 말했다. 나는 눈을 둥그렇게 뜨며 고개를 저었다. 그만큼 아는 사람이 많다는 사실은 높이 평가해줘야 하는지도 모른다.

"미와코 쪽의 손님은 몇 명이나 되지?"

"서른여덟 명이야". 그녀는 즉석에서 대답했다.

"으응······."

어떤 사람들인지 물어보려다가 관두었다. 나와 미와코가 걸어온 결코 평탄하지 않았던 여정을 새삼 되새기는 일이 될 뿐이다.

핫케이크를 다 먹은 미와코가 내 뒤편으로 시선을 던지며 빙긋이 웃었다. 그녀가 그런 표정을 보일 상대는 이제 한 사람밖에 없다는 것을 나는 알고 있었다. 돌아보니 예상대로 호다카 마코토가 들어오는 참이었다.

"잘 잤어?" 호다카는 미와코에게 웃음을 건네고, 그 웃는 얼굴을 그대로 내 쪽으로 향했다. "좋은 아침이네요."

예, 라고 나는 고개를 끄덕여 대답했다.

호다카의 뒤를 이어 스루가 나오유키가 들어왔다. 그는 이미 예복을 입고 있었다. 안녕하세요, 라고 그도 공손하게 인사를 해왔다.

"어제 상의했던 시 낭송 말인데, 프로 성우를 찾았대." 그렇게 말하면서 호다카는 미와코 옆에 자리를 잡았다. 웨이트리스가 다가오자 그는 커피를 주문했다.

"나도 커피로 할게요." 스루가도 의자에 앉았다. "실은 아는 사람 중에 신출내기 성우가 있어요. 어젯밤에 급하게 부탁했는데 흔쾌히 받아줬어요. 아직은 신출내기라서 프로 성우라고 하기는 좀 어렵지만, 어떻든 시간이 너무 촉박해서." 갑작스럽게 무리한 주문을 한 호다카를 은근히 비난하는 말투였다.

"신출내기라고 설마 말을 더듬는 실수를 하지는 않겠지?" 호다카가 말했다.

"그건 괜찮을 거야."

"그러면 됐어."

"아무튼 낭송할 시를 미와코 씨가 골라줬으면 좋겠는데요. 일단 후보작을 몇 편 골라 왔어요." 스루가는 가방 속에서 책 한 권을 꺼내 미와코 앞에 놓았다. 그녀가 출판한 시집이었다. 군데군데 노란 포스트잇이 붙어 있었다.

"나는 「파란 손」이 좋을 거 같아. 있잖아, 당신이 어린 시절에 파란 바다에서 사는 게 꿈이었다는 그 시." 팔짱을 낀 채로 호다카가 말했다. 음, 글쎄, 라고 대꾸하는 미와코는 그리 내키지 않는 눈치였다.

나는 내심 호다카를 비웃었다. 그녀에게는 파란 바다에서 산다는 게 저세상에 간다는 뜻이라는 걸 호다카는 알지 못하는 것이다.

세 사람이 시에 대한 이야기를 시작했기 때문에 나는 아무 할 일이 없게 되었다. 그때 두 여자가 우리 쪽으로 다가왔다. 한 사람은 유키자사 가오리였다. 그녀는 흑백 체크무늬 정장을 입고 있었다. 또 다른 젊은 여자를 나는 두어 번 본 적이 있었다. 유키자사 가오리와 한 팀에서 일하는 출판사 후배였다. 미와코의 시집을 만들 때 몇 번 우리 집에 온 적이 있었다. 니시구치 에리, 아마 그런 이름이었을 것이다.

두 여자는 우리를 향해 축하 인사를 건넸다.

"일찍 나왔네?" 호다카가 말했다.

"별로 일찍 온 것도 아니에요. 이제부터 할 일이 아주 많거든요." 유키자사 가오리는 자신의 손목시계에 눈을 떨구더니 미와코를 내려다보았다. "이제 슬슬 미용실에 가는 게 좋겠지?"

"그래요. 서둘러야겠네." 미와코도 시계를 보더니 옆에 있던 가방을 들고 자리에서 일어섰다.

"그럼, 시는 「창」으로 하면 되겠죠?" 스루가가 확인했다.

"네, 그 시가 좋아요. 그다음은 알아서 해주세요. 아참, 마코토 씨." 미와코가 호다카를 보았다. "약이 든 필 케이스, 내 방에 두고 왔으니까 나중에 누군가에게 갖다주라고 할게요."

"응, 잘 부탁해. 한창 결혼식과 피로연이 진행되는 참에 신랑이 콧물을 흘리고 재채기를 해대면 완전히 스타일 구길 테니까." 호다카는 그렇게 말하며 웃었다.

미와코가 유키자사 가오리 일행과 나간 뒤에 나도 자리에서 일어서기로 했다. 호다카와 스루가는 아직 상의할 일이 있는지 그대로 라운지에 남았다.

결혼식은 정오에 하기로 되어 있었다. 방의 체크아웃 타임도 정오니까 아슬아슬한 시간까지 호텔 방에서 기다릴 수 있는 셈이었다. 하긴 신부의 유일한 혈육이 결혼식 직전까지 나타나지 않는 건 실례가 되겠지만.

속이 메슥거리는 건 가라앉았지만 아직도 머리 뒤쪽에 둔한

통증이 남아 있었다. 목구멍도 뻣뻣하게 당기는 것 같았다. 숙취에 시달리는 건 꽤 오랜만이었다. 한 시간이라도 눈을 붙여야겠다고 생각했다. 시계를 보니 아직 10시도 안 된 시각이었다.

호주머니에서 열쇠를 꺼내 문을 열었다. 그때 발치에 뭔가 떨어져 있는 것을 깨달았다. 봉투 같았다.

이상하네, 라고 생각했다. 아무래도 누군가 문틈으로 밀어넣은 모양이었다. 하지만 누가 그런 짓을 했는지, 짚이는 사람이 없었다. 호텔 서비스도 아닌 것 같았다.

봉투를 주워보니 겉에 각진 글씨로 '간바야시 다카히로 님'이라고 적혀 있었다. 그 글씨를 보자마자 말할 수 없는 불안감이 엄습해왔다. 받는 사람의 이름을 자를 대고 썼다는 건 딱한 가지 의미밖에 없었기 때문이다.

나는 봉투 윗부분을 조심스럽게 뜯었다. 안에는 B5 크기의 종이 한 장이 들어 있었다. 거기에 워드프로세서나 컴퓨터로 인쇄한 듯한 글을 보고 내 가슴은 거세게 물결쳤다.

그것은 다음과 같은 내용이었다.

당신과 간바야시 미와코가 오누이를 넘어선 관계라는 것을 알고 있다. 그것이 세상에 공표되기를 원하지 않는다면 다음의 지시를 따를 것.

봉투에 캡슐을 동봉한다. 그것을 호다카 마코토가 상용하는 비염용 캡슐에 섞어 넣어라. 약병이든 필 케이스든 상관없다.

거듭 말하지만 내 지시대로 하지 않으면 너희 두 사람의 그 꺼림칙한 관계를 폭로할 것이다. 경찰에 신고할 경우도 마찬가지.

다 읽은 뒤에 이 편지는 소각할 것.

나는 봉투를 거꾸로 들고 흔들어보았다. 작은 비닐봉지가 손바닥에 떨어졌다. 그 안에는 편지에 적혀 있듯이 하얀 캡슐 하나가 들어 있었다.

그것이 호다카 마코토의 상비약과 똑같은 모양이라는 것을 나는 알고 있었다. 어제 저녁에 미와코가 갖고 있는 약을 보았기 때문이다. 그리고 이 편지를 쓴 사람도 그것을 알고 있는 것이다.

이 캡슐 안에 뭐가 들어 있는 건가. 당연한 말이지만 비염약일 리는 없다. 호다카 마코토가 이것을 먹으면 아마도 그의 몸에 심상치 않은 일이 일어나는 것이다.

대체 누가 내게 이런 짓을 지시하는가. 대체 어느 누가 나와 미와코의 '꺼림칙한 관계'를 알고 있는 것인가.

나는 편지와 봉투를 테이블에 놓인 재떨이 안에서 태웠다. 그리고 옷장을 열고 하얀 캡슐이 든 비닐봉지를 예복 상의 호주머니에 감추었다.

3

방에서 잠시 마음을 가라앉힌 뒤에 미용실로 향했다. 결국 한숨도 눈을 붙이지 못했다. 시각은 11시 정각이었다.

미용실 앞까지 가자 문이 열리고 니시구치 에리가 나왔다. 그녀는 나를 보더니 어머, 하는 얼굴을 했다.

"미와코, 안에 있습니까?" 나는 그녀에게 물었다.

"벌써 대기실 쪽으로 가셨어요." 그녀는 상냥하게 웃는 얼굴로 대답했다.

"그래요? 아, 니시구치 씨는 왜 여기에?"

"미와코 씨가 이걸 깜빡 잊고 가셔서 제가 가지러 왔어요." 그리고 그녀는 손에 든 것을 보여주었다. 그것은 미와코의 가방이었다.

둘이 나란히 대기실로 들어갔다. 그 순간, 향수 냄새가 내 콧구멍을 자극했다. 머리가 조금 어지러웠다.

유키자사 가오리도 그곳에 와 있었다. 그 맞은편에는 웨딩드레스 차림의 미와코가 앉아 있었다.

"오빠." 나를 보고 미와코는 중얼거렸다.

"미와코……." 그렇게 말했을 뿐, 더 이상 소리가 나오지 않았다. 눈앞에 있는 사람은 미와코이면서 미와코가 아니었다. 내가 잘 아는 누이가 아니었다. 그곳에 있는 것은 마음이 파르르 떨릴 만큼 아름답고, 하지만 이제 곧 다른 남자의 것이 될 인형이었다.

"밖에 있을게요." 뒤에서 소리가 났다. 모두들 방을 나가는 기척이었다. 그래도 나는 미와코만 바라보고 있었다.

둘만 남게 되자 나는 겨우 말을 할 수 있었다. "미와코, 정말 아름답다."

고마워, 라고 그녀는 말하려 하는 것 같았다. 하지만 목소리가 되어 나오지는 않았다.

울게 해서는 안 된다고 생각했다. 눈물로 화장이 번져서는 안 된다. 그러면서도 모든 것을 엉망으로 뒤흔들고 싶은 충동이 물결처럼 내 가슴속에 밀려들었다.

나는 그녀에게 다가갔다. 장갑 낀 손을 잡아 내 쪽으로 끌어당겼다.

"안 돼." 그녀가 말했다.

"눈을 감아."

그녀는 고개를 저었다. 그것을 무시하고 나는 그녀의 입술에 내 입을 댔다. "안 돼"라고 그녀는 다시 한번 말했다.

"잠깐만 대고 있을게. 이걸로 마지막이야."

"그래도."

약간 힘을 주어 당겼다. 그제야 그녀는 가만히 눈을 감았다.

스루가 나오유키의 장

1

긴 하루가 될 것이다, 라는 예감이 있었다.

손목시계가 10시 반을 가리켰을 때, 우리는 마지막 회의를 마쳤다. 효과적인 연출을 하기 위해 아슬아슬한 시간까지 버티는 건 호다카의 독특한 성격 같은 습관이었다. 게다가 이번에는 자신들의 일을 연출하려는 것이기 때문에 유독 힘이 들어가는 것도 당연했다.

"그 음악 말인데, 제발 타이밍을 정확히 맞춰줘. 그런 부분에서 실수를 하면 모든 게 엉망이 되는 거야." 두 잔째의 에스프레소를 마시며 호다카가 말했다.

"알았어. 담당자에게 특히 주의하라고 말할게." 나는 파일을 가방에 챙겨 넣었다.

"그러면 드디어 오늘의 첫 번째 의상으로 갈아입어볼까?" 호다카가 몸을 풀듯이 어깨를 가볍게 빙빙 돌렸다. "하긴 마흔이 머지않은 남자가 어떤 옷을 입건 쳐다볼 사람도 없겠지만."

"오늘은 미와코 씨를 돋보이게 해주는 역할이야."

"그래, 맞아."

그리고 호다카는 주위를 슬쩍 둘러보고 내 쪽으로 얼굴을 바짝 들이댔다.

"오늘 아침에 뭔가 이상한 낌새는 없었어?"

"이상한 낌새라니?"

"너희 맨션에 말이야." 호다카는 작은 소리로 말했다. "경찰차가 왔다든가 사람들이 몰려들었다든가."

"아, 응." 호다카가 물어보려는 것을 그제야 알았다. "내가 맨션을 나올 때는 별일 없었어."

"그렇다면 아직 발견되지 않은 모양이지?"

"아마도"라고 나는 말했다.

나미오카 준코의 사체에 대해 말하는 것이다. 이 대화로 나는 아주 조금이지만 마음이 놓였다. 오늘 아침 호텔 로비에서 호다카와 얼굴을 마주한 이래로 그가 준코에 대해 전혀 아무 말이 없어서 이제 그걸로 모든 일이 끝났다고 생각하는 모양이라고 내심 기가 막혔던 것이다. 하지만 아무리 못된 호다카라도 그렇게까지 태평할 수는 없었던 모양이다.

"근데 어떤 식으로 발견될까?" 호다카가 물었다.

"오늘은 그녀가 근무하는 병원이 쉬는 날이라서 아마 그냥 넘어가지 않을까? 문제는 내일부터야. 무단결근이 계속되면 누군가는 이상하다고 생각해서 집에 찾아가보겠지. 그러면 문이 잠겨 있지 않으니까 틀림없이 발견될 거야."

"어떻게든 그걸 좀 늦췄으면 좋겠는데. 최대한 늦게 발견되는 게 좋아."

"어차피 발견될 텐데, 빠르건 늦건 마찬가지잖아?"

그러자 호다카는 도통 뭘 모른다는 듯이 혀를 끌끌 찼다.

"경찰이 그녀의 자살과 오늘의 결혼식이 뭔가 관계가 있다고 생각할 가능성이 있잖아. 게다가 미와코의 오빠가 어제 낮에 준코를 봤어. 그녀가 자살했다는 걸 알면 틀림없이 이상하게 생각할 거야. 벌써 미와코에게 정원에 서 있던 묘한 여자에 대해 얘기했을 수도 있다고. 그러니까 간바야시가 준코를 봤던 것을 잊어버린 다음에나 사체가 발견됐으면 좋겠단 말이야."

나는 입을 꾹 다물고 있었다. 실제로 너의 결혼이 자살의 원인이니까 어쩔 수 없지 않느냐고 쏘아붙이고 싶었다.

"아참, 이걸 깜빡했다." 호다카가 호주머니에서 종이 한 장을 꺼냈다.

"뭐야, 이게?"

펼쳐보니 너절한 글씨로 '샤넬(반지, 시계, 가방), 에르메스(가방)' 하는 식으로 브랜드 이름과 품목이 줄줄이 적혀 있었다.

"내가 준코에게 준 물건들이야." 호다카가 말했다.

"선물 목록이라는 거야?"

준코가 이런 선물 때문에 호다카에게 넘어갔던 걸까, 하고 나는 생각했다. 하지만 준코는 그런 여자가 아니었다고 나는 금세 도리질을 쳤다. 그녀가 호다카에게 원했던 건 전혀 다른 것이었다. 그렇게 생각하니 새삼 마음이 아파왔다.

"빠뜨린 게 있는지도 모르지만 대충 그런 정도야. 일단 네 머릿속에 넣어둬." 그렇게 말하고 호다카는 작은 에스프레소 잔을 기울였다.

"머릿속에 넣어두라니, 내가 왜?"

여기서 다시 호다카는 조금 전과 마찬가지로 얼굴을 찌푸렸다. 하지만 이번에는 "얘가 진짜 뭘 모르네"라고 직접 말을 내뱉었다.

"사체가 발견되면 경찰이 준코의 집 안을 샅샅이 조사할 거 아냐? 월급도 쥐꼬리만큼씩 받았는데 값비싼 명품이 줄줄이 나올 거고, 그러면 틀림없이 이렇게 생각할 거야. 남자가 있었구나 하고. 그때가 네가 나설 차례야. 어제도 말했지만 너와 준코는 지금까지 계속 교제했던 것으로 해야 돼. 즉 그 명품들도 네가 선물했다고 하자는 거야."

"내가 선물하고서 전혀 알지 못하면 이상하니까 이 목록을 보고 미리 외워두라는 거야?"

"그래, 그거야. 보면 알 테지만 죄다 정품이야. 어디서 샀느냐고 캐물어도 별로 힘들 게 없어. 외국에 갔을 때 선물로 사왔다고 하면 아무 문제도 없을 테니까."

"나는 너하고는 달라서 해외여행을 별로 못 했는데?" 미운 소리를 섞어 나는 말해보았다.

"그러면 긴자에서 샀다고 해. 어디서나 다 파는 물건이야. 요즘 젊은 여자들은 명품이라도 한정품이 아니면 좋아하지도 않는데 그런 점에서 준코는 다루기가 쉬웠지."

"호다카!" 나는 그의 잘 정돈된 얼굴을 노려보았다. "다루기가 쉬웠다니, 그런 말이 어디 있어?"

준코를 대신해 항의한다는 심정이었다. 하지만 호다카는 내 말을 전혀 다른 뜻으로 받아들인 모양이었다. 크게 고개를 끄덕이며 이렇게 말한 것이다.

"하긴 그렇다. 다루기 쉬운 여자가 내 결혼식 전날에 자살할 리가 없지."

나는 대꾸할 말을 찾지 못한 채 찬찬히 그의 얼굴을 바라보았다. 그는 여전히 오해를 하고 있는지 계속 고개만 끄덕이고 있었다.

"아차, 이러다 늦겠네. 어서 가봐야겠다." 호다카는 에스프레소 잔을 비우고 일어서더니 큰 걸음으로 라운지 출구로 향했다.

그 등짝을 지켜보며 나는 마음속으로 욕을 퍼부었다. 죽어버려라, 나쁜 새끼.

2

호다카가 나간 뒤, 나는 커피를 한 잔 더 주문하고 11시 10분 쯤까지 라운지에 앉아 있었다. 그러고는 식장으로 향했다. 벌써 양가의 친척과 지인들이 하나둘 모여들기 시작했다. 하지만 대부분 호다카 쪽 하객이었다.

피로연은 오후 1시여서 일반 결혼식이라면 친척이 아닌 손님들은 12시 반쯤에 와도 충분히 시간을 맞출 수 있었다. 하지만 이번에는 교회 예식에도 꼭 참석해달라고 청첩장에 인쇄해서 보냈기 때문에 일찌감치 수많은 사람이 모여든 것이다.

나는 사회자를 비롯한 호텔 직원들과 마지막 회의를 한 뒤에 하객 대기실에 얼굴을 내밀었다. 각 출판사 편집자와 드라마 제작사 관계자들이 몇 명씩 둘러서서 미즈와리*와 칵테일

✛ 적정량의 물과 얼음을 섞어 마시기 편하게 만든 술.

등의 음료수를 손에 들고 담소하고 있었다. 호다카와 친하게 지내는 작가들도 몇몇 눈에 띄었다. 나는 그들에게 인사를 하며 대기실을 한 바퀴 돌았다.

"스루가 씨, 너무하잖아, 이런 식으로 간바야시 미와코 씨를 잡아가다니, 너무한 거 아냐?" 베테랑급의 문예 편집자가 미즈와리 한 잔에 벌써 취했을 리도 없는데 살짝 혀 꼬부라진 소리로 말했다.

"잡아가다니, 무슨 말씀이십니까."

"간바야시 미와코 씨의 업무도 앞으로는 호다카 기획에서 전담할 거 아냐. 그러는 게 미와코 씨의 세금 대책도 될 거고 말이지. 하지만 우리는 점점 더 미와코 씨의 원고를 받기가 어려워진단 말이야."

"간바야시 미와코 씨 일에 관해서라면 현재로서는 유키자사 씨가 우선권을 쥐고 있어요."

"지금은 그럴지도 모르지만, 저 호다카 마코토가 언제까지고 그 좋은 황금알을 일개 편집자가 독점하게 놔둘 리 있어?" 베테랑 편집자는 유리잔을 흔들었다. 미즈와리의 얼음이 잘랑잘랑 소리를 냈다.

이 편집자도 원래는 호다카 담당이었다. 오늘도 호다카 쪽 하객으로 참석했다. 하지만 그의 관심은 명백히 간바야시 미와코 쪽으로만 향하고 있었다. 그리고 그건 이 자리에 참석한 대부분 관계자들의 공통된 마음일 것이다. 결혼식의 주역은 신부라는 상식을 내세우기 이전에, 오늘의 주역은 분명 간바야시 미와코였다. 그리고 그런 상황을 잘 알고 있기 때문에 호다카는 어떻게든 그녀를 손에 넣으려고 했던 것이다.

그렇게 인사를 하며 돌고 있는데 돌연 바깥쪽이 소란스러웠다. 환성 같은 것이 터지고 있었다.

미와코 씨가 신부 대기실에서 나온 모양이야, 라는 소리가 들렸다. 사람들이 일제히 출구로 향했다. 나도 그 뒤를 따라갔다.

대기실 앞으로 나서자 유리판의 벽면을 등지고 선 간바야시 미와코의 모습이 눈에 들어왔다. 순백의 웨딩드레스를 입은 그녀는 호화로운 꽃다발처럼 보였다. 평소에는 그다지 화려하게 보이지 않던 그녀의 얼굴이 오늘은 프로 메이크업 아티스트에 의해 인형처럼 꾸며져 있었다.

주로 여자 손님들에 둘러싸인 간바야시 미와코를 멀리서 바라보며 나는 나미오카 준코를 생각했다. 그녀 역시 자신만의 웨딩드레스를 입었던 것이다. 하얀 원피스와 하얀 베일, 그리고 손에는 부케를 들었다. 그녀는 어떤 심정에서 신부의 모습으로 자살하기로 결심했던 것일까. 그 좁은 맨션 방에서 준코가 거울에 자신의 모습을 비춰보며 옷을 고르는 광경이 내 머릿속에 선하게 떠올랐다.

문득 옆을 바라보다가 나 말고도 또 한 사람, 복잡한 심경으로 신부를 바라보는 인물이 있다는 것을 깨달았다. 간바야시 다카히로였다. 간바야시는 신부에게 우르르 몰려든 사람들과는 조금 떨어져서 팔짱을 끼고 여동생을 바라보고 있었다. 그 얼굴에는 표정이라는 것이 없었다. 나는 그의 마음속에서 소용돌이치는 온갖 감정을 상상해보며 등이 근질거리는 호기심과 동시에 묘비 밑을 들여다본 듯한 두려움을 느꼈다.

"뭘 보고 있어요?" 갑자기 옆에서 누군가 말을 건넸다. 고개를 돌리자 유키자사 가오리의 얼굴이 내 어깨와 곧 닿을 듯한 위치까지 다가와 있었다.

"아, 유키자사 씨."

그녀는 조금 전까지 내 시선이 향하던 쪽을 보았다. 그리고 금세 표적을 발견한 모양이었다.

"신부의 오빠를 보고 있었군요?"

"뭐, 꼭 그런 건 아니고. 그냥 멍하니 저쪽을 쳐다보고 있었어요."

"얼버무릴 거 없어요. 나 역시 오싹오싹하는 참이니까."

"오싹오싹?"

"네, 저 사람이 혹시 일을 저지르는 거 아닌가 하고." 그녀는 의미심장한 얼굴로 말했다. "조금 전에 다카히로 씨가 신부 대기실에 왔었어요."

"뭐, 유일한 혈육인데 당연하죠."

142

"분위기 파악을 하고 우리는 밖으로 나와줬죠. 둘이서만 있게 해준 거예요."

"그랬어요?"

"5분쯤이었나, 대기실에 두 사람만 남아 있었던 게? 그러다가 다카히로 씨만 나왔어요."

"그래서요?" 나는 뒷말을 재촉했다. 유키자사 가오리가 무슨 말을 하려는 건지 알 수가 없었다.

유키자사는 목소리를 낮추어 말했다.

"그때 그의 입술에 붉은 얼룩이……."

"붉은 얼룩?"

그녀는 슬쩍 고개를 끄덕였다.

"루주. 미와코 씨의."

"설마! 잘못 본 거 아니에요?"

"나도 여자예요. 루주인지 아닌지, 그런 것쯤은 척 보면 다 알아요." 유키자사 가오리는 얼굴을 앞으로 향하고 거의 입술을 움직이지 않은 채 말했다. 다른 사람들에게는 신랑 측과 신부 측 담당자가 뭔가 상의라도 하는 것처럼 보였을 터였다.

"간바야시 미와코는 어땠는데요?" 나도 거의 입을 움직이지 않고 물었다.

"겉으로는 아무렇지도 않은 척했죠. 하지만 눈가가 붉었어요."

"흐흠, 거참." 나는 한숨을 내쉬었다.

간바야시 오누이의 관계에 대해 지금까지 나와 유키자사 가오리가 직접 언급했던 일은 한 번도 없었다. 하지만 이 자리에서 나눈 우리의 대화는 서로 다 알고 있다는 것을 전제로 한 것이었다. 시인 간바야시 미와코와 항상 행동을 함께하는 유키자사가 오누이 간의 비뚤어진 애정 관계를 모를 리 없다고 나도 내심 짐작했었지만, 그녀 쪽에서도 내가 틀림없이 눈치를 챘을 거라고 예상한 모양이었다.

"아무튼 나는 오늘 행사가 무사히 끝나기만을 바랄 뿐이에요." 앞을 바라본 채로 나는 말했다. 잘 아는 편집자가 우리 앞을 지나가길래 가볍게 웃으며 인사를 건넸다.

"그 뒤로 뭔가 달라진 건 없어요?" 유키자사가 물었다.

"어제 그 일 말인가요?" 나는 오른손으로 입가를 가리고 되물었다.

"당연히 그 얘기지 뭐겠어요?" 유키자사 가오리가 슬쩍 미소를 지으며 대답했다. 아름답게 단장한 신부를 바라보면서 너무 심각한 표정을 짓는 건 부자연스럽다고 생각한 모양이다.

"아직까지는 별일 없는 것 같아요." 나도 그녀를 흉내 내어 슬쩍 뺨에 웃음을 지으며 대답했다.

"호다카하고는 그 일로 얘기를 해봤어요?"

"조금 전에 잠깐 얘기했어요. 놈은 여전히 태평해요. 모든 게 자기 생각대로 흘러간다고 믿고 있겠죠."

"발견된다면 난리가 날 거예요."

"이미 각오한 일이에요."

우리의 밀담이 거기까지 진행됐을 때, 검은 정장을 입은 중년의 호텔 직원이 잠시 후에 예식이 시작되니 참석자는 교회 쪽으로 이동해달라고 큰 소리로 알렸다. 손님들이 줄줄이 교회 쪽으로 움직이기 시작했다. 교회는 한 층 위에 있었다.

"우리도 갈까요?" 나는 유키자사 가오리에게 말했다.

"먼저 올라가세요. 나는 신랑 측의 손님들이 자리를 잡은 뒤에 천천히 들어갈게요."

"아, 유키자사 씨는 신부 측 손님이었지."

"네, 소수파죠. 아참, 잠깐만요."

그녀는 자신의 바로 뒤쪽을 돌아보았다. 우리의 대화가 들리지 않을 만큼 약간 떨어진 곳에 그녀의 후배인 니시구치 에리가 서 있었다.

"니시구치, 아까 맡겨뒀던 그거, 스루가 씨에게 드려."

유키자사 가오리의 지시에 니시구치 에리가 가방을 열었다. 안에서 꺼낸 것은 필 케이스였다.

"아까 미와코 씨가 호다카 씨에게 전해주라고 했어요. 근데 신랑 쪽에 가볼 틈이 없네요."

"비염약이군요." 나는 회중시계 모양으로 된 그 필 케이스의 뚜껑을 열어보았다. 하얀 캡슐 하나가 들어 있었다. "하지만 나도 지금 교회에 가봐야 하는데?" 뚜껑을 닫아 호주머니에 넣고 나는 주위를 둘러보았다. 마침 우리 옆으로 보이가 지나갔다.

나는 그 보이를 불러 필 케이스를 건네주며 말했다.

"이걸 신랑에게 좀 전해줘요."

3

다른 참석자들과 함께 교회 쪽으로 향했다. 가는 길에 조금 전에 필 케이스를 받아 갔던 보이를 만났다.

"신랑분이 너무 바쁘셔서 직접 전해드리지 못하고, 말씀을 드린 뒤에 대기실 안쪽에 놓고 왔습니다"라고 보이는 말했다.

호다카가 그 약을 먹었느냐고 물어보았다. 아뇨, 그것까지는 확인을 못 했습니다, 라고 보이는 미안하다는 듯이 대답했다.

신랑이 콧물을 흘리고 재채기를 해대면 완전히 스타일 구겨진다─. 호다카가 그렇게 말하며 웃었던 게 생각났다. 그런 중요한 약을 깜빡 잊고 안 먹는 일은 없을 것이다.

교회는 호텔 4층에 있었다. 빌딩의 일부가 3층까지만 있어서 그 옥상 부분에 교회를 지은 것이다.

우리는 담당자의 안내를 받아 예배당 안으로 들어갔다. 중앙 통로에 하얀 천이 깔려 있었다. 이른바 버진 로드다. 그 위는 절대로 밟지 말아달라고 담당자가 큰 소리로 말했다. 제단에는 꽃이 장식되어 있었다. 그곳을 마주하고 오른쪽이 신랑측 하객석이었다.

양가 하객의 인원 차이가 여기에서 크게 두드러졌다. 오른쪽은 거의 뒷좌석까지 빼곡하게 채워졌는데 왼편은 그 반절도 되지 않았다.

그 짧은 열의 가장 앞에 앉은 사람이 간바야시 다카히로였다. 양손을 단정하게 무릎 위에 얹고 있었다. 비스듬히 아래쪽 공간만 골똘히 바라보고 있었다. 피부색이 하얗고 어딘지 마네킹을 연상시키는 그 옆얼굴에서는 여전히 어떤 감정도 읽어낼 수 없었다.

우리 쪽 자리 앞에는 찬송가 가사가 적힌 종이가 놓여 있었다. 기독교인도 아닌데 이런 노래를 부르라는 건 일종의 재난이라고밖에는 할 말이 없다. 애초에 신랑 신부도 기독교와는 아무 관계가 없을 터였다. 호다카가 지난번 결혼식은 신사에서 했다고 말했던 것이 기억났다.

이윽고 사제가 나타났다. 금테 안경을 쓴 초로의 남자였다. 그의 등장과 함께 웅성거림이 뚝 멈췄다.

다음에 오르간 연주가 시작되었다. 우선 신랑이 먼저 등장하고, 이어서 신부가 입장할 것이다. 나는 고개를 숙이고 내 손을 바라보고 있었다.

뒤쪽에서 발소리가 들려왔다. 굳이 돌아보지 않아도 가슴을 툭 내밀고 걷는 호다카의 모습이 눈에 선하게 떠올랐다. 두 번째 결혼식이지만 그는 그런 건 전혀 개의치 않는 인간이다. 아마 지금도 혼자 잘난 척 걸어오고 있을 것이다.

그 발소리가 문득 멎었다.

나는 순간적으로 뭔가 이상하다고 생각했다. 신랑은 제단 앞까지 나와야 한다. 하지만 그의 발소리는 내 자리보다 한참 뒤쪽에서 끊겼다. 나는 고개를 들고 뒤를 돌아보았다. 웬일인지 호다카의 모습이 어디에서도 보이지 않았다.

그리고 1, 2초 뒤에 중앙 통로와 가까운 자리에 앉아 있던 사람들이 일제히 일어섰다. 작은 비명 소리를 내는 여자도 있었다.

"어떻게 된 거야!" 누군가 외쳤다.

"이걸 어째!"

"아앗, 호다카 씨!"

모두가 중앙 통로 바닥을 바라보며 부르짖고 있었다. 그것으로 나는 뭔가 사건이 터졌다는 것을 알았다. "아, 미안, 미안해요." 나는 사람들을 밀어젖히고 그쪽으로 달려갔다.

호다카 마코토가 통로에 쓰러져 있었다. 흙빛이 된 얼굴은 추하게 일그러졌고 입에서는 허연 거품이 나왔다. 너무나도 딴판으로 변해버린 그 모습에 나는 일순 호다카가 아니라고 생각했을 정도다. 하지만 그 체격과 머리 스타일, 그리고 하얀 모닝코트는 틀림없는 호다카의 것이었다.

"의, 의사를! 의사를 불러주세요!" 주위에 멍하니 서 있는 사람들을 향해 나는 소리쳤다. 그제야 누군가가 밖으로 뛰쳐나갔다.

호다카의 눈부터 들여다보았다. 멀거니 뜨인 그의 눈은 전혀 초점을 잡지 못하고 있었다. 의사가 동공의 개폐를 조사해 볼 것도 없이 이미 결론은 나버린 듯했다.

느닷없이 내 손 부근이 환해졌다. 밖에서 빛이 쏟아져 들어온 것이다. 나는 고개를 들었다. 예배당 뒤편의 문이 스르르 열리는 참이었다. 네모난 출입구 한가운데로, 좌우에 옷자락을 잡아주는 여자들을 거느리고 서 있는 미와코의 실루엣이 보였다. 역광이었기 때문에 그 표정은 자세히 보이지 않았다. 아마도 무슨 일이 일어났는지 아직은 깨닫지 못한 것이리라.

순백의 웨딩드레스가 일순 흐릿하게 보였다.

유키자사 가오리의 장

1

내가 맨 먼저 해야 할 일은 간바야시 미와코를 조용한 방에 데려가 눕히는 것이었다. 호다카 마코토의 변고를 깨달은 그녀는 엄숙하게 행진했어야 할 버진 로드 위를 웨딩드레스 자락을 쳐들고 마구 달렸다. 그리고 잠시 뒤에는 사랑의 맹세를 나누기로 했던 신랑이 죽어 나자빠진 모습을 목격하고 비명 소리조차 내지 못한 채 그대로 온몸이 경직되었다. 옆에서 지켜보던 사람들로서는 도저히 상상할 수도 없는 엄청난 정신적 충격이 그녀의 온몸을 관통했다는 건 틀림이 없었다. 그 영향 때문인지 그녀는 누군가 말을 걸어도 대답을 하지 못했다. 애초에 사람 소리가 귀에 들리지도 않는 것 같았다. 그녀는 옆에서 부축해주지 않으면 일어서지도 못하고 걷지도 못했던 것이다.

가장 먼저 달려와 미와코의 몸을 받쳐준 간바야시 다카히로와 함께 나는 그녀를 방으로 데려갔다. 호텔 측이 준비해준 스위트룸은 오늘 밤 미와코와 호다카가 머물기로 했던 허니문룸이었다.

"의사를 불러와야겠어요. 그때까지 미와코를 돌봐주세요." 미와코를 의자에 앉힌 뒤에 간바야시 다카히로가 말했다.

"네, 내가 지켜볼게요." 나도 급하게 대답했다.

그가 나간 뒤, 나는 미와코의 옷을 벗기고 그대로 침대에 눕혔다. 그녀는 가늘게 떨고 있었다. 눈은 공간의 한 지점을 응시하고 입술에서는 흐트러진 숨소리가 들려올 뿐이었다. 여전히 말을 할 만한 상태가 아니었다. 그래도 내가 그녀의 오른손을 잡아주자 상당히 강한 힘으로 마주 쥐어왔다. 신부의 손바닥은 흥건히 땀에 젖어 있었다.

나는 침대가에 앉아 내내 그녀의 손을 잡고 있었다. 간바야시 다카히로는 언제쯤에나 의사를 데려올까. 이 호텔에 도착한 의사가 가장 먼저 할 일은 호다카를 진찰하는 것이겠지만, 그게 끝나는 대로 곧장 데려왔으면 좋겠다고 생각했다. 의사는 이미 호다카 마코토를 구할 수 없다는 게 내 생각이었다. 그건 그 자리에 있었던 사람들 모두가 이미 알고 있는 일일 것이다. 그보다도 지금은 살아 있는 사람이 더 중요하다.

이윽고 미와코가 웅얼거리는 소리가 들려왔다.

"응? 뭐라고?"

내가 재우쳐 물어봤지만 그에 대한 대답은 없었다.

나는 귀를 기울였다. 그녀의 입술은 거의 움직임이 없었지만 그건 왜, 왜, 라는 물음이 틀림없었다. 나는 그녀의 손을 조금 더 꼬옥 잡아주었다.

그렇게 20여 분이 지났을 때쯤, 문을 두드리는 소리가 들렸다. 나는 미와코의 손을 놓고 급히 달려갔다. 문 앞에 간바야시 다카히로와 흰 가운을 입은 초로의 남자가 서 있었다.

"환자는?" 의사인 듯한 그 초로의 남자가 물었다.

"이쪽이에요." 의사를 침대로 안내했다.

노의사는 미와코의 맥을 짚어본 뒤에 즉시 진정제 주사를 놓아주었다. 바들바들 떨던 그녀도 잠시 뒤에는 잠이 들었다.

"두 시간쯤 잘 겁니다. 누군가 곁에 있어주는 게 좋아요." 노의사가 왕진 가방을 정리하며 말했다.

"내가 옆에 있을 거예요." 간바야시 다카히로가 말했다.

의사를 배웅한 뒤에 나는 간바야시를 돌아보았다.

"나도 함께 있을까요?"

"아뇨, 나 혼자서도 괜찮아요. 유키자사 씨는 사람들에게 가보셔야죠. 아래층이 상당히 혼잡한 것 같았어요."

"그렇겠지요."

"호다카 씨는⋯⋯." 그는 표정을 바꾸지 않고 말했다. "그대로 사망한 모양이에요."

나는 고개를 끄덕였다. 아마 내 얼굴 표정도 거의 바뀌지 않았을 것이다. 너무 갑작스럽게 알려주는 바람에 어떤 얼굴을 해야 할지 알 수가 없었다.

"사망 원인은 뭐였어요?"

"글쎄, 그것까지는 나도 잘 모르겠어요." 간바야시 다카히로는 의자를 들고 침대 옆에 와서 앉았다. 그의 눈은 여동생에게로만 향하고 있었다. 지금 그는 호다카 마코토의 죽음에 그다지 관심이 없는 것처럼 보였다.

2

엘리베이터를 타고 우선 4층에서 내렸다. 하지만 교회로 들어가는 복도에 제복 차림의 경관이 서 있었다.

"미안합니다. 사고가 있어서 이쪽은 출입 금지예요." 젊은 경관이 오만한 어조로 말했다. 나는 말없이 돌아섰다.

다시 엘리베이터를 타고 3층으로 갔다. 하지만 어디에서도 사람들의 모습이 보이지 않았다. 바로 한 시간 전만 해도 예복을 입은 하객들로 가득했던 로비가 이제는 텅 비어 있었다.

"아, 유키자사 씨." 나를 부르는 소리였다. 니시구치 에리가 잔뜩 긴장한 얼굴로 뛰어오는 참이었다. "그렇잖아도 선배님 찾던 중이었어요."

"사람들은 어디에 있지?"

"이쪽이에요."

니시구치 에리가 데려간 곳은 하객을 위한 대기실이었다. 하지만 바로 앞에까지 갔는데도 아무 소리도 들리지 않았다. 대기실 문은 굳게 닫혀 있었다.

니시구치 에리가 그 문을 열었다. 나도 그녀를 따라 안으로 들어갔다. 실내에는 결혼식과 피로연에 참석했어야 할 사람들이 모두 모여 있었다. 다들 침통한 표정이었다. 간간이 훌쩍거리는 소리도 들려왔다. 아마 호다카의 친척일 것이다. 그런 한심한 인간에게도 세상을 떠나면 울어줄 사람이 있는 건가. 그 밖의 소리는 거의 들리지 않고 담배 연기로 공기가 뿌옇게 흐려져 있었다.

그리고 그들을 감시하듯이 벽을 따라 낯선 남자들의 모습이 보였다. 그 눈빛과 태도, 분위기를 보고 형사라는 것을 알았다.

니시구치 에리가 그들 중의 한 사람에게 다가가 뭔가 귀엣말을 했다. 상대 남자는 고개를 끄덕이며 나를 바라보았다. 그러고는 이쪽으로 걸어왔다.

"유키자사 씨예요?" 스포츠형으로 머리를 짧게 깎은 50대 전후의 남자가 물었다. 키는 크지 않지만 어깨 폭이 담벼락처럼 넓은 체격이었다. 거기에 맞춘 듯이 얼굴도 큼직했고 부리부리한 눈은 약간 사시처럼 보였다.

몇 가지 물어볼 게 있어요, 라고 남자는 말했다. 나는 말없이 고개를 끄덕였다.

남자는 나를 바깥으로 안내했다. 그 뒤로 또 한 사람, 젊은 남자가 따라왔다. 이쪽은 프로스포츠 선수처럼 얼굴이 가무잡잡했다.

복도 겸 로비에 놓인 소파에 형사들과 함께 앉았다. 스포츠머리의 남자는 경시청 수사1과의 와타나베라는 경감이었다. 얼굴이 가무잡잡한 남자는 기무라라고 이름을 밝혔다.

우선은 내 신원에 대한 질문이었다. 니시구치 에리에게 나를 데려오라고 한 걸 보면 내가 어떤 사람인지 모를 리 없었지만, 나는 다시 한번 자기소개를 했다.

그다음에는, 지금까지 어디 있었느냐고 와타나베 경감이 물었다. 신부를 간호하고 있었다고 대답했다. 와타나베 경감은 크게 고개를 끄덕였다.

"누구보다 신부가 충격이 컸겠지요. 그럼 지금은 호텔 방에서 쉬고 있는 건가요?"

"네."

"말하는 건 어때요, 할 수 있을 만한 상태예요?"

"글쎄요." 나는 고개를 갸웃했다. "아마 오늘은 어려울 거 같은데요."

내 뺨이 팽팽히 긴장되는 것을 느꼈다. 이 사람들이 패닉 상태의 미와코에게서 무슨 이야기를 듣겠다는 건가.

"그래요. 그건 의사 선생과 상의해본 다음에 하지요." 경감은 기무라 형사 쪽을 흘끔 돌아보며 말했다. 의사의 허가만 받으면 역시 오늘 중에라도 미와코에 대한 진술 조사를 할 생각인 모양이다.

와타나베 경감이 내 쪽으로 다시 얼굴을 돌렸다.

"호다카 씨가 사망했다는 소식은 들었습니까?"

"네, 들었어요." 나는 대답했다. "너무 뜻밖의 일이라 정말 놀랐습니다."

그럴 만도 하다는 듯이 경감은 고개를 끄덕였다.

"실은 호다카 씨의 사망 원인에 대해 몇 가지 미심쩍은 점이 있었어요. 뭐, 그래서 지금 조사 중이죠. 혹시 불쾌한 질문을 하게 되더라도 양해해주십시오." 말투는 공손했지만 형사 특유의 위압감이 말끝에 서려 있었다. 지금부터 인정사정 볼 것 없이 추궁하겠다는 선언처럼 들리기도 했다.

"미심쩍은 점이라면, 어떤?" 내 쪽에서 질문을 해보았다.

"그건 차근차근 이야기합시다." 경감은 딱 자르듯이 말했다.

내가 던지는 질문에 대답할 마음은 전혀 없다는 뜻이었다. "당연히 당신도 식장에 있었겠지요?"

"네, 안에 있었어요."

"호다카 씨가 쓰러지는 장면을 봤습니까?"

"바로 그 순간을 뜻하시는 거라면 그건 못 봤어요. 나는 앞자리에 앉아 있었기 때문에 사람들이 뭔가 소리를 친 뒤에야 알았습니다."

"흠. 당신만 그런 게 아니고, 그 순간을 못 봤다는 사람이 꽤 많더군요. 결혼식 때 신랑이 입장하는 것을 흘끔흘끔 쳐다보면 예의에 어긋난다고 모두들 정면으로 쳐다보지 않았던 모양이에요."

언제 어디서든 남을 흘끔흘끔 쳐다보는 건 예의에 어긋난다는 것을 이 경감에게 가르쳐주고 싶었지만 귀찮아서 입을 다물어버렸다.

"그래도 몇몇 사람은 호다카 씨가 쓰러지는 장면을 목격했어요. 그 사람들의 말에 의하면 호다카 씨가 갑자기 몸을 틀며 괴로워했다는군요. 발작을 일으킨 것처럼. 그러고는 털썩 쓰러졌다는 거예요."

"발작을……."

"쓰러지기 직전에 목 근처를 잡았다, 라고 하는 사람도 있었어요."

"네에……." 어떤 식으로 내 느낌을 말해야 좋을지 알 수 없어서 나는 입을 꾹 다물었다.

와타나베 경감이 몸을 앞으로 쓰윽 내밀었다. 그리고 내 얼굴을 들여다보는 듯한 눈빛을 했다.

"당신은 신부 측 하객으로 참석했다고 하던데, 호다카 씨와도 관계가 없었던 건 아닌 모양이더군요. 그를 담당한 적이 있었다면서요?"

"예전에 잠깐 동안이었어요. 명목뿐인 담당자였지만." 나는 대답했다. 어째서 변명하는 듯한 말투가 되는 걸까.

"호다카 씨에게 뭔가 지병이 있다는 얘기는 들은 적이 없습니까? 심장이라든가 호흡기라든가."

"들은 적 없습니다."

"그러면 혹시 호다카 씨가 평소 복용하던 약에 대해서는?" 경감이 잇달아 질문을 던졌다.

모른다, 라고 대답하려다가 그 직전에 말을 꿀꺽 삼켰다. 어설픈 거짓말은 내 목을 조르는 일이 될 거라고 생각했다.

"비염약을 자주 먹었어요. 긴장하면 콧물과 재채기가 난다고 했거든요."

"비염약? 알약이었어요?"

"캡슐이에요."

"오늘도 호다카 씨가 그 약을 먹었던가요?"

"네, 먹었을 거예요."

단정적인 말투에 형사는 흥미를 느낀 모양이었다.

"호오. 왜 그렇게 생각하지요?"

"간바야시 미와코 씨가 내게 그 약을 맡겼었거든요. 호다카 씨에게 좀 전해달라고 했어요."

"잠깐만요." 와타나베 경감은 손으로 나를 제지하는 듯한 몸짓을 하고서 기무라 형사의 손맡을 쓰윽 쳐다보았다. 중요한 증언이니 정확히 메모하라고 주의를 주는 듯한 몸짓이었다. "그 비염약을 간바야시 미와코 씨가 갖고 있었어요?"

"그렇습니다. 신혼여행에 가져가려고 두 사람이 먹을 약을 그녀가 한꺼번에 챙겼을 거예요."

"흠, 그렇군. 당신은 언제 어디서 그 약을 받았죠?"

"식이 시작되기 조금 전이었으니까 11시 반쯤이었을 거예요. 신부 대기실에서 나한테 건네줬어요."

"간바야시 미와코 씨는 그 약을 어디서 꺼냈어요?"

"그녀의 가방에서요."

신부 대기실은 4평 정도의 넓이였다. 11시 반에 미와코는 호화로운 웨딩드레스를 차려입고 거울 앞에 서 있었다. 고백을 하자면 그 아름다움에 나는 질투심이 들었다. 나도 저렇게 아름답게 태어나고 싶었는데, 라고 생각했다. 하지만 호다카 마코토의 신부라는 자리가 부럽다는 생각은 전혀 없었다. 이

것이 그녀의 불행의 시작이 될 거라고 차가운 머리로 생각하고 있었다. 그 길 끝에 잿빛 구름이 뻔히 보였기 때문에 아직 아무것도 모른 채 얼굴에서 광채를 뿜고 있는 미와코의 모습이 가슴 아프게 느껴졌다.

그때 미와코의 평상복과 짐들은 방 한쪽에 놓여 있었다. 가방도 그랬다. 미와코는 그 가방을 집어달라고 했다. 나는 그것을 그녀에게 건넸다.

나 외에 니시구치 에리도 있었다. 사람들이 보는 앞에서 미와코는 가방을 열고 약병과 필 케이스를 꺼냈다. 캡슐 하나를 필 케이스에 넣어 내게 건네주면서 호다카에게 전해달라고 말했다.

나는 일단 받기는 했지만 내가 갖고 있다가는 잃어버릴 것 같아서 곧바로 니시구치 에리에게 건네주었다.

이윽고 신부가 대기실을 나갈 시간이 되었다. 나와 니시구치 에리도 함께 밖으로 나왔다. 그 직후에 스루가 나오유키를 만났기 때문에 니시구치 에리를 시켜 필 케이스를 그에게 건넸다.

그런 이야기를 했더니 와타나베 경감은 고개를 끄덕이면서도 부리부리한 눈으로 나를 빤히 쳐다보았다.

"왜 그걸 스루가 씨에게 줬지요? 당신과 니시구치 씨가 신랑에게 직접 갖다줘도 됐을 텐데."

"신랑 측을 담당한 사람이 스루가 씨였기 때문이에요. 나는 간바야시 미와코 씨 옆을 떠날 수가 없었고요."

"아, 그렇군." 경감은 여기서 다시 기무라를 보았다. 하나도 빠뜨리지 말고 메모해두라는 뜻일까.

하지만 나는 경감 일행이 스루가 씨라는 사람은 누구냐고 묻지 않았다는 것을 깨달았다. 즉 그들은 이미 스루가 나오유키의 진술 조사를 마친 것이다. 그렇다면 당연히 그의 입을 통해 나와 니시구치에게서 약을 받았다는 말도 들었을 것이다. 그런데도 그런 비염약에 대해서는 지금 처음 들었다는 듯한 얼굴을 하고 있는 경감의 태도에 나는 화가 난다기보다 뭔가 맥이 빠지는 듯한 기분이었다.

"저기요." 나는 다시 질문을 던져보았다. "그 약이 좋지 않았던 건가요?"

"좋지 않았다, 라는 건 무슨 말씀이신지?" 경감은 사시인 듯한 눈으로 나를 쓰윽 바라보았다. 눈 안쪽에 깊은 교활함이 깃들어 있었다.

"그 약 때문에 호다카 씨가 그렇게 된 거냐고요."

"비염약이 원인이냐는 뜻인가요?"

"아뇨, 그게 아니라……." 나는 말을 끊었다. 새삼 형사들의 표정을 보았다. 그들은 뭔가를 관찰하는 눈빛이었다. 이 여자가 어떤 말을 하는지 좀 들어보자, 하는 눈빛이었다. 캡슐에 대해 이토록 끈질기게 질문하는 걸 보면 경찰이 그 내용물을 의심하고 있다는 건 확실했다. 그러면서도 시치미를 떼는 것은 상대방에게서 최대한 진술을 끌어낸다는 수사 방침을 고수하기 때문인 게 틀림없었다. 어쩔 수 없이 나는 그들의 방침에 따르기로 했다.

"혹시 호다카 씨가 먹은 비염약이 다른 약이었던 건가요?" 나는 머뭇머뭇 물었다. "이를테면 그 캡슐에 독극물이 들어 있었다든가?"

"오호." 와타나베 경감이 입을 쑥 내밀었다. "흥미로운 의견이군요. 왜 그렇게 생각했지요?"

"약에 대해 자꾸 물으시니까……."

내 말에 경감은 허허 웃었다. 교활해 보이는 웃음이었다.

"우리는 호다카 씨가 쓰러지기 직전의 상황을 최대한 객관적으로 알아보려는 것뿐입니다. 독극물을 먹었다는 식으로 생각하는 건 현 단계에서는 지나친 비약이에요."

수사1과까지 출동했는데 살인의 가능성을 생각하지 않았을 리는 없다. 하지만 나는 입을 다물었다. 이것이 그들이 일하는 방식일 터였다.

"유키자사 씨." 약간 정색하는 말투로 와타나베 경감이 말했다. "당신이 그런 생각을 하게 된 것은 뭔가 근거가 있었기 때문인가요?"

"근거요?"

"아니면 뭔가 마음에 짚이는 게 있다든가."

경감 옆에서 젊은 형사가 사냥개 같은 표정으로 부쩍 긴장하고 있었다. 그 표정을 보고 나는 눈치를 챘다. 이 두 형사가 사실은 이 질문을 하고 싶었던 것이다. 물론 내가 약에 뭔가 넣었을 가능성도 염두에 두고 있을 것이다.

"아니, 없어요." 나는 대답했다. "그런 쪽의 근거는 없습니다."

기무라 형사는 노골적으로 실망한 얼굴을 보였다. 하지만 와타나베 경감 쪽은 입가에 웃음을 띠고 고개를 끄덕일 뿐이었다. 일이 그리 쉽게 풀리지 않는다는 건 지금까지 수없이 경험한 수사를 통해 익히 알고 있다는 듯한 얼굴이었다.

그 뒤에 경감은 호다카 마코토와 간바야시 미와코의 주변에서 최근에 뭔가 특이한 일은 없었느냐고 물었다. 딱히 인상에 남는 일은 없다고 대답해두었다. 원래 여기서 나미오카 준코에 대한 이야기를 해야 할 상황이었다. 하지만 스루가 나오유키도 틀림없이 말을 안 했을 거라고 짐작하고 나도 입을 다물었던 것이다.

3

결국 우리는 오후 5시쯤까지 그곳에 붙잡혀 있었다. 하객을 위한 대기실이 아무리 넓다지만 도합 2백 명이 넘는 사람들이 한자리에 꼼짝없이 붙잡혀 있다 보니 점점 스트레스가 쌓였다. 호다카의 가족들 앞이라서 어쩔 수 없이 조용함을 유지하던 하객들 사이에서 서서히 불평이 터지기 시작했다. 개중에는 경찰관에게 따지고 드는 사람도 있었다. 남자들의 고함 소리, 여자들의 신경질적인 목소리가 여기저기서 울렸다. 해방되는 게 30분만 더 늦었더라면 폭동이 일어났을지도 모른다.

오늘 밤 묵을 곳, 앞으로의 연락처 등을 끈질기게 확인한 뒤에 경찰은 겨우 우리를 호텔에서 풀어주었다. 나는 미와코의 상태를 다시 한번 살펴보려고 스위트룸으로 올라갔지만 이미 그곳에는 아무도 없었다. 프런트에 확인해보니 간바야시 오누이는 이미 귀가했다고 알려주었다. 경찰의 진술 조사를 받았는지 어떤지, 그것까지는 알 수 없었다.

호텔 앞에서 택시를 타고 나는 운전기사에게 긴자 쪽으로 가달라고 말했다.

긴자의 미쓰코시 백화점 옆에서 택시를 내렸다. 와코 빌딩 시계는 6시 3분을 가리키고 있었다. 나는 미쓰코시 옆 두 번째 빌딩으로 들어갔다. 1층은 커피숍이지만 2층은 양식 레스토랑이다. 그 계단을 올라갔다.

휴일 저녁 시간대였지만 가게 안의 좌석은 반절이 비어 있었다. 하루미 대로가 내려다보이는 가장 끝 테이블 쪽에 스루가 나오유키의 모습이 있었다. 남의 눈에 띨까 봐 예복 상의를 벗고 있었지만 하얀 셔츠에 하얀 넥타이 차림은 멀리서도 묘하게 두드러졌다.

스루가는 나를 알아보고 테이블 위의 물수건을 한쪽으로 치워주었다. 그의 앞에는 카레 같은 음식이 담겼던 듯한 접시가 남아 있었다. 지금은 커피를 마시는 중이었다. 아침부터 제대로 식사를 못 했을 테니 당연히 배도 고플 만했다.

여기서 그와 만나기로 약속한 것은 대기실을 나오기 직전이었다. 고양이처럼 스르르 다가온 그가 내 귓가에 속삭였던 것이다. 6시에 미쓰코시 옆의 레스토랑에서, 라고. 이 가게는 회의를 위해 몇 번 이용한 적이 있었다.

나 역시 하루 종일 거의 먹은 게 없었지만 우선은 오렌지 주스를 주문했다. 위의 신경이 완전히 둔감해져 있었다.

우리는 잠시 아무 말도 하지 않았다. 서로의 얼굴도 바라보지 않았다. 이윽고 스루가가 첫말을 내뱉은 것은 커피 잔을 다 비운 뒤였다.

"일이 복잡하게 됐군요." 깊은 한숨과 함께 그는 말했다.

나는 얼굴을 들었다. 여기서 처음으로 눈이 마주쳤다. 스루가의 눈은 붉게 충혈되어 있었다.

"경찰에게 어떤 얘기를 했어요?"

"글쎄, 기억도 안 나네. 아무튼 정신없는 상태에서 진술 조사를 받았거든요. 그냥 내가 본 대로만 얘기했어요." 스루가는 테이블 위의 담뱃갑을 집어 들고 한 개비를 뽑았다. 재떨이 안에 꽁초 여섯 개가 있었다.

"그래도……." 나는 물어보았다. "나미오카 준코 씨에 대한 얘기는 안 했죠?"

스루가는 담배에 불을 붙인 성냥을 한 손으로 흔들어 끄고 재떨이에 던졌다.

"그야 당연하잖아요."

"나도 준코 씨에 대해서는 입을 다물었어요."

"응, 당신이라면 그렇게 해줄 줄 알았어요." 스루가는 안도하는 기색이었다.

"그나저나 사망 원인 말인데요……."

내가 입을 열자 문득 스루가가 제지하듯이 손을 내밀었다. 웨이트리스가 내 오렌지 주스를 가져오는 참이었다.

웨이트리스가 돌아간 뒤, 나는 스루가 쪽으로 얼굴을 가까이 가져갔다. "호다카가 죽은 원인, 알고 있어요?"

"형사들이 그 점에 대해서는 한마디도 안 하더라고요. 아마 아직 확실한 건 모르는 모양이에요. 부검을 해본 다음에나 밝혀지는 거 아니겠어요?"

"하지만 당신은 알고 있죠?" 나는 물어보았다.

"당신도 그렇겠지." 스루가도 되받아쳤다.

나는 빨대를 꺼내놓고 잔을 들어 오렌지 주스를 꿀꺽 마셨다.

"약에 대해 유난히 캐물었어요."

"그렇죠?" 스루가는 고개를 끄덕이고 주위에 시선을 던졌다. 혹시라도 형사가 따라붙은 게 아닌지 경계하는 눈치였다. "나한테도 그걸 묻더라고요. 하긴 그 상황에서는 그럴 만도 하지."

"약에 대해서는 당신이 말했어요?"

"아니, 형사가 먼저 나한테 물었어요. 형사는 호텔 보이에게서 들은 모양이에요."

"보이?"

"경찰은 우선 호다카가 쓰러지기 직전에 먹었던 것에 대해 조사했을 거예요. 사체의 상태로 봐서 독극물을 먹었을 가능성이 높다고 판단했겠지요. 이윽고 호텔 보이의 증언이 나왔어요. 신랑 대기실에 필 케이스를 전해주었다고. 그리고 당연히 그 필 케이스를 나한테서 받았다고 말했을 거예요."

"그래서 형사가 당신을 먼저 불러서 진술 조사를 했군요. 당신은 니시구치에게서 필 케이스를 받았다고 했을 거고요. 뭐, 그게 사실이니까요."

"그때 당신은 니시구치와 함께 있었어요. 그래서 당신도 조사를 받은 거예요."

"그렇게 된 거군요." 일의 흐름이 이제야 파악되었다. "경찰은 미와코 씨가 갖고 있던 약병 속에 독극물 캡슐이 섞여 있었다고 생각할까요?"

"그건 약병에 남은 캡슐의 내용물에 따라 다르겠죠. 하나라도 독이 든 캡슐이 발견된다면 호다카가 똑같은 것을 먹었다고 결론을 내릴 거예요. 하지만 남은 캡슐의 내용물에 아무 문제가 없다면, 그럴 가능성이 있다는 정도로만 생각하지 않겠어요? 부검 결과, 체내에서 독극물이 검출되더라도 그걸 어떻게 먹었는지까지는 알 수 없을 테니까."

스루가가 토해낸 연기가 유리창 표면에 닿아 흐늘흐늘 흩어졌다. 야경이 일순 흐릿하게 보였다.

기묘한 일이라고 나는 생각했다. 나와 이 남자가 이토록 긴밀한 대화를 나눈 일이라고는 지금까지 한 번도 없었다. 우리 두 사람의 공통점이라면 자기현시욕이 강한 저 호다카 마코토와의 관계뿐이었다. 그런데 이제 그 호다카가 이 세상에 없는 것이다.

그래, 그자는 이제 죽었어. 나는 문득 크게 소리 내어 외치고 싶은 기분이 들었다. 하지만 그 욕구는 맨션에 돌아가 문을 잠그고 창문의 커튼을 치고 마침내 나 혼자가 될 때까지 꾹 참기로 했다. "저기요." 나는 다시 스루가 쪽으로 얼굴을 바짝 댔다.

"뭔데요?"

"독을 넣은 건 역시 나미오카 준코 씨가 맞는 거죠?" 나는 작은 소리로 물었다.

스루가의 얼굴에 일순 낭패감이 내달렸다. 그는 주위를 한 바퀴 둘러보고 슬쩍 고개를 끄덕였다. "그렇게 될 거예요."

"그날 그 약병에 들어 있던 캡슐이죠? 내용물이 역시 독약이었군요."

"그렇게 생각하는 게 타당하겠죠." 스루가는 성급하게 담배를 빨았다. "호다카의 비염약을 병째로 바꿔치기하려다가 실패로 끝난 줄 알았는데, 아무래도 독이 든 캡슐을 낱개로 섞어두는 데 성공한 모양이에요."

"필 케이스에 그 캡슐을 넣은 건 미와코 씨니까 독이 든 캡슐은 원래 약병에 들어 있었다는 얘기예요. 나미오카 준코 씨는 언제 독이 든 캡슐을 그 약병에 섞어 넣었을까요?"

"어제가 아니라 훨씬 전에 넣었을 거예요. 몰래 집에 들어와서." 스루가는 짧아진 담배를 재떨이에 비벼 껐다. "그녀에게 호다카의 집은 자기 집이나 마찬가지였으니까 비염 약병이 어디 있는지도 잘 알고 있었겠죠. 그다음은 언제 그 집에 몰래 들어갔느냐 하는 건데, 호다카가 꽤 잘난 척은 하지만 늘 깜빡깜빡 잊어버리는 성격이라서 의외로 기회는 많았을 거예요."

"준코 씨로서는 그야말로 성공적으로 동반 자살을 한 셈이네요."

"그런 셈이지요. 호다카로서는 자업자득이에요. 그나저나
여자가 한을 품으니까 정말 무섭네요."

흔해빠진 그의 말에 나는 아무 대답도 하지 않았다. 뭔 소리
야, 이제 와서 새삼스럽게.

여기까지의 스토리에 혹시 모순은 없는지 나는 머릿속에서
점검해보았다. 별다른 문제는 없는 것 같았다.

"그러면 이제 남은 건 언제 나미오카 준코 씨의 사체가 발견
되느냐 하는 거군요." 나는 스루가를 보며 말했다.

"그 점에 대해 당신이 미리 알아둘 게 있어요. 여기서 만나
자고 한 것도 그 문제 때문이에요." 그는 정색을 한 어조로 말
했다.

"뭔데요?"

"우선 기본적으로 당신은 전혀 아무것도 몰랐던 걸로 해야
돼요. 나미오카 준코가 호다카의 집에서 자살한 것도, 그리고
나와 호다카가 사체를 그쪽으로 옮긴 것도."

"그건 알고 있어요."

"그리고 상황이 이렇게 됐으니까 나는 준코와 호다카의 관
계를 경찰에 사실대로 말할 거예요. 그걸 밝혀야만 그녀가 호
다카에게 독을 먹이려고 했다는 게 설명이 될 테니까."

"네, 그렇죠."

"당연히 그 일은 간바야시 미와코의 귀에도 들어갈 겁니다. 미와코 씨에게는 이중의 충격이 되겠지요."

스루가가 말하려고 하는 것이 차츰 이해가 되었다.

"알았어요. 그때 미와코가 패닉에 빠지지 않게 내가 잘 돌봐 줘야겠네요."

"부탁해요. 더 이상 희생자가 나오는 건 원하지 않으니까." 스루가는 새 담배를 입에 물었다. 하지만 연기를 토해내는 그의 모습은 조금 전보다는 여유를 되찾은 것처럼 보였다.

"당신은 이제부터 어떻게 할 거예요?" 나는 물어보았다.

"글쎄, 일이 흘러가는 대로 대응하는 수밖에 없지요." 스루가는 창밖을 바라보며 대답했다.

그와 레스토랑 문 앞에서 헤어진 뒤, 나는 택시를 타고 쓰키시마의 맨션에 돌아왔다. 도중에 몇 번이나 뒤를 돌아보며 미행하는 차가 없는지 확인했다. 하지만 형사가 뒤를 밟는 듯한 느낌은 없었다.

집 안에 들어서자마자 나는 답답한 결혼식 의상을 벗어 던졌다. 그리고 속옷만 입은 채 거울 앞에 섰다. 허리에 손을 짚고 가슴을 내밀며 내 모습을 바라보았다.

내 몸속에서 끓어오르는 것이 있었다. 그것을 어떻게 발산해야 할지 알 수 없어서 나는 그저 주먹만 부르쥐었다.

나는 다시 살아났다. 호다카 마코토의 손에 살해당했던 유키자사의 마음이 오늘 다시 부활한 것이다.

　나는 해치웠다.

　내가 그를 죽였다―.

스루가 나오유키의 장

1

유키자사 가오리와 헤어진 뒤에도 나는 그녀처럼 곧장 집에 갈 수는 없었다. 그길로 아카사카의 호텔로 돌아가 1층 라운지에서 호다카의 아버지와 친형을 만났다. 호다카의 아버지는 예전에는 개인택시 운전기사로 일했지만 지금은 은퇴해서 장남 부부에게 신세를 지고 있다고 했다. 그리고 그 장남, 즉 호다카의 친형은 지방의 저축은행에서 근무한다고 했다. 호다카와 한 가족이라는 게 믿어지지 않을 만큼 성실한 모습에 나는 적잖이 놀랐다.

호다카의 어머니와 형수도 왔지만 지금은 방에서 쉬고 있다고 했다. 그들은 오늘 아침 일찍 자가용을 타고 이바라키에서 올라왔다. 피로연이 끝나면 이곳에서 하룻밤을 묵고 내일 도쿄 디즈니랜드를 구경한 뒤에 고속도로를 타고 돌아갈 계획이었다. 호다카의 친형 부부가 유치원에 다니는 딸아이를 데려온 것이다. 그 아이는 피로연의 클라이맥스에 신랑 신부에게 꽃을 건네는 화동 역할을 할 참이었다. 그래서 형 부부는 자신들의 새 옷을 포기하면서까지 딸에게 최고급 옷을 사 입혔다. 그 이야기를 해준 건 다름 아닌 호다카였다.

내가 그들과 상의해야 할 일은 호다카의 장례에 관한 것이었다. 언제 할 것인가, 어디서 할 것인가, 어느 정도의 규모로 할 것인가, 누구누구에게 어떻게 연락해야 하는가. 결정해야 할 일이 산더미 같았다. 사람들이 흔히, 장례식이란 가족이 슬픔에 잠길 틈을 주지 않기 위해 존재하는 것이라고 얘기하지만, 그건 그야말로 정곡을 찌른 말이었다.

하지만 아들의 결혼식, 동생의 결혼식에 참석하기 위해 상경한 그들에게 갑작스럽게 그 사람의 장례식을 어떻게 치르거냐고 물어봤자 대답이 나올 리 없었다. 우선 나도 흰 넥타이만 풀었지, 아직도 결혼식 하객의 의상을 그대로 입고 있는 상황인 것이다.

오늘 아침 처음 만났을 때보다 열 살쯤은 늙어버린 것처럼 보이는 호다카의 아버지는 내가 무슨 말을 해도 전혀 사고 회로가 작동하지 않는 기색이었다. 그나마 형 쪽은 자신들이 어떻게든 일을 처리해야 한다는 의식은 가까스로 갖고 있었지만, 그 역시 결혼식에서 장례식으로 두뇌가 충분히 변환되었다고 하기는 어려웠다. 나는 수없이 똑같은 설명을 반복하고 수없이 똑같은 질문에 대답하지 않으면 안 되었다. 그리고 결국에는 거의 대부분의 일들을 내가 결정해야 했다.

장례는 이바라키에서 하기로 한다. 장례 업체에는 내가 내일 연락할 것이고, 몇 가지 패턴으로 견적서를 받아 오도록 한다. 그중 어떤 수준의 장례식으로 할 것인지 호다카가 사람들이 고를 수 있게 안내해준다. 유체는 어떻게 인수해 올 것인지 내가 내일 경찰에 문의해본다—. 대략 그런 선에서 이야기가 정리되기까지 두 시간 가까이나 걸렸다. 회의라기보다 내가 일방적으로 주절주절 설명을 늘어놓은 시간이었다.

"이래저래 폐를 끼치는군요. 동생이 그간 어떻게 지냈는지 우리는 하나도 모르니 어쩔 수가 없네요." 한바탕 회의가 끝난 뒤에 호다카의 형 미치히코 씨는 미안하다는 듯이 말했다. 그에 의하면 호다카는 최근 2년여 동안 설날에도 고향에 내려오지 않았다고 한다.

"아뇨, 제가 할 수 있는 일이라면 최선을 다할 테니까 언제든지 말씀해주십시오." 나는 마음에도 없는 말을 했다. 어느 정도 준비가 되면 그다음 일은 이 사람들에게 맡기고 나는 기회를 봐서 손을 뗄 생각이었다. 혹시라도 호다카 기획의 채무 정리를 내가 떠맡게 된다면 그건 정말로 난처하다.

"허참, 인생이란 정말 한 치 앞을 모르는 거군요. 하필 결혼식 날에 이런 사고가 일어나다니. 동생이 옛날부터 몸 하나는 건강하다고 생각했는데, 돌연 심장마비로 쓰러졌다는 게 정말 믿어지지 않아요." 호다카 미치히코는 씁쓸하게 말했다.

그 말을 듣고, 경찰이 그들에게도 타살 가능성을 내비치지 않은 모양이라고 나는 짐작했다. 심장마비라는 건 형사가 적당히 둘러댄 말일 것이다.

"얘, 거, 이름이 뭐라고 했지, 그 며느리가 될 아이." 지금까지 내내 말이 없던 호다카의 아버지가 어눌한 말투로 물었다. 간바야시 미와코라니까요, 라고 아들이 알려주자 그는 다시 말을 이었다. "아, 그래, 미와코랬지. 그 아이는 어떻게 되는 거냐, 호적에는 올렸던 거야?"

"아뇨, 혼인신고는 아직 안 했을 겁니다." 나는 말했다.

"아, 그건 그나마 잘됐네요. 복잡한 수속은 안 해도 되니까요." 미치히코가 적잖이 안도하는 얼굴을 보였다.

복잡한 수속이란 게 뭔가. 간바야시 미와코에게 이혼 경력이 남을까 봐 걱정해주는 건가. 하지만 퍼뜩 상속이라는 단어가 떠올랐다. 만일 혼인신고를 했다면 샤쿠지이코엔의 저택을 비롯한 호다카의 재산은 모조리 미와코의 것이 될 참이었다.

나는 수더분한 용모의 미치히코를 새삼 바라보았다. 겉으로 풍기는 인상만큼 순박한 인품은 아닌 모양이었다.

"이번 며느리하고는 잘 살았으면 했는데." 나이 든 아버지가 눈가에 온통 주름이 잡힌 채 절절히 말했다.

겨우겨우 네리마구의 집에 돌아온 것은 11시가 조금 지났을 때였다. 다른 때보다는 날씨가 시원한 하루였는데도 내 와이셔츠 겨드랑이는 땀으로 흠뻑 젖어 있었다. 얼굴에 기름이 번들거리는 것도 느껴졌다. 앞머리가 이마에 찰싹 달라붙어 몹시 불쾌했다.

예복 상의를 어깨에 걸치고 맨션 입구 앞에 들어섰을 때였다. 오토록의 출입문 앞에 두 명의 남자가 서 있는 게 눈에 들어왔다. 한 사람은 갈색 정장, 또 한 사람은 베이지색 바지에 감색 재킷 차림이었다. 두 사람 모두 30대 중반으로 보였다. 체격도 비슷했지만 갈색 양복 쪽이 조금 더 키가 크고 호리호리했다.

내 얼굴을 보더니 두 사람이 곧바로 다가왔다. 그 반응은 내가 미리 예상했던 것이었다. 즉 두 사람을 척 본 순간에 이미 어떤 부류의 사람인지 간파했던 것이다. 자주 하는 말이지만, 형사들이란 정말 그들만의 특유한 냄새를 지니고 있다.

"스루가 씨지요? 수사1과 형사입니다." 갈색 양복이 수첩을 내보이며 말했다. 그는 도이라고 이름을 밝혔다. 그리고 감색 재킷은 나카가와라고 했다.

"아직도 무슨 문제가 있습니까?" 내가 물었다. 무뚝뚝한 목소리는 일부러 내본 것이었다.

"다시 물어볼 게 생겼어요. 잠깐 시간 좀 낼 수 있을까요?" 도이가 말했다.

안 된다고 해봤자 그들이 고분고분 돌아갈 리는 없었다. 게다가 경찰이 무엇을 알아냈는지 궁금하기도 했다. "그럼 들어오세요"라고 말하며 나는 내 열쇠로 오토록의 출입문을 열었다.

내가 사는 집은 방 두 개에 거실과 주방 등으로 넓은 편이지만, 호다카 기획의 사무실도 겸하고 있다. 게다가 요즘 들어 호다카가 묘한 종이 박스를 자꾸 가져오는 통에 집 안이 전자제품 가게 같은 꼴이 되었다. 그 종이 박스의 내용물이 뭔지는 나도 대략 짐작하고 있었다. 호다카의 첫 번째 결혼 생활을 암시할 만한 물건들인 것이다. 무신경한 호다카도 전처와 커플로 사들인 티셔츠나 지난번 결혼사진 등을 새 아내의 눈에 띄게 할 수는 없다고 생각한 모양이었다.

그 박스 중에는 전처가 호다카에게 택배로 보낸 것도 있었다. 호다카의 말에 의하면 그녀도 재혼을 하면서 첫 번째 결혼 생활의 추억 어린 물건들이 거치적거리자 갑자기 그에게 모두 부쳐버린 것이라고 했다.

이혼이란 그런 거야―. 쓴웃음을 지으며 그렇게 말하던 호다카의 얼굴을 나는 기억하고 있다.

잔뜩 어질러진 집 안을 보고 형사들도 놀란 기색이었다. 나는 발밑을 조심하라고 말하면서 두 사람을 거실 테이블로 안내했다. 부재중 전화 메시지 램프가 깜박거리고 있었지만 지금 당장 확인할 수는 없었다. 혹시 유키자사 가오리가 그 일에 대한 메시지를 보냈을지도 모르기 때문이다.

고양이 사리가 박스 뒤편에서 나타났다. 갑작스럽게 찾아온 손님들을 경계하면서도 내 다리에 몸을 비비며 파고들었다. 나는 사리를 품에 안았다.

"귀여운 고양이네. 어떤 종이에요?" 도이 형사가 물어왔다. 러시안블루라고 알려줬더니 형사는 애매하게 고개를 끄덕였다. 아마 고양이의 종 따위는 하나도 모를 것이다.

"작가가 세상을 떠나면 이런 사무실은 어떻게 됩니까?" 감색 재킷의 나카가와가 실내를 둘러보며 물었다.

"문을 닫아야겠죠. 당연한 거 아닙니까?"

두 형사는 서로 마주 보았다. 은근히 그런 사태를 고소해하는 눈치였다. 작가는 쉽게 돈벌이는 하는 자들이라고 자기들 마음대로 상상하고 자기들 마음대로 질투를 한 모양이다.

"그래서 나한테 물어보겠다는 건 뭐지요?" 나는 질문을 재촉했다. 너무 피곤해서 형사들과 쓸데없는 얘기로 노닥거릴 여유가 없었다.

"실은 간바야시 다카히로 씨에게서 얘기를 들었습니다만."
도이 형사가 제법 정중한 어조로 말문을 열었다. "어제 호다카
씨 집에서 몇 분이 모임을 가졌다고 하던데요? 오늘 결혼식에
대해 상의하려고."

예, 라고 나는 고개를 끄덕였다. 형사가 무슨 말을 하려는지
대충 짐작이 갔다.

"그때 어떤 여자가 정원에 나타났다고 하더군요." 도이가 말
을 이었다.

짐작한 대로 역시 그 이야기였다. 나는 별일도 아니라는 얼
굴로 고개를 끄덕였다.

"예, 그런 일이 있었어요."

"그 여자는 어떤 사람이에요? 간바야시 씨 진술에 의하면,
그 여자와 당신이 상당히 잘 아는 사이처럼 한참 동안 뭔가 얘
기를 주고받았다고 하던데요."

그자가 아무것도 모르는 척하더니 볼 건 다 봤구나, 하고 나
는 생각했다. 이런 때는 섣불리 거짓말은 하지 않는 게 좋을
것이다.

나는 형사를 향해 한숨을 내쉬어 보였다. 그리고 슬쩍 고개
를 저었다.

"이름은 나미오카 준코, 동물 병원에서 조수로 일하는 여자
예요."

180

"동물 병원?"

"가끔 이 고양이를 데려갔던 동물 병원이죠." 그렇게 말하고 나는 사리를 내려놓았다. 사리는 창문 쪽으로 달려갔다.

"그럼 스루가 씨는 그 여자와 가까운 사이였군요?" 도이가 물었다.

"원래는 그랬죠."

"그건 무슨 말인지?" 도이의 얼굴에 호기심이 드러났다. 나카가와도 몸을 스윽 내밀었다.

"그녀가 호다카의 팬이라고 하길래 내가 한 차례 소개를 해 줬어요. 그 일이 계기가 되어서 두 사람이 교제를 시작한 것 같더라고요."

"교제? 하지만 호다카 씨는 오늘 다른 여자와 결혼식을 올리기로 했잖아요?"

"그렇죠. 그러니까 그게……." 나는 두 형사를 번갈아 바라본 뒤에 어깨를 으쓱 쳐들며 말했다. "호다카가 준코 씨를 차버린 거예요."

"엇, 그래요? 그 얘기를 좀 더 자세히 듣고 싶군요." 도이는 새삼 등을 꼿꼿이 세우며 앉음새를 바로잡았다. 아예 자리를 잡고 얘기를 듣겠다는 의사 표시인 모양이었다.

"그것도 괜찮지만, 기왕이면 준코 씨에게 직접 듣는 게 더 낫지 않을까요? 바로 근처에 사니까요."

"그래요?"

"예." 나는 턱을 당겼다. "이 맨션에 살아요."

두 형사는 동시에 눈을 둥그렇게 떴다.

"그건 우연히 그렇게 된 겁니까?" 도이가 물어왔다.

"우연히 그렇게 되었다기보다 같은 맨션에 살았기 때문에 그녀와 내가 서로 알게 된 거예요."

"아하, 그렇군. 몇 호예요?"

"303호."

나카가와가 잽싸게 메모를 했다. 그는 벌써 반쯤 의자에서 몸을 일으키고 있었다.

"어제는 그 나미오카 준코 씨와 어떤 이야기를 했어요?" 도이가 물었다.

"이야기를 했다기보다 내가 준코 씨를 달래느라고 진땀을 뺐죠. 몹시 흥분해서 호다카와 결혼할 여자를 꼭 만나야겠다고 했거든요."

"저런, 그래서요?"

"잘 달래서 돌려보냈죠. 둘이 나눈 얘기라야 그게 전부예요."

도이는 두어 차례 고개를 끄덕인 뒤, 자리에서 일어섰다.

"스루가 씨 말대로 본인에게 직접 물어보는 게 좋겠네요."

"303호는 엘리베이터를 타고 내려가서 가장 앞쪽 집이에요."

고마워요, 라고 도이는 말했다. 나카가와는 벌써 구두를 신고 있었다.

형사들이 나간 뒤에 나는 냉장고에서 버드와이저 350밀리리터 캔을 꺼냈다. 벽시계는 밤 11시 28분을 가리키고 있었다.

2분 뒤인 11시 30분쯤이면 형사들이 법석을 떨 게 틀림없었다. 맥주 맛을 즐기는 것도 그때까지라고 생각했다.

2

시계는 12시 반을 넘어섰다. 날짜가 바뀐 시간이지만, 나에게만 그날 하루는 아직 끝나지 않았다. 아침에 예감했던 대로 무시무시하게 긴 하루가 되어버렸다.

"다시 한번 확인하겠는데, 어제 나미오카 준코는 호다카의 집 정원에 왔었지만 집 안에는 들어오지 않았단 말이죠?" 우락부락한 얼굴의 와타나베 경감이 물었다.

"내가 본 바로는 그렇습니다." 나는 신중하게 대답했다.

형사들과 이야기한 곳은 내 방이었다. 아래 3층에서는 아직도 현장검증이 한창 진행 중일 터였다. 같은 층에 사는 사람들은 어지간히 짜증이 나겠다고 나는 내심 딱하게 생각했다. 창문을 닫아버려서 소리가 들리지는 않았지만, 아마 맨션 주위에도 구경꾼들이 몰려들어 소란스러울 것이다. 조금 전에 위에서 내려다보니 다섯 대의 순찰차 옆에 이웃 사람들이 서 있었다.

호다카가 차버린 나미오카 준코라는 여자에 대해서는 기회를 봐서 어차피 내가 경찰에 알려줄 생각이었다. 하필 오늘 밤에 사체가 발견된 것은 계산 밖이었지만, 그래도 할 일이 줄어든 것은 사실이었다.

도이 형사가 얼굴빛이 홱 바뀌어 다시 내 집에 달려온 것은 11시 33분이었다. 그때 나는 버드와이저를 반도 마시지 못했었다.

그리고 나는 도이의 뒤를 따라 303호에 내려가 사체를 '목격'했다. 나미오카 준코가 틀림없느냐고 내게 확인을 청했다. 나는 틀림없다고 대답했다. 물론 그때 내가 소스라치게 놀라며 사체를 보고 잔뜩 겁먹은 연기를 했다는 건 말할 것도 없다.

도이의 지시에 따라 내 방에 돌아와 대기하고 있었다. 그러자 현장 책임자로 보이는 와타나베 경감이 출동해서 나미오카 준코와 호다카 마코토의 관계 등에 대해 질문하기 시작했다. 나는 준코의 사체를 호다카가의 정원에서 이쪽으로 옮긴 것만 빼고는 모두 다 사실대로 이야기했다. 준코가 호다카의 아이를 낙태했다는 것도 밝혔다.

"당신 얘기를 들어보니 나미오카 준코로서는 호다카를 상당히 원망했을 거 같은데, 그 점에 대해서는 어떻게 생각해요?" 와타나베 경감은 내 눈을 지그시 들여다보는 듯한 표정으로 물었다.

"물론 원망도 했을 거예요. 하지만……." 아마도 여자의 마음 따위를 진지하게 생각해본 적이라고는 없었을 경감의 각진 얼굴을 나는 마주 바라보았다. "그래도 역시 호다카를 좋아했을 겁니다. 마지막 순간까지."

와타나베 경감은 복잡한 표정으로 고개를 끄덕였다. 내가 뒤에 붙인 말은 수사 자료로서는 아무 도움도 안 되는 말이었을 것이다.

형사들이 떠난 것은 오전 1시가 지난 뒤였다. 나는 컵라면으로 빈속을 달랬다. 길고 긴 하루를 마감하는 식사라고 하기에는 너무도 초라했다.

그다음에는 샤워를 하기로 했다. 아침부터 계속 입고 있었던 예복을 그제야 벗어 던질 수 있었다. 하지만 일단 구겨지지 않게 바지 주름을 정확히 맞춰 행거에 걸어두었다. 내일이나 모레에는 장례식에 입고 나가야 하기 때문이다.

욕실을 나온 뒤에 문득 생각이 나서 부재중 전화의 재생 버튼을 눌러보았다. 놀랍게도 열세 건의 메시지가 들어 있었다. 하나같이 매스컴 관계자들에게서 온 것이었다. 호다카의 죽음에 대해 취재하고 싶다는 내용이었다. 날이 밝으면 이런 매스 컴의 공세는 한층 거세질 것이다. 어떻게 대응해야 할지, 벌써 부터 머리가 아파왔다.

호다카가 급사한 것이 낮 12시쯤이었으니 저녁 이후의 뉴스 방송에서는 당연히 이번 사건을 다루었을 터였다. 따라서 지 금쯤은 전 국민이 다 아는 일이 되었을 것이다.

나는 확인차 텔레비전을 켜봤지만 역시 심야 2시가 가까운 시간이라 어떤 방송국에서도 뉴스는 내보내지 않았다.

그렇다면 신문이다. 하지만 일요일이라 석간은 없었다. 아 니, 있다고 해도 아직 기사는 나오지 않았을 것이다.

거기까지 생각한 참에 조간신문을 아직 가져오지 않았다는 게 생각났다. 딱히 읽어야 할 기사가 있는 것도 아니었지만 일 단 아래층에 내려가 챙겨 오기로 했다. 경찰 수사가 어떻게 진 행되고 있는지 살펴보자는 또 다른 목적도 있었다.

엘리베이터가 아니라 계단으로 걸어 내려갔다. 3층 상황을 엿보기 위해서였다. 하지만 비상계단에서 내다보니 303호는 현관문이 닫혀 있고 안에서 수사원이 돌아다니는 기척도 감지 되지 않았다. 이런 경우에는 반드시 감시하는 경관이 지키고 있을 거라고 생각했는데 그럴싸한 인기척도 없었다.

3층에서부터는 엘리베이터를 타고 1층까지 내려갔다. 오토 록 출입문을 나가 바로 왼편에 각 세대의 우편함이 나란히 늘어서 있다.

그곳에 한 남자가 서 있었다. 검정에 가까운 짙은 초록빛 양복을 입고 있었다. 키는 180센티미터 가까이나 될 것 같았다. 분명히 뭔가 스포츠를 했을 거라고 생각될 만큼 어깨 폭이 넓었다.

남자는 우편함 쪽을 바라보고 있었다. 안을 들여다보는지 이따금 허리를 웅크렸다. 남자가 들여다보는 것이 303호의 우편함이라는 것을 알고 나는 흠칫 긴장했다. 형사인가.

일단 모르는 척하고 내 우편함으로 다가갔다. 다이얼을 돌려 세 개의 비밀번호에 맞추면 문이 열리는 타입의 우편함이다. 다이얼을 돌릴 때, 그 키 큰 남자가 이쪽을 쳐다보는 게 느껴졌다. 틀림없이 말을 걸어올 거라는 예감이 들었다.

"스루가 씨지요?" 예감했던 대로였다. 나지막하지만 우렁우렁한 목소리였다.

"예, 그렇습니다만." 의아한 얼굴로 나는 대답했다. "어떻게 내 이름을?"

"지금 열고 있는 우편함 번호를 보고 알았죠." 남자가 말했다. 가무잡잡하게 그을리고 윤곽이 짙은 얼굴이었다. 나이는 30대 중반쯤일까.

"실례지만, 누구시죠?" 나는 물었다.

남자가 머리를 숙였다. "네리마 경찰서의 가가 형사라고 합니다.”

“가가 형사님…….”

희귀한 성씨였다. “근데 여기서 뭘 하는 거예요?”

“아, 실은 이 우편함을…….” 가가는 303호의 다이얼을 손끝으로 잡으면서 말했다. “어떻게 좀 열어볼 수 없을까 하고 이리저리 돌려보던 중이에요.”

나는 놀라서 가가의 얼굴을 보았다.

“그건 불법이잖아요. 아무리 형사라도 남의 우편함을 열어보는 건…….”

“예, 불법이죠.” 가가는 씩 웃더니 다시 우편함 안을 들여다보았다. “근데 꼭 확인해보고 싶은 게 있어서.”

“뭔데요?”

“잠깐 이쪽으로.” 가가는 나를 손짓으로 부르더니 우편물 투입구를 가리켰다. “한번 들여다봐요. 택배의 부재중 연락표가 들어 있죠?”

“그렇군요.” 분명 그런 쪽지가 들어 있었다. 하지만 어두워서 적어놓은 내용은 잘 보이지 않았다. “저게 어떻다는 거지요?”

“토요일 오후 3시 30분이라고 적혀 있는 것 같아요.” 다시 우편함 안을 들여다보며 가가는 말했다.

“그게 왜요?” 내가 물었다.

"만일 이 연락표를 넣어둔 게 3시 30분이라면 그 시간에 나미오카 씨는 집에 없었다는 얘기예요. 하지만 관계자의, 즉 당신의 말에 의하면 나미오카 씨는 오후 1시에는 호다카 씨 집에서 나왔어요. 샤쿠지이코엔에서 그 시간에 나왔다면 아무리 늦어도 2시 이전에는 여기로 돌아왔을 거란 말예요. 나미오카 씨는 곧장 집에 오지 않고 대체 어디에 들렀던 걸까요?" 시원시원한 말투로 가가는 내게 물었다.

일순 가슴이 철렁했다. 토요일 3시 30분이라면 준코는 호다카의 집 정원에 있었다. 그리고 자살하기 직전에 휴대전화로 내게 연락을 했었다.

"하지만 그때 반드시 집에 없었다고는 할 수 없을 텐데요." 내가 말하자 가가는 이상하다는 듯 고개를 갸웃거렸다. 그 얼굴을 보며 나는 말을 이어갔다. "그때 이미 사망한 상태였을 수도 있으니까요."

내 말에 별다른 모순이 없었을 텐데도 네리마 경찰서의 가가 형사는 왜 그런지 여전히 석연치 않은 얼굴이었다. "뭔가 이상한 점이라도 있습니까?" 나는 물었다.

가가가 내 쪽을 보았다.

"아래층 사람이 소리를 들었어요."

"아래층 사람?"

"203호에 사는 사람. 토요일 저녁때, 벌써 바깥이 어둑어둑

했었다니까 아마 6시쯤이었을 텐데, 그때쯤에 위층에서 분명히 뭔가 소음이 들렸다고 말했어요. 평소 같으면 소음 따위는 전혀 신경도 쓰지 않는데 그날은 감기에 걸려 내내 침대에 누워 있었기 때문에 그게 유난히 신경에 거슬렸다는군요."

"아, 예……."

그때구나, 하고 나는 생각했다. 호다카와 둘이서 사체를 옮겨 왔을 때다. 분명 발소리까지 조심할 여유는 없었다.

"따라서 나미오카 씨가 사망한 건 적어도 6시 이후였다는 얘기죠." 가가는 말했다. "물론 그 발소리를 낸 사람이 나미오카 준코 씨 본인이 아니었다면 얘기가 크게 달라지지만."

후반부의 말이 어쩐지 의미심장하게 들려서 나는 가가의 얼굴을 마주 보았다. 하지만 그는 딱히 특별한 말을 하려는 생각은 전혀 없는 것처럼 보였다.

"음, 그렇다면……." 나는 내 신문을 옆구리에 끼고 돌아갈 태세를 취했다. "호다카의 집을 나온 뒤에 어딘가 정처없이 돌아다닌 거 아닐까요? 자살할 마음을 먹은 사람이라서 역시 정신적으로 정상이 아니었을 거예요."

"그렇겠지요. 하지만 대체 어디에 갔었을까……."

내가 오토록의 출입문을 열고 안에 들어서자 가가도 당연하다는 듯한 얼굴로 뒤를 따라왔다. 엘리베이터도 함께 탈 모양이었다.

"아직도 물어보실 게 있습니까?" 엘리베이터 안에서 5와 3의 버튼을 누르고 나는 물었다.

"아뇨, 단순히 현장을 감시하는 역할이에요. 잡일이죠."

가가는 말했지만 관할 형사가 비굴하게 자조하는 소리 같지는 않았다. 입술에 슬쩍 감도는 웃음에서 정체불명의 자신감이 느껴져서 나는 어쩐지 기분이 좋지 않았다.

엘리베이터가 3층에서 멈췄다.

"그럼 이만. 오늘은 이래저래 힘든 일이 많았죠? 편히 쉬어요." 그렇게 말하며 가가는 엘리베이터를 내렸다.

"아뇨, 형사님이 더 수고가 많으시죠. 자, 그럼." 나는 엘리베이터의 닫힘 버튼을 눌렀다.

그런데 막 닫히려는 문을 가가가 오른손을 슬쩍 내밀어 다시 열었다. 그 바람에 나도 모르게 흠칫 뒤로 물러섰다.

"마지막으로 한 가지만 물어봐도 될까요?"

"네, 그러시죠." 가벼운 동요를 억누르며 나는 말했다.

"스루가 씨도 사망한 나미오카 씨와 친한 사이였습니까?"

"예, 뭐, 나름대로." 뭘 물어보려는 걸까. 나는 마음속으로 잔뜩 긴장하며 방어 태세를 취했다.

"스루가 씨가 보기에 나미오카 씨는 어떤 성격의 여자였어요? 섬세한 편이었는지, 아니면 자잘한 일은 그냥 넘어가는 편이었는지."

별걸 다 묻는다고 생각했다. 대체 무슨 꿍꿍이인 걸까.

"섬세한 성격이었어요. 그러지 않고서야 살아 있는 동물을 돌봐주는 일은 못 하겠죠."

내 대답에 가가는 고개를 끄덕였다.

"동물 병원에서 근무했다고요?"

"네."

"옷차림 같은 것에도 꽤 신경을 쓰는 편이었던가요?"

"예, 그런 편이었죠. 옷을 허술하게 입고 다니는 모습은 별로 본 적이 없어요."

"흠, 그렇다면 역시 마음에 걸리네."

"뭐가요?" 나는 점점 초조해졌다. 이 사람은 언제까지 엘리베이터 문을 잡고 있을 건가.

그러자 가가는 바로 앞의 문을 가리켰다. 303호의 현관문이었다.

"유서가 있었다는 얘기는 들었지요?"

"네."

"유서를 광고지 뒷면에 썼더라고요. 피부 미용실 광고지 뒷면에."

"그래요?" 나는 처음 듣는 얘기인 척 연기를 했다.

"좀 이상하잖아요? 이 세상에 남기는 마지막 메시지를 왜 하필 광고지 뒷면에 썼을까요? 방을 잠깐 살펴봤는데 예쁜 편

지지며 종이가 많이 있었어요. 게다가 그 광고지는 끝부분을
잘라낸 거였어요."

역시 그걸 지적하는 사람이 있구나, 하는 마음으로 나는 듣
고 있었다. 각오한 일이기는 했다.

"글쎄요. 자살하는 일에만 정신이 쏠려서 평상심을 잃었던
거 아닐까요?"

"하지만 현재 상황만으로 보면 충동적인 자살이라고 생각하
기는 어려워요."

"글쎄요……." 어깨를 으쓱 쳐들며 나는 한숨을 내쉬었다.
"나는 잘 모르겠어요. 자살해본 경험이 없어서."

"물론 나도 그런 경험은 없어요." 가가는 흰 이를 내보이며
웃었다. 하지만 곧바로 입을 다물더니 고개를 슬쩍 갸우뚱했
다. "그리고 또 한 가지 마음에 걸리는 게 있는데."

"뭡니까?"

"잔디예요."

"잔디?"

"나미오카 씨의 머리칼에 시든 잔디가 붙어 있었어요. 왜 그
런 게 붙어 있었을까. 공원 풀밭에 드러눕지 않는 한, 머리에
잔디가 붙어 오는 일은 없잖아요?"

나는 침묵하고 있었다. 아니, 아무 말도 할 수가 없었다.

"스루가 씨." 형사는 말했다. "호다카 씨의 정원에 잔디가 있

던가요?"

나는 어쩔 수 없이 고개를 끄덕였다. "네, 잔디가 깔려 있어요."

"그래요?" 가가는 내 얼굴을 지그시 응시했다. 하마터면 그 시선을 피할 뻔했지만 나는 애써 똑바로 마주 보았다.

가가는 그제야 엘리베이터 문에서 손을 뗐다.

"아차, 너무 붙들고 있어서 미안합니다."

"네, 실례합니다." 문이 완전히 닫히자 그제야 안도의 한숨이 흘러 나왔다.

내 방에 돌아와 물부터 한 잔 마셨다. 목이 바짝 말랐다.

준코의 현관문 열쇠에 대해서는 은근히 걱정스럽기도 했다. 하지만 복사 키가 없는 이상, 밖에서 문을 잠글 수는 없었다. 집 안에 열쇠가 없다는 부자연스러움 쪽보다 문에 열쇠를 채우지 않았다는 부자연스러움 쪽이 더 유리하다고 생각한 것이다.

괜찮아, 그 정도의 문제로 진상을 밝혀낼 수 있을 리 없어. 나는 계속 모르쇠로 밀고 나가면 되는 것이다.

하지만…….

네리마 경찰서의 가가 형사. 그 사람은 특히 조심하는 게 좋을 것 같다. 준코의 머리칼에 잔디가 붙어 있었다니, 그건 정말 미처 생각을 못 했다. 하긴 뭐, 관할서 형사 혼자 무슨 대단한 일을 할 수도 없을 것이다.

거실 테이블에서 자고 있던 사리가 일어나 기지개를 켰다. 나는 사리를 품에 안고 베란다 유리문 앞에 섰다. 이런 식으로 고양이와 나의 모습을 비춰보는 것이 내 즐거움 중 하나였다.

"날마다 쓰다듬어주세요. 이 아이들에게는 그게 어미가 핥아주는 감촉하고 비슷하거든요." 그렇게 말하며 사리의 등을 쓰다듬던 나미오카 준코의 옆모습이 뇌리에 되살아났다.

기나긴 하루가 드디어 막을 내리려 하고 있었다.

내 마음속에 죄책감 따위는 없었다. 나는 꼭 해야 할 일을 한 것뿐이다.

유리에 비친 고양이의 얼굴에 나미오카 준코의 얼굴을 겹쳐보며 나는 마음속으로 중얼거렸다.

준코, 내가 대신 복수해줬어.

내가 호다카 마코토를 죽였어―.

간바야시 다카히로의 장

1

청아한 소프라노의 목소리가 바람처럼 내 마음속을 뚫고 지나갔다. 〈피가로의 결혼〉 1막이었다. 눈을 감자 왜 그런지 구름보다도 더 높은 하늘의 정경이 떠올랐다. 마음속에 가득 차오른 시커먼 응어리를 모조리 거둬 갈 것 같은 아름다운 목소리. 쇼생크의 악명 높은 교도소에서 돌연 스피커를 통해 흘러나온 이 노랫소리를 수형자들이 어떤 심정으로 들었을지 이해가 되는 것 같았다.

미와코는 바로 옆의 침대에서 잠이 들었다. 평온하게 잠든 얼굴을 보고 있으려니 이대로 영원히 자게 해주고 싶다는 생각이 들었다. 눈을 뜨면, 고통뿐인 현실이 그녀를 덮칠 게 틀림없었기 때문이다.

오전 3시를 지나고 있었다. 나에게는 아직도 잠이 찾아와주지 않았다.

미와코가 호텔에서 눈을 뜬 것은 어제 오후 4시쯤이었다. 한순간 그녀는 무슨 일이 있었는지, 어째서 자신이 이곳에 누워 있는지, 얼핏 생각나지 않는 얼굴이었다. 내 얼굴을 보자마자 "내가 왜 여기에……"라고 중얼거렸던 것이다.

나는 사정을 설명하려고 했다. 그녀가 모든 것을 잊어버렸는지도 모른다고 생각했기 때문이다. 하지만 내가 말하기 전에 그녀는 자신의 입가를 손으로 가리며 눈물 섞인 목소리로 말했다.

"그, 그게 꿈이 아니었어?"

나는 아무 말도 할 수 없었다. 그 일을 나쁜 꿈으로 여기고 싶은 그녀의 심정은 아플 만큼 잘 알고 있었다.

미와코의 흐느낌이 몇 분째 이어졌다. 그녀는 부르짖듯이, 어린아이가 상처의 아픔을 호소하듯이, 울었다. 실제로 그녀는 깊은 상처를 입었을 것이다. 그녀의 마음에는 도끼로 찍힌 듯한 상처가 생기고 거기서 쉴 새 없이 피가 흐르고 있을 것이다. 나는 그런 그녀의 마음을 그저 지켜보기만 할 뿐이었다.

문득 울음을 멈춘 미와코는 침대에서 일어나 어딘가로 가려고 했다. 나는 그녀의 손을 잡고 어디에 가느냐고 물었다.

"마코토 씨에게 갈 거야." 미와코가 말했다. "그 사람이 보고 싶어."

그녀는 내 손을 뿌리치려고 했다. 강한 힘이었다. 마치 뭔가에 홀린 것처럼 "갈 거야, 갈 거야"라는 말만 되풀이했다.

"그 사람은 죽었고, 이미 다른 데로 옮겨졌다니까!" 내가 소리치자 그녀는 태엽이 풀린 인형처럼 멈춰 섰다.

"어디로?" 그녀가 물었다.

"그건…… 아마 병원으로 갔겠지. 사망 원인이라든가, 이래저래 조사해야 하니까 경찰에서 싣고 간 것 같아."

"사망 원인? 경찰?" 미와코는 얼굴을 찌푸리며 침대에 주저앉았다. 두 손으로 머리를 움켜쥐고 몸을 흔들었다. "무슨 말이야? 나는 뭐가 뭔지 하나도 모르겠어."

나는 그녀 옆에 앉아 가녀린 어깨를 안아주었다.

"아직은 아무도 몰라, 무슨 일이 일어났는지. 확실한 건 호다카 씨가 죽었다는 것뿐이야."

그녀가 다시 흐느끼기 시작했다. 몸을 내게 맡기고 내 가슴에 얼굴을 묻었다. 그녀는 떨고 있었다. 나는 그 등을 쓰다듬었다.

나는 미와코를 좀 더 자게 해주려고 했다. 하지만 그녀는 그 방에 더는 머물고 싶지 않다고 했다. "이런 곳에 있는 것 자체가 힘들어."

결혼식을 마친 신랑 신부를 위해 준비된 방이라는 게 그제야 생각났다.

그리고 잠시 뒤에 형사가 문을 두드렸다. 갈색 양복을 입은 형사였다. 간바야시 미와코 씨와 잠깐 이야기하고 싶다고 그는 말했다.

오늘은 조용히 있게 해달라고 말했더니, 그러면 오빠 되시는 분이라도, 라면서 물러서지 않았다. 그래서 조건을 제시했다. 나는 여동생 곁을 떠날 수가 없고, 가능하다면 지금 바로 여동생을 집에 데려가고 싶다, 집에 돌아가서라면 진술 조사에 응하겠다, 라고.

그 요구는 즉각 받아들여졌다. 우리는 집에 돌아가도 좋다는 허가를 받았다. 단지 우리가 탄 택시 뒤를 경찰차가 바짝 따라붙었다.

요코하마의 집에 도착해 미와코를 그녀가 오랜 세월 익숙하게 지내왔던 침대에 눕혀놓고, 나는 형사들에게 안으로 들어오라고 했다.

형사들이 던진 질문은 근거를 잘 알 수 없는 것들이 많았다. 게다가 순서도 맞지 않고 시간적으로나 공간적으로도 여기저기로 비약하는 느낌이 들었다. 잡담에 가까운 질문이 이어지다가 느닷없이 호다카 마코토의 인간성에 대한 것을 묻기도 했다. 이런 식으로 맥락이 닿지 않는 질문을 하면서 과연 사건을 제대로 해결할 수 있을지 걱정스럽기까지 했지만, 물론 그들로서는 나름대로 계산이 있었을 것이다. 경찰이 어떤 부분에 중점을 두고 수사하는지를 최대한 들키지 않으려고 하는 것이라고 나는 해석했다. 실제로 그들은 호다카 마코토의 죽음에 타살 의혹이 있다는 것조차 분명하게 말하지 않았다.

결론을 말하자면, 내가 경찰에 줄 수 있는 정보는 그리 많지 않았다. 호다카 마코토라는 인물에 대해 거의 아무것도 아는 게 없으니 그건 당연한 일이었다. 아무래도 형사는 호다카와 미와코의 결혼을 달가워하지 않는 사람을 찾아내려는 것 같았지만, 그렇다고 내가 내 이름을 댈 수는 없었다.

그래도 한 가지, 그들의 눈빛이 달라질 만한 말을 해주었다. 토요일 낮에 호다카의 집에서 목격한 기묘한 여자에 대한 것이었다. 하얀 원피스를 입고 머리가 긴 여자가 넋이 나간 듯한 얼굴로 지그시 이쪽을, 아니, 호다카 씨를 바라보고 있었습니다—.

좀 더 자세한 것을 형사들은 알고 싶어 했다. 나이는? 이름은? 얼굴 생김새는?

거기서 나는 스루가 나오유키가 그 여자를 정원 한쪽으로 데려가 친한 사이처럼 얘기를 했다고 형사들에게 알려주었다.

형사들이 돌아간 뒤, 나는 야채 수프를 끓이고 우유와 크루아상을 곁들여 미와코의 방에 들고 갔다. 그녀는 침대에 있었지만 자고 있지는 않았다. 이제 눈물은 멎었지만 눈가가 불그레하게 부어 있었다.

아무것도 먹고 싶지 않다는 미와코에게 억지로 수프의 반을 먹였다. 그리고 다시 그녀를 침대에 눕히고 담요를 덮어주었다. 퉁퉁 부은 눈으로 그녀는 나를 보고 있었다.

"오빠." 그녀가 작은 소리로 말했다.

"응?"

"……약 좀 줄래?"

"약?"

"수면제."

"응…….."

우리는 서로를 마주 보았다. 수많은 생각, 수많은 감각이 일순 우리 두 사람 사이를 교차한 듯한 마음이 들었다. 하지만 둘 다 아무 말도 하지 않았다.

나는 내 방에 가서 책상 서랍에서 수면제 하나를 꺼냈다. 단골 의사에게 받아 온 것이었다. 나는 친척집에 맡겨진 무렵부터 1년에 몇 번씩은 지독한 불면증에 시달리곤 했다. 그것이 지금까지 계속되고 있었다.

미와코의 방에 돌아와 알약을 그녀의 입에 넣어주었다. 그리고 컵으로 물을 마시게 해주자 그녀는 목젖을 움직이며 꿀꺽 삼켰다.

약을 먹은 그녀는 자리에 누운 채 지그시 내 쪽을 보고 있었다. 그녀는 이렇게 말하고 싶었는지도 모른다. 좀 더 많은 양의 수면제를 먹고 싶어, 라고. 물론 나는 그런 건 허락할 수 없었다.

잠시 뒤에 그녀는 눈을 감았다. 그리고 1분 뒤에는 잠든 숨소리를 내기 시작했다. 나는 내 방에서 스테레오 헤드폰과 모차르트 CD 세 장을 가져와 벽에 몸을 기대고 앉아 순서대로 듣기 시작했다. 〈피가로의 결혼〉은 세 장째의 CD였다.

내일도 또 고통스러운 하루가 될 게 틀림없었다. 미와코가 입은 마음의 상처를 어떻게 달래줘야 할까. 하지만 곁에 있어주는 것 이외에 내가 할 수 있는 일이라고는 아무것도 없었다.

조용히 잠이 든 미와코 곁에서 나는 내 무릎을 껴안고 내가 좋아하는 음악을 들었다. 실은 그런 때가 내게는 가장 행복한 시간이었다. 나는 그 시간을 지키고 싶었다. 그 밖에는 아무것도 원하지 않았다. 단지 우리의 세계가 무너지지 않기만을 바랐을 뿐이었다.

미와코의 마음속 상처는 어쩌면 흉터로 남게 될지도 모른다. 그래도 나는 안도하고 있었다. 아슬아슬한 순간에 그녀는 구원을 받았다.

호다카 마코토ㅡ. 그자는 죽어 마땅한 사내였다.

그나저나 그 협박장은 누가 쓴 것일까.

당연한 일이지만, 그 협박장과 약에 대해서는 형사들에게
말하지 않았다.

2

전화벨이 울리고 있었다. 눈을 떴을 때, 나는 한순간 내가 어
디에 있는지 깨닫지 못했다. 익숙하지 않은 벽지가 눈앞에 있었
기 때문이다. 하지만 몇 초 뒤에 이곳이 미와코의 방이라는 게
생각났다. 벽지가 익숙하지 않았던 것은 바로 얼마 전까지 그곳
에 가구가 있어서 벽을 찬찬히 바라본 일이 없었기 때문이다.

벨 소리가 울리고 있는 것은 내 방 쪽의 전화였다. 양쪽 관
자놀이를 누르며 방을 건너가 수화기를 집어 들었다. 시계를
보니 아직 오전 8시를 조금 지난 시각이었다.

내 귀에 유난히 빠른 말투로 떠드는 여자 목소리가 꽂혀 들
었다. 게다가 몹시 날카롭고 높은 목소리였다. 나도 모르게 수
화기를 귀에서 조금 떼어놓았다. 아직 잠도 완전히 깨지 않아
서 나는 상대가 하는 말을 도무지 이해할 수 없었다. 몇 차례
되묻는 사이에 텔레비전 방송국 사람이라는 것을 알았다. 호
다카 마코토의 갑작스러운 사망에 대해 간바야시 미와코 씨의
이야기를 듣고 싶다는 것이었다.

지금은 도저히 이야기를 할 만한 상태가 아니라고 말하고 나는 전화를 끊었다. 끊고 나서 후회했다. 방금 내뱉은 몇 마디 말도 그들에게는 큰 정보라는 것을 깨달았기 때문이다.

내 방에 건너온 김에 대학에 전화를 걸어 오늘과 내일은 출근할 수 없다고 양해를 구했다. 집안에 불행한 일이 있었다는 내 말을 사무처의 여직원은 전혀 의심하지 않았다.

수화기를 놓자마자 다시 전화가 울렸다. 이번에도 텔레비전 방송국에서 온 것이었다. 사건에 대해서라면 경찰에 문의해달라고 말하고 전화를 끊었다.

어디서 번호를 알아냈는지, 계속해서 매스컴 관계자의 전화가 줄을 이었다. 아예 전화선을 뽑아둘까도 생각했다. 하지만 대학에서 긴급한 연락이 오는 경우도 생각하지 않으면 안 되었다.

조간신문 사회면에 이번 사건에 대한 기사가 상당히 크게 실려 있었다. 죽은 사람이 유명한 작가였고 사망 당시의 상황이 특이했다는 것 때문에 크게 다뤄진 모양이었다. 구석구석 모조리 읽어보았지만 새로운 사실이라고 할 만한 내용은 하나도 없었다. 기껏해야 사망 원인은 '중독사'로 보인다고 적혀 있는 정도였다. 비염용 캡슐에 대한 말은 단 한 마디도 없었다.

그래도 매스컴 관계자들은 타살 의혹이 있다는 것은 눈치챈 모양이었다. 그래서 더더욱 눈이 벌게져서 정보를 얻으려고 달려드는 것이다. 그들이 비염용 캡슐에 대한 것을 알아낸다면 정말 귀찮아지겠다고 나는 생각했다.

인터폰의 차임벨이 울린 것은 그런저런 일들로 한창 머릿속이 복잡하던 때였다. 나는 짜증이 난 채로 수화기를 들었다. 매스컴 관계자가 직접 집까지 찾아온 모양이라고 생각했기 때문이다.

하지만 인터폰 수화기를 통해 들려온 남자의 목소리는 "경시청 수사1과 사람입니다"라고 신분을 밝혔다.

1층에 내려가 현관문을 열자 어제 만났던 형사 둘이 나란히 서 있었다. 야마자키라는 중년 형사와 스가와라라는 젊은 형사였다.

"어제 당신이 얘기해준 것을 바탕으로 알아봤는데, 다시 새로운 사실이 나왔어요. 그 점에 대해 동생분과 얘기해야 할 게 있어서 왔습니다." 야마자키가 말했다.

"내가 얘기해준 것이라고요?"

"호다카 씨의 정원에 있었다는 하얀 옷의 여자."

"아, 예." 나는 그제야 알아듣고 고개를 끄덕였다. "어떤 사람인지 알아냈습니까?"

"예, 뭐." 형사는 턱 밑을 쓰다듬었다. 이 자리에서 그 내용을 알려주고 싶지는 않은 눈치였다. "여동생과 만날 수 있을까요?"

"아직 자고 있을 거예요. 정신적인 충격이 여전히 가라앉지 않고 있어요."

"아, 미안하지만 부탁합니다."

"그래도……."

그때 내 뒤에서 마룻바닥이 삐거덕거리는 소리가 났다. 두 형사의 시선이 내 등 뒤로 향했다. 야마자키 형사는 놀란 듯 입을 헤벌리고 있었다.

뒤를 돌아보니 미와코가 계단을 내려오는 참이었다. 면바지에 티셔츠 차림으로, 벽에 오른손을 짚고 한 계단씩 신중하게 발을 옮기고 있었다. 그 안색은 별로 좋다고는 할 수 없었다.

"미와코, 괜찮아?" 내가 물었다.

"응, 괜찮아. 그보다……." 계단을 다 내려온 그녀는 형사들 쪽을 보았다. "그 이야기를 좀 해주세요. 하얀 옷의 여자라니, 그게 누구예요? 호다카 씨의 정원에 있었다는 건 무슨 얘기지요?"

야마자키 형사가 당황한 얼굴로 내 쪽을 보았다. "그 여자에 대해 미와코 씨에게 아직……?"

말하지 않았습니다, 라고 나는 대답했다. 어제 같은 상황에서 그런 얘기를 할 겨를이 있었을 리 없다.

"무슨 얘기예요? 말해주세요, 나는 정말 아무렇지도 않으니까요." 미와코는 호소하는 듯한 목소리로 말했다. 형사들은 나를 보고 있었다.

"그러면 우선 들어오시죠." 나는 그들에게 말했다.

도코노마⁺가 있는 다다미방에서 우리 오누이는 두 형사와 마주 앉았다. 우선 내가 미와코에게 토요일에 목격한 하얀 옷의 여자에 대해 말해주었다. 예상했던 대로 미와코는 그런 여자는 전혀 알지 못한다고 했다.

야마자키 형사가 여자의 이름을 알려주었다. 나미오카 준코라고 했다.

"동물 병원에서 근무하던 사람이고, 스루가 씨와 같은 맨션에 살고 있었어요." 야마자키 형사는 덧붙였다.

"그런 사람이 왜 호다카 씨의 정원에?" 미와코가 어리둥절한 얼굴로 말했다.

야마자키 형사는 옆자리의 젊은 스가하라 형사와 흘끗 마주 보았다. 그리고 다시 미와코 쪽으로 얼굴을 돌렸다. 몹시 난처하다는 표정이었다.

"그런 여자에 대해 호다카 씨에게서 한 번도 들은 적이 없습니까?"

"아뇨, 듣지 못했어요." 그녀는 고개를 저었다.

"예에……." 야마자키 형사는 다시 턱을 쓱쓱 비볐다. 신중

⁺ 일본식 방의 상좌에 바닥을 한 단 높이고 꽃이나 족자 등을 장식하는 곳.

하게 말을 고를 때의 버릇인 것 같았다. 이윽고 그는 마음을 정한 듯 입을 열었다. "스루가 씨의 말에 의하면 호다카 씨와 사귀던 여자랍니다."

그 말을 듣자마자 미와코는 등을 꼿꼿이 세웠다. 턱을 당기며 침을 꿀꺽 삼키는 기척이 있었다. "그래서요?"라고 그녀는 물었다. "전에 사귀던 여자가 왜 그날 호다카 씨 집에 왔죠?" 의외일 만큼 또렷한 어조였다. 나도 모르게 그녀의 옆얼굴을 쳐다보았다.

"자세한 것까지는 아직 밝혀지지 않았어요. 단지 그 나미오카라는 여자가 호다카 씨의 결혼을 그리 좋게 생각하지 않았다는 건 분명합니다."

"……그, 그래서 어떻게 했어요?"

"실은 어젯밤에 형사가 나미오카 씨의 집에 찾아갔는데." 야마자키 형사는 뭔가를 망설이듯이 말을 끊고 입술을 핥았다. "나미오카 씨가 자기 집에서 사망한 상태로 발견됐어요."

나도 모르게 등이 바짝 세워졌다. 그 여자가 죽었다니ㅡ.

옆에서 미와코가 숨을 헉 들이쉬는 소리가 들렸다. 하지만 내쉬는 소리는 들리지 않았다. "병으로 죽었다는 건가요?" 그녀가 물었다.

"아뇨, 약물에 의한 중독사로 보입니다."

"중독……."

"초산 스트리크닌이라는 약이에요." 야마자키는 수첩을 펼쳤다. 안경을 슬쩍 치켜올렸다. "동물의 중추신경 흥분제로, 호흡이나 심장 기능이 마비된 동물을 소생시키기 위해 쓰는 약이라는군요. 하지만 효과가 나타나는 양과 치사량의 차이가 극히 미미해서 투여량의 오류로 사망할 위험성이 높다고 합니다. 나미오카 씨가 근무하는 동물 병원에서도 상비하고 있던 약이라는군요."

나는 고개를 끄덕였다. 그 독의 효과는 잘 알고 있다. 내가 준 독에 의해 그 녀석이 죽어가던 광경은 지금도 눈꺼풀에 낙인처럼 찍혀 있다.

"그럼 그 여자가 자살했다는 말인가요?" 내가 질문을 던져 보았다.

"그럴 가능성이 높다, 라는 말씀만 드리지요."

"그 사람이 죽은 것과 호다카 씨가 그렇게 된 것이 무슨 관계가 있는 거예요?" 미와코가 말했다. 도전하는 듯한 눈초리로 형사를 보고 있었다.

야마자키 형사는 스가하라 형사에게 눈짓을 했다. 젊은 형사는 상의 호주머니에서 한 장의 사진을 꺼내 테이블 위에 놓았다.

"이걸 좀 봐주세요." 야마자키 형사가 말했다.

미와코 옆에서 나도 들여다보았다. 폴라로이드로 보이는 그 사진에 찍혀 있는 것은 화장지 위에 놓인 캡슐이었다. 본 기억이 있었다.

"이 캡슐을 본 적이 있어요?"

"호다카 씨의 약, 그 비염약하고 비슷해요." 미와코가 대답했다.

"이건 나미오카 씨의 방에서 발견된 거예요." 야마자키 형사가 말했다. "단지 캡슐의 내용물이 초산 스트리크닌으로 바뀌어 있었습니다."

엇, 하고 미와코는 얼굴을 번쩍 쳐들었다. 눈을 동그랗게 뜨고 있었다.

"그리고 또 한 가지." 형사는 사무적인 어조로 말을 이어갔다. "어제 사망한 호다카 마코토 씨의 사인 역시 초산 스트리크닌에 의한 중독사로 판명되었습니다."

형사의 목소리가 유난히 웅웅 울리는 것처럼 들렸다. 아마 그 직후에 깊은 침묵이 방 안을 뒤덮었기 때문일 것이다. 미와코는 판결을 받은 피고인 같은 얼굴로 앞자리의 형사를 빤히 바라보고 있었다. 그녀는 눈꺼풀조차 움직이지 않았다.

"그러니까 그건……." 나는 말을 멈추고 헛기침을 했다. 목소리가 제대로 나오지 않았기 때문이다. "그건 그러니까, 무슨 말입니까? 두 사람의 사망 원인이 똑같고 그 독이 든 캡슐이 나미오카라는 여자의 방에 있었다면…… 그러니까 그 여자가 호다카 씨의 비염약에 뭔가 넣었다는 말인가요?"

"아직 확정된 것은 아니고요. 우리는 밝혀진 사실만 전해드리는 겁니다." 야마자키 형사가 말했다. "단지 이런 말씀은 드릴 수 있겠지요. 교제 중이던 두 사람이 비슷한 시기에 똑같은 종류의 독극물로 중독사하는 건 우연히 일어나기는 힘든 일이 아닌가, 하는 거예요."

"그 속에……." 미와코가 입술을 파르르 떨며 머뭇머뭇 말했다. "독이 든 캡슐이 들어 있었군요. 내가 그에게 전해준 그 필케이스에?"

"미와코." 나는 그녀의 하얀 뺨을 지그시 바라보았다. "혹시 그렇다고 해도 네 탓이 아니야."

이런 진부한 말이 그녀에게 위로가 될 리 없었다. 형사 앞에서 태연한 척하는 것도 한계에 달했는지 미와코는 입을 꾹 다물고 고개를 떨구었다. 눈물이 바닥에 뚝뚝 떨어졌다. "너무해"라고 그녀는 중얼거렸다. "이건 정말 너무해……."

야마자키 형사가 입을 열었다. 그도 괴로운 표정이었다. "현재 우리가 알고 싶은 건 호다카 씨의 약병에 그런 독약 캡슐을 넣는 게 가능했는가, 만일 가능했다면 그건 언제였느냐 하는 점이에요. 그래서 미와코 씨의 의견을 좀 들었으면 합니다만."

"모르겠어요, 나는 그런 건 전혀……."

"호다카 씨의 약병을 받아 온 것은 언제였습니까?"

"토요일 점심때였어요. 모두 함께 이탈리안 레스토랑에 가기 전에 그가 약병을 줬어요. 나한테 갖고 있으라고요."

"호다카 씨는 그때까지 그 약병을 어디에 보관했었죠?"

"서재 책상 서랍이에요."

"항상 그곳에 넣어뒀던가요?"

"내가 아는 한에서는 그랬어요."

"호다카 씨 이외의 사람이 그 약병에 손을 대는 걸 본 적이 있습니까?"

"모르겠어요, 그런 건 생각이 안 나요." 미와코는 두 손으로 얼굴을 가렸다. 어깨가 파르르 떨리고 있었다.

"형사님." 내가 말했다. "이제 그만, 이 정도로 해주시겠습니까?"

미와코의 얼굴을 보면 더 이상 진술 조사가 어렵다는 건 형사들도 알 터였다. 야마자키 형사는 좀 더 질문할 게 있었는지 잠깐 아쉬운 얼굴을 보였지만, 마지못해 고개를 끄덕였다.

미와코를 방에 남겨두고서 나 혼자 형사들을 현관까지 배웅했다.

"아직 힘든 때에 너무하다고 생각하시겠지만, 수사를 위해서 꼭 해야 할 일이라서요. 미안했습니다." 구두를 신고 야마자키 형사는 정중하게 고개를 숙였다.

"제가 한 가지만 물어봐도 될까요?" 나는 말했다.

"뭐지요?"

"그 나미오카 준코라는 사람은 언제 사망했지요? 그러니까 호다카 씨가 죽기 전인지 나중인지……."

이 질문에 대답을 해도 좋을지 어떨지, 형사는 잠시 생각해 보는 눈치였다. 하지만 그 정도는 알려줘도 된다고 판단한 모양이었다.

"나미오카 씨의 사체는 사후 하루 이상이 경과된 시점에서 발견되었어요."

"그러면……."

"나미오카 씨는 호다카 씨가 죽기 이전에 사망했다는 이야기죠."

"그렇군요." 나는 고개를 끄덕였다. "고맙습니다."

몸을 잘 추스르라는 말을 남기고 형사들은 떠났다.

나는 현관문을 잠갔다. 그리고 생각했다.

사체는 간밤에 발견되었다고 했다. 그렇다면 나미오카 준코가 사망한 것은 그저께 밤 이전이다.

즉 내게 협박장을 보낸 사람은 적어도 나미오카 준코는 아니라는 것이다.

그리고 두 인물이 내 머릿속에 떠올랐다.

유키자사 가오리의 장

1

　가랑비 속을 상복 차림의 남녀가 네 줄로 서서 느릿느릿 움직이고 있었다. 독경 소리가 나지막하게 흘러나왔다. 접수처 자리를 다른 사람과 교대하고 나는 줄의 맨 끝에 가서 섰다. 옆줄에 있던 남자 편집자가 우연히 아는 사람이어서 우산 속에 나를 넣어주었다.

　절은 좁은 도로가 바둑판 눈금처럼 교차하는 주택지 안에 있었다. 지명으로는 가미샤쿠지이가 된다. 왜 이 절에서 호다카 마코토의 장례식을 하게 되었는지, 자세한 속사정까지는 알지 못한다. 혼자 살던 호다카가 평소에 정해놓고 절에 드나

들었을 리는 없다.

도쿄에서 화장까지 한 뒤에 그 유골을 이바라키의 친가에 가져가 거기서 다시 친족을 중심으로 장례식을 한다고 했다. 편집자 중에는 그쪽에도 출석하지 않으면 안 되는 사람도 있는 모양이었다. 참으로 딱하기도 하다.

사건으로부터, 즉 호다카 마코토가 죽은 날로부터 4일이 지났다. 벌써 목요일이다. 경찰에서 유체가 돌아오는 데 시간이 걸렸기 때문에 장례가 늦어졌다.

"이 장례식 장면만 내보내면 방송도 이제 슬슬 끝이 나려나?" 나를 우산 속에 넣어준 편집자가 흘끔 뒤를 돌아보며 말했다. 텔레비전 카메라를 든 사람들이 멀리서 우리를 촬영하고 있었다. 투명한 비옷까지 뒤집어쓰고, 이만저만 고생하는 게 아니다.

"그건 모르죠. 요즘 연예계에 재미있는 화제가 별로 없다니까 앞으로 한참 동안은 이걸로 질질 끌고 갈 거 같은데?" 나는 말했다. "아무튼 이번 사건은 주부들이 좋아할 만한 3대 요소를 두루 갖추고 있거든요."

"3대 요소?"

"유명 인사, 살인, 애증."

"그래, 그거 말 되네. 피해자가 죽은 장소가 결혼식장이라는 것도 완전 두 시간짜리 드라마 같았어." 거기까지 말하다가 그는 급히 손으로 입을 가렸다. 목소리가 너무 컸다는 것을 깨달은 모양이었다. 하지만 우리 뒤쪽에 있던 참석자들도 피식 웃고 있었다.

분향 순서가 가까워졌다. 나는 염주를 다시 꼭 쥐었다.

텔레비전 방송이 앞으로 어떻게 나올지는 모르겠지만, 호다카 마코토의 괴이한 사망 사건에 대한 사람들의 관심이 옅어지는 건 이제 시간문제라고 할 수 있었다. 어제까지 3일 동안에 수수께끼의 90퍼센트가 해명되었기 때문이다.

우선 호다카가 사망한 다음 날, 즉 월요일 석간신문에 벌써 나미오카 준코의 죽음에 관한 기사가 실렸다. 그때만 해도 네리마구의 맨션에 사는 한 독신 여성의 사체가 발견되었다, 라는 정도의 기사였다. 하지만 화요일에는 모 스포츠 신문에서 그녀와 호다카 마코토가 예전에 교제하던 사이라는 것을 폭로해버렸다. 형사가 그런 정보를 발설했을 리는 없고 아마도 스루가 나오유키에게서 흘러나온 말일 것이다. 그로서는 이번 사건을 최대한 빨리 마무리하고 싶었던 게 틀림없다.

나아가 어제는 또 다른 신문이 호다카 마코토와 나미오카 준코의 사망 원인이 똑같은 약물에 의한 중독사라는 기사를 실었다. 초산 스트리크닌이라는 그 약물이 나미오카 준코가 근무하는 동물 병원에도 있었다는 사실까지 그 기사는 전하고 있었다.

인기 작가에게 무참하게 배반을 당한 여자가 남자의 결혼식을 노려 강제적인 동반 자살을 꾀했다, 라는 스토리가 당연히 만들어졌다. 실제로 각 텔레비전 뉴스 방송에서는 나미오카 준코의 동료들을 인터뷰하는 등, 그 가설을 증명하는 일에 혈안이 되어 있었다.

이윽고 분향 차례가 돌아왔다. 나는 한 차례 심호흡을 하고 앞으로 나갔다.

영정으로 사용된 것은 호다카 마코토가 저서에 자주 실었던 얼굴 사진이었다. 꽤 오래전에 찍은 사진인데 이렇게 오래 쓰는 것을 보면 아마 본인 마음에 쏙 들었던 모양이다. 사진 속의 호다카는 정면이 아니라 약간 비스듬히 옆쪽을 향하고 있었다.

이 사진을 촬영할 때, 곁에 있었던 사람은 나였다. 우리 회사에서 책을 출판할 때 저자 근영近影을 찍자는 이야기가 나와서 내가 카메라맨과 함께 갔던 것이다. 촬영 장소는 샤쿠지이 코엔의 연못가였다.

내가 호다카에게 말을 걸고 거기에 대답하는 그의 표정을 카메라맨이 필름에 담았다. 즉 사진에 찍힌 호다카가 바라보고 있는 것은 내 얼굴이었던 것이다.

분향을 시작했다. 한 차례, 두 차례.

합장을 했다.

눈을 감자마자 갑작스레 무언가가 몸속에서 끓어올랐다. 그
것은 눈 깜짝할 사이에 눈물샘을 뜨겁게 자극했다. 눈물이 번
지려고 했다. 나는 필사적으로 꾹 참았다. 만일 조금이라도 눈
물이 나면 그다음은 한도 끝도 없이 흐를 것이다. 이 상황에서
그런 꼴을 보였다가는 주위 사람들이 어떻게 생각할지 알 수
없다.

합장을 한 채, 나는 애써 숨을 가다듬었다. 마음이 안정되기
를 기다렸다.

다행히 흥분은 썰물처럼 빠져나가고 마음의 평온이 되돌아
왔다. 나는 아무 일도 없었던 것처럼 그 자리를 떠났다.

접수처가 있는 텐트 아래로 돌아와 이제야 서서히 짧아지기
시작하는 분향객의 줄을 멍하니 바라보았다. 출판 관계자 이
외에는 아는 얼굴이 없었다.

조금 전의 심경을 나는 반추해보았다. 왜 갑자기 눈물이 쏟
아지려고 했을까.

호다카가 죽은 것이 슬픈 게 아니다. 그런 것을 슬퍼할 이유
는 없다. 그자는 이렇게 되는 게 마땅했던 것이다.

내 마음을 뒤흔든 것은 그 영정 사진이었다. 그의 시선 끝에
는 내가 있었다. 몇 년 전의 나. 아직 아무것도 알지 못했던 시
절의 나. 참된 사랑을 알지 못하고, 상처 입는다는 것도 알지
못하고, 미워한다는 것도 알지 못하던 나이였다. 호다카 따위

에게 마음을 허락한 나였다.

그 사진을 보고 있는 사이에 그런 옛날의 내가 갑자기 너무
도 가엾고 그리워서 눈물이 쏟아질 뻔했던 것이다.

2

상주의 인사말이 끝나고 관이 실려 나갔다. 편집자 몇몇이
그것을 거들었다.

간바야시 미와코는 오빠 다카히로와 함께 화장장까지 가는
모양이었다. 그녀는 일단 유족으로서 대우를 받았다. 다만 그
것도 오늘까지의 이야기일 것이다.

나는 접수처의 정리를 도와준 뒤에 일단 집에 돌아가기로
했다. 옷을 갈아입고 회사에 나갈 생각이었다.

그런데 절을 나선 참에 "잠깐 실례합니다"라고 누군가 뒤에
서 나를 불렀다. 돌아보니 웬 낯선 남자가 서 있었다. 키가 크
고 눈빛이 날카로운 얼굴이었다. 거무스레한 정장을 입고 있
었지만 상복은 아니었다.

유키자사 가오리 씨지요, 라고 남자는 물었다. 그런데요, 라
고 대답했다.

"경찰에서 나온 사람인데, 잠깐 시간 좀 내주실 수 있을까

요? 아주 잠깐이면 됩니다." 지금까지 만났던 형사들과는 달리 상대방을 훑어보는 듯한 눈초리를 보내오지 않았다.

"그럼 10분 정도로 끝내주세요."

고마워요, 라고 그는 머리를 숙였다.

근처의 찻집에 들어갔다. 이런 때가 아니면 절대 들어오지 않을 허름한 가게였다. 벽에 메뉴를 쓴 종이가 더덕더덕 붙어 있었다. 아이스커피 380엔. 우리 외에 손님은 없었다.

형사는 가가라고 이름을 밝혔다. 네리마 경찰서 소속이라고 했다.

"역시 유명 인사의 장례식은 대단하군요. 멀리서 지켜보기만 했는데도 훌륭한 분들이 꽤 눈에 띄던데요?" 주문한 커피를 기다리는 동안에 가가 형사가 말했다.

"형사님은 왜 오늘 장례식에 참석하셨어요?" 나는 물어보았다. 슬쩍 견제를 해볼 생각으로 건넨 말이었다.

"확인해보려고요, 관계자들의 얼굴을." 가가는 그렇게 말하고 나를 쳐다보며 덧붙였다. "당신 얼굴도."

나는 고개를 옆으로 돌렸다. 서슴없이 내뱉는 그 말투에 약간 어이가 없었다. 아니면 이 형사는 진짜로 그렇게 생각하고 있는 걸까. 즉 뭔가 이유가 있어서 내게 눈독을 들였다는 건가.

중년 여자가 두 사람분의 커피를 내왔다. 이 가게는 그녀 혼자 꾸려가는 모양이었다.

"사건은 거의 해결되었다고 들었는데요." 나는 그렇게 말해 보았다.

"그래요?" 가가는 커피를 블랙으로 마시며 고개를 갸우뚱했다. 내 말에 대한 대답이 아니라 커피 맛이 아무래도 미심쩍다는 듯한 표정처럼 보였다. "어떤 식으로 해결되었는데요?"

"그러니까, 나미오카 준코라는 사람이 호다카에게 배반을 당한 데 대한 원망 때문에 직장에서 가져온 독약으로 억지 동반자살을 꾀했다, 라는 거 아닌가요?" 나는 우유를 넣어 커피를 한 모금 마셨다. 그리고 그가 고개를 갸웃거린 이유를 깨달았다. 커피의 풍미라고는 하나도 없었다.

"수사1과 쪽에서 그런 식으로 정식 발표가 나간 적은 없을 텐데요."

"하지만 매스컴의 정보를 보면 대충 짐작할 수 있죠."

"흠, 그렇군요." 가가는 고개를 끄덕였다. "하지만 우리로서는 아직 아무것도 해결되지 않았다는 게 솔직한 얘기예요. 누가 뭐라고 하건."

나는 말없이 맛없는 커피를 마셨다. 이 형사가 한 말의 의미를 생각해보았다. 그 전에 그가 수사1과라고 한 건 아마 경시청 수사1과를 가리키는 것이리라. 네리마 경찰서는 아카사카 호텔 사건에는 직접 관여하고 있지 않을 터였다. 단지 네리마의 맨션에서 나미오카 준코의 사체가 발견되었기 때문에 합동 수사라는 모양새를 취하고 있는 것이다. 가가가 조사하려고 하는 건 어떤 일에 관해서일까.

"그래서 내게 물어보시겠다는 건 뭐죠?"

가가는 수첩을 꺼내 펼쳤다.

"아주 간단한 거예요. 5월 17일, 즉 지난주 토요일의 행적을 되도록 상세히 알려주셨으면 합니다."

"지난주 토요일?" 나는 미간을 좁혔다. "왜요?"

"물론 수사에 참고하기 위해서죠."

"무슨 말씀이신지 모르겠군요. 어째서 그게 수사에 참고가 된다는 거죠? 지난주 토요일에 내가 뭘 했건 이번 사건과는 관계가 없잖아요?"

"아, 그건요." 가가는 눈을 조금 크게 떴다. 그러자 눈빛에서 위압감이 배어 나왔다. "이번 사건과 관계가 없다는 것을 확인하기 위해서 질문하는 거예요. 즉 소거법消去法이라는 절차를 밟고 있는 셈이죠."

"무슨 말씀이신지 모르겠군요. 마치 토요일에 뭔가 범죄가 일어났고 그 알리바이를 나한테 묻고 있는 거 같은데요?"

그러자 가가는 내 얼굴을 바라보며 한쪽 볼만 치켜들어 웃었다. 대담하고도 여유 있는 웃음이었다.

"그 말이 맞습니다. 알리바이를 묻고 있다, 라고 해석하셔도 무방합니다."

"무슨 알리바이지요? 어떤 사건의 알리바이라는 거예요?"

목소리가 조금 커졌다. 가가가 흘끔 시선을 돌렸다. 그쪽을 바라보니 카운터 너머에서 신문을 펼쳐 들고 있던 여주인이 급하게 고개를 숙이는 참이었다.

"나미오카 준코 씨의 죽음에 관한 것, 이라고만 말씀드리지요." 가가는 말했다.

"그 사람의 죽음은 자살이잖아요. 더 이상 뭘 조사한다는 거예요?" 목소리를 작게 낮추어 나는 물었다.

가가는 커피를 모두 마셨다. 빈 찻잔의 밑바닥을 빤히 바라보며 "커피콩이 너무 오래됐어"라고 불쑥 말했다. 그리고 내게 물었다. "토요일의 행적을 알려주시죠. 아니면 말을 못 할 이유라도 있습니까?"

"내가 그걸 말할 의무는……."

"물론 없습니다"라고 가가는 말했다. "하지만 그럴 경우, 당신에게는 알리바이가 없다는 것으로 해석해야겠죠. 따라서 우리 쪽에서 작성한 리스트에서 당신의 이름을 지울 수도 없게 됩니다."

"어떤 리스트인데요?"

"그건 대답해드릴 수 없어요." 그렇게 말하고 그는 문득 한숨을 쉬었다. "잘 기억해두세요. 경찰은 질문에는 대답하지 않아요. 그냥 일방적으로 질문을 할 뿐이죠."

"네, 나도 알아요." 나는 그를 노려보았다. "토요일 어느 시간의 알리바이를 알고 싶으시죠?"

나는 내 스케줄 노트를 꺼냈다. 그런 건 들여다보지 않아도 다 기억하고 있었지만, 최대한 시간을 끌어서 속을 태우게 해주고 싶었다.

그날은 우선 호다카의 집에 가서 간바야시 미와코와 에세이 집에 대한 협의를 했다. 여기에서 즉각 형사는 질문을 던져왔다.

"그때 호다카 씨가 비염약을 먹었다고 하던데, 기억하고 있습니까?"

"네, 기억나요. 조금 전에 약을 먹었는데 벌써 효과가 떨어졌다면서 책상 서랍에서 약을 꺼냈어요. 그걸 캔 커피로 먹는 바람에 좀 놀랐었죠."

"호다카 씨가 서랍에서 꺼냈던 건 병이었어요? 아니면 뭔가 다른 용기였습니까?"

"병이에요." 그렇게 말하다가 나는 손을 슬쩍 저었다. "아, 아니에요, 정확하게 말하면 약병과 포장 상자예요. 그 상자 안에 약병이 들어 있었죠."

"그럼 그 포장 상자는 어떻게 했어요?"

"그건 아마……." 나는 그때 일을 떠올리며 대답했다. "상자는 옆에 있던 쓰레기통에 버렸던 거 같아요. 미와코 씨에게는 약병만 줬으니까요."

가가 형사가 어째서 그런 걸 꼬치꼬치 확인하는지 이해할 수 없었다. 사건과 뭔가 관계가 있으리라고는 생각되지 않았다.

"일에 대한 협의를 한 뒤에는 어떻게 하셨지요?"

"모두 함께 이탈리안 레스토랑에 식사를 하러 갔어요."

"식사하는 사이에 무슨 이상한 일은 없었습니까?"

"이상한 일이라뇨?"

"어떤 것이든 좋아요. 특별한 사람을 만났다든가, 어디선가 전화가 걸려왔다든가."

"전화……."

"네." 가가는 내 얼굴을 빤히 바라보며 미소를 지었다. 매력적이라고 못 할 것도 없는 얼굴이었다. 하지만 그 표정의 이면에 교활한 계산이 잠재되어 있다고 나는 느꼈다.

이 형사는 그 레스토랑에서 스루가 나오유키가 중간에 자리를 떴다는 걸 알고 있는 것이다. 그의 휴대전화가 울렸던 것도 알고 있을 터였다. 그렇다면 내가 여기서 시치미를 떼는 건 그리 좋은 방법이 아니다.

"별로 대단한 건 없었는데?" 일단 그렇게 첫말을 뗀 뒤에 나는 스루가 나오유키의 휴대전화가 울렸던 것이며 그 뒤에 그가 먼저 레스토랑에서 나갔다는 등의 이야기를 했다. 가가는 완전히 처음 듣는 얘기라는 듯한 얼굴로 메모를 하고 있었다.

"회식 중에 자리를 뜬 걸 보면 상당히 급한 볼일이 있었던 모양이죠?"

"그건 모르겠어요. 하지만 아마 그랬겠죠?" 나는 말했다. 쓸데없는 말은 하지 않는 편이 좋다.

"식사 후에는 어디에 갔어요?" 가가는 내가 예상한 대로 질문을 해왔다.

사실대로 말할 이유는 없었다. 호다카의 집에 몰래 들어가 그와 스루가의 뒤를 밟았고, 나미오카 준코의 집에 들어가 사체를 발견했다, 라는 건 섣불리 밝힐 수 없는 일이었다.

회사에 돌아갔다고 말하려다가 얼른 생각을 바꾸었다. 쉬는 토요일이라고 해도 휴일 출근을 하는 사원이 적지 않다. 그날 내가 회사에 얼굴을 내밀지 않았다는 건 조사해보면 금세 드러날 일이었다.

"집에 갔죠." 나는 대답했다. "피곤해서 그냥 집에 갔어요."

"곧장?"

"아뇨, 중간에 잠깐 긴자에 들렀는데 결국 아이쇼핑만 하고 돌아갔어요."

"그동안에 내내 혼자였군요?"

"네, 혼자였어요. 집에 돌아간 뒤에도 내내 혼자였고요." 나는 미소를 지어 보였다. "그러니 역시 알리바이는 없는 셈이네요."

가가는 곧바로는 아무 말도 하지 않았다. 내 마음속을 읽어낼 속셈인지 지그시 내 눈을 응시했다.

이윽고 그는 수첩을 덮었다. "바쁘신데 협조해주셔서 고맙습니다."

"이제 됐나요?"

"네, 오늘은 이 정도만 하죠." 그렇게 말하고 그는 테이블 위의 계산서를 집어 들고 일어섰다.

그래서 나도 자리에서 일어났다. 그러자 그가 갑자기 뒤를 돌아보았다.

"한 가지 의문점이 있어요."

"뭔데요?"

"호다카 씨가 상용하던 비염약은 원래 한 병에 열두 개의 캡슐이 들어 있었어요. 나미오카 준코 씨는 그걸 사다가 독약 캡슐을 만든 것으로 보이고요."

"네, 근데 그게 왜요?"

"하지만 나미오카 씨의 방에서 발견된 것은 여섯 개의 캡슐뿐이었어요. 이건 어떻게 된 걸까요? 호다카 씨가 먹은 건 한 알뿐입니다. 그러면 나머지 캡슐은 어디로 사라졌을까요?"

"글쎄요, 나미오카 씨 자신이 먹은 거 아닐까요?"

"왜요?"

"왜냐니, 자살하기 위해서겠죠."

내 말에 가가는 고개를 저었다.

"자기 집에서 독약을 먹는데 굳이 캡슐에 넣어서 먹을 이유가 있을까요? 게다가 나미오카 씨가 먹은 건 한 알 아니면 두 알이에요. 아무래도 숫자가 맞지 않는단 말이에요."

나도 모르게 앗 하는 소리를 낼 뻔했다. 하지만 나는 아슬아슬하게 그 말을 꿀꺽 삼켰다. 그리고 최대한 표정 변화를 드러내지 않으려고 노력했다.

"……그렇다면 네, 좀 이상하네요."

"그렇죠? 일반적인 자살의 경우에서는 찾아볼 수 없는 일이에요." 그렇게 말하고 가가는 카운터로 다가갔다. 그 넓은 등판은 내게 무언의 압력을 가하는 것만 같았다.

잘 마셨습니다, 라는 인사 한 마디를 던지고 나는 허름한 찻집을 나섰다.

간바야시 다카히로의 장

1

호다카 마코토의 사체가 화장되는 사이, 미와코는 대기실 창가에 서서 바깥을 응시하고 있었다. 바깥에는 여전히 가랑비가 내려서 화장장 주위의 나무들을 빠짐없이 적시고 있었다. 하늘은 회색빛이고 콘크리트 지면은 검게 번들거렸다. 마치 창밖만 흑백 화면으로 변해버린 것 같았다. 그런 풍경을 향해 시선을 던진 채 미와코는 말없이 서 있었다.

대기실에 있는 다른 사람들도 말수가 적었다. 스무 명이 넘는 사람들이 있었지만 모두들 지친 표정으로 앉아 있었다. 호다카의 어머니는 아직도 울고 있었다. 등이 굽어서 더욱 작아

보이는 노부인은 옆자리의 남자에게 뭔가 말을 걸고는 새삼 손수건으로 눈물을 찍어내는 것이었다. 남자는 침통한 얼굴로 그녀의 이야기를 들어주고 이따금 크게 고개를 끄덕였다. 4일 전의 결혼식 때도 호다카의 어머니를 만났었다. 그때와 비교하면 몸무게가 반으로 줄어든 게 아닌가 싶을 만큼 초췌해져 있었다.

맥주며 소주 등이 준비되어 있었지만 마시는 사람은 적었다. 오히려 따뜻한 차를 원하는 이들이 많았다. 5월인데도 오늘만큼은 은근히 스토브가 그리워질 만큼 쌀쌀한 날씨였기 때문이다.

나는 두 개의 찻잔에 따뜻한 차를 받아 미와코에게로 다가갔다. 그녀는 내가 바로 옆에 다가가도 곧바로 나를 바라봐주지 않았다.

"춥지 않아?" 미와코 앞에 찻잔을 내밀며 나는 물었다.

미와코는 기계인형처럼 우선 고개만 내게로 돌리더니 턱을 당겨 내 손맡으로 시선을 떨구었다. 하지만 그녀의 눈이 찻잔에 초점을 맞추기까지 다시 몇 초쯤이 필요했다.

"응, 고마워." 미와코는 찻잔을 받아 들었다. 하지만 마시는 대신 또 다른 손을 더하여 찻잔을 감쌌다. 꽁꽁 언 손을 녹이려고 하는 것 같았다.

"그 사람을 생각하고 있어?" 물어보고서야 너무도 바보 같은 질문이라고 스스로 생각했다. 미와코를 대할 때면 나는 생각하기도 전에 말을 내뱉곤 하게 된다.

다행히 그녀는 경멸의 눈빛으로 나를 쳐다보지는 않았다. "응, 그냥……"이라고 작은 소리로 대답하더니 "그 사람의 양복에 대해 생각했어"라고 덧붙였다.

"양복?"

"신혼여행을 위해 양복을 맞췄어. 가게에서 한 차례 입어본 것뿐인 양복이 세 벌이나 돼. 그걸 어떻게 해야 하나 싶어서."

겨우 그런 것이었는가 하는 생각은 들지 않았다. 아마도 그녀는 지금 자신이 잃어버린 것을 하나하나 점검하고 있을 것이다.

"그쪽 사람들이 어떻게든 처리하겠지." 나로서는 그렇게 말할 수밖에 없었다.

하지만 미와코는 내 말을 다른 뜻으로 해석한 모양이었다. 눈을 몇 차례 깜빡거리더니 조용히 말했다. "그래, 나는 아직 그 사람과 한 가족이 된 게 아니었어."

"아니, 그런 뜻은 아니고……."

그때 상복을 입은 남자가 대기실에 들어와 유체의 화장이 끝났다는 것을 알렸다. 그 말을 듣고 모두들 느릿느릿 움직이기 시작했다. 나도 미와코와 함께 화장장으로 향했다.

스포츠로 단련된 호다카 마코토의 건장한 육체는 이미 하얀 뼈와 재로 변해 있었다. 그 양이 너무도 적다는 것에 나는 약간 충격을 받았다. 인간의 본질을 목도한 듯한 기분이었다. 나 역시 태우고 나면 이것과 똑같이 되는 것이다.

습골拾骨은 침묵 속에 담담히 이루어졌다. 나는 미와코 옆에서 지켜보기만 할 생각이었는데 호다카 마코토의 친척으로 보이는 중년 여자가 내게도 젓가락을 건네주는 바람에 뼛조각 하나를 주워 유골함에 넣었다. 어떤 부분의 뼈인지는 알 수 없었다. 생명의 숨결이 완전히 사라진 하얀 파편이었다.

모든 의식을 끝내고 화장장을 나서면서 호다카가의 사람들과 작별 인사를 나누었다. 유골함은 호다카 마코토의 아버지가 들고 있었다.

이바라키에서도 장례식을 하겠지만 거기까지는 일부러 오지 않아도 괜찮다, 라는 뜻의 말을 호다카 미치히코가 미와코에게 전했다. 친형이라는데 얼굴도 몸집도 전혀 닮지 않았다. 땅딸막한 몸에 큼직하고 둥근 머리가 얹혀 있다는 느낌이었다.

"그래도 뭔가 도움이 된다면 저도 참석하려고 했는데요." 미와코가 가느다란 목소리로 말했다.

"아뇨, 너무 멀기도 하고 이래저래 힘들 테니까요. 다들 낯선 사람들이라 미와코 씨도 쓸쓸할 거예요. 네, 정말 일부러 거기까지 오실 필요는 없습니다."

미치히코의 말투는 미와코가 오지 않기를 바라는 것 같았다. 그녀의 참석으로 장례식이 호기심의 대상이 될까 봐 사양하는 모양이라고 생각했는데, 금세 그게 아니라는 것을 깨달았다. 호다카 마코토의 죽음에 대해서는 연일 다양한 매체에서 떠들썩하게 보도하고 있지만, 현재로서는 예전에 사귀던 여자의 손에 살해되었다는 게 가장 유력했다. 호다카가로서는 어떻게든 그것을 부정하고 싶은 눈치였다. 적어도 그 지역에서는 부끄럽지 않은 해명을 하고 싶을 것이다. 그러기 위해서는 약간 사실을 왜곡할 필요도 있는 것이리라. 그런 때, 곁에 미와코가 있으면 방해가 되는 것이다.

그런 속사정을 짐작했는지 미와코는 더 이상 강하게 자기 의견을 내세우지 않고 "그러면 뭔가 제가 할 일이 있을 때는 꼭 연락해주세요"라고만 말했다. 그 말을 듣고 호다카 미치히코는 안도하는 표정을 보였다.

그들과 헤어져 나는 미와코를 데리고 주차장으로 갔다. 그리고 구형 볼보를 타고 요코하마의 집에 돌아가기로 했다.

차가 출발하고 잠시 뒤에 미와코가 불쑥 중얼거렸다. "난 대체 뭐였을까⋯⋯."

"응?" 나는 운전을 하면서 얼굴을 살짝 그녀 쪽으로 틀었다.

"나는 호다카 씨의 뭐였을까."

"연인이지. 게다가 약혼자였고."

"약혼자⋯⋯. 그래, 웨딩드레스도 맞췄으니까 그렇겠지? 나는 그냥 빌려 입어도 된다고 말했었는데."

빗발이 약간 강해졌다. 나는 와이퍼의 속도를 올렸다. 고무가 낡아서 앞 유리 표면을 쓸고 갈 때마다 끼익끼익 경박한 소리가 났다.

"하지만……." 그녀는 말했다. "신부가 되지는 못했어. 그 웨딩드레스를 입고 결혼식장의 문을 열었는데……."

미와코가 머릿속에 떠올리는 정경이 내 눈앞에도 떠올랐다. 하얀 모닝코트를 입은 호다카 마코토가 그녀가 걸었어야 할 버진 로드 위에 쓰러져 있었던 것이다.

침묵이 지배하는 차 안에서 와이퍼 소리만 규칙적으로 울렸다. 나는 카 라디오의 스위치를 눌렀다. 스피커에서 클래식 음악이 흘러나왔다. 하필 슬픈 곡이었다.

미와코가 손수건을 꺼내 눈가를 덮었다. 코를 훌쩍이는 소리가 들렸다.

"끌까?" 나는 카 라디오의 스위치로 손을 내밀었다.

"아냐, 괜찮아. 음악 때문에 우는 것도 아닌데 뭐."

"그렇다면 다행이고."

자동차 유리가 뿌옇게 흐려지기 시작했다. 나는 에어컨 스위치를 켰다.

"미안해"라고 미와코는 말했다. 약간 코 막힌 소리가 되어 있었다. "오늘은 더 이상 울지 않으려고 했는데. 오늘 아침부터

나 한 번도 안 울었지?"

"아냐, 울어도 괜찮아."

그리고 잠시 우리는 침묵하고 있었다. 내가 운전하는 볼보는 요코하마로 향하는 고속도로를 조용히 달려갔다.

"오빠." 차가 고속도로를 벗어나 시가지로 들어섰을 무렵, 미와코가 말했다. "정말 그 사람이 그랬을까?"

"그 사람이라니?"

"그 여자. 나미오카 준코 씨라고 했지?"

"아, 응." 미와코가 무슨 말을 하려는지 이해가 되었다. "그랬을 거야. 똑같은 약을 먹고 죽은 채 발견되었으니까. 그걸 우연이라고 생각할 수는 없어."

"하지만 경찰에서는 아직 아무 발표도 안 했어."

"보강 수사를 하는 단계일 거야. 그 사람들은 특별한 일이 없는 한, 수사 중간에는 발표를 하지 않아."

"그런 걸까?"

"무슨 말을 하고 싶은 건데?"

"딱히 하고 싶은 말이 있는 건 아니고, 어쩐지 이해가 안 되는 일이 몇 가지가 있어. 별거 아닌지도 모르지만."

"그게 뭐지? 말해봐. 아니면 나한테 말해봐야 별수 없는 일인가?"

"아니, 그런 건 아니고."

미와코는 희미하게 웃는 모양이었다. 하긴 전방을 주시해야 하는 나는 약간 그런 기척을 느꼈을 뿐이다.

"뭔가 부자연스러운 느낌이 들어. 독이 든 캡슐을 그 약병에 넣었다는 거……."

"부자연스러워? 그럼 호다카 씨가 독약을 먹은 경로가 다르다는 거야?"

"아니, 그 약병에 독이 든 캡슐이 섞여 있었던 건 틀림없을 거야. 그는 결혼식 전에 그 약 말고는 아무것도 안 먹었으니까."

"그렇다면 뭐가 부자연스럽다는 거지?"

"글쎄……. 부자연스럽다는 표현이 잘못된 건지도 모르지만, 나는 그 나미오카라는 여자가 넣었다는 게 아무래도 마음에 걸려."

"왜?"

"오빠 말을 들어보면, 그 여자는 마코토 씨의 집 정원에 잠깐 나타나기만 했고 곧바로 스루가 씨가 밖으로 데려갔잖아? 그렇다면 약병 근처에는 갈 수도 없었던 거 아닐까?"

"약을 넣었던 게 꼭 그날이라고는 할 수 없어. 그 여자는 예전에 호다카 씨의 연인이었어. 당연히 자유롭게 집에도 드나들지 않았을까? 아마 열쇠도 받았을 거고, 그 열쇠를 그에게 돌려주기 전에 복사 키를 만들었을 수도 있어. 그렇다면 언제

든 그 집에 몰래 들어가서 약병에 캡슐을 집어넣을 수도 있었겠지."

막힘없이 대답할 수 있었던 것은 이 문제에 대해 나도 생각했었기 때문이다. 미와코가 그 말을 하기 전부터, 5월 17일에 나미오카 준코가 독 캡슐을 넣어둘 기회가 없었다는 것은 계속 거실에 있었던 내가 가장 잘 알고 있다. 그렇기 때문에 더더욱, 나로서는 나미오카 준코가 약을 넣었다면 그건 언제였느냐 하는 점에 대해 생각해둘 필요가 있었던 것이다.

"그렇다면⋯⋯." 미와코는 말했다. "나미오카 씨는 무엇 때문에 그 정원에 나타났을까?"

"이별을 고하기 위해서?"

"마코토 씨에게?"

"응. 그 시점에 이미 그녀는 자살을 결심하고 있었어. 그래서 마지막으로 호다카 씨의 얼굴을 보고 싶었던 거 아닐까? 아, 이상한가, 이런 식으로 생각하는 건?"

"아니, 이상하지는 않은데⋯⋯."

"그럼 뭐가 마음에 걸리지?"

"나였다면 어떻게 했을까 하고 생각해봤어. 좋아했던 사람이 나를 배반하고 다른 여자와 결혼한다면 나는 어떻게 했을까⋯⋯."

"미와코는 죽거나 그러지 않을 거지?" 나는 그녀 쪽을 흘끔

보며 말했다. "그런 어리석은 짓을 해서는 안 되잖아."

"모르겠어, 막상 그런 때가 되어보지 않고서는." 그녀는 말했다. "단지 다른 사람에게 빼앗기느니 좋아하는 사람을 죽이고 나도 죽는 게 더 낫다는 심정은 이해할 수 있어."

"그렇다면 나미오카 준코의 행동도 이해할 수 있는 거 아니야?"

"기본적으로는 그래. 하지만……." 그녀는 잠깐 틈을 두고 나서 말을 이었다. "나였다면 그냥 혼자 내 방에서 죽는 그런 일은 안 할 거야."

"그럼 어떻게 하지?"

"가능하다면 사랑하는 사람을 먼저 죽이고, 그 사람 곁에서 나도 목숨을 끊고 싶다고 생각하지 않을까?"

"그 여자도 물론 그렇게 하고 싶었겠지. 하지만 그때는 그게 좀 어려운 상황이었잖아. 제삼자들이 그 자리에 있었으니까. 게다가 그 여자가 선택한 살해 방법은 정확히 자기 눈앞에서 호다카 씨가 죽는 것을 바랄 수 없는 방법이었어. 그가 독이 든 캡슐을 언제 먹을지 예측할 수 없었을 테니까. 게다가 그다음 날은 결혼식이고 그는 곧장 신혼여행을 떠나 당분간 돌아오지 않을 예정이었어. 아니, 그보다 그 신혼여행 중에 그가 죽었을 가능성이 더 높았겠지. 즉 그녀가 호다카 씨의 사체에 접근하는 것 자체가 이미 불가능한 상황이었어. 그렇다면 혼자 죽는 수밖에 없는 거 아닐까?"

"응, 그건 나도 알아. 그러니까 가능하면 그렇게 하고 싶다는 이야기야. 하지만 사랑하는 사람의 사체 곁에서 죽는 게 어려운 상황이라고 해도 전혀 관계없는 곳에서 죽는 건 나라면 싫었을 거야."

눈앞의 신호가 빨간색으로 바뀌어서 나는 천천히 브레이크를 밟았다. 차가 완전히 정지한 뒤에 그녀 쪽을 돌아보았다.

"그럼 어디서 죽지?"

"글쎄." 미와코는 고개를 갸웃거렸다. "역시 그 사람과의 추억이 가득한 장소가 아닐까?"

"이를테면?"

"그의 집이거나 집 근처에서." 작은 목소리지만 단언하는 말투였다. "그렇게 되면 자신의 죽음을 상대방에게 확실하게 알릴 수 있잖아. 근데 자기 방에서 혼자 조용히 죽으면 아무도 모를 거야. 상대에게 자신의 죽음을 알리지도 못한 채 홀로 죽어간다는 건 너무 쓸쓸한 일이야."

"흠, 그런가."

신호가 초록색으로 바뀌어서 나는 브레이크에서 발을 떼고 액셀을 밟았다.

그럴지도 모른다고 나는 생각했다. 나미오카 준코가 원했던 것은 어디까지나 동반 자살이었던 것이다.

"하지만 나미오카 준코가 자기 방에서 자살했다는 건 분명한 사실이야. 그러니 아무리 부자연스러워도 받아들일 수밖에 없어."

"그건 알지만." 미와코는 그렇게 말하고는 그뿐, 다시 침묵에 잠겼다. 이 침묵은 나를 불안하게 만들었다.

집에 도착했을 때는 완전히 해가 저물어 있었다. 헤드라이트 불빛이 젖은 노면에 반사되었다. 비는 그친 모양이었다.

주차장에 차를 넣기 전에 미와코를 먼저 내려주었다. 옆의 폭이 아슬아슬해서 차를 세우면 조수석의 문을 열 수 없는 것이다.

내가 주차장에서 나올 때까지 미와코는 집 앞에서 기다려주었다. 먼저 들어가 있어도 괜찮은데, 라고 나는 말했다.

"응. 어쩐지 들어가기가 좀……. 이곳은 이제 내 집이 아니라고 계속 나 혼자 다짐했었거든." 그렇게 말하고 미와코는 눈이 부신 듯이 우리의 낡은 집을 바라보았다.

"미와코, 너의 집이야." 나는 말했다. "무사히 결혼을 했더라도 그건 변하지 않아."

그녀는 눈을 떨구고 "그럴까?"라고 작은 소리로 중얼거렸다.

대문을 열려고 했을 때였다. "간바야시 씨"라고 부르는 소리가 났다. 나는 뒤를 돌아보았다. 길 반대편에서 한 남자가 다가오는 참이었다.

처음 보는 사람이었다. 키가 크고 어깨 폭이 넓은 탓인지 얼굴이 외국인처럼 작아 보이는 남자였다.

"간바야시 다카히로 씨, 그리고 미와코 씨지요?" 남자는 확인하듯이 물어왔다. 그 말투로 어떤 사람인지 알았다. 동시에 우울한 기분이 가슴에 퍼졌다. 오늘은 이대로 우리 둘이서만 조용히 있게 해줬으면 좋겠다고 생각했다.

하지만 남자는 내가 우려했던 행동에 나섰다. 즉 경찰수첩을 내밀면서 "경찰에서 나왔습니다. 잠깐 물어볼 게 있어서요"라고 말한 것이다.

"내일 해주실 수 없을까요? 오늘은 나도 여동생도 너무 지쳤어요."

"아, 미안해요. 오늘 가미샤쿠지이 쪽에서 장례식이 있었지요?" 형사가 말했다. 우리의 상복 차림을 보고 그렇게 판단했을 거라고 나는 생각했다.

"예, 그래서 지금은 1초라도 빨리 쉬고 싶은 생각뿐이에요." 나는 대문을 열고 미와코의 등을 가볍게 밀어 먼저 안에 들어가게 했다. 그리고 나도 그녀를 따라 들어가려고 했다. 하지만 뒷손으로 닫으려는 문을 형사가 슬쩍 밀었다.

"30분이면 됩니다. 아니, 20분만이라도." 그렇게 말하며 물고 늘어졌다.

"내일 해주세요."

"부탁합니다. 새로운 사실이 발견되었어요." 형사는 말했다.

그 말에 나는 반응을 보이고 말았다. "새로운 사실?"

"예, 여러 가지로." 형사는 내 눈을 똑바로 바라보았다. 날카롭고, 그리고 깊이가 있는 눈매였다. 내면에 그 자신이 만들어 낸 확고한 세계가 있다는 것을 그 눈은 말해주고 있었다. 그 세계로 빨아들이려는 강력한 힘이 그의 온몸에서 오라처럼 분출되고 있었다.

"오빠." 미와코가 내 뒤에서 말했다. "들어오시라고 할까? 나는 괜찮아."

나는 그녀 쪽을 돌아보며 가만히 한숨을 내쉬었다. 그리고 다시 형사를 보았다.

"30분이면 끝나겠어요?"

"네, 약속하죠."

나는 문에서 손을 뗐다. 형사는 그 문을 열고 안으로 들어왔다.

2

남자는 네리마 경찰서의 가가라고 이름을 밝혔다. 분명하게 말하지는 않았지만, 주로 나미오카 준코의 자살에 대해서만 조사하는 모양이었다. 관할 경찰서라면 합동 수사라고는 해도 행동이 제한되는 것인지도 모른다고 나는 나름대로 상상했다.

"우선 궁금한 것은 5월 17일 낮의 일이에요." 가가 형사는 현관의 신발장 옆에 선 채로 말했다. 거무스레한 양복을 입은 큼직한 남자가 앞에 서 있으니 마치 사신死神이 찾아온 듯한 느낌이 들었다. 미와코가 들어오시라고 말했지만 그는 여기서도 괜찮다, 고맙다, 라고 웃는 얼굴로 사양했던 것이다. 그 얼굴 표정에는 아마추어 스포츠맨이 시합 전에 보이는 듯한 호쾌한 긴장감이 담겨 있었다. 형사답지 않구나, 하고 나는 생각했다.

"나미오카 씨가 호다카 씨의 집에 갑작스럽게 찾아왔던 일이라면 벌써 다른 형사분에게 몇 번이나 말했는데요."

내 말에 가가는 꾸벅 고개를 끄덕였다.

"알고 있습니다. 하지만 내 귀로 확인하고 싶어서요."

나는 한숨을 내쉬었다. "17일의 어떤 것이 궁금하다는 겁니까?"

"우선 두 분의 행적부터 얘기해주시죠." 그는 수첩을 꺼내 메모하는 포즈를 취했다. "그날은 오전 중에 이 집을 나왔고, 밤에는 결혼식이 있었던 그 호텔에서 묵을 예정이었지요? 그 사이의 일을 되도록 상세하게 말해주십시오."

그 말투로 봐서는 "아침에 집을 나가 호다카 씨의 집에 들렀고 밤에는 호텔에 갔다"라는 정도의 간단한 설명으로는 통하지 않을 것 같았다. 어쩔 수 없이 나는 이따금 미와코의 조언을 청해가며 그날 우리가 체험했던 것을 상당히 자세한 부분까지 설명했다. 나로서는 이탈리안 레스토랑을 나와 호다카 일행과 헤어진 다음의 일은 말할 필요가 없다고 생각했지만, 가가 형사는 내 말을 중단시키지 않았다. 결국 나는 호텔 침대에 들어갈 때까지의 거의 모든 행적을 설명하게 되었다.

내 말을 듣고 급하게 메모를 하던 가가 형사가 그 손을 멈추고 10초쯤 뭔가 생각에 잠겼다가 얼굴을 들었다.

"그러면 오후 6시부터 8시경까지 미와코 씨가 미용실에 갔을 때를 제외하고는 두 분은 계속 함께 있었군요?"

"그렇습니다."

내 옆에서 미와코도 고개를 끄덕였다. 그녀도 나도 아직 상복을 입은 채였다.

"미와코 씨를 기다리는 동안에 당신은 호텔 라운지에 있었다고 했죠? 두 시간 정도나 되는데 계속 그 자리에만 있었어요?" 가가 형사가 물어왔다.

귀찮아서 그렇다고 대답해버릴까 생각했지만, 그의 날카로운 시선은 대충 넘어가도 조사하면 금세 다 밝혀진다고 말하는 것만 같았다.

어쩔 수 없이 나는 대답했다. "그사이에 잠깐 쇼핑을 하러 갔어요. 근처 서점에도 갔고 편의점에도 들렀습니다."

"서점과 편의점? 어디의 어떤 가게였는지 기억납니까?"

"가게 이름이 뭐였더라……." 전혀 기억이 나지 않았다. 하지만 그 대신 퍼뜩 생각나는 게 있었다. "아, 혹시……." 나는 호주머니에서 지갑을 꺼내 그 안을 뒤적였다. 생각했던 대로였다. 나는 지갑에서 한 장의 영수증을 꺼내 가가 형사에게 보여주었다. "이게 그때 갔었던 편의점에서 받은 영수증이에요."

그는 상의 안주머니에 손을 넣더니 흰 장갑을 꺼냈다. 그것을 재빨리 손에 끼고 내가 들고 있는 영수증에 손을 내밀었다.

"맞아요. 그 호텔 근처군요." 영수증에 인쇄된 편의점의 주소를 확인했는지 가가 형사는 말했다. "서점 쪽은?"

"서점에서 받은 건 없군요. 아마 버린 모양이네요. 하지만 장소는 기억합니다. 그 편의점 바로 옆이었어요."

"크라이튼의 책을 샀다고 했지?" 미와코가 옆에서 말했다.

"응."

"마이클 크라이튼?" 가가 형사가 물었다. 표정이 약간 부드러워진 것처럼 보였다.

"네, 문고본 상하 두 권을 샀습니다."

"그러면 혹시『폭로』라는 책?"

"엇, 맞아요." 나는 조금 놀라서 형사의 얼굴을 쳐다보았다. 크라이튼의 이름쯤은 알고 있다고 해도 대개는『쥬라기 공원』이나『잃어버린 세계』를 떠올리는 게 보통이었기 때문이다. "잘 아시네요"라고 나는 말했다.

"그냥 직감이에요." 형사는 빙그레 웃으면서 말을 이었다. "『에어프레임』도 재미있죠."

크라이튼의 팬이었구나, 하고 나는 그제야 이해했다.

"편의점에서는 술과 안주를 사셨군요." 가가 형사는 영수증을 보며 말했다.

"자기 전에 마시려고 샀어요. 잠을 설치면 다음 날 안 좋을 거 같아서."

"아, 그렇군요. 충분히 그러실 수 있죠." 가가 형사는 나와 미와코를 번갈아 보더니 고개를 끄덕이며 말했다. 다음 날이 결혼식이었다는 게 새삼 생각난 모양이었다. 하지만 내가 그날 밤 쉽게 잠들지 못했던 진짜 이유에 대해서는 이 혜안慧眼의 형사도 알지 못할 터였다.

그는 영수증을 손끝으로 잡고 슬쩍 흔들었다. "이건 내가 가져가도 되겠지요?"

그러세요, 라고 나는 말했다. 그런 게 수사에 도움이 될 것 같지는 않았다. 하지만 형사는 상의 안주머니에서 작은 비닐봉지를 꺼내 귀중품을 다루듯이 그 안에 조심스럽게 영수증을 넣었다. 그의 호주머니에는 그 밖에 어떤 것들이 들어 있을까, 나는 좀 물어보고 싶은 기분이었다.

"미와코 씨가 미용실에서 볼일을 마친 뒤에는 두 분이 일식집에서 식사를 하고 각자의 방으로 돌아갈 때까지 계속 함께 있었다고 했는데, 그것을 증명하는 건 가능할까요? 이를테면 누군가를 만났다든가." 가가 형사가 다음 질문으로 넘어갔다.

나는 노골적으로 미간을 찌푸려 보였다. 증명, 이라는 말이 거슬렸던 것이다.

"나와 여동생이 둘이서만 행동했다는 게 뭔가 문제가 됩니까?"

그러자 가가 형사는 고개를 저었다. "아뇨, 그런 건 아니에요."

"근데 왜……."

"5월 17일의 관계자들의 행적을 정리하려는 것뿐이에요."

"그 목적이 뭔데요? 물론 우리도 간접적으로는 나미오카 준코 씨와 관련이 있겠지요. 하지만 그 사람이 자살했다고 우리가 이렇게까지 조사를 당할 이유가 있습니까? 서점이나 편의점에 다녀온 것까지 증거품을 챙기고, 오누이가 함께 보낸 시간까지 증명해야 할 만큼 우리가 수상한 사람들입니까?"

나는 그리 화가 난 건 아니었지만 일부러 거친 말투로 내뱉었다. 이 형사에게는 단 1점이라도 우위를 차지하고 싶다는 생각 때문이었다.

가가 형사는 잠시 침묵하고 있었다. 그러고는 손목시계를 들여다보았다. 이런 입씨름으로 시간을 허비하는 건 원치 않는다는 표정이었다.

"유키자사 씨도 똑같은 말을 하더군요. 그날 자신의 행적이 이번 사건과 무슨 관계가 있느냐고."

"그게 정상적인 반응이라고 생각하는데요."

한 차례 한숨을 내쉬고 그는 말했다. "단순한 자살이라고는 생각할 수 없어서 그래요."

"예?"라고 나는 되물었다. "그건 무슨 뜻입니까?"

"별다른 뜻은 없어요. 단순한 자살이라고는 생각할 수 없다, 그것뿐입니다."

"나미오카 준코 씨의 죽음이 자살이 아니라는 건가요?"

"그건 아직 뭐라고도……. 어쩌면 자살 그 자체는 사실인지 모르지만, 그 이면에 뭔가가 숨겨져 있을 가능성이 있어요. 호다카 마코토 씨 살해사건과 관련된 중대한 뭔가가." 거기까지 말을 마치더니 가가는 헛기침을 했다. "물론 이건 너무 지나친 생각이고 결국 아무 일도 아니었다는 결론이 나올 가능성도 있죠. 하지만 우리로서는 일단 조사를 해야 합니다."

"몹시 애매한 말씀이군요. 좀 더 분명하게 말해줄 수 없어요?"

"그러면 이렇게 말씀드리면 어떨까요." 가가 형사는 말했다. "누군가가 나미오카 준코 씨의 자살에 관여했을 가능성이 있어요. 우리는 그게 누구인지를 조사하고 있습니다."

"관여?" 나는 되물었다. "관여라니, 어떤 식으로요?"

"거기까지는 아직 밝힐 수 없어요." 형사는 말했다.

나는 팔짱을 꼈다. 곁에서 미와코가 뭔가 할 말이 있는 듯한 눈치였다. 하지만 나는 되도록 그녀에게는 말을 시키고 싶지 않았다.

"우리는 그 일과는 아무 관련도 없습니다. 그날, 호다카 씨 일행과 헤어진 뒤에 분명 우리는 둘이서만 있었어요. 계속 호텔에 있었다는 것을 증명해줄 사람은 없습니다. 하지만 우리는 나미오카 씨의 자살과는 일절 아무 관계도 없어요."

가가 형사는 진지한 표정으로 내 이야기를 듣고 있었다. 하지만 내 말을 얼마나 받아들였는지는 명확하지 않았다.

"잘 알겠습니다." 그는 고개를 끄덕이며 말했다. "지금 해주신 말씀은 수사에 참고하죠. 그러면 다음 질문으로 넘어갈까요?"

다음 질문은 나미오카 준코가 호다카의 정원에 나타났던 상황에 대한 것이었다. 가가는 호다카의 집 내부가 표시된 간단한 도면을 꺼내더니 나미오카 준코가 나타났던 장소며 그때 각자가 어디에 있었는지 등을 지극히 상세하게 질문했다. 그리고 미와코에게는 호다카 마코토가 상용하던 비염약이 보통 어디에 보관되어 있었는지, 그 도면 위에서 설명해달라고 말했다.

"지금 해주신 말들을 종합해보면……." 손에 든 도면을 바라보며 가가 형사는 말했다. "17일에 한해서는 나미오카 준코 씨가 약병에 접근하는 건 불가능했겠군요."

"그 점에 대해 아까 여동생과도 이야기를 했었어요." 나는 그렇게 말해보았다.

뜻밖이라는 듯이 가가가 얼굴을 들었다. "그래서요?"

"그 여자가 독 캡슐을 넣어둔 건 그날이 아니라 다른 날일 거라는 얘기를 했어요. 그러지 않고서는 설명이 안 되니까요."

하지만 가가 형사는 고개를 끄덕이지 않았다. 오히려 과학자가 실험 결과를 바라보는 듯한 눈빛으로 나를 바라보았다. 등에 한기가 들 만큼 냉철한 시선이었다.

그 눈에 서서히 감정 비슷한 것이 깃들기 시작했다. 그와 동시에 형사의 입가가 헤실헤실 풀어졌다.

"두 분도 이번 사건에 대해 나름대로 추리를 해보셨군요?"

"그야 뭐, 조금쯤은 했죠. 생각하고 싶지 않아도 생각이 나니까요." 나는 흘끔 미와코 쪽을 살펴보았다. 그녀는 시선을 떨구고 있었다.

가가 형사는 수첩과 안내도 등을 상의 주머니에 챙겨 넣었다.

"오늘 물어볼 것은 이상이에요. 피곤하실 텐데 협조해주셔서 고맙습니다."

"아뇨." 나는 손목시계를 보았다. 그가 집에 들어오고 26분이 지나 있었다.

"그나저나……." 그는 빙그르르 주위를 둘러보았다. "훌륭한 집이군요. 품격이 느껴집니다."

"아버지가 지은 집이니까요. 그냥 평범한 집이에요. 게다가 이제 너무 낡았죠."

"아뇨, 그렇지 않아요. 세세한 부분을 보면 알 수 있습니다. 여기서 사신 지는 몇 년이나 되었어요?" 가벼운 어조로 가가 형사가 물어왔다.

"몇 년인가……." 나는 미와코를 돌아보았다. 그녀도 생각에 잠긴 얼굴이 되었다. 나는 형사에게 말했다. "집안에 사정이 있어서 우리는 한참 동안 여기서 살지 못했어요."

그러자 가가 형사는 이미 다 알고 있다는 얼굴로 말했다. "네, 두 분이 각각 다른 친척분 집에서 자라셨다는 얘기는 들었습니다."

나는 허를 찔린 마음으로 일순 대꾸할 말을 잃었다.

"그런 것까지 조사했습니까?"

"앗, 죄송합니다. 일부러 뒤를 캐본 건 아니고요, 여기저기 탐문 조사를 하다 보면 그런 얘기가 저절로 귀에 들어오거든요."

어떤 탐문 조사였는지 의아했지만 더 이상 물어보지 않기로 했다.

"5년째예요." 내가 말했다.

"예?"

"나와 여동생이 이 집에 돌아온 지 5년이 되었다고요."

"아, 예, 5년." 가가 형사는 입을 한일자로 꾹 다물고 나와 미와코를 번갈아 바라보며 천천히 숨을 내쉬었다. 두툼한 가슴이 오르락내리락했다. 그리고 입을 열었다. "5년 동안 두 분이 힘을 합해 살아오셨군요."

"뭐, 그런 셈이죠." 나는 말했다.

가가 형사가 고개를 끄덕였다. 그리고 자신의 손목시계를 보았다. "아차, 약속한 시간이 지났네. 그만 일어나야겠군요."

"네, 그렇게 해주시죠." 나는 머리를 숙이며 말했다.

가가 형사는 직접 현관문을 열고 나갔다. 나는 봉당으로 내려가 열쇠를 잠그려고 그 문 앞으로 갔다.

그 순간, 갑작스럽게 바깥쪽에서 문이 열렸다. 나는 놀라서 흠칫 뒤로 물러섰다. 문 틈새로 가가 형사의 얼굴이 나타났다.

"아, 미안해요. 알려드릴 게 있었는데 깜빡했어요."

"뭔데요?"

"이번 사건에서 사용된 독약 캡슐 말인데요. 입수 경로가 거의 확인됐어요."

"아, 예⋯⋯. 약 이름이 뭐라고 했지요?"

"초산 스트리크닌이에요. 조사해본 바로는 역시 나미오카 씨가 근무하던 동물 병원에서 몰래 가져온 것이었어요."

"그렇군요." 예상했던 것이었기 때문에 딱히 놀라지 않았다. 가가 형사가 굳이 다시 문을 열고 알려줄 만큼 대단한 정보는 아니라고 생각했다.

"동물 병원 원장의 얘기로는 그 약을 가져간 시기를 특정할 수가 없다는군요. 관리가 허술했는지도 모르지만 설마 조수가 그걸 꺼내다 악용할 줄은 상상도 못 했다고 변명을 하더라고요. 하긴 그 점은 약간 동정의 여지는 있죠."

"동감입니다." 그렇게 말하며 나는 점점 답답함이 쌓여갔다. 가가 형사의 진의를 파악할 수가 없었다. "그래서요?"

"문제는 캡슐 쪽이에요." 그는 마치 비밀 이야기라도 털어놓는 것처럼 속닥속닥 말했다.

"그게 뭐가 문제인데요?"

"간바야시 씨도 아시겠지만, 이번에 사용된 캡슐은 호다카 씨가 상용하던 비염약과 똑같은 것이었어요. 그 내용물만 바꿔치기했던 것이죠."

"예, 알고 있어요."

"나미오카 씨가 그 비염용 캡슐을 어떤 약국에서 샀는지 지난 2, 3일 동안 계속 조사해봤는데, 어제 드디어 찾아냈어요. 나미오카 씨가 살던 맨션에서 4킬로미터나 떨어진 곳의 약국이었습니다."

"그래요? 그럼 나미오카 준코 씨가 독약 캡슐을 만들었다는 건 확실해졌겠군요."

"예, 그렇습니다. 하지만 한 가지 큰 문제가 생겼어요." 가가 형사는 검지를 번쩍 세우며 말했다.

"뭔데요?"

"그 약국의 점원에 의하면······." 여기에서 가가 형사는 미와코 쪽을 흘끔 쳐다보더니 다시 내 얼굴로 시선을 돌리며 말했다. "나미오카 씨가 문제의 비염약을 샀던 게 금요일 낮이었다는 거예요."

앗, 하고 나는 입 안에서 놀란 소리를 냈다. 그 소리가 가가 형사에게도 들렸는지도 모른다. 하지만 그는 떨떠름한 얼굴로 고개를 좌우로 흔들었다. 그리고 말했다. "해결해야 할 큰 숙제가 생겼지 뭡니까. 이제부터 서에 돌아가 찬찬히 고민해봐야죠."

뭔가 대답을 해야 한다는 생각에 나는 내심 초조했다. 하지만 할 말이 생각나지 않았다. 그러자 가가 형사는 "그럼 이번에는 진짜로 실례하겠습니다"라고 말하고 다시 문을 닫았다.

닫힌 문을 마주하고 나는 우두커니 서 있었다. 온갖 생각이 머릿속을 내달렸다. 그때 등 뒤에서 "오빠"라고 부르는 소리가 들렸다.

나는 퍼뜩 정신을 차리고 우선 문부터 잠갔다. 그러고는 몸을 돌렸다. 그때까지 내내 현관홀에 서 있던 미와코와 눈이 마주쳤지만 내 쪽에서 먼저 시선을 돌려버렸다.

"좀 피곤하다." 그렇게 말하고 나는 그녀 옆을 지나 내 방으로 향했다.

3

노트북을 켰지만 키보드에 손가락을 얹고 있을 뿐 전혀 글자를 두드릴 마음이 나지 않았다. 글이 떠오르지 않는 것이다. 하지만 모레까지 반드시 정리해야 할 리포트가 있었다. 이렇게 가다가는 내일은 철야를 해야 할 것 같다.

나는 옆에 놓인 커피 잔을 잡으려다가 이미 빈 잔이라는 것을 깨닫고 손을 툭 뗐다. 다시 한 잔 더 챙겨 올까 하다가 그러려면 1층의 주방까지 가야 한다는 게 생각나서 망설여졌다. 귀찮아서 그런 게 아니다. 미와코와 얼굴을 마주치는 게 왠지 두려운 것이었다.

조금 전에 커피를 가져오려고 내려갔을 때, 그녀는 다이닝 테이블에 신문을 펼쳐놓고 심각한 얼굴로 기사를 읽고 있었다. 어떤 기사인지는 먼눈으로도 금세 알 수 있었다. '인기 작가 호다카 마코토, 결혼식 중에 변사'라는 굵은 제목이 보였기 때문이다. 그녀 옆에는 최근 며칠 치의 신문이 쌓여 있었다.

"오빠, 아까 그 가가 형사가 했던 얘기, 어떻게 생각해?" 내가 커피 메이커를 세팅하고 있으려니 그녀가 말을 건네왔다.

"무슨 얘기?" 나는 시치미를 떼고 물었다. 실은 그녀가 무슨 말을 하려는지는 충분히 알고 있었다.

"나미오카 준코 씨가 비염약을 샀던 게 금요일이라는 거."

"아, 응." 나는 애매하게 고개를 끄덕였다. "나도 좀 놀랐어."

"나는 조금만 놀란 게 아니야. 아주 많이 놀랐어. 그렇게 되면 나미오카 씨가 독이 든 캡슐을 넣을 기회는 전혀 없었다는 얘기잖아?"

나는 커피 메이커가 주르륵 소리를 내며 유리 용기에 진한 갈색 액체를 떨어뜨리는 것을 말없이 지켜보았다. 어떻게든 그녀가 동의할 만한 설명을 생각해내려고 했지만 묘안은 떠오르지 않았다.

"혹시 그녀가 독을 넣은 게 아니라면 다른 누군가가 마코토 씨를……." 그 상상이 너무나 무서운 것이라서인지 그녀는 말끝을 흐렸다.

"이제 그만해." 나는 말했다. "독이 든 캡슐을 만든 게 나미오카 준코라는 건 분명한 사실이야. 그렇다면 그녀가 독을 넣었다고 생각하는 게 맞겠지."

"하지만 그럴 기회가 전혀 없었잖아."

"그건 나도 모르겠어. 아직은 그럴 기회가 없었던 것처럼 보

256

이지만, 분명 우리가 깜빡 놓친 뭔가가 있었을 거야."

"그럴까······."

"그래. 그거 말고 뭘 생각할 수 있겠어?"

미와코는 대답하지 않고 손에 든 신문에 시선을 떨구었다. 침묵 속에서 커피 향기가 집 안을 가득 채워갔다.

"이 뉴스 기사에는 나미오카 씨의 집에 독이 든 캡슐이 몇 개 더 남아 있었다는 거야. 혹시 누군가가 그중 하나를 훔쳐내서 마코토 씨에게 먹였다고 생각할 수도 있지 않을까?"

"누군가라는 게 누구지?" 나는 물었다.

"그것까지는 아직 알 수 없지. 하지만 가가 형사가 말했잖아. 나미오카 씨의 자살에는 다른 사람이 관여되어 있을지도 모른다고. 그렇다면 그 사람이 훔쳐냈다고 할 수도 있지 않을까?"

"그 형사는 그저 얼핏 생각난 것을 얘기한 것뿐이야." 나는 잔에 커피를 따랐다. 손이 떨려서 바닥에 조금 흘렸다.

미와코는 더 이상 아무 말도 하지 않았다. 지그시 신문을 들여다볼 뿐이었다. 그녀의 머릿속에서 어떤 생각이 번져가고 있는지, 나는 상상도 할 수 없었다. 깊은 생각에 잠긴 듯한 그녀의 표정을 보고 있으려니 우리 둘 사이에 투명하고 두툼한 벽이 생긴 것만 같았다. 나는 반쯤 도망치는 듯한 심정으로 커피 잔을 들고 주방을 나왔던 것이다.

그리고 한 시간쯤이 지났다.

미와코가 아직도 그 어슴푸레한 다이닝 테이블에서 턱을 괴고 온갖 꺼림칙한 상상을 펼치고 있을지 모른다고 생각하니 도무지 그곳에 내려갈 용기가 나지 않았다.

나는 결혼식 당일의 일을 떠올렸다. 그날 아침, 내 방에 끼워져 있던 협박장에 대한 것이다. 즉시 태워버렸지만 거기에 적혀 있던 내용만은 내 기억 속에 낙인이 되어 있었다.

당신과 간바야시 미와코의 오누이를 뛰어넘은 꺼림칙한 관계가 세상에 공표되기를 원하지 않는다면 동봉한 캡슐을 호다카 마코토의 비염약 캡슐에 섞어 넣어라—.

그 협박장을 보낸 사람은 다음의 세 가지 조건을 갖추고 있다는 얘기다. 첫 번째로는, 나와 미와코의 관계를 알고 있다. 두 번째는, 호다카 마코토가 비염약을 상용한다는 것을 알고 있다. 그리고 세 번째로는, 내가 그 호텔의 어떤 방을 쓰는지 알고 있다—. 특히 세 번째 조건은 의외로 범위가 좁았다. 그건 프런트에 물어보는 것만으로는 알 수 없는 일이었다. 그날 우리는 간바야시라는 이름으로 싱글룸 두 개를 확보했었다. 내가 그 둘 중의 어떤 방을 사용했는지는 프런트 직원도 알지 못했을 터였다.

토요일 밤, 호텔에서 각자의 방으로 헤어질 때, 미와코는 분명 유키자사 가오리와 호다카 마코토에게 전화를 해야 한다고 말했었다. 그 전화에서 미와코가 우리의 방 번호를 두 사람에게 말했을 가능성이 크다. 그리고 호다카는 그것을 다시 스루가 나오유키에게 말했을 가능성이 큰 것이다.

그 점을 생각하면 협박장을 보낸 사람은 범위가 크게 줄어든다. 우선 호다카 마코토 본인과 미와코겠지만, 그들은 일단 제외해도 무방할 것이다.

그렇다면 스루가 나오유키와 유키자사 가오리, 그 둘 중의 한 사람이 나를 이용해서 호다카를 죽이려고 했다는 건 거의 틀림이 없다. 두 사람 모두, 직접 독약을 섞어 넣는 것보다 내 손을 빌리는 게 경찰이 움직였을 경우에도 훨씬 더 안전하다고 생각했을 것이다.

다음으로, 범인이 그 둘 중의 한 사람이라고 한다면 독이 든 캡슐은 어떤 경로로 입수한 것일까. 이것은 역시 미와코가 말했던 대로, 범인은 어떤 형태로든 나미오카 준코의 자살과 관련이 있었고, 직접 그녀의 방에서 훔쳐 왔다고 생각하는 것이 옳을 것이다.

나는 17일 점심때, 유령처럼 나미오카 준코가 나타났던 때의 일을 머릿속에 떠올렸다. 그때는 스루가 나오유키가 그녀를 밖으로 쫓아냈지만, 그 전에 상당히 친한 사이처럼 얘기를 하고 있었다. 그리고 경찰의 말에 따르면 스루가 나오유키는 나미오카 준코와 같은 맨션에서 살고 있다. 그렇다면 그가 한

발 앞서 나미오카 준코의 사체를 발견했을 가능성이 있다. 사체를 발견했는데도 곧바로 신고하지 않고 거기에 편승해서 호다카 마코토를 살해할 계획을 세웠다, 라는 건 충분히 생각할 수 있는 일이다.

나는 스루가 나오유키의 뾰족한 턱이며 움푹 들어간 눈을 떠올렸다. 그가 호다카 마코토를 살해할 만한 동기가 있었는지 어떤지는 알지 못한다. 하지만 그들을 지켜본 바로는 두 사람이 우정으로 맺어진 사이인 것 같지는 않았다. 아마도 금전적으로 유지되어온 관계였을 것이다. 그렇다면 남들이 상상할 수 없는 증오가 두 사람 사이에 얽혀 있었는지도 모른다.

한편 유키자사 가오리 쪽은 어떤가. 그녀와 나미오카 준코 사이의 연결 고리는 아직까지는 눈에 띄지 않는다. 그러면 동기는 어떤가.

그녀는 호다카 마코토의 담당자이기도 했다. 그래서 업무적인 면만을 생각한다면 호다카의 사망으로 그녀는 불리한 입장이 된다. 개인적으로는 과연 어땠을까.

실은 유키자사 가오리를 만나면서 몇 번이나 느꼈던 것이 있었다. 이 여자가 혹시 호다카와 관계가 있었던 게 아닐까, 하는 것이다. 근거라고 할 만큼 분명한 뭔가는 없다. 미와코와 함께 호다카에 대한 이야기를 나눌 때의 표정이나 말투에서 문득문득 그런 느낌이 들었던 것에 지나지 않는다. 하지만 만일 그게 나만의 착각이 아니라고 한다면 어떤가. 호다카에게 배신당한 복수를 했다고 생각할 수도 있지 않을까.

그리고 또 한 가지가 있다. 미와코의 일이다.

유키자사 가오리는 미와코를 자신이 발견한 보물이라고 생각하고 있었다. 어떤 의미에서는 친혈육보다 더한 사랑을 기울이고 있다. 그럴 만큼 소중한 보물을 호다카 마코토처럼 속물스런 남자에게는 절대로 넘겨주고 싶지 않다고 생각했다면 어떻게 되는가.

나는 깍지 낀 손으로 머리 뒤를 받치고 의자에 털썩 몸을 기댔다. 등받이의 금속이 삐걱거리는 소리를 냈다.

협박장을 보내서 나를 이용해 호다카 마코토를 죽이려고 했던 게 그 두 사람 중 누구인지는 아직 결론을 내릴 수 없다. 하지만 그 둘 중의 한 사람이라는 것만은 분명했다.

이렇게 둘 중 누구인지 분명하게 밝히지 못한 채 시간을 보낼 수는 없다. 그게 누구인지 알아내지 않고서는 내가 앞으로 어떻게 대처해야 할지 알 수 없게 되는 것이다.

계단 밑에서 작은 소음이 들려왔다. 미와코는 아직도 호다카 마코토를 죽인 범인에 대해 생각하고 있는 걸까. 나는 빈 커피 잔을 움켜쥐며 몸에 꾸욱 힘을 주었다.

유키자사 가오리의 장

1

호다카 마코토의 장례식 다음 날, 즉 5월 23일 오후, 나는 게이힌 급행을 타고 요코하마로 향했다. 간바야시 미와코를 만나기 위해서였다. 어제는 그녀가 바로 화장장에 가버렸고 나는 묘한 형사에게 붙잡혀 있었기 때문에 느긋하게 이야기를 나눌 기회가 없었다.

전차 출입문 옆에 서서 창밖으로 흘러가는 경치를 멍하니 바라보며 나는 어제 가가 형사와 나눈 대화를 되새기고 있었다.

가가는 명백히 호다카의 죽음에 의문을 품고 있었다. 정확히 말하자면, 호다카를 살해한 범인이 나미오카 준코라는 설을 부정하는 눈치였다.

그 근거는 무엇일까. 캡슐 개수가 맞지 않는다는 것을 지적했지만, 꼭 그것만은 아닐 터였다. 그 밖에도 또 다른 의문점이나 모순점을 찾아냈는지도 모른다.

나미오카 준코의 사체를 옮기던 스루가와 호다카의 행동을 되짚어보다가 나는 그만 끌끌 혀를 차고 싶은 심정이 되었다. 아무리 갑작스러운 일이었다지만 그렇게 허술한 방법으로 실어 날랐으니 남의 눈에 띄지 않는 게 도리어 이상할 것이다. 어쩌면 누군가 그들을 목격하고 경찰에 신고했는지도 모른다. 혹은 결정적인 물증을 남겼을 수도 있다. 어떤 것이든 그런 증거를 바탕으로 가가가 움직이고 있다면 상황은 머리가 아플 만큼 귀찮은 방향으로 굴러가게 된다.

하긴 뭐, 가가가 지금보다 더 많은 것을 알아낸다 해도 나로서는 전혀 두려워할 필요가 없다. 나한테로 불똥이 튈 일은 없을 터였다. 호다카 마코토의 죽음에 내가 어떻게 관여되어 있는지, 그건 내가 고백하지 않는 한 어느 누구도 알지 못한다.

시나가와에서 10여 분 만에 요코하마에 도착했다. 전차에서 내리자마자 플랫폼의 계단을 향해 경쟁하듯이 걸어가는 사람들은 얼마든지 앞서가시라고 양보하면서 나는 그 자리에 서서 심호흡을 했다. 어제의 짜증스러운 날씨와는 정반대로 오늘은 하늘이 파랗게 빛나고 있었다. 공기는 따스하고 이따금 불어오는 바람은 상쾌했다.

나는 내 안에 새로운 힘이 깃드는 것을 느꼈다. 손가락과 발가락 끝까지 골고루 기운이 뻗치는 것 같았다. 그리고 최근 몇 년 동안 거의 맛본 적이 없는 상쾌한 느낌이 가슴에 퍼졌다. 보기 흉하게 문드러졌던 마음속 상처가 말끔하게 제거된 것이다.

어제 장례식에서의 일이 뇌리에 되살아났다. 날씨와 마찬가지로 어둡고 음울한 의식이었다.

그때 나는 눈물이 쏟아지려고 했었다. 옛날의 나 자신에 대한 눈물이었다. 생각해보면 어제의 장례식은 나 자신의 장례식이기도 했던 것이다.

하지만 그 순간에 내 삶은 되살아났다. 돌이켜보면 나는 지난 몇 년 동안 호다카 마코토에 의해 살해된 상태로 살아왔는지도 모른다. 아니, 무서운 저주가 걸려 있었는지도 모른다. 그런 저주가 어제 사르르 풀렸던 것이다.

남의 눈만 없다면 팔을 쭉 펴고 기지개를 켜고 싶은 기분이었다. 그리고 이렇게 외치고 싶었다. 나는 이겼어, 나 자신을 다시 찾았어—.

바로 곁에 거울이 있었다. 거기에 비친 것은 금세라도 웃음이 터질 듯한 내 얼굴이었다. 자신감이 넘쳤다. 그리고 자존심도 있었다.

또 한 가지 꼭 하고 싶은 말이 있었다. 이 자리에서 그 말을 외치는 나 자신을 상상했다. 내가 그 남자를 죽음으로 인도했어, 저 호다카 마코토를—.

그 상상은 내 마음을 한껏 즐겁게 해주었다. 양심의 거리낌 따위 털끝만큼도 없었다. 그것에 새삼 만족하며 나는 계단을 향해 걸음을 옮겼다. 중간에 샐러리맨인 듯한 남자와 어깨가 부딪혔다. 남자는 미안하다는 말도 없이 부루퉁한 시선을 내게 던졌다.

"미안해요." 나는 빙긋 웃으며 다시 걸음을 옮겼다.

간바야시 미와코와는 그녀의 집에서 만나기로 했다. 아직 시간이 좀 남은 것을 확인하고 나는 쇼핑센터 안에 있는 대형 서점을 들여다보기로 했다. 물론 목적이 있어서였다.

서점에 들어가 망설임 없이 곧장 문학서 코너로 찾아갔다. 베스트셀러와 화제의 책 등이 첩첩 쌓여 있는 곳이다.

나는 코너 앞에 서서 재빨리 둘러보았다. 내가 만든 책이라면 아무리 수많은 책 속에서도 한순간에 찾아낼 수 있었다. 앞쪽에서 두 번째 줄에 간바야시 미와코의 책 두 권이 나란히 놓인 것을 발견했다.

예상했던 대로야. 나는 득의의 미소를 지었다. 호다카 마코토의 죽음은 그에 대한 뉴스일 뿐만 아니라 간바야시 미와코에 관한 중대 뉴스이기도 한 것이다. 현재의 인기와 화제성으로 보자면 '결혼식 도중에 돌연히 사망한 호다카 마코토'보다 '결혼식 도중에 돌연히 신랑을 잃은 간바야시 미와코'가 훨씬 더 세상의 주목을 받고 있다. 대형 서점이 이런 절호의 기회를 놓칠 리 없다.

이대로 나간다면 다음 주 초에는 증쇄에 들어갈 것이다. 부장이 어리벙벙 정신을 놓고 있다면 내가 엉덩이를 때려서라도 재촉해야 한다.

하지만 미와코의 책 옆으로 시선을 옮겼을 때, 내 기쁨의 몇 퍼센트쯤이 날아가버렸다. 그것은 호다카의 책이었다. 꽤 오래전의 책까지 다섯 권이나 진열되어 있었다.

어처구니가 없었다. 왜 이런 작자의 책을 몇 권씩이나 진열해주는가. 돌연 살해되었다고 세상 사람들이 이미 한물간 작가의 책에 관심을 가질 거라고 생각하다니, 정말 어리석다.

미와코의 책 옆에 진열해둔 것도 마음에 들지 않았다. 이래서는 문학적 가치까지 똑같은 수준으로 취급된다. 정말 말도 안 돼.

그런 생각을 하고 있는데 내 옆에 있던 젊은 여자가 미와코의 책을 집어 들었다. 그리고 책장을 넘겼다.

그 책을 사요―. 나는 마음속으로 주문을 외웠다. 오래도록 편집 일을 해왔지만 내가 담당한 책이 서점에서 팔리는 모습을 직접 본 적은 없었다.

그 여자는 잠시 망설이다가 결국 책을 덮어 원래의 자리에 돌려놓았다. 나는 마음속에서 발을 동동 굴렀다.

하지만 다음 순간, 믿을 수 없는 일이 일어났다. 그 여자가 또 다른 미와코의 책을 집어 들고 그대로 계산대를 향해 걸음을 옮겼던 것이다. 나는 그녀의 등을 눈으로 따라갔다. 계산대가 혼잡해서 줄을 서야 하는 모양이다. 줄을 서서 기다리는 동안에 마음이 바뀔 수도 있는데. 나는 초조했다. 남자 점원의 꾸무럭거리는 손놀림이 답답하기만 했다.

드디어 미와코의 책을 든 여자의 차례였다. 점원이 책에 커버를 씌우고 여자는 지갑에서 돈을 꺼냈다. 이제 됐어—.

아무래도 내 운세가 호전되는 모양이다. 들어왔을 때보다 훨씬 더 후련한 기분으로 나는 서점을 나섰다.

2

앞으로 반드시 생각해야 할 일은 어떻게 하면 미와코에게서 한시바삐 호다카의 그림자를 지워버리느냐 하는 것이다. 그런 남자와 계속 한 세트로 취급된다면 미와코의 장래에 치명상이 될 수 있다. 하지만 나는 걱정하지 않는다. 대중이 망각하는 데는 선수라는 것을 뼈에 스미도록 잘 알고 있다.

요코하마에서는 택시를 탔다. 미와코의 집은 옛날 가옥들이 남아 있는 주택지에 있었다. 다시 그 집에 갈 수 있다는 게 너무나 기뻤다. 그 결혼식이 별 탈 없이 끝났더라면 미와코를 담당하는 한, 나는 계속 호다카 마코토의 집에 들락거렸어야 했다. 그리고 두 사람의 결혼 생활을 두고두고 지켜봤어야 하는 것이다. 그걸 생각하면 오싹 소름이 돋는다. 새삼 가슴을 쓸어내리며 안도했다.

약속 시간 3분 전에 도착했다. 현관의 차임벨을 눌렀다. 네, 라는 미와코의 목소리. "나야, 유키자사"라고 나는 마이크 쪽을 향해 말했다.

"일찍 오셨네요." 그녀는 말했다.

"그런가?" 나는 내 시계를 보았다. 이게 틀리지는 않을 텐데.

"지금 열게요." 난폭하게 스위치를 누르는 소리가 났다.

나는 약간 안 좋은 예감이 들었다. 미와코의 목소리에서 딱딱함이 느껴졌기 때문이다. 하긴 사건이 일어난 지 겨우 5일밖에 지나지 않았다. 아직 평정을 찾지 못하는 게 당연한지도 모른다.

현관문이 열리고 미와코가 나왔다. "안녕하세요?"

"안녕?" 웃음을 던지며, 나는 내 예감이 옳았다는 것을 확신했다. 미와코는 어제 장례식장에서 봤을 때보다 더 안색이 창백하고 초췌했다.

오늘 오기를 잘했다. 방문을 미뤘다면 손쓰기가 어려울 참이었는지도 모른다.

"들어오세요."

"응, 그래."

문을 지날 때, 주차장 쪽을 흘끔 쳐다보았다. 흐릿한 색깔의 볼보가 오늘은 보이지 않았다. 간바야시 다카히로는 대학에 나간 모양이었다. 미와코와 찬찬히 대화하기에 딱 좋은 기회였다.

미와코의 짐은 아직 돌아오지 않았다고 한다. 그래서 1층 다이닝 테이블을 쓰기로 했다. 지금까지는 그녀의 방에서 작은 접이식 테이블을 끼고 마주 앉아 회의를 하곤 했다.

다이닝 테이블 한쪽에 신문이 쌓여 있었다. 그뿐만 아니라 그 신문을 군데군데 가위로 잘라낸 것 같았다. 미와코가 커피를 준비해주는 동안 나는 그중 한 장을 펼쳐보았다. 예상했던 대로 사회면 일부가 잘려나가고 없었다. 어떤 기사가 실려 있었는지는 굳이 물어보지 않아도 알 만했다.

커피를 잔에 따르던 미와코가 신문을 들척이는 내 모습을 보고 잠깐 거북한 얼굴을 했다.

"아, 미안해요. 치워놓으려고 했는데."

나는 일부러 한숨을 내쉬며 신문을 다시 접었다. 그리고 팔짱을 끼고 미와코를 올려다보았다. "사건 기사를 스크랩하는 거야?"

그녀는 소녀처럼 꾸벅 고개를 끄덕였다.

나는 다시 한번 한숨을 내쉬었다. "스크랩해서 뭐 하려고?"

하지만 미와코는 대답하지 않았다. 두 개의 커피 잔을 쟁반에 얹고 각각의 받침 접시에 커피 크리머를 곁들여 느릿느릿 들고 나왔다. 그러면서 나한테 어떻게 설명할지 생각하고 있는 걸까.

그녀는 내 앞과 자기 앞에 커피 잔을 내려놓고 눈을 내리뜬 채 의자에 앉았다. 그리고 천천히 입을 열었다.

"내 나름대로 사건을 정리하고 해석해보려고요."

"해석?" 나도 모르게 미간이 좁혀졌다. "해석이라니, 무슨 소리야?"

"그러니까……." 미와코는 커피 크리머를 뜯어 잔에 흘려 넣었다. 그리고 티스푼으로 조용히 휘저었다. 일부러 그러는 건 아니겠지만 나를 답답하게 만드는 효과는 있었다. "실제로는 어떤 일이 있었는지 알아보고 싶어요."

"실제로는? 그게 무슨 뜻이야?"

"마코토 씨 사망의 이면에 무엇이 있었는가 하는 거."

"이상한 소리를 하네. 신문 기사 읽어봤잖아? 그렇다면 무슨 이유 때문에 그가 살해되었는지는 미와코도 잘 알 텐데?"

"나미오카 준코라는 여자가 강제로 동반 자살을 꾀했다는 거 말인가요?"

그래, 라고 나는 고개를 끄덕였다.

미와코는 커피를 한 모금 마시더니 고개를 갸우뚱하니 기울였다. "정말 그런 걸까요?"

"왜, 뭔가 마음에 안 드는 거라도 있어?"

"어제 형사가 찾아왔었어요. 네리마 경찰서의 가가 형사라는 분."

"아, 그 사람." 나는 고개를 끄덕였다. 날카로운 눈빛과 얼굴 생김새가 눈에 떠올랐다. "나도 만났었어. 미와코 일행이 화장장에 가 있는 동안에."

"그러고 보니 유키자사 씨에게도 이야기를 들었다는 말을 했었어요."

"내 알리바이를 캐묻더라니까. 어이없게도 5월 17일의 알리바이를." 나는 어깨를 으쓱 쳐들어 보이고 커피 잔에 손을 내밀었다.

"우리에게도 똑같은 질문을 했어요. 토요일의 행적을 꽤 자세하게 물어봤어요."

"그 형사, 머리가 어떻게 됐나 봐. 신경 쓸 거 없어."

"가가 형사는 나미오카 준코 씨의 자살에 제삼자가 관여했을 거라고 하던데요."

그런 말까지 했는가. 내 입 안에 씁쓸한 것이 퍼졌다.

"무슨 근거로 그런 얘기를 하지? 대체 제삼자라는 게 누군데?"

"그건 말해주지 않았지만……."

미와코의 대답에 나는 우선 안도했다.

"그냥 해보는 소리야. 세상의 주목을 받는 사건이니까 경찰 내에서 어떻게든 눈에 띄어보려고 설치는 거지. 아무튼 미와코는 그런 것에 괜히 휘둘릴 거 없어." 약간 강한 어조로 말해보았다.

"그래도……." 미와코가 얼굴을 들었다. "나미오카 준코 씨는 독이 든 캡슐을 넣을 기회가 없었어요."

"뭐라고?" 나는 그녀의 얼굴을 마주 보았다. "그건 또 무슨 말이야?"

미와코는 가가 형사에게서 들은 말이며 간바야시 다카히로의 증언을 이야기했다. 그것을 종합해본다면 분명 나미오카 준코에게는 약을 몰래 넣을 기회가 없었다.

하지만 선뜻 동조할 수는 없었다. 적잖이 충격을 받았지만 미와코의 이야기를 들은 뒤에도 나는 표정을 바꾸지 않도록 주의하며 "겨우 그거야?"라고 가볍게 무시해주었다.

"프로급 소매치기는 사람들이 뻔히 앞에서 지켜보고 있어도 언제 훔쳐 갔는지도 모르게 훔쳐 가는 법이야. 도둑맞은 쪽에서는 당했다는 것조차 깨닫지 못하는 경우가 대부분이라는 거야. 그러니 경찰이 눈독을 들여도 도무지 잡히지 않는 전문적인 꾼이 있는 거 아니겠어. 나미오카 준코라는 여자가 살인 전문가라는 말은 아니지만, 우연이었든 뭐였든 아무튼 사람들이 눈치채지 못할 때에 독을 넣은 모양이지, 뭐." 내가 생각해도 설득력이 떨어지는 얘기라고 생각했지만 그래도 침묵하고 있는 것보다는 나았다.

"아무도 눈치채지 못할 그런 때가 있었을까요?" 역시 미와코는 수긍하지 않았다.

이를테면, 이라고 나는 말했다. "그 여자가 비염약을 샀던 게 금요일이랬지? 그럼 약을 사자마자 자기 집에 돌아가서 독약 캡슐을 만들었고 당장 그날 밤에 호다카 씨 집에 몰래 들어갔던 거 아닐까?"

나쁘지 않은 설명이라고 내심 만족했지만, 미와코의 표정은 바뀌지 않았다.

"그건 나도 생각해봤는데, 역시 어려운 일이에요. 왜냐면 금요일에는 마코토 씨가 계속 집에 있었어요. 저녁때쯤 우리 집에 전화를 했는데 밤새 신혼여행 갈 준비를 할 거라고 말했어요. 그런 상황에서 나미오카 씨가 몰래 그 집에 들어갈 수 있었을까요?"

그건 지당한 말이었다. 모순을 잡아낼 여지가 없었다. 하지만 거기에 감탄하고 있을 수는 없다. 나는 충분히 시간을 들여

커피를 마셨다. 얼굴 표정은 평정, 하지만 머릿속은 패닉 상태였다. 어떻든 이 토론에서 질 수는 없었다.

"이런 건 상상하고 싶지도 않고 말하고 싶지도 않지만……." 나는 마침내 머릿속에 떠오른 것을 초고속으로 정리하면서 말했다. "나미오카 준코 씨가 꼭 몰래 들어갔다고만은 할 수 없어. 어쩌면 몰래 들어갈 필요가 없었는지도 몰라."

미와코가 눈을 깜빡였다. 내가 무슨 말을 하려는지, 아직 알아차리지 못한 듯했다.

"당당하게 현관으로 들어갔을 가능성도 있다는 거야. 호다카 씨가 오라고 했는지 아니면 그녀가 갑작스레 찾아갔는지 그건 모르겠지만."

그제야 미와코는 내 말을 알아들은 모양이었다. 커다란 눈이 더 큼직해졌다.

"금요일 밤에 만났다는 거예요? 마코토 씨가 그 여자를?"

"전혀 있을 수 없는 일은 아니잖아?"

"설마……. 그는 이틀 뒤에 결혼할 사람이었어요." 미와코의 눈썹이 팔자를 그렸다.

나는 한숨을 내쉬고 입술을 혀로 핥았다. 성공이야, 내 페이스에 말려들었어.

"이런 거 알아? 결혼을 앞둔 남자들 중에는 총각일 때 마지막으로 옛 연인을 만나보려고 하는 얼간이들이 꽤 많다는 거.

물론 그냥 만나는 게 아니라 섹스도 하려는 거야."

미와코는 강하게 고개를 저으며 불쾌감을 드러냈다. "그런 건 믿을 수 없어요. 다른 사람은 모르겠지만 그 사람이 그런 짓을 한다는 건……."

"미와코." 나는 똑바로 그녀를 바라보았다. "나도 이런 말은 하고 싶지 않아. 하지만 실제로 호다카 씨는 나미오카 준코 씨의 마음을 갖고 놀았어. 유감스럽지만 그는 그런 남자였어."

"마코토 씨는 독신이었어요. 나와 사귀기 전에 연애를 했어도 그건 이상한 일이 아니에요."

"아니, 사귀기 전이 아니야." 나는 말했다. 분명하게 해두지 않으면 안 되는 일이었다. "미와코와 사귀는 동안에도 그 여자와의 관계는 계속되었어. 그래서 그 여자가 호다카 씨와 미와코의 결혼 소식을 듣고 격분한 거야. 그렇잖아?"

"마코토 씨 쪽에서는 헤어질 생각이었는데 나미오카 씨가 계속 거부했을 수도 있어요." 미와코는 궁지에 몰린 듯한 눈빛으로 말했다. 그 얼굴은 영락없는 소녀였다.

나는 답답했다. 세상 물정 모르는 이 아가씨의 눈이 번쩍 뜨일 만한 일격이 실은 한 가지가 있었다. 나와 호다카의 관계를 털어놓으면 되는 것이다. 하지만 그 일을 말한다는 건 나와 미와코의 관계가 끝난다는 것을 의미한다.

나는 커피를 마시며 다시 한번 작전을 쥐어짰다. 그리고 한 가지 생각이 떠올랐다.

"임신했던 적이 있어, 그 여자." 나는 말했다.

앗, 하고 미와코의 입이 벌어졌다. 허를 찔린 듯한 표정이었다.

"나미오카 준코는 호다카의 아이를 가졌었어. 물론 낙태를 한 모양이지만. 이건 근거 없이 하는 말이 아니야. 스루가 씨에게서 직접 들은 얘기야. 매스컴에서는 아직 모르고 있는 사실이고."

"거짓말⋯⋯."

"거짓말이라고 생각되면 스루가 씨에게 확인해봐도 돼. 지금이라면 스루가 씨도 사실대로 말해줄 거야. 여태까지는 호다카 씨가 철저히 입단속을 시켰으니까. 스루가 씨가 이런 말을 하더라. 그 여자는 불과 며칠 전까지도 호다카 씨가 자기와 결혼해줄 거라고 믿고 있었대. 언젠가는 꼭 결혼해줄 테니까 기다리라는 말을 믿고 낙태를 허락했던 거야."

마지막 부분은 스루가에게서 들은 말이 아니라 내가 추측해서 한 말이었다. 하지만 분명 틀림없는 얘기일 거라는 확신은 있었다. 호다카는 그런 인간인 것이다.

역시나 충격을 받았는지 미와코는 입을 꾹 다물고 지그시 테이블만 바라보았다. 오른손의 손가락이 커피 잔에 걸린 채였다. 매니큐어를 바르지 않은 가느다란 손가락을 보고 있으려니 그녀가 너무나 가엾다는 생각이 들었다.

276

사실을 말하자면 내가 나빴던 것이다. 내가 그런 남자를 소개해주지 않았더라면 이런 사태가 빚어지는 일도 없었다. 그러니 나는 책임감을 갖고 미와코를 다시 일으켜 세우지 않으면 안 되는 것이다.

"미와코." 나는 목소리에 다정함을 담았다. "전부터 물어보려고 했는데, 그 사람의 어디가 그렇게 좋았어?"

미와코가 천천히 내 쪽을 바라보았다. 그 검은 눈동자를 향해 나는 말을 이었다. "미와코처럼 현명한 사람이 왜 그런 남자를 좋아하게 됐을까? 난 정말 알 수가 없어."

물어보면서 나는 마음속에서 자조했다. 너도 한때는 좋아했었잖아.

"아마도……." 그녀가 입을 열었다. "나와 유키자사 씨는 그 사람의 전혀 다른 면을 봤을 거예요."

"지킬 박사와 하이드?"

"그런 게 아니라 각도가 다르면 똑같은 것도 전혀 다르게 보인다는 거예요."

그녀는 곁의 찬장에 손을 내밀어 커피 가루가 든 깡통을 집어 들었다. 그리고 그것을 옆으로 눕혀서 테이블에 올려놓았다.

"이렇게 하면 유키자사 씨 쪽에서는 길쭉한 네모처럼 보이지요? 하지만 내 쪽에서는 동그라미로 보여요."

"그러니까 나는 그의 좋은 면을 못 봤다는 건가?" 내 말에 미와코는 조용히 고개를 끄덕였다. 그것을 보고 나는 다시 말했다. "하지만 미와코 씨도 그의 나쁜 면은 못 본 거잖아."

"추한 면이 없는 사람은 없어요. 그 사람도 예외가 아니라고 항상 생각했어요."

"그래도 역시 충격을 받았잖아?"

"아주 조금. 하지만 금세 익숙해질 테니까 괜찮아요." 미와코는 오른손을 이마에 대고 그 팔꿈치를 테이블에 짚었다. 아픔을 견디고 있는 것처럼 보였다.

악질적인 신흥종교에 사로잡힌 딸을 어떻게든 눈뜨게 하려고 애를 태우는 부모의 심정이 조금쯤은 이해가 되었다. 이런 때에 말이란 너무나 무력하다.

하지만 얼마 전까지만 해도 그게 바로 내 모습이었다. 호다카 마코토와 사귄다는 건 어느 누구에게도 말하지 않았지만, 혹시 누군가 그의 정체를 모조리 다 아는 사람이 내게 당장 헤어지라고 조언을 해주었다고 해도 나는 그 말에 귀를 기울이지 않았을 것이다.

"알았어. 이제 그만하자." 나는 두 팔을 슬쩍 쳐들었다. 항복의 포즈였다. 그리고 그 손을 테이블 위에 털썩 떨어뜨렸다. "한창 사랑에 빠져 있을 때에 갑자기 사라졌으니 그럴 만도 하지. 남들이 무슨 말을 해도 실감이 나지 않을 거야. 느닷없이 그 사람을 미워하라고 해봤자 그게 될 리가 없겠지. 그러니까 그건 그것대로 괜찮아. 그 대신 내 부탁 하나만 들어줘."

미와코가 나를 바라보았다. 그 눈은 발갛게 충혈되어 있었다. 당장이라도 눈물이 떨어질 것 같았다.

"그 사건은 빨리 잊어버리도록 노력해줘. 나도 곁에서 도와줄 테니까."

내 말을 듣자마자 그녀는 다시 눈을 내리떴다. 나는 두 팔을 테이블에 짚고 몸을 앞으로 내밀었다.

"우리 팀장은 내가 오늘 여기 오겠다고 하니까 은근슬쩍 반대를 하더라고. 사건 터진 지 얼마 안 되어서 아직은 미와코 씨가 힘겹고 혼란스러울 거라면서. 한참 동안 그냥 편히 쉬게 해주는 게 좋다나 어쨌다나. 하지만 나는 그렇게 생각하지 않았어. 지금 당장 미와코를 꼭 만나야 한다고 생각했어. 만나서 미와코에게 시를 쓰라고 말해야 한다고 생각했어."

그녀는 몸을 숙인 채 고개를 저었다. 내 말을 온몸으로 거부하고 있었다.

"왜?" 나는 물었다. "지금 그럴 경황이 없을 만큼 슬퍼서? 하지만 슬픔이 클수록 그 슬픔을 시로 표현해야 하지 않을까? 미와코는 시인이잖아. 아니면 그저 하늘하늘 꿈같은 것만 쓰는 게 시라고 생각하는 거야?"

나도 모르게 목소리가 커졌다. 안타까운 마음 때문이었다. 미와코, 어서 빨리 다시 일어서. 호다카 마코토 같은 놈은 어서 빨리 다 잊어버려.

미와코는 손을 테이블 아래로 늘어뜨렸다. 넋이 나간 듯한 얼굴로 공간의 한 점을 응시하고 있었다.

"난 이번 일을 충분히 이해할 수 있을 때까지 시는 안 쓸 거예요."

"미와코……."

"이 사건에 대해 분명한 대답을 얻을 때까지 안 쓸래요. 쓰고 싶지도 않고, 아마 쓸 수도 없을 거예요."

"아무리 그래도 지금 우리가 알고 있는 것 이외의 대답 같은 건 어디에도 없어."

"만일 그렇다고 해도 그게 확실해질 때까지 나한테 이 사건은 끝나지 않을 거예요." 허공에 시선을 던지고 그렇게 말한 뒤에 미와코는 가만히 머리를 숙였다. "죄송해요."

나는 고개를 뒤로 젖히고 천장을 올려다보았다. 후우, 하고 기나긴 한숨이 배 속에서 터져 나왔다.

"나미오카 준코가 아닌 다른 사람이 호다카 씨를 죽였다는 거야? 대체 어떻게?"

"모르겠어요. 하지만 독을 넣을 수 있었던 사람은 그리 많지 않았어요."

나도 모르게 그녀를 보았다. 그 말만 묘하게 냉정한 말투였기 때문이다. 미와코의 표정 자체가 조금 전까지의 흐트러진 모습에서 어딘지 냉랭한 것으로 바뀌어 있었다.

그 얼굴을 내게로 향하며 미와코는 물었다. "결혼식 직전에 나는 필 케이스를 유키자사 씨에게 맡겼어요. 그 뒤에 그 필 케이스를 어떻게 하셨죠?"

3

미와코의 집을 나올 즈음에는 4시를 넘어서고 있었다. 나는 택시가 잡히는 큰길까지 나가려고 남쪽을 향해 걸었다. 미적지근한 바람이 뺨을 훑고 지나갔다. 먼지가 살갗에 휘감겨 몹시 불쾌했다. 이런 날씨를 아까는 어떻게 상쾌하다고 생각했을까.

결국 미와코를 그 사건의 속박에서 해방시키지 못했다. 그녀는 의심이라는 사슬로 온몸이 꽁꽁 묶여 있었다. 그것을 풀어내지 않고서는 내 말은 단 한 마디도 그녀의 귀에 들어가지 않을 터였다.

하지만 아무리 그래도 나까지 의심을 하다니―.

물론 딱히 나만을 의심한다는 얘기는 아니었다. 사건을 해결하기 위해서는 독이 든 캡슐이 누구의 손을 어떻게 거쳐 갔는지 분명히 밝힐 필요가 있기 때문에 나한테도 명확한 설명을 해달라고 한 것이다. 하지만 "필 케이스를 어떻게 하셨죠?"
라고 물어보는 미와코의 눈빛은 이 사건에서는 단 한 사람도
예외는 없다고 준엄하게 말하고 있었다.

어떻게 하면 미와코를 이해시킬 수 있을까. 어떻게 하면 그
녀의 머릿속에서 이번 사건과 호다카 마코토를 지워버릴 수
있을까.

멍하니 생각에 잠겨 걷고 있을 때였다. 옆에서 클랙슨 소리
가 울렸다. 깜짝 놀라 소리 나는 쪽을 돌아보았다. 바로 옆 길
에서 낯익은 자동차가 서행하고 있었다.

나는 발을 멈췄다. "지금 돌아오는 길이에요?"

"예." 볼보의 운전석에서 간바야시 다카히로가 희미하게 웃
었다. "우리 집에 다녀오는 모양이지요?"

"네. 미와코와 회의를 하다가 방금 나오는 길이에요."

"그래요?" 간바야시 다카히로는 뜻밖이라는 듯 눈이 둥그레
졌다. 미와코의 현재 상태는 그도 잘 알고 있을 터라서 나와
회의를 했다는 게 선뜻 믿어지지 않는 모양이었다.

"실은 일 얘기는 거의 못 했어요."

내가 말하자 그는 그제야 알겠다는 듯한 얼굴로 고개를 끄
덕였다.

"그랬겠지요. 그건 그렇고, 어떻게 돌아갈 거예요?"

"택시 타고 요코하마까지 나갈 생각인데요."

"그럼 내가 태워다드리죠. 타세요." 그는 조수석의 도어록을 해제했다.

"아뇨, 됐어요, 미안해서."

"괜찮습니다. 게다가 상의할 일도 있어요."

"상의?"

"물어보고 싶다, 라고 하는 게 맞을까요?" 간바야시 다카히로는 의미심장하게 말끝을 올렸다.

이 사람과 둘이서만 있는 건 별로 내키지 않았지만, 딱히 거절할 이유가 없었다. 게다가 그의 속내를 알아보고 싶은 마음도 있었다.

"그럼 감사히." 나는 조수석 쪽으로 돌아갔다.

"미와코하고는 어떤 이야기를 했어요?" 차가 달리기 시작하자 곧바로 그가 질문을 던져왔다.

"뭐, 이것저것." 나는 말끝을 흐렸다. 내 쪽에서 카드를 내보일 필요는 없었다.

"이번 사건에 대한 이야기라든가?"

"네, 그 이야기도 좀 했죠."

"미와코가 뭔가 얘기했어요?"

"어제 형사가 왔었다고 하던데요."

"그래서요?"

"그래서라뇨?"

"그것에 대해 미와코는 뭐라고 안 하던가요?"

"형사가 왔던 일에 대해서요?" 나는 고개를 갸웃거렸다. "미와코는 별말 안 했어요. 나는 그 형사 이야기를 듣고 사건은 이미 해결되었는데 뭘 또 조사할 게 있나, 하고 생각했지만요."

간바야시 다카히로는 앞을 바라본 채 가만히 고개를 끄덕였다. 명백하게 미와코가 무슨 말을 했는지 궁금해하고 있었다. 그들 오누이 사이에서 이번 사건에 대해 어떤 대화가 오고 갔는지, 나 역시 너무나 궁금했다.

"이번 일에 대해 두 분이 이야기한 적 있어요?" 나는 물어보았다.

"별로 얘기도 못 했어요. 미와코가 내내 방에 틀어박혀 있어서." 퉁명스러운 대답이었다. 정말 그런 것인지 아니면 뭔가를 감추려는 것인지, 판단이 서지 않았다.

나는 그의 옆얼굴을 바라보았다. 소년처럼 깨끗한 피부, 나도 모르게 키스하고 싶은 마음이 들 만큼 단정한 모습이지만 어딘가 인조인간 같은 얼굴이었다. 백화점 신사복 매장에 서 있는 마네킹이 머릿속에 떠올랐다.

"그 나미오카 준코라는 여자 말인데요." 그의 입술이 움직였다. "유키자사 씨는 그 여자를 알고 있었어요?"

"아뇨, 전혀 몰랐어요."

"그럼 나와 마찬가지로 지난주 토요일에 그 여자를 처음 본 건가요?"

"네. 근데, 그게 왜요?"

"아뇨, 호다카 씨에게 그런 여자가 있었다는 것을 스루가 씨 이외에 아는 사람이 또 있었는지 궁금해서요. 당신은 호다카 씨의 담당이기도 했고."

"내가 미리 알았다면 미와코가 그 사람과 결혼하는 건 어떻게든 막았겠죠." 나는 단호하게 말해주었다.

간바야시 다카히로는 핸들을 쥔 채로 흘끔 이쪽을 쳐다보며 "그건 그렇군요"라고 고개를 끄덕였다.

요코하마역이 가까워지자 길이 막히기 시작했다. 나는 적당한 곳에 내려달라고 말했다.

하지만 그 말에는 대답하지 않고 그가 다시 물었다. "호다카 씨와는 오래되었던가요?"

"오래되다니요?"

"두 분의 교제 말이에요. 말하자면 그를 담당한 기간이라고 할까요?"

아, 네, 라고 나는 고개를 끄덕였다. "4년이 좀 넘던가?"

"그럼 꽤 오래되었군요."

"그런가요? 하지만 꼭 그렇지도 않아요. 그가 최근에는 전혀 우리 쪽 일을 해주지 않았기 때문에 그저 명목만 담당자였죠."

"하지만 개인적으로도 꽤 친했던 거 같은데. 미와코를 호다카 씨에게 소개해준 것도 당신이었지요?"

무슨 소리를 하려는 건가, 이 남자. 나는 경계의 선을 더욱 강하게 쳤다. 자칫 방심하고 있다가는 생각지도 못한 곳에서 카운터펀치가 날아올지도 모른다.

"친했다고 할 정도는 아니에요. 미와코 씨를 소개해준 것도 우연히 내가 양쪽을 다 담당했다는 그 이유뿐이었어요."

"그래요? 하지만 지난주 토요일에 레스토랑에 함께 갔을 때, 두 분의 모습을 보면서 서로 깊은 속내까지 잘 아는 듯한 느낌이 들었는데."

"어머, 그러셨어요? 그건 좀 뜻밖이네요. 어쩌다 파티 같은 데서 만나도 서로 말도 안 하는 일이 더 많았는데?"

"아니, 그런 것 같지는 않았어요." 간바야시 다카히로는 앞쪽으로 시선을 고정한 채 말했다.

아무래도 넌지시 떠보려는 모양이다. 무슨 근거로 그런 말을 하는지는 모르지만 나와 호다카의 관계를 의심하는 눈치였다. 어떻든 이유도 없이 이런 탐색을 할 리는 없고, 아마 나한테 호다카를 죽일 만한 동기가 있었는지 알아보려는 것일 터였다. 하지만 하필 나한테 눈독을 들인 이유가 무엇일까.

어찌 됐건 이런 얘기는 그다지 환영할 만한 것이 아니었다.

"아, 여기쯤에서 내려주세요. 그다음은 걸어가면 되니까." 나는 말했다.

"바쁘신가요? 어디 가서 차라도 한잔하실래요?" 간바야시 다카히로가 그렇게 말했다. 지금까지 지켜본 그의 성격으로 보자면, 내게 절대로 말할 리 없는 제안이었다.

"나도 그러고 싶은데 안타깝게도 시간이 없네요. 교정 마감 때문에 지금부터 회사로 다시 들어가야 하거든요."

"그래요? 정말 유감이군요."

도로 왼편에 정차할 수 있는 공간이 있었다. 그는 차의 속도를 낮추고 신중하게 핸들을 꺾으며 그쪽으로 다가갔다.

"고마워요. 덕분에 편하게 왔어요." 나는 가방을 들고 내릴 준비에 들어갔다. 차가 멈추면 즉시 문을 열 수 있도록 문손잡이에 손을 얹고 있었다.

"아뇨, 도리어 더 늦었는지도 모르겠어요. 아참, 그렇지." 차를 세우자마자 그가 말했다. "컴퓨터는 갖고 있던가요?"

"컴퓨터? 아뇨, 없는데요."

"그래요? 아, 실은 내 친구 중에 컴퓨터 게임을 만드는 녀석이 있는데 모니터해줄 사람을 찾는 모양이에요. 하지만 컴퓨터가 없다면 어쩔 수가 없군요. 그러면 유키자사 씨는 주로 워드프로세서를 쓰는 모양이지요?"

나는 고개를 저었다.

"부끄러운 얘기지만 컴퓨터도 워드프로세서도 없어요. 편집자가 직접 글을 쓰는 일은 의외로 거의 없거든요. 교정지에 빨간 표시를 넣는 건 당연히 손으로 직접 써야 하고요."

"그런가요?" 간바야시 다카히로는 탐색하는 듯한 눈빛으로 지그시 나를 바라보았다.

"그럼 이만. 정말 고마웠습니다."

"아뇨, 다음에 또 오십시오."

나는 차에서 내린 다음 차체의 뒤쪽을 돌아 인도로 올라갔다. 운전석에 앉은 간바야시 다카히로에게 가볍게 인사를 건네고 그대로 발걸음을 옮겼다. 후유, 한 차례 숨을 내쉬었다.

대화하기 힘든 남자다. 마음속을 읽어내기가 너무 어렵다. 저 남자만 아니었다면 미와코의 이번 결혼에 찬성 같은 건 하지도 않았을 것이다. 저 남자에게서 미와코를 떼어내기 위해서는 상대가 호다카라도 어쩔 수 없다고 포기했던 것이다.

횡단보도가 보여서 거기를 건너기로 했다. 차도는 여전히 자동차로 붐비고 있었다. 횡단보도를 건너면서 간바야시 다카히로의 볼보는 어디까지 갔을까, 하고 무심코 먼 곳에 시선을 던졌다.

볼보는 20미터쯤 뒤쪽에 있었다. 거의 조금 전 그 자리였다. 차가 막혀서 간바야시 다카히로는 어지간히 답답할 터였다. 하지만 그렇게 생각하면서 운전석 쪽을 바라보던 나는 흠칫 발을 멈춰버렸을 만큼 가슴이 철렁했다.

간바야시 다카히로가 여전히 내 쪽을 빤히 쳐다보고 있었던 것이다. 핸들에 양손을 얹고 그 손등에는 턱을 얹고 있었다. 하지만 눈은 이쪽을 향한 채였다. 게다가 그것은 뭔가를 관찰하는 학자의 눈이었다.

나는 고개를 돌리고 서둘러 그 자리를 떠났다.

스루가 나오유키의 장

1

차에 타는 일가족을 보고 나는 암담한 기분이 들었다. 세상 사람들이 꺼리는 일가족의 전형적인 사례였다.

마흔 살이 넘은 듯한 아빠는 뚱뚱하게 살이 쪘다. 세 살 남짓한 딸아이의 손을 잡고 있었다. 그 딸아이 역시 다리가 햄처럼 통통했다. 그리고 그들보다 좀 더 피둥피둥한 엄마 쪽은 오른팔 하나로 아기를 안았다. 남은 왼손에는 불룩한 종이봉투를 들고 있었다. 아마 외출할 때 쓰는 유아 용품으로 꽉꽉 채워져 있을 것이다.

미토역에서 도쿄로 돌아오는 전차는 텅텅 비어 있었다. 4인용 좌석을 차지하고 넉넉하게 앉아 다리를 맞은편 자리에 얹고 신문을 읽고 있던 참이었다. 하지만 그런 편안한 시간은 길게 이어지지 않았다. 다른 빈자리도 많았지만 대개 두 사람이나 세 사람이 앉아 있어서 방금 올라탄 비만 가족이 모두 함께 앉을 만한 자리는 없었다.

아기 엄마가 내 자리 쪽을 보았다. 나는 순간적으로 시선을 쓰윽 돌리면서 창밖의 야경을 보았다.

"여보, 저기, 저기!"

피둥피둥한 아기 엄마가 맹렬한 기세로 이쪽으로 달려오는 게 창유리에 비쳤다. 차 바닥을 구르는 진동까지 느껴지는 것 같았다.

그녀는 우선 종이봉투를 내 옆자리에 던졌다. 그 자리에 앉겠다는 의사 표시인 모양이다. 나는 어쩔 수 없이 앞자리에 올렸던 다리를 내렸다.

뒤를 이어 아이 아빠가 다가왔다.

"야아, 마침 빈자리가 있었네."

아빠가 먼저 앉으려고 했다. 그 즉시 딸이 징징거렸다. 자기가 창가에 앉겠다는 것이다.

"그래, 그럼 마 짱이 거기 앉아라. 신발도 벗고."

아빠가 딸을 돌봐주고 있었다. 아기 엄마 쪽은 짐을 그물 선반에 얹으려고 끙끙거리고 있었다.

한바탕 소란을 떤 뒤에 드디어 일가족이 자리를 잡고 앉았다. 아기를 안은 엄마는 내 옆자리에 앉고 그 맞은편에는 아빠가 앉았다. 그리고 그 옆자리, 즉 내 앞자리에는 되바라진 딸이 앉는 구도였다.

"미안해요, 소란스럽게 해서." 그제야 아빠 쪽에서 내게 사과를 했다. 그다지 미안해하지도 않는 듯한 말투였다. "아뇨, 괜찮습니다"라고 대답할 수밖에 없었다.

펼칠 공간이 없어서 신문은 착착 접어 한쪽으로 치워버렸다. 옆자리의 아기 엄마가 좌석의 반 이상을 점거해버려서 비좁기 짝이 없었다. 자연스럽게 몸을 뒤척이면서 내 자리가 좁다는 무언의 항의를 해봤지만 여자의 큼직한 엉덩이는 전혀 움직일 기미를 보이지 않았다.

나는 넥타이를 약간 느슨하게 풀었다. 상복을 입고 있으면 그렇잖아도 옥죄이는 듯한 느낌이 드는데, 게다가 이런 가족까지 만나다니 오늘은 정말 운수 사나운 날이다.

부부간에 뭔가 주절주절 떠들기 시작했다. 듣고 싶은 마음은 전혀 없는데 귀에 들어왔다. 무슨 이야기를 하는지 처음에는 알아듣지 못했다. 이윽고 친척 험담이라는 게 서서히 잡혀왔다. 누구는 아기 축의금을 쩨쩨하게 넣었다느니 누구는 술버릇이 고약하다느니 하는 이야기였다. 이제 막 태어난 아기를 보여주러 고향에 다녀오는 길인 모양이었다. 두 사람 모두 말하는 억양이 약간씩 이상했다. 이바라키 사투리구나, 하고 나는 알아봤다. 아니, 새삼스럽게 알아봤다고 할 일도 아니었다. 아무튼 바로 조금 전까지 그 사투리 속에 폭 빠져 있었던 것이다.

호다카 마코토의 두 번째 장례식은 그의 고향 마을 회관에서 이루어졌다. 하지만 본 장례식은 이미 끝난 터라서 한마디로 고향 사람들에 의한 추도회追悼會인 셈이었다. 10평 남짓한 큰 방에 친척들과 이웃 사람들이 모여, 배달해준 요리를 먹고 술을 마시면서 호다카의 죽음을 애도한다는 것이었다.

호다카 마코토의 인기는 벌써 옛날에 절정기를 지났다고 인식하고 있었는데 그 사람들 속에 있다 보니, 아니, 아직은 쓸만한 인물이었구나, 라는 생각이 절로 들었다. 그는 고향에서는 여전히 스타였다. 추도회에 참석한 사람들 모두가 그의 작품을 알고 있었고 그를 자랑스럽게 생각했다. 내 맞은편 자리에서 눈물을 글썽이는 노부인이 있어서 호다카와 친하게 지내시던 분이냐고 물어봤다. 이웃에 살고 있지만 그를 만나본 적은 없다고 말했다. 그래도 동네에서 가장 출세한 인물이 불행한 일을 당했다고 생각하니 눈물이 멈추지 않는다고 했다.

물론 그것으로 그의 인기가 아직 살아 있다고 생각하는 건 착각일 뿐이다. 추도회에 모인 사람들의 입에서 나오는 호다카의 에피소드는 그가 한창 인기를 누리던 시절의 잔재였다.

소설로 상을 받았다, 베스트셀러에 오른 작품이 영화가 되어 대히트를 쳤다는 둥의 이야기는 하나같이 몇 년 전의 일인 것이다. 그들 중에서 호다카가 제작한 영화가 크게 실패해서 호다카 기획이 내리막길로 치닫는 원인이 되었다는 것을 알고 있는 사람은 한 명도 없는 것 같았다.

추도회 중간쯤에 호다카 미치히코가 자리에서 일어나 친척과 지역 유력 인사들에게 연설을 청했다. 한마디로 웃기는 짓이었다. 지명된 사람들은 사전에 부탁을 받았는지 미리 연설문을 준비해 온 모양이었다. 하지만 따분하고 지리멸렬한 문구를 줄줄이 늘어놓는 건 결혼 피로연에서의 판에 박힌 연설과 똑같았다. 게다가 이쪽은 제한 시간도 없어서 각각의 연설이 피로연보다 훨씬 길었다. 듣는 것은 고사하고 거기 앉아 있는 것만도 고통이었다. 나는 자꾸만 터져 나오는 하품을 참느라고 생고생을 했다.

그런 내 눈이 번쩍 뜨인 것은 호다카 미치히코 때문이었다. 느닷없이 나를 지명했던 것이다. 오랜 세월 고인과 동고동락하신 분의 말씀을 꼭 들었으면 합니다, 라는 것이었다.

사양하려고 했지만 그걸 허락해줄 분위기가 아니었다. 어쩔 수 없이 나는 앞으로 나가 청중이 좋아할 만한 이야기 두세 가지를 대충 늘어놓았다. 호다카와 취재 여행을 떠났을 때의 일이며 작품이 성공하여 둘이서 축배를 들었다는 둥의 이야기였다. 내 이야기에 눈물을 흘리는 사람이 있는 것을 보고 약간 각색까지 해버렸던 건 나의 과잉 서비스였는지도 모른다.

추도회에 출판 관계자를 비롯한 업계 쪽 인사들이 한 사람도 참석하지 않은 것은 내가 연락을 하지 않았기 때문이었다. 호다카 미치히코가 그쪽에는 연락하지 말아달라고 부탁했던 것이다. 그는 이 자리에 매스컴이 몰려오는 것을 우려하는 눈치였다. 그 이유는 분명했다. 참석자들에게 호다카 마코토의 사망 원인을 애매하게 얼버무리려는 것이다.

'불의의 사고사, 원인은 수사 중'이라는 말을 호다카 미치히코는 몇 차례나 써먹었다. 그리고 첫머리에 "무책임한 억측이 나오고 있지만 우리는 마코토를 믿는다"라고 못을 박아버렸다. 이바라키에서도 호다카의 죽음과 나미오카 준코의 자살과의 관련에 대해 각종 매스컴에서 연일 보도가 되었기 때문에 그에 대한 질문이 들어오기 전에 재빨리 선수를 친 것이다.

추도회가 끝나고 난 뒤, 나는 호다카 미치히코에게 불려 갔다. 잠깐 할 이야기가 있다고 했다. 한 시간 정도라면 괜찮다고 나는 손목시계를 들여다보며 미리 말했다.

그가 데려간 곳은 근처의 찻집이었다. 그곳에 자그마한 몸집의 한 남자가 기다리고 있었다. 잘 아는 세무사라고 호다카 미치히코가 그 남자를 소개했다.

그들이 나를 부른 것은 호다카 기획의 경영 상태를 물어보기 위한 것이었다. 그리고 오늘 이후의 방침을 정하려는 것이기도 했다. 입으로는 내 입장을 우선한다는 식으로 말했지만 앞으로는 자기들이 모두 맡아서 관리하겠다는 통고였다.

나는 호다카 기획의 현재 상황을 있는 그대로 말해주었다. 감춰봤자 나한테 득이 될 일이라고는 하나도 없었다.

내 말을 듣는 사이에 호다카 미치히코의 얼굴이 점점 흐려져갔다. 세무사도 난감해하고 있었다. 빚이 있을 줄은 전혀 예상도 못 한 눈치였다. 호다카 기획이 황금알을 낳는 암탉이라고만 생각한 모양이다.

"그러면 현재 호다카 기획의 주된 수입원은 어떤 것이지요?" 세무사가 가느다란 목소리로 물어왔다. 마이너스에 대해서는 잘 알았으니 플러스 쪽을 좀 얘기해달라는 뜻인 모양이었다.

"출판물과 비디오의 인세, 영상 및 라디오 드라마에 대한 원작료 정도예요. 작가가 계속 소설을 써야 원고료가 들어오는데……."

하지만 이제 더 이상 원고를 쓸 사람이 없다는 뜻이었다.

"그러면 들어오는 돈이 대략 얼마나 됐습니까?" 세무사가 별로 기대하지 않는 얼굴로 물었다.

"해마다 달랐어요. 정확한 액수는 사무실에 들어가봐야 압니다."

"저어……." 호다카 미치히코가 말을 끼웠다. "이번 사건으로 화제가 되고, 그걸로 다시 그간의 책들이 잘 팔리는 일은 없을까요?"

나는 그의 얼핏 성실해 보이는 얼굴을 마주 보았다. 동시에 그가 저축은행에 근무하고 있다는 말을 떠올렸다.

"예, 약간은 그런 것도 있을 거예요."

"약간이라고 하면?"

"어느 정도인지는 예상할 수가 없습니다. 굉장한 베스트셀러가 될 수도 있고, 근근이 팔리는 정도일 수도 있죠. 그건 아무도 모르는 일입니다."

"하지만 어쨌거나 조금쯤은 팔릴 거라는?"

"네, 그야 뭐, 조금쯤은 팔리겠죠."

호다카 미치히코와 세무사는 서로 얼굴을 마주 보며 곤혹과 망설임이 교차하는 표정을 보였다. 아마도 머릿속에서 바쁘게 계산을 하고 있을 터였다. 그들이 튕기는 주판알 소리가 내 귀에 들리는 것만 같았다.

자기들 쪽에서 다시 연락하겠다는 말을 끝으로 나는 그들과 헤어졌다. 하지만 내 생각은 이미 정해져 있었다. 침몰하는 배에 연연할 생각은 전혀 없었다.

호다카 기획에 매달려봤자 하나도 좋을 게 없다고 확신한 것은 도쿄에서의 장례식 때였다. 호다카가 생전에 거래했던 편집자, 프로덕션, 영화 관계자들이 모두 얼굴을 내밀기는 했지만 나에게 적극적으로 인사를 하러 오는 자는 몇 명 되지 않았다. 거의 모든 사람들이 그저 형식적인 조문 인사만 건넸을 뿐이다. 그리고 내게 관심을 보인 사람들의 대부분은 간바야시 미와코의 작품을 호다카 기획에서 맡기로 한 일은 어떻게 되었는지 확인하려는 것이었다. 물론 그 얘기가 깨지기를 다들 바라고 있을 터였다.

호다카 기획 자체가 앞으로 어떻게 될지 모르는 상황이다, 라고 나는 그들에게 대답했다. 내 말을 듣고 그들은 노골적으로 안도하는 반응을 내보였다. 장례식에 참석한 목적을 이루었다는 얼굴들이었다.

쥐들은 이미 모두 다 도망쳐버렸다. 이제 남은 것은 배가 침몰하기를 기다리는 것뿐이다. 나는 그렇게 생각하고 있다.

옆자리의 여자가 안고 있는 아기가 칭얼거리기 시작했다. 여자는 아기를 어르려고 몸을 끄덕끄덕 흔들었다. 덕분에 나는 점점 더 갑갑한 처지가 되었다.

"배가 고픈 거 아니야?" 남자 쪽이 말했다.

"조금 전에 분유 먹였어."

"그럼 기저귀가 젖은 모양이지."

"그런가?" 여자는 아기의 아랫도리에 코를 들이대고 킁킁 냄새를 맡았다. "아닌 거 같아."

아기의 울음소리가 점점 커졌다. 어라라라라, 하면서도 여자 쪽은 구체적인 대책을 찾아내려는 기미가 없었다.

"잠깐 실례합니다." 나는 신문을 들고 자리에서 일어섰다.

곧바로 여자가 아기를 안은 채 일어섰다. 내가 다른 자리로 옮기려고 한다는 것을 안 모양이었다. 아마 그들도 이때를 기다리고 있었을 것이다.

나는 통로를 걸어가면서 빈자리를 찾았다. 하지만 조금 전까지는 텅텅 비어 있던 좌석이 그새 거의 다 차버렸다. 빈자리가 전혀 없는 건 아니지만 몸집이 거대한 남자의 옆자리거나 역시 어린애 딸린 가족이 앉아 있는 자리들이었다. 별수 없이 나는 출입문 옆에 서서 손잡이에 몸을 맡겼다.

차체의 흔들림을 견디려고 두 다리를 버티며 균형을 잡았다. 정말 어처구니가 없었다. 이럴 줄 알았으면 아까 그 가족이 옆에 왔을 때 냉큼 자리를 옮길걸.

결국은 나는 이런 식의 실수를 직업에서도 똑같이 저질렀던 것이라는 생각이 들었다. 호다카 기획이라는 내 일터. 좀 더 일찌감치 가망이 없다고 포기하고 다른 직장을 찾았어야 했다. 호다카 마코토의 재능이 고갈되었다는 것을 미리 알아차리지 못한 대가가 너무나도 컸다.

도쿄에서의 장례식에는 호다카 마코토와 교류하던 작가들도 몇 명 참석했다. 그중에는 최근 몇 년 사이에 인기 작가의 반열에 오른 자도 있었다. 예전에 호다카가 농담처럼 그의 작품을 영상화하는 것에 관한 잡무는 모두 호다카 기획에서 처리해주겠다고 제안한 적이 있었다. 베스트셀러 작가가 되면 여기저기 제작사에서 그 소설을 원작으로 드라마나 영화를 만들자는 얘기가 들어오지만 거기에 대응하거나 실제로 제작이 결정된 뒤의 잡무 등이 상당히 복잡한 것이다. 게다가 원래 작가라는 인종은 원작료 협상 같은 업무 처리에는 영 소질이 없다. 그런 부분을 호다카 기획이 작가를 대신해 처리해주겠다는 제안이었다. 물론 호다카는 단순한 중개 역할에 그치는 게 아니라 그 작가의 원작을 활용하는 기획을 자신이 직접 텔레비전 방송국에 들고 가겠다는 속셈이 있었다.

장례식 도중에 나는 몇몇 작가에게 다가가 에이전트가 필요하냐고 슬쩍 의중을 떠보았다. 결과는 내가 예상했던 대로였다. 어느 누구도 그런 일을 호다카 기획 쪽과 얘기하고 싶어 하지 않았던 것이다.

즉 나는 사실상 이 업계에서 살아남을 방도를 잃었다는 뜻이다.

하지만 그것을 선택한 것은 다름 아닌 나 자신이었다. 호다카가 살아 있었다고 해도 호다카 기획의 침몰은 시간문제였지만 내가 그 시기를 약간 앞당긴 것뿐이다. 이 점에 대해 후회는 전혀 없었다. 내 한 몸쯤은 어떤 일을 해서든 먹고살 수 있다. 하지만 영혼이 죽은 채로는 살아갈 가치가 없다.

아기 울음소리가 들렸다. 조금 전의 여자가 아이를 어르는 소리도 들려왔다. 민폐다. 주위 사람들에게는 그야말로 횡액橫厄이다.

하지만 나미오카 준코가 만일 이 자리에 있었다면 미간을 찌푸리는 일은 없었을 것이다. 아기나 어린애를 데리고 차에 타는 엄마들을 볼 때마다 그녀가 선망과 슬픔과 후회가 뒤범벅이 된 눈빛으로 바라보던 것을 나는 떠올렸다. 그럴 때마다 그녀의 손은 무의식적으로 자신의 아랫배에 가 있었던 것이다.

유서의 한 마디 한 마디를 나는 생각했다. 어떤 심정으로 그녀는 그 글을 썼을까.

나미오카 준코를 생각하면 위와 가슴 사이가 뜨거워졌다. 그 뜨거운 덩어리가 뭉클뭉클 오르내리면서 때때로 내 눈물샘을 자극했다. 나는 입술을 깨물며 꾸욱 참았다.

2

집에 돌아오자 안쪽에 쌓아둔 박스 틈새에서 사리가 마중을 나왔다. 야아옹, 한 차례 울고 크게 기지개를 켜며 요란한 하품을 했다.

상복을 벗고 편한 옷으로 갈아입고 있는데 전화벨이 울렸다. 나는 무선전화기를 집어 들고 침대에 걸터앉았다. "네, 여보세요."

"스루가 씨지요?" 나지막한 목소리가 들렸다. "나예요, 네리마 경찰서의 가가."

가슴속에 검은 안개 같은 것이 피어올랐다. 피곤에 찌든 몸이 더욱더 무겁게 처졌다.

"뭡니까?" 목소리가 무뚝뚝하게 나왔다.

"두세 가지 물어볼 게 있어요. 근처에 와 있는데 지금 집에 가도 될까요?"

"아니, 그건 좀……. 집 안이 엉망이에요."

"그럼 근처 찻집에서 기다릴 테니까 잠깐 나올래요?"

"미안하지만 지금 너무 피곤해요. 오늘은 좀 봐주세요."

"잠깐이면 돼요. 협조를 부탁합니다."

"그래도……."

"맨션 앞까지 차를 가져갈 테니까 내려오시죠. 시간은 많이 걸리지 않아요. 차 안에서 얘기하면 됩니다."

여전히 강압적인 태도다. 하지만 여기서 뿌리쳐봤자 내일 또 찾아올 것이다.

"알았어요, 그럼 집으로 오시죠. 근데 정말로 어질러져 있으니까 그런 줄 아십쇼."

"그런 건 상관없으니까 걱정 마시고, 지금 바로 갈게요." 가가는 여유 있는 인사와 함께 전화를 끊었다.

대체 뭘 물어보겠다는 건가. 나는 마음이 무거워졌다. 가가 형사는 처음부터 준코의 죽음에 의문을 품고 있었다. 그녀의 머리칼에 잔디가 붙어 있었다면서—.

차임벨이 울렸다. 전화를 끊고 3분밖에 안 되었다. 정말 근처에 와 있었던 모양이다. 어쩌면 내가 돌아오기를 기다리고 있었는지도 모른다.

인터폰의 수화기를 집어 들어 "예"라고 대답했다.

"가가예요."

"빨리도 오셨네."

"바로 근처였거든요."

나는 1층의 오토록 해제 버튼을 눌렀다. 1, 2분 뒤에 가가는 현관문 앞에서 다시 한번 차임벨을 누를 것이다. 나는 잽싸게 주위를 둘러보며 그자의 눈에 띄면 재미없을 물건들을 점검했다. 잔뜩 어질러져 있기는 해도 그런 물건은 보이지 않았다. 당연하다. 이 방 안뿐만 아니라 내가 한 일의 흔적을 드러낼 만한 증거는 어디에도 없을 터였다.

차임벨이 울렸다. 사리가 겁을 내며 의자 밑으로 숨었다. 나는 녀석을 품에 안고 현관문을 열어주러 나갔다.

문을 열자 며칠 전과 똑같이 거무스레한 색깔의 양복을 입은 가가가 서 있었다. 내게 인사하려고 고개를 숙이던 그의 시선이 사리에게서 멎더니 깜짝 놀란 것처럼 눈을 둥그렇게 떴다. 그러고는 씩 웃었다. "러시안블루인가요?"

"잘 아시는군요."

"바로 최근에 똑같은 종류의 고양이를 봤거든요. 동물 병원에서."

아, 예, 라고 나는 고개를 끄덕였다. "그녀의 병원에 가셨군요."

"그녀의 병원?"

"기쿠치 동물 병원. 나미오카 씨가 다니던."

이번에는 가가가 고개를 끄덕였다. "아니, 거기 말고 다른 동물 병원이에요. 그러고 보니 기쿠치 동물 병원에서는 고양이를 못 봤네. 우연이겠지만 내가 그 병원에 갔을 때 본 환자분들은 모두 견공들이었어요."

"다른 동물 병원?" 물어본 뒤에야 나는 생각이 났다. "가가 형사님도 반려동물을?"

"아니, 그럴 여유가 없어요. 나도 좋아하는 편인데 직업상 집을 비우는 때가 많아서 꾹 참고 있어요. 아, 내 친구 중에 큰 도마뱀을 기르는 녀석이 있는데 그런 건 좀……." 형사는 쓴웃음을 지었다.

"그럼 다른 동물 병원에 가셨다는 건 무슨?"

"수사 때문이죠." 그렇게 말하며 가가는 고개를 끄덕였다.

"다른 사건의 수사요?"

"아니에요." 가가는 고개를 저었다. "나는 현재 나미오카 씨 사건만 전담하고 있어요."

나도 모르게 어깨를 으쓱 쳐들었다. "이번 사건으로 다른 동물 병원에 가볼 일이 있습니까?"

"그거야, 뭐, 이래저래." 가가는 빙글빙글 웃었다. 더 이상 그 일에 대해서는 말할 생각이 없는 눈치였다. "아무튼 잠깐 이야기 좀 할까요?"

"예, 들어오세요." 나는 문을 조금 더 열었다.

방에 들어온 가가는 흥미로운 듯이 실내를 둘러보고 있었다. 입가에 계속 웃음을 띠고 있는 건 나를 편안하게 해주려는 연기일까. 하지만 그 눈빛만은 사냥감을 찾는 육식동물처럼 날카롭게 빛나고 있었다.

우리는 거실 테이블 앞에 마주 앉았다. 나는 사리를 놓아주었다.

"이바라키 쪽은 어땠어요?" 행거에 걸려 있는 상복을 쳐다보며 가가가 물었다.

"예, 뭐, 딱히 별다른 일도 없이 잘 끝났어요."

나는 갑작스럽게 가벼운 잽을 얻어맞은 기분이었다. 이바라키에 갔다는 건 이미 다 알고 있다는 뜻인 모양이었다. 그리고 그걸 알고 내가 돌아오는 시각을 재고 있었는지도 모른다.

"이쪽 업계 사람들은 거의 참석을 안 한 거 같던데요." 가가는 말했다.

"그런 얘기는 누구한테 들으셨어요?"

"출판사 쪽 사람들에게."

"이쪽 업계 사람들은 전부 가미샤쿠지이 쪽 장례식에 참석했었어요. 이바라키에서 하는 건 친척들 모임이라서 굳이 거기까지 오지 않아도 된다고 내가 미리 연락을 했어요."

"그런 모양이더군요." 가가는 수첩을 꺼내 느릿느릿한 동작으로 페이지를 펼쳤다. "약간 실례되는 질문이 있더라도 양해해주십시오. 진상을 규명하기 위한 일이니까요."

"예, 뭐든 질문하시죠." 나는 말했다. 이제 와서 새삼스럽게 실례는 무슨 개똥 같은 실례인가, 하고 생각했다.

"호다카 기획이 요즘 경영 면에서 어려웠다고 누군가 얘기하던데, 사실이에요?"

"글쎄요." 나는 쓴웃음을 지어 보였다. "경영이 어렵네 마네 하는 건 각자 주관에 따라 다르니까요. 내 개인적인 의견을 묻는다면 뭐, 그리 나쁘지만은 않았어요."

"하지만 최근 몇 년 사이에 대출이 부쩍 늘었지요? 특히 영화 제작에 관련된 대출이 많은 모양이더군요. 그런 점에서 경영 방침을 둘러싸고 당신과 호다카 씨 사이에 의견 충돌이 많았을 것 같은데요." 수첩을 보면서 가가는 말했다.

"그야 사람 사이니까 때로는 의견이 대립하는 일도 있었어요. 그게 정상이죠."

"의견 대립은 경영 면에서만 있었어요?" 가가가 정면으로 내 얼굴을 보았다.

"무슨 뜻이지요?" 내 뺨이 묘하게 긴장되는 것을 느꼈다.

"나미오카 준코 씨의 친구에게서 많은 이야기를 들었어요."

"그래서요?"

"나미오카 씨가 예전에 이런 고민을 털어놓았다고 하더라고요. 나를 좋아하는 사람이 있다. 나도 그 사람이 싫지는 않다. 하지만 그 사람을 통해 알게 된 다른 남자를 사랑하게 되었다. 어떻게 하면 좋을까―. 그런 고민이었답니다."

나는 입을 꾹 다물었다. 아니, 그보다 대꾸할 말이 생각나지 않았다. 회사 경영 이야기에서 갑자기 이런 쪽으로 비약해서 질문을 던지리라고는 예상하지 못했다.

"그거, 당신 이야기지요?" 가가가 물었다. 정확히 급소를 찔렀다고 생각하는지 말투에서 자신감이 느껴졌다.

"글쎄요." 나는 고개를 갸웃거렸다. 이런 표정을 지어봤자 쓸데없다고 생각하면서도 슬쩍 미소까지 지었다. "무슨 말인지 나는 잘 모르겠네요."

"나미오카 씨는 당신이 자신을 좋아한다고 생각했어요. 그게 그녀만의 착각이었을까요?"

나는 한숨을 쉬었다. "나도 좋아하는 마음은 있었어요."

"어느 정도로?"

"어느 정도라니……."

"고양이가 그리 큰 병에 걸리지도 않았는데 그녀를 만나기 위해 동물 병원에 드나들 정도? 그리고 그녀가 퇴근하는 시간을 기다렸다가 찻집에 함께 가는 정도?" 가가는 연달아서 말한 뒤, 지그시 내 눈을 바라보았다.

나는 고개를 저으면서 손바닥으로 턱을 비볐다. 조금 자란 수염의 감촉이 느껴졌다.

"가가 씨, 당신도 참 사람이 심술궂군요."

가가는 표정을 누그러뜨렸다. "그런가요?"

"거기까지 다 조사했으면 일부러 물어볼 필요도 없잖아요?"

"본인의 입을 통해 듣고 싶은 거예요. 사실 그대로." 가가는 손끝으로 툭툭 테이블을 쳤다.

침묵의 시간이 몇 초쯤 흘러갔다. 바람이 지나가는 소리와 함께 창틀이 덜컹덜컹 울렸다. 사리가 어디선가 나타나 내 발밑에서 몸을 둥그렇게 말고 있었다.

후우 한숨을 내쉬며 어깨 힘을 뺐다. "맥주 좀 마셔도 될까요? 이런 이야기는 맨입으로는 하기가 어렵군요."

"네, 그러세요."

나는 자리에서 일어나 냉장고를 열었다. 흑맥주 캔이 마침 맞게 차가워져 있었다.

"가가 씨도 한잔 어때요?" 검은 캔을 내보이며 물었다.

"엇, 흑맥주예요?" 가가의 입가가 빙그레 풀렸다. "좀 마시겠습니다."

나는 의외라고 생각하며 그 앞에 흑맥주 캔을 내려놓았다. 근무 중이라 안 된다고, 당연히 거절할 줄 알았는데.

다시 의자에 앉아 캔의 마개를 따고 한 모금 들이켰다. 흑맥주 특유의 고소한 맛이 입 안에 퍼졌다. 무엇보다 갈증 난 목을 축여주는 게 고마웠다.

"맞아요, 그녀를 좋아했어요." 나는 가가의 얼굴을 보며 또렷하게 말했다. 그걸 섣불리 속이려고 들었다가는 괜히 이 형사의 후각을 자극하는 일이 될 거라고 생각했다.

하지만, 이라고 나는 말을 이었다. "그냥 그것뿐이었어요. 나와 그녀 사이에는 아무것도 없었습니다. 옛날식으로 말하자면, 손 한 번 잡은 적이 없어요. 정말입니다. 그래서 그녀가 호다카와 사귄다고 했을 때도 그녀를 나무랄 수 없었고, 호다카를 원망하는 것도 사리에 맞지 않는 일이었죠. 한마디로, 그냥 나 혼자 짝사랑했던 거예요." 거기까지 말하고 나는 다시 맥주를 마셨다.

가가는 깊은 눈매로 나를 빤히 쳐다보았다. 내 진의를 투시

하려는 듯한 눈초리였다. 이윽고 그도 캔의 마개를 땄다. 그리
고 건배하듯이 얼굴 위로 번쩍 들었다.

"시라노 드 베르주라크*처럼. 그녀의 행복을 위해 뒤로 물
러섰군요?"

"어휴, 그렇게 멋있는 건 아니고요." 나는 피식 웃음을 터뜨
렸다. "나 혼자 좋아하고 나 혼자 차였을 뿐이에요."

"하지만 그녀가 행복해지기를 빌었겠지요?"

"그야 그렇죠. 나를 선택해주지 않았다고 상대의 불행을 바
랄 만큼 음습한 인간은 아니니까요."

"그렇다면 호다카 씨가 그녀를 버리고 미와코 씨와 결혼한
다는 소식을 들었을 때는 뭔가 특별한 마음이 싹트지 않았을
까요?"

"특별한 마음?"

"예." 형사는 고개를 끄덕였다. "특별한 마음."

나는 캔을 꾸욱 움켜쥐었다. 다시 한 모금 목을 축이고 싶었
지만 위장이 꼿꼿하게 일어서는 감각 때문에 마실 마음이 싹
가셨다.

"그건 아니죠." 나는 말했다. "가가 형사님이 무슨 생각을 하

✦ 프랑스에 실재했던 영웅 검객이자 문인 시라노 드 베르주라크의 헌신적인 짝사
랑을 그린 E. 로스탕의 희곡. 1897년 처음 무대에 올린 이후로 세계 각국에서 상
연되었다.

는지는 알겠어요. 내가 좋아하던 여자를 쓰레기처럼 내버리자 화가 나서 호다카를 죽인 거 아니냐는 거죠? 상당히 열심히 생각하셨는데, 그건 아닙니다. 나는 그렇게까지 단순하지는 않아요."

"당신이 단순하다는 말은 한 적이 없어요." 가가는 허리를 쭉 폈다. "당신은 속이 깊은 사람이에요. 지금까지 조사해본 끝에 나는 그렇게 생각했습니다."

"칭찬으로 하시는 말은 아닌 것 같군요. 나를 범인이라고 생각하는 모양이죠?"

"예, 솔직히 의심하고 있어요. 용의자 중의 한 사람이죠." 가가는 시원하게 말해버리더니 맥주를 꿀꺽꿀꺽 마셨다.

3

"어휴, 이것 참." 나는 팔짱을 꼈다. "그럼 유서는 어떻게 되는데요?"

"유서?"

"나미오카 준코의 유서 말이에요. 광고지 뒷면에 썼다는 유서. 필적이 그녀의 것과 일치했다고 신문 기사에 났던데요."

"아, 그거요?" 가가는 고개를 끄덕였다. "예, 분명 나미오카 씨가 쓴 것으로 확인됐습니다."

"그렇다면 그걸로 다 해결된 거 아닙니까? 그 글에서 그녀가 호다카에 대한 살인을 암시했다고 하던데."

가가는 캔 맥주를 내려놓고 집게손가락 끝으로 자신의 관자놀이를 긁적였다. "나미오카 씨의 유서에 그런 말은 없었어요. 먼저 천국에 가겠다고만 했지요."

"그건 자신의 의사를 암시한 거 아닌가요?"

"나미오카 씨가 호다카 씨의 죽음을 원했다는 건 알 수 있었죠. 하지만 호다카 씨를 살해하겠다고 고백한 건 아니에요."

"말이 안 되는 이론이네요."

"그런가요? 나는 객관적인 사실을 말했을 뿐인데요."

가가의 침착하기 짝이 없는 태도는 나를 짜증나게 했다.

"아무튼요." 나는 맥주 캔을 움켜쥐고 말했다. "가가 씨가 어떤 상상을 하는지는 모르지만 나는 범인이 아니에요. 나는 호다카를 죽일 수가 없었어요."

"글쎄요, 그럴까요?"

"호다카는 독약을 먹고 죽었지요? 초산 스트리크닌이라고 했나? 그런 걸 내가 어디서 입수하겠어요?"

그러자 가가는 눈을 내려뜨고 오만한 손놀림으로 수첩의 페이지를 넘겼다.

"5월 17일 점심때, 당신은 호다카 씨 일행과 이탈리안 레스토랑에 갔어요. 그런데 가게 직원에게 물어보니 도중에 당신만 먼저 나갔다고 하더군요. 당신 몫의 요리를 중간부터 내놓지 않았다는 기록이 분명하게 남아 있어요." 여기서 가가는 얼굴을 들었다. "이건 어떻게 된 거지요? 회식 중에 혼자서만 가게를 나왔다는 건 상당히 급박한 사정이 있었다고 생각할 수밖에 없어요."

캔을 움켜쥔 손바닥에 땀이 축축한 것을 나는 자각했다. 그일을 경찰이 알아낼 거라고 각오는 했었지만, 가능하면 그냥 넘어가고 싶은 부분이었다.

"그것과 내가 독약을 입수할 수 없었다는 것이 무슨 관계가 있지요?" 애써 평정을 가장하며 나는 물었다.

"당신이 그때 나미오카 준코 씨와 접촉했던 게 아닌가, 하고 생각하는 거예요."

"접촉? 접촉이란 게 무슨 말인지 모르겠네요."

하지만 가가는 대답을 하지 않았다. 쓸데없는 입씨름은 시간 낭비라고 생각했는지도 모른다. 테이블 위에서 두 손을 깍지 끼고 눈을 슬쩍 치켜뜨며 나를 보았다. "내 질문에 대답해봐요. 무슨 일 때문에 중간에 레스토랑을 나왔지요?"

나는 자세를 바로잡았다. 여기가 승부처라고 생각했다.

"그날 안에 처리해야 할 일이 있었어요. 그게 생각나서 나만 먼저 나왔던 거예요."

"흠, 이상하군요. 유키자사 씨나 레스토랑 직원 이야기로는 그 직전에 당신의 휴대전화가 울렸었다고 하던데요."

"내가 전화했어요."

"당신이?"

나는 팔을 내밀어 충전 중인 휴대전화를 가져왔다. 그리고 착신음을 설정하는 메뉴의 선택 버튼을 눌렀다. 익숙한 착신음이 작은 스피커에서 흘러나왔다.

"이런 식으로 내가 나한테 전화를 걸었어요. 급한 연락이 왔다고 둘러대면 자리를 빠져나오기가 쉽거든요."

가가는 심각한 표정으로 내 휴대전화를 빤히 바라보았다. 이윽고 엷은 웃음을 지으며 말했다. "어떤 볼일이었지요? 회식이 끝난 뒤에는 할 수 없는 일이었어요?"

"회식이 끝난 뒤에 할 수도 있었지만, 그렇게 되면 일이 늦어질 우려가 있었어요. 소설 자료를 정리하는 작업이었거든요. 호다카가 그걸 신혼여행에 가져간다고 했기 때문에 어떻게든 그날 안에 해치워야 했어요. 그걸 깜빡 잊고 있다가 식사 중에 생각이 나서 급히 나온 겁니다."

"그 자료는 지금 어디 있어요?"

"없습니다. 호다카에게 건네줬으니까요."

"어떤 내용이었지요?"

"도예陶藝에 관한 거예요. A4 용지로 스무 장 정도."

"도예라……." 가가는 내 말을 수첩에 메모해나갔다. 여전히 기분 나쁜 웃음을 띠고 있었다.

내 변명이 거짓말이라는 것을 뻔히 알면서도 그 거짓말을 즐기고 있다―. 그런 웃음으로 보였다.

내게 전화를 한 게 나미오카 준코라고 생각하는 것이다. 하지만 증거는 잡지 못했을 터였다. 그녀가 사용한 휴대전화는 호다카가 이미 없애버렸다. 충전기는 내가 직접 내버렸다. 처음부터 그녀 명의의 전화가 아니었기 때문에 발신 기록을 조사해도 드러날 걱정은 없다.

잠시 생각해본 뒤에 가가가 물었다. "그 자료는 언제 호다카 씨에게 건네줬어요?"

"토요일 밤이에요."

"토요일 밤? 왜요? 호다카 씨는 그걸 신혼여행에 가져간다고 했지요? 그러면 결혼식 당일에 건네줘도 되잖아요."

"결혼식 당일에는 이래저래 바빠서 그런 걸 건네줄 틈이 없을 거라고 생각했어요. 호다카도 신랑 예복 차림인 참에 그런 자료를 받으면 난처하겠죠. 무엇보다 결혼식 당일에는 잊어버릴 수도 있어요."

가가는 말없이 고개를 끄덕이고 맥주 캔을 집어 들었다. 한 모금 마시면서 날카로운 시선을 내 쪽으로 던졌다. 거짓말을 깨뜨리려고 하기보다 거짓말을 하는 인간의 본질을 파악해보려고 하는 것 같았다.

도예 자료라는 건 실제로 있었다. 내가 두 달 전쯤에 호다카에게 건네준 것이다. 아마 그건 지금도 그의 서재 책상 서랍에 들어 있을 터였다. 가가는 그런 점을 예상하고 언제 자료를 호다카에게 줬는지 물어본 것이다. 결혼식 당일에 줬다고 말했다면 그가 쳐놓은 그물에 걸리는 것이다. 그럴 경우, 자료가 신혼여행 가방에 들어 있지 않으면 이상한 얘기가 되기 때문이다. 하지만 내가 그것을 건넨 게 그 전날이라고 대답해버리면 일단 일의 앞뒤는 맞아떨어진다. 그런 경우에는 호다카의 여행 가방 속에 자료가 없더라도 모순은 없다. 호다카가 출발 전에 마음을 바꾸어 그냥 놓고 갔거나 여행 가방에 넣는 것을 깜빡 잊어버렸을 가능성이 있기 때문이다.

"또 다른 질문은?" 나는 물었다.

가가는 수첩을 덮었다. 그것을 상의 주머니에 넣고 한 차례 가볍게 고개를 저었다. "오늘은 이 정도로 끝내죠. 협조해줘서 고마워요."

"별 도움이 못 되어서 미안하군요."

내 말에 의자에서 일어서려던 가가의 몸이 멈췄다. 그는 나를 보고 있었다. "아뇨, 충분히 수확이 있었어요. 아주 충분히."

"그런가요?" 나는 배에 힘을 주고 형사의 시선을 맞받았다.

"한 가지만 더 물어볼까요?" 가가 형사가 검지를 바짝 세우며 말했다. "이건 수사와는 관계없어요. 서른 넘은 남자가 그냥 호기심에 묻는 거라고 생각해도 좋아요. 대답하기 싫다면 하지 않아도 됩니다."

"뭔데요?"

"당신은……." 가가는 똑바로 나를 바라보며 자리에서 일어섰다. "나미오카 준코 씨에 대해 어떤 마음이죠? 이제 더 이상 좋지도 싫지도 않습니까?"

정통으로 날아온 질문에 나는 적잖이 놀랐다. 나도 모르게 흠칫 뒤로 물러섰을 정도였다.

"그런 게 왜 궁금합니까?" 나는 물었다.

가가는 입가에 웃음을 지었다. 의외로 그의 눈도 조금 웃고 있었다. "그러니 그냥 호기심이라고 했잖아요."

그의 형사답지 않은 표정에 나는 더욱 당혹스러웠다. 대체 뭘 노리는 것인가.

나는 혀로 입술을 적신 뒤에 말했다. "대답하고 싶지 않습니다."

"그렇군요." 충분히 이해했다는 얼굴로 그는 고개를 끄덕이더니 손목시계를 보았다. "엇, 벌써 시간이 이렇게 됐네. 이만 실례하죠. 피곤했을 텐데 정말 미안하군요."

"아뇨, 천만에요." 나는 작은 소리로 말했다. 그때 사리가 내 옆을 스르륵 빠져나가 구두를 신고 있는 가가 옆으로 다가갔다. 나는 당황해서 얼른 사리를 안아 올렸다.

가가가 오른손을 내밀어 사리의 귀 뒤를 긁어주었다. 사리는 기분 좋은 듯 눈을 감았다. "이 고양이는 행복해 보이는군요." 그가 말했다.

"그렇다면 좋겠습니다만."

"그럼, 다음에 또." 가가는 머리를 숙였다. 나도 인사를 건넸다. 이제 다시는 오지 말라고 소리치고 싶었다.

가가의 발소리가 멀어지는 것을 확인한 뒤에야 나는 사리를 안은 채 그 자리에 주저앉았다. 사리가 내 뺨을 핥아주었다.

간바야시 다카히로의 장

1

머릿속에 안개가 서려 있었다. 그것 때문에 내 생각은 조금도 앞으로 나아가지 못했다. 나는 위스키로 그 안개를 걷어버리려고 했다. 하지만 걷어내도 걷어내도, 아니 걷어낼수록 시야는 더 흐려질 뿐이었다. 어려운 양자역학 문제를 맞닥뜨렸을 때의 기분과 똑같았다. 양자역학일 경우라면 이런 때 나는 그 문제를 회피하는 길을 택하곤 했다. 이렇게 어려운 문제를 해결할 정도라면 노벨상도 너끈히 수상할 거라고 생각하는 것이다.

하지만 현재 나를 괴롭히는 문제는 회피할 길도 보이지 않왔다. 나는 연달아 위스키 잔을 기울였다. 그 결과, 수마가 나를 구해주기 위해 찾아왔다. 어젯밤의 일이다.

하지만 술의 구원은 일시적인 것이었다. 그것을 나는 오늘 아침 새삼스럽게 깨달았다. 침대에서 잠이 깬 내 머릿속에는 여전히 회색 안개가 서려 있었던 것이다. 게다가 지독한 두통까지 몰려왔다.

어딘가에서 무언가가 울리고 있었다. 그것이 현관 차임벨 소리라는 것을 깨닫는 데는 몇 초의 시간이 필요했다. 나는 침대에서 벌떡 일어섰다. 벽시계는 오전 9시를 살짝 지난 자리를 가리키고 있었다.

나는 2층 복도 벽에 붙은 인터폰 수화기를 집어 들었다.
"네."

"아, 간바야시 다카히로 씨입니까?" 남자 목소리가 말했다.

"그런데요."

"전보 왔습니다."

"전보?"

"네."

나는 몽롱한 두뇌를 정상으로 회복하지 못한 채, 파자마 차림으로 계단을 내려갔다. 전보라는 통신수단이 이 나라에 있었다는 게 새삼 생각났다. 결혼식장과 장례식장 이외의 장소에는 보내지 않는 거라고만 생각했었다.

현관문을 열자 하얀 헬멧을 쓴 중년 남자가 하얀 종이를 내밀었다. 나는 말없이 받아 들었다. 남자도 별다른 말 없이 사라져갔다.

　나는 그 자리에서 전보를 펼쳐보았다. 그 흰 종이에 찍힌 것은 도합 스물아홉 개의 글자였다. 그 글자들이 의미하는 내용이 얼른 내 머릿속에 들어오지 않았다. 그 이유 중 하나는 내 머리가 여전히 제대로 작동하지 않았기 때문이다. 그리고 또 한 가지의 이유는 그 내용이 너무도 엉뚱한 것이었기 때문이다.

　거기에는 이렇게 적혀 있었다.

　　이십오일 초칠일 행사 오후 한 시에 당가 거실에서 기다림

　　　　　　　　　　　　　　　　　　　　　　호다카 마코토

　뭐야, 이게, 라고 나도 모르게 소리 내어 말했다.

　물론 전보를 보낸 사람이 호다카 마코토일 리는 없었다. 하지만 명의는 그의 이름으로 되어 있었다. 누군가 그의 이름을 도용했다는 것이리라. 그게 누구인가.

　25일이라면 오늘이다. 일요일. 그래서 간밤에는 자명종 시계를 맞춰놓지 않고 잠자리에 들었다. 대학교에 나가지 않아도 되는 날이기 때문이다.

　호다카 마코토가 죽고 일주일이 지난 것이다. 그의 결혼식

예복 차림이 내 눈 속에 되살아났다.

—당가當家 거실에서 기다림.

억누를 수 없을 만큼 가슴이 두근거렸다: 누가 이런 짓을 한 것일까.

가야 할지 말지 망설였다. 그냥 무시해버릴까도 생각했다. 단순한 장난질이라고 생각했다면 깊이 고민해볼 것도 없이 무시해버렸을 것이다. 하지만 장난질이라고는 생각되지 않았다. 누군가 특별한 목적이 있어서 나를 호다카의 집으로 불러들이려는 것이다.

나는 전보를 손에 들고 계단을 올라갔다. 미와코의 방문을 두드렸다.

대답은 없었다. 다시 한번 문을 두드리며 이번에는 소리 내어 불러보았다. "미와코."

하지만 역시 방 안에서는 아무 반응도 없었다. "들어간다"라고 말하고 조용히 문을 밀었다.

우선 하얀 레이스 커튼이 눈에 들어왔다. 그 틈새를 뚫고 부드러운 햇빛이 비쳐 들었다. 즉 안쪽의 차광 커튼은 열어두었다는 것이다.

침대는 깨끗이 정리되어 있었다. 미와코가 파자마 대신 입었던 티셔츠도 곱게 접힌 채 베개 옆에 놓여 있었다.

나는 방 안으로 들어섰다. 햇살 때문에 실내에는 따스한 공기가 가득했다. 하지만 미와코의 체온은 흔적조차 없었다. 그녀가 이 방에 있었던 기척은 완전히 사라지고 없었다.

침대 위에 편지지 한 장이 놓여 있었다. 그것을 본 순간, 모종의 예감이 엄습했다. 나는 그 예감이 틀리기만을 빌었다.

편지지에는 그녀의 글씨가 적혀 있었다. 예감이 적중한 것을 나는 인정하지 않으면 안 되었다.

초칠일 행사에 갑니다. 미와코.

단정한 필체로 그렇게 적혀 있었다.

2

낡은 볼보를 운전하면서 어젯밤의 일을 생각했다. 저녁 식사는 내가 요리를 했다. 어제 저녁뿐만 아니라 지난주의 식사 준비는 거의 내가 맡았다. 내가 가진 요리 레퍼토리는 그리 많지 않지만 당분간 미와코에게 집안일은 시키고 싶지 않았다. 그녀가 다시 건강한 웃음을 보여줄 때까지 나는 요리뿐만 아니라 빨래와 청소까지 할 생각이었다. 그녀가 무사히 결혼식을 마쳤더라면 어차피 모두 내가 했어야 할 일인 것이다.

어제 저녁 메뉴는 몇 개 안 되는 내 특기 요리 중의 하나, 비프스튜였다. 성능 좋은 압력솥 덕분에 비교적 단시간에 고기를 푹 익힐 수 있었다. 포크 끝으로도 쉽게 으깨질 만큼 부드럽게 만들어졌다.

비프스튜를 미와코는 묵묵히 입에 넣었다. 처음에 한 마디 "맛있겠네"라고 말했을 뿐, 그 뒤로는 아무 말도 하지 않았다. 어색한 침묵의 시간을 메우려고 내가 얘기를 늘어놓자 그녀는 적당히 고개를 끄덕이고 맞장구를 치고 때로는 고개를 저었다. 그녀의 마음은 나를 떠나 완전히 먼 곳에 가 있었다.

그녀가 낮에 어딘가 다녀왔다는 것을 나는 알고 있었다. 내가 대학에서 돌아왔을 때는 집에 있었다. 하지만 기분이 좀 풀렸는가 하고 방을 슬쩍 들여다보았을 때, 벽에 못 보던 하얀 원피스가 걸려 있었던 것이다. 미와코는 침대에 누워 책을 읽고 있었다. 내 시선을 눈치채고 그녀는 변명이라도 하듯이 말했다. "기분 전환도 할 겸 쇼핑하러 나갔었어."

"그래?"

"옷 한 벌 샀어."

"잘 어울리겠다."

"응, 고마워." 미와코는 다시 책으로 눈을 돌렸다. 명백하게 나와 길게 이야기하는 것을 피하고 있었다.

옷을 샀다는 건 사실일 것이다. 하지만 그건 다른 볼일을 보는 김에 사 온 것이라고 나는 짐작했다. 지금 그녀는 도저히 기분 전환을 위해 외출할 만한 심경이 아닐 터였다.

어제 미와코가 나갔던 일과 오늘 날아온 이 전보는 분명 뭔가 관계가 있을 것이다. 그녀는 어제부터 이런 식으로 집을 빠져나가기로 마음먹고 있었던 게 틀림없다.

이 전보는 그녀가 보낸 것이라고 생각하는 게 옳을 것이다. 하지만 무엇 때문에? 뭔가 이유가 있어서 나를 호다카의 집에 데려가고 싶었다면 직접 말을 하면 됐을 텐데.

그러니까 그 이유라는 건 내게 직접 말할 수 없는 것이었다는 얘기가 된다.

고속도로의 출구가 보이기 시작했다. 깜빡이를 켜고 차를 왼쪽 차선으로 붙였다.

호다카의 집이 있는 주택가는 8일 전에 왔을 때와 마찬가지로 조용했다. 길에는 행인도 거의 없고 마주치는 차도 적었다. 짜증이 날 만큼 혼잡한 간조環狀 8호선을 달려왔기 때문에 마치 에어포켓에 들어선 듯한 느낌이 들었다.

그리고 호다카 마코토의 하얀 집은 그때와 마찬가지로 오만함을 발산하며 주위를 내려다보고 있었다. 개나 고양이를 키우면 그 주인을 닮는다는 이야기가 생각났다. 어쩌면 집의 얼굴도 그곳에 사는 사람을 닮는 것인지 모른다고 나는 생각했다.

하얀 집 앞에 큼직한 승합차가 세워져 있었다. 나는 그 차의 뒤쪽에 볼보를 세웠다. 승합차 안에는 아무도 없었다.

문 앞에 서서 인터폰 버튼을 눌렀다. 나는 미와코의 목소리가 들려올 거라고 예상했다. 어떤 목적인지는 알 수 없지만 이미 그녀도 와 있을 터였다.

하지만 내 귀에 들려온 것은 네, 라는 남자 목소리였다. 귀에 익은 목소리다.

나는 당황스러웠다. 어떻게 말해야 할까. "아, 저는 간바야시예요. 여기에 미와코가 와 있습니까?"

"아, 간바야시 씨." 나를 아는 사람인 모양이었다. 그리고 한순간 늦게야 나도 그 목소리의 주인이 누구인지 생각났다.

현관문이 열리고 스루가 나오유키가 모습을 드러냈다. 회색 양복을 입고 있었다. 넥타이도 어두운 색깔이었다. 그래서 나는 정말로 오늘 여기서 초칠일 행사가 있는 건가 하고 생각했다.

"간바야시 씨가 웬일이시죠?" 스루가 현관 앞의 계단을 내려오며 물었다.

"그러니까 미와코가 여기 와 있나 하고."

"미와코 씨는 없는데요."

"없다고요? 하지만 그럴 리가……."

"미와코 씨가 여기로 올 거라고 했어요?"

"아뇨, 확실하게 얘기한 건 아니지만, 나는 그런 줄 알았는데."

"예에." 스루가는 시선을 조금 낮췄다. 신중하다기보다 경계하는 듯한 표정이었다.

"스루가 씨는 왜 여기에?" 내 쪽에서 물어보았다.

"……아, 잠깐 정리할 게 있어서요. 필요한 자료 몇 가지를 호다카가 보관하고 있었거든요."

"어디로 들어왔어요? 문이 잠겨 있었을 텐데요."

"그건……." 스루가는 뭔가 둘러댈 말을 생각하는 모양이었다. 하지만 곧바로 쓴웃음을 지으며 어깨를 으쓱 쳐들었다. "실은 거짓말이에요. 자료 정리가 아닙니다. 호출을 받고 온 거예요."

"호출을?"

"이거요." 스루가는 양복 안주머니에 손을 넣었다. 그가 꺼낸 것은 내가 예상했던 것, 즉 전보였다.

나도 바지 호주머니에서 전보를 꺼내 그에게 보여주었다.

스루가는 고개를 뒤로 젖히며 말했다. "흠, 역시 그렇군."

"그 전보도 초칠일 행사에 나오라는 건가요?"

"예, 호다카 이름으로." 그는 자신의 전보를 호주머니에 넣었다.

나도 그대로 호주머니에 다시 넣었다. 전보의 글귀를 굳이 확인할 필요는 없을 것 같았다.

"들어가도 될까요?" 나는 물었다.

"뭐, 괜찮겠지요. 나도 그냥 들어왔어요. 현관문이 열려 있었 거든요."

"문이 열려 있었어요?"

"예. 전보에도 적혀 있었죠, 거실에서 기다린다고. 그래서 거 실에 들어가 있었어요."

그의 뒤를 따라 안으로 들어갔다. 당연한 일이지만 고요했 다. 천장이 높은 탓인지 신을 벗는 소리가 유난히 크게 울렸다.

널찍한 거실은 어두웠다. 불이 꺼져 있었기 때문이다. 소파 위에 스루가의 것인 듯한 서류 가방이 있었다. 희미하게 담배 냄새가 났다.

"미와코 씨는 같이 온 게 아니라고요?" 스루가가 물었다.

"예, 내가 전보를 받았을 때는 이미 나간 뒤였어요."

"그러면 어떻게 여기 와 있을 거라고 생각하셨죠?"

"메모를 써놓고 갔어요."

나는 침대 위에 놓여 있던 메모에 대해 이야기했다. 스루가 도 나와 똑같은 추리를 했는지 미간을 좁히며 물었다. "그럼 전보를 보낸 사람은 미와코 씨일까요?"

그럴지도 모른다고 나는 대답했다.

우리는 테이블에 마주 앉았다. 담배를 피워도 괜찮겠느냐고 스루가가 물어왔다. 그러시죠, 라고 대답했다. 테이블 위의 재 떨이에는 꽁초 네 개가 들어 있었다.

그가 다섯 번째 담배에 불을 붙이려고 할 때, 현관 차임벨이 울렸다. 스루가는 입에서 담배를 빼내며 피식 웃었다.

"세 번째 손님이군요. 누군지는 물어보지 않아도 알겠네요." 그렇게 말하면서도 그는 벽의 인터폰으로 다가갔다. 그리고 수화기를 들었다. "네."

상대가 이름을 댄 모양이었다. 그 말을 듣고 스루가는 입술을 삐뚜름하게 틀었다. "역시 전원 집합이군. 아무튼 들어와요."

수화기를 내려놓더니 스루가는 "내 예상이 맞았어요"라는 한마디를 던지고 현관 쪽으로 나갔다.

문이 열리는 소리와 함께 유키자사 가오리의 목소리가 들렸다.

"뭐예요, 그 전보? 누가 초칠일 행사를 한다는 거예요? 게다가 보내는 사람이 호다카 씨라니."

"나도 모르겠어요. 누군가 특별한 목적이 있어서 우리 세 사람을 불러낸 모양이에요."

"세 사람?" 말꼬리에 의문부호를 붙이며 유키자사 가오리가 안으로 들어왔다. 그녀는 나를 보고 발을 멈췄다. "아, 간바야시 씨……."

안녕하세요, 라고 말하며 나는 머리를 숙였다.

"간바야시 씨도 그 전보를?"

"예."

"그렇군요." 유키자사 가오리는 불안한 듯 미간을 찌푸렸다. 그녀는 감색 정장을 입고 있었다. 스루가와 마찬가지로, 실제로 초칠일 행사를 하지는 않겠지만 일단 화려한 옷은 피한 모양이었다.

"등장인물이 모두 한자리에 모인 셈인가?" 스루가도 그녀의 뒤를 따라 들어오면서 말했다. "여기에 호다카만 있으면 완벽한……." 거기까지 말한 참에 그는 입을 벌린 그대로 움직임을 멈췄다. 시선이 내 뒤쪽으로 향하고 있었다.

스루가의 시선을 따라가던 유키자사 가오리의 눈도 휘둥그레졌다. 헉하고 숨을 멈추고 있었다. 그 얼굴에 놀란 기색이 역력했다.

두 사람 모두 정원 쪽의 유리문 바깥을 보고 있는 것이었다. 나는 돌아보기도 전에 그들이 무엇을 보았는지 짐작할 수 있었다. 얼마 전에 이것과 똑같은 장면이 있었다는 게 생각났다. 바로 8일 전이다.

천천히 그쪽으로 고개를 돌렸다. 그곳에는 내가 예상했던 광경이 있었다.

미와코였다. 어제 샀다는 하얀 원피스를 입고 정원에 서 있었다. 그날의 나미오카 준코와 똑같이, 지그시 우리를 바라보고 있었다.

3

미와코가 이쪽을 지켜보는 동안, 아무도 입을 열지 못했다. 움직일 수도 없었다. 아마 누군가 우리를 봤다면 밀랍 인형이 대치對峙하고 있는 것처럼 보였을 것이다.

이윽고 미와코가 천천히 움직였다. 유리문을 손으로 짚어 스르륵 열었다. 그 문이 잠기지 않았다는 것을 그녀는 알고 있었던 것이다. 물론 현관문을 열어둔 것도 미와코일 터였다.

그녀가 하얀 레이스 커튼 아래에 섰다. 그것이 머리에 걸쳐진 순간, 웨딩드레스를 입고 있는 것처럼 보였다.

"그날 이런 식으로 그 여자가 나타났던 거지요?" 미와코가 입을 열었다.

누구를 향해 던진 질문인지는 알 수 없었다. 말투로 보아 나에게 한 말은 아닌 것 같았다. 물론 내가 대답해도 좋았을지도 모른다. 하지만 여기에서는 스루가 나오유키가 즉답을 했다.

"맞아요. 완전히 똑같은 느낌이에요." 그의 목소리는 흥분으로 떨리고 있었다. 그럴 만도 했다.

미와코는 샌들을 벗고 거실로 올라왔다. 치맛자락이 바람에 날려 하얀 허벅지가 살짝 보였다. 그녀는 일단 우리에게 등을 돌리고 유리문을 닫았다. 그리고 다시 이쪽을 향했다.

"나미오카 준코 씨와 똑같은 심정이 되어보려고요. 그래서

331

정원에 나가 서봤어요." 미와코는 말했다.

"그래서 뭘 얻었지?" 유키자사 가오리가 물었다. "뭔가 알아낸 거라도 있어?"

"네, 아주 중요한 걸 알았어요." 미와코가 대답했다.

"어떤 것을……." 내가 머뭇머뭇 물었다.

그녀는 나를 내려다보고, 다시 스루가와 유키자사의 얼굴을 번갈아 보았다.

"그날 왜 나미오카 준코 씨는 정원에 서 있었는가, 하는 거예요."

"아, 그건 미와코 씨를 만나기 위해서였어요. 자신을 배반한 호다카가 어떤 사람과 결혼하는지 한번 보려고 그랬던 거예요. 내가 직접 들었으니까 그건 확실해요." 스루가가 말했다.

"정말 그것뿐이었을까요?"

"그런 게 아니면 또 뭐가 있다는 거야?" 유키자사 가오리가 답답하다는 듯한 목소리를 냈다.

"가장 큰 목적은 마코토 씨에게 자신의 모습을 보여주는 것이 아니었을까요?"

그녀의 말에 우리 세 사람은 일순 서로를 마주 보았다.

"무슨 뜻이지?" 내가 물었다.

"저기에 서보고서야 알았어." 미와코는 나를 향해 말했다. "오늘처럼 날씨가 좋은 날에는 바깥에서 안은 거의 보이지 않

아. 특히 레이스 커튼이 닫혀 있으면 더 그렇지. 그날, 그러니까 그 결혼식 전날에도 날씨가 정말 좋았어."

"그래서?"

"오빠도 나가서 서보면 틀림없이 알 거야. 그쪽에서는 안이 잘 보이지 않아. 하지만 안쪽에서는 바깥이 잘 보이지? 그런 상태에서 바깥에 서 있는 거, 정말 불안했어. 왠지 마음이 불편하고 어딘가로 도망치고 싶었어. 하지만 그녀는 도망치지 않았어. 계속 서 있었어. 왜 그랬을 것 같아?"

나는 고개를 저었다. 모르겠다, 라는 뜻이었다.

그녀는 나 이외의 두 사람 쪽도 바라보았다.

"나미오카 준코 씨는 마코토 씨에게 자신의 모습을 보여주려고 했던 거예요. 살아 있는 자신의 마지막 모습을. 그때는 이미 죽음을 결심하고 있었을 테니까요."

미와코의 말에 잠시 우리는 침묵했다. 그녀의 낭랑한 목소리가 오래도록 넓은 실내에 울리는 것 같았다.

이윽고 스루가가 고개를 끄덕이며 입을 열었다.

"그건 그럴지도 모르겠군요. 그 약, 이름이 뭐였더라……, 아, 초산 스트리크닌이라고 했지. 아무튼 그 독약을 직장에서 훔쳐낸 시점에 벌써 호다카와 함께 죽을 생각을 했을 테니까요."

"네, 마코토 씨와 함께 죽을 수 있기를 바랐을 거예요. 그럴 마음으로 그날 이곳에 왔겠지요."

"그래서? 대체 무슨 말을 하려는 거지?" 나는 물었다.

"그러니까……." 미와코는 그렇게 말하고 한 차례 심호흡을 했다. "나미오카 준코 씨가 이곳에 찾아온 시점에는 그녀의 머릿속에 마코토 씨가 이미 죽은 사람이라는 생각은 전혀 없었어요."

"응? 그게 무슨 말이야?" 유키자사 가오리가 놀란 소리를 올렸다.

"만일 그녀가 범인이라면 독이 든 캡슐을 넣은 건 그날 이전이에요. 왜냐하면 그 시점부터 비염 약병은 내가 맡았고 그 이후로는 그녀가 손을 댈 기회가 전혀 없었으니까요. 하지만……." 미와코는 유키자사 가오리 쪽을 보았다. "하지만 만일 금요일 이전에 독을 넣었다면 그녀가 토요일에 이곳에 왔을 때는 마코토 씨가 이미 죽었을 가능성도 있었겠지요. 근데 여러분의 이야기를 들어보면 나미오카 씨가 그런 걸 생각했던 것 같지는 않아요."

나는 숨을 삼켰다. 그녀가 말한 대로였다.

다른 두 사람도 할 말을 잃은 기색이었지만, 이윽고 스루가가 말했다.

"하지만…… 독이 든 캡슐을 집어넣었어요. 그 결과로 호다카는 죽었고."

"네, 하지만 나미오카 준코 씨는 어떻게도 독을 넣을 수 없는 상황이었어요. 그러니까 그건 다른 사람이 넣었다는 거겠지요." 미와코는 조용히, 하지만 또렷하게 말했다. "여러분 중의 누군가가."

4

공기가 갑자기 묵직해진 듯한 느낌이 들었다. 방 전체가 침묵으로 뒤덮였다. 원래도 널찍했던 이 거실이 지금 이 순간 한층 더 넓게 느껴지는 것 같았다. 멀리서 차 엔진 소리가 들려왔다.

맨 처음으로 움직임을 보인 것은 유키자사 가오리였다. 그녀는 한 차례 한숨을 내쉬더니 소파에 앉았다. 다리를 꼴 때, 스커트 길이가 의외로 짧다는 것을 알았다. 아름다운 다리였다. 왠지 그 순간에 나는 이 여자와 호다카 마코토가 아무 일도 없었을 리 없다는 확신을 얻었다.

"그랬구나." 그녀는 말했다. "그래서 우리를 여기로 불러들였어. 그런 이상한 전보를 보내서."

"범인이 아닌 두 분께는 사과할게요. 미안합니다. 하지만 이런 방법밖에는 생각나지 않았어요."

"나한테까지 전보를 칠 필요는 없었잖아." 나는 말했다.

"완전히 똑같은 조건으로 하고 싶었어, 세 사람 모두." 미와코는 내 얼굴을 쳐다보지 않고 말했다.

"친오빠까지 예외 없이 불러들일 정도라면 나도 꼭 협조를 해야겠군요. 하지만 정말 이해할 수가 없어요. 왜 우리 세 사람을 용의자로 점찍었는지." 스루가도 유키자사 가오리 옆에 자리를 잡고 앉으며 말했다.

"이유는 단순해요." 미와코는 말했다. "마코토 씨를 그런 식으로 죽게 하려면 최소한 두 가지 조건이 필요해요. 한 가지는, 그가 비염용 캡슐을 상용한다는 것을 알고 있어야 해요. 그리고 또 한 가지는, 독이 든 캡슐을 약병이나 필 케이스, 둘 중 한 곳에 넣을 기회가 있어야 하지요. 이 두 가지 조건을 갖춘 사람은 여기 모인 세 분뿐이에요."

스루가가 외국 영화배우처럼 과장스럽게 양팔을 펼쳤다.

"분명 우리는 호다카의 상비약에 대해 알고 있었어요. 그리고 우리라면 독이 든 캡슐을 넣을 기회도 있었을 겁니다. 하지만 미와코 씨는 중요한 것을 잊고 있어요. 우리는 독약을 갖고 있지 않았다는 거예요. 신문에 보도가 되었으니까 알고 있겠죠? 초산 스트리크닌이라는 약은 일반인은 입수하기가 어려워요. 독이 든 캡슐을 만든 건 나미오카 준코 씨, 그건 이미 움직일 수 없는 사실입니다. 그러면 그녀가 만든 독약 캡슐을 우리

중 누가 어떻게 손에 넣었다는 거지요? 아니면 우리 중 누군가가 준코 씨의 소원을 들어주려고 독을 넣었다는 건가요?"

그러자 미와코는 가만히 한숨을 내쉬며 정원 쪽으로 몸을 돌렸다. 그리고 느릿느릿한 동작으로 안쪽 커튼을 닫았다. 그것으로 실내는 어슴푸레해졌다. 그녀는 우리가 앉은 소파를 빙 돌아 입구 쪽으로 갔다. 그러더니 벽에 붙은 스위치 두 개를 달칵 소리를 내며 켰다. 꽃잎 모양을 본뜬 조명이 거실 전체를 비췄다.

"나는 탐정이 아니에요." 미와코는 말했다. "그래서 여기서 여러분이 수긍할 만한 설명을 하거나 범인이 포기하고 스스로 실토할 수밖에 없는 그런 명석한 추리를 펼치지는 못해요. 내가 할 수 있는 건 그저 부탁하는 것뿐이에요."

그녀는 다시 우리 쪽으로 다가왔다. 1미터쯤 떨어진 곳에서 멈추더니 작게 숨을 들이쉬었다.

"부탁이에요." 낮게 억누른 목소리로 그녀는 말했다. "마코토 씨를 죽음으로 몰아넣은 분이 누구죠? 제발 이 자리에서 솔직히 밝혀주세요."

부탁입니다, 라고 다시 한번 말하고 미와코는 머리를 숙였다. 그렇게 머리를 숙인 채 꼼짝도 하지 않았다.

어디선가 이런 영화를 본 것 같은 느낌이 들었다. 최근이 아니다. 아주 오래전의 일이다. 아직 아버지와 어머니가 살아 계셨고 나와 미와코는 평범한 오누이였던 시절. 아니, 어쩌면 그 것은 영화가 아니라 꿈이었는지도 모른다. 그 꿈을 꾼 뒤로 오 늘에 이르기까지 나와 미와코는 잘못된 길을 달려왔다. 그 결 과가 바로 이것이었다. 여동생은 오빠를 살인 용의자로 취급 하고, 오빠는 아무 말도 하지 못한 채 그저 쩔쩔매고 있다.

그녀가 나를 의심할 만한 이유는 충분히 있었다. 나는 그 약 주머니에 접근할 수 있었다. 그리고 무엇보다 동기가 있었다.

나는 다른 두 사람을 보았다. 스루가 나오유키와 유키자사 가오리는 어느 누구와도 시선이 마주치지 않는 방향을 보고 있었다. 우리 세 명 모두가 다른 두 사람이 어떻게 나올지 눈 치를 보고 있는 것 같았다. 그리고 그중 누군가는 불쑥 내뱉을 듯한 예감도 들었다. 사실은 내가 호다카를 죽였다, 라고.

나는 협박장에 대해 생각했다. 그 협박장을 쓴 사람은 어느 쪽일까. 그저께 유키자사 가오리를 요코하마역까지 차로 데려 다주면서 컴퓨터나 워드프로세서를 쓰느냐고 물어보았다. 두 가지 다 사용하지 않는다고 그녀는 대답했다. 협박장의 글은 컴퓨터나 워드프로세서로 출력한 것이었다. 유키자사 가오리 의 말을 그대로 믿는다면 협박장을 쓴 사람은 스루가라는 얘 기가 된다. 하지만 요즘 같은 시대에 편집자가 컴퓨터도 워드 프로세서도 사용하지 않는다는 게 과연 맞는 말일까.

결국 내 예감은 예감인 채로 끝나버리고, 두 사람 모두 입을 열지 않았다. 그뿐만이 아니라 전혀 꿈쩍도 하지 않았다. 스루가는 소파 팔걸이에 오른쪽 팔꿈치를 얹고 턱을 괸 채였다. 유키자사 가오리는 무릎 위에서 양손을 끼고 테이블의 재떨이 근처에 시선을 던지고 있었다. 그리고 나는 그런 두 사람을 눈동자만 움직여 바라보고 있었다.

미와코가 고개를 들었다. 그래서 나는 그녀 쪽을 보았다.

"알겠습니다." 그녀는 가라앉은 목소리로 말했다. "만일 이 자리에서 사실대로 말해준다면 경찰 쪽에 내가 나서서 정상참작을 부탁하자는 생각까지 했었어요. 하지만 내 진심이 전달되지 않은 모양이네요."

여기서 유키자사 가오리가 입을 열었다. "스루가 씨."

모두의 시선이 일제히 그녀에게로 향했다. 그런 가운데서 유키자사 가오리는 말을 이어갔다.

"그리고 간바야시 씨, 나는 두 사람을 믿어요. 그리고 미와코 씨가 뭔가 크게 착각한 거라고 확신하고 있어요. 하지만 만일……, 아, 오해는 하지 말아주세요. 정말로 이건 만일의 상황을 말하는 거예요. 만일 둘 중 누군가가 여기서 자신이 범인이라고 밝혀준다면 나는 미와코 씨와 마찬가지로, 아니, 그녀보다 더 열심히 경찰에 선처를 부탁할 거예요. 이번 일은 나름대로 그럴 만한 이유가 있어서 한 일이라고 생각하니까요."

"이거, 고맙다고 해야 하는 건가?" 스루가가 쓴웃음을 지었다. "나도 그 말을 그대로 당신에게 하고 싶은데요."

유키자사 가오리는 고개를 끄덕였다. 살짝 비틀린 입술에 불가해한 웃음을 띠고 있는 것처럼 보였다.

미와코가 후우 하고 큰 한숨을 토해냈다. 공기를 농밀하게 만드는 효과가 있는 한숨이었다.

"별수가 없군요. 나는 솔직히 고백해주기를 진심으로 바랐는데요."

"솔직히 말했겠죠, 만일 내가 정말 범인이라면." 스루가가 약간 도전적으로 말했다.

미와코는 눈을 내리뜨고 말없이 문 쪽으로 다가갔다. 한 차례 우리를 보며 뭔가 결단을 내린 듯한 표정을 보이더니 손잡이를 잡았다. 문을 열고 그 너머로 말을 건넸다. "들어오세요."

곧바로 누군가 안으로 들어섰다. 모두의 시선이 그쪽으로 향했다.

가가 형사가 우리를 보며 인사를 건넸다.

스루가 나오유키의 장

1

키 큰 형사의 등장은 적어도 내게는 그리 뜻밖의 일이 아니었다. 간바야시 미와코가 자기 혼자만의 재량으로 이런 거창한 무대를 준비했다고는 생각할 수 없었기 때문이다.

"드디어 주인공이 등장하셨군요." 한참 전부터 이 집에 와 있었으면서도 지금까지 나타나지 않았던 것에 대해 비꼬는 마음을 담아 나는 가가에게 말했다.

"아, 나는 조연이에요. 아니, 조연도 아니죠. 주인공은 여러분입니다." 가가는 우리를 둘러보며 말했다.

"그래요?" 유키자사 가오리가 입을 열었다. "그럼 가가 씨는 연출가겠군요. 우선 미와코 씨에게 명연기를 지시하셨나요?"

"오해가 없도록 미리 말씀드리겠는데, 일이 이렇게 될 줄은 나도 여기 올 때까지 알지 못했어요. 중요한 이야기가 있다는 미와코 씨의 연락을 받고 왔을 뿐입니다. 솔직히 말하면, 나는 이런 방법은 그리 좋아하지 않아요. 한 사람씩 취조실로 불러 순서대로 공략하는 게 더 확실하다고 생각하니까요."

"하지만 나는 그런 건 싫어요. 무슨 일이 있었는지, 누가 어떤 식으로 마코토 씨를 살해했는지, 내 귀로 듣고 싶었어요. 경찰서 밀실에서 처리하게 놔두고 싶지는 않아요."

간바야시 미와코의 역설力說은 내 고막과 마음을 조금 자극했다. 유치하고 자기도취적인 느낌이 들지만 나름대로 감동적이었다. 그런 놈을 위해서 왜 저렇게까지, 라고 새삼 생각했다.

"이 사건에 관해 경찰이 정보를 숨길 일은 없어요. 하지만 미와코 씨의 심정도 이해가 됩니다. 아무튼 그래서……." 가가는 한차례 헛기침을 했다. "약간은 연극적인 이 일에 나도 동참하기로 한 겁니다."

"정말 너무나 연극적이군요." 나는 말했다. "영락없이 애거사 크리스티의 세계예요. 용의자를 한자리에 모아놓고 탐정이 의기양양하게 추리를 펼쳐 보이는."

"애거사 크리스티의 세계라면 이야기가 좀 더 화려해지겠지요. 용의자도 더 많고요. 이 방의 벽을 따라 주르륵 의자를 늘어놓아야 할 만큼. 하지만 용의자가 세 사람뿐이라고 해서 범인을 쉽게 알아낼 수 있는 것도 아니라는 게 수사의 어려운 점이에요."

"하지만 이미 알고 있는 모양이죠? 가가 씨가 그런 식으로 멋지게 등장한 걸 보면." 유키자사 가오리의 말투에는 야유의 여운이 있었다.

"글쎄요, 그건 아닌데. 실은 아직도 풀리지 않은 게 너무 많아요." 가가는 목뒤를 긁적였다.

"나는요," 간바야시 미와코가 말했다. "가가 씨라면 틀림없이 범인을 밝혀내실 거라고 생각해요. 아니, 이미 어느 정도는 알고 계실 거예요. 그래서 이렇게 여기까지 오시라고 한 거예요."

"이분을 상당히 높이 평가했네. 하지만 과연 그 기대에 응해주실 수 있을까? 가가 씨는 경시청 형사가 아니야. 그냥 관할서 형사일 뿐이지. ……그렇죠?"

"네, 맞는 말씀입니다." 가가는 유키자사 가오리를 향해 빙긋 웃어 보였다. "하지만 유키자사 씨, 관할서 형사이기 때문에 더 자유롭게 움직일 수 있는 경우도 있어요. 게다가 미와코 씨에게 이렇게 높은 평가를 받은 이상, 어떻게든 그 기대에 응하고 싶은 마음도 드는군요. 어디까지 가능할지는 모르겠지만."

그리고 가가는 우리 쪽으로 다가왔다. 옆에 멈춰 서서 세 사람을 번갈아 바라보고 검지를 바짝 세웠다. "그 전에 제가 드리는 마지막 권고예요. 호다카 마코토 씨를 죽인 사람은 지금이 시점에서 솔직히 말해주시죠. 그러면 자수로 간주하는 것도 불가능하지는 않아요."

"조금 전 미와코 씨의 제안과 똑같네요. 거래를 하자는 건가요?"

"뭐, 말하자면 그런 것이죠."

"어때요, 두 분?" 그녀는 나와 간바야시 다카히로를 보았다. "나쁘지 않은 거래인 것 같은데요? 범인에게는, 이라는 말이지만."

나는 거기에 대해 아무 말도 하지 않고 담뱃갑을 집었다. 그리고 모두에게 "피워도 되겠습니까?"라고 물어보았다. 아무도 피워도 좋다고도 싫다고도 말하지 않았다. 나는 한 개비를 물고 라이터로 불을 붙였다. 간바야시 다카히로는 고개를 숙이고 있었다. 무슨 생각을 하는지는 전혀 알 수 없었다.

"유감스럽게도 거래가 성립되지 않은 거 같네요." 유키자사 가오리가 가가에게 말했다.

가가는 그다지 실망한 기색을 보이지 않았다. 그는 살짝 손을 저었다.

"어쩔 수 없군요. 그러면 들어가볼까요, 애거사 크리스티의 세계로?"

2

가가는 우선 거무스레한 양복 안주머니에 손을 넣었다. 꺼낸 것은 수첩이었다. 선 채로 그것을 펼쳤다.

"처음부터 정리해봅시다. 사건의 내용은 여러분이 잘 아시는 대로 호다카 마코토 씨가 결혼식 도중에 독극물에 의해 사망했다, 라는 것입니다. 호텔 직원들의 목격담 등을 통해 호다카 씨가 죽기 직전에 비염용 캡슐을 먹었다는 사실이 밝혀졌습니다. 이어서 나미오카 씨의 사체와 함께 유서와 약물, 이 약물로 바꿔 넣은 캡슐 등이 발견되었고, 그녀가 계획한 강제적 동반 자살 사건이었다, 라는 견해가 유력하게 떠올랐습니다."

"그게 틀린 이야기가 아니잖아요. 대체 뭐가 마음에 안 드는지 모르겠군요." 나는 그렇게 말하며 간바야시 미와코를 보았다. "조금 전 미와코 씨의 견해도 재미있었지만 그건 어차피 감상적인 것에 지나지 않아요. 그날 나미오카 준코 씨가 어떤 심정으로 이곳에 왔었는지는 결국 아무도 알 수 없는 일이에요. 어쩌면 금요일 이전에 몰래 넣어둔 독약 캡슐이 어떻게 되었는지 확인하러 왔었는지도 모르지요."

"그리고 또 한 가지." 유키자사 가오리가 말을 끼웠다. "미와코에게 한 가지 묻고 싶은데, 나미오카 준코 씨가 비염약을 구입했던 게 금요일이라고 했지? 그래서 아마 가가 씨는 독약 캡슐을 몰래 넣어둘 시간이 없었다고 생각하시는 모양인데, 실제로는 금요일 밤에 여기에 왔었다고 생각할 수도 있잖아요?"

"금요일 밤에?" 가가는 일부러 그러는 듯 놀란 얼굴을 보였다. "그날 밤에는 호다카 씨가 내내 집에 있었어요. 그의 눈을 피해 슬쩍 넣었다는 건가요?"

"그거야 굳이 그의 눈을 피하지 않더라도 방법이 있었을 것 같은데……." 유키자사 가오리는 말끝을 흐렸다.

그때 간바야시 다카히로가 얼굴을 들었다. "내가 한 가지 말해도 될까요?"

네, 그러시죠, 라고 가가가 응했다.

"나미오카 준코 씨가 금요일에 비염약을 구입했다는 얘기는 나도 들었어요. 하지만 그렇다고 꼭 그 약이 독약 캡슐의 재료가 되었다고 할 수는 없는 거 아닐까요? 훨씬 이전에도 또 다른 비염약을 샀고, 그것을 사용해 만든 독약 캡슐을 금요일 훨씬 전에 넣어두었다는 것도 생각할 수 있겠지요."

"만일 그렇다면 왜 나미오카 씨는 금요일에도 비염약을 샀을까요?"

"그건 모르지요. 나미오카 준코 씨가 무슨 생각을 했는지, 그런 건 나는 모릅니다. 원래부터 전혀 알지도 못하는 사람이니까요."

"그 설이 옳다고 하면 금요일에 샀던 비염약이 어딘가에 있어야 맞겠지요. 하지만 그런 건 나미오카 씨의 집에서는 발견되지 않았어요."

"발견되지 않았다고 존재하지 않는 것으로 단언할 수는 없잖아요?"

거의 무표정이지만 간바야시 다카히로의 말투에서는 자신감이 느껴졌다. 양자역학에 대해 토론할 때도 분명 이런 느낌일 거라고 나는 상상했다.

그의 말은 논리적으로 맞는 것이었다. 그래서인지 가가는 잠시 침묵에 잠겼다. 하지만 이윽고 나지막하게 웃었다. 단지 날카로운 눈빛만은 여전했다.

"나는 아직 아무 말도 안 했는데 벌써 여러분 쪽에서 차례차례 이야기가 나오는군요. 아주 바람직한 흐름이에요. 이런 식으로 가보자고요. 그러면 반드시 진상이 보일 테니까."

"지금 우리를 놀리는 건가요?" 가가가 일부러 도발을 했다는 건 알고 있었지만, 말투를 조심해야 한다는 것도 깜빡 잊고 나는 그렇게 항의했다.

"놀리다니요, 천만에요." 크게 고개를 저은 뒤, 가가는 바지 호주머니에 오른손을 넣었다. 그리고 거기서 꺼낸 것을 우리 앞에 있는 테이블 위에 놓았다. 그것은 10엔짜리 동전이었다. 모두 합해서 열두 개였다.

"뭐 하자는 겁니까?"

"간단한 계산을 해볼 거예요. 잘 보세요, 사건 발생 직후에 미와코 씨의 가방 속에 있던 비염약은 병째로 경찰에 의해 즉각 회수되었어요. 그 약병에는 아홉 개의 캡슐이 남아 있었습니다. 모두 다 독은 들어 있지 않았어요." 그렇게 말하더니 가가는 열두 개의 10엔짜리 동전 중에서 세 개를 옆으로 밀어놓았다. "결혼식이 시작되기 직전에 미와코 씨는 약병에서 한 개를 꺼내 그 필 케이스에 넣었습니다. 그렇다면 그 전에 약병에는 열 개가 들어 있었다는 얘기가 됩니다." 그는 테이블 위에서 10엔 동전 하나를 원래대로 돌려놓았다. "그리고 미와코 씨의 말에 의하면 호다카 씨는 약병을 그녀에게 건네주기 직전에 캔 커피로 한 개를 먹었어요. 그리고 그때 이렇게 말했다고 했습니다. '벌써 약효가 떨어진 모양이네. 조금 전에 약을 먹었는데'라고."

그때의 일은 나도 기억하고 있었다. 호다카는 연신 코를 풀고 있었다.

"즉 호다카 씨는 짧은 간격을 두고 두 개의 약을 먹은 거예요. 그러니까 두 개를 더하면……." 가가는 10엔 동전 두 개를 다시 합쳐놓았다. "이렇게 원래의 열두 개로 돌아갑니다. 그리고 그 약병은 원래 열두 개짜리예요. 그렇다면 호다카 씨가 처음 한 개를 먹었을 때 그 비염약은 신품이었다는 거예요. 만일 나미오카 준코 씨가 범인이라면 새 약병 속에 독약 캡슐을 넣었다는 얘기가 됩니다. 그런 일이 과연 가능했을까요?"

"가능하지 않나요? 뭐가 문제가 되는 거죠?"유키자사 가오리가 물었다.

가가는 그녀 쪽을 향했다. 입가에 여유 있는 웃음을 띠고 있었다. 상대방을 초조하게 만들려는 테크닉이라는 것을 잘 알면서도 나는 역시 태연할 수가 없었다.

"신품 상태에서는 약병은 포장 상자에 들어 있어요. 그 포장 상자를 호다카 씨가 어떻게 했는가. 그 점에 대해서는 유키자사 씨도 말했던 적이 있지요? 호다카 씨가 약병을 미와코 씨에게 건네주기 전에 포장 상자는 서재의 쓰레기통에 버렸다고 했어요. 우리가 그 포장 상자를 회수했습니다. 그리고 조사를 해봤어요."

"그래서 뭔가 알아냈어요?"라고 나는 물어보았다.

"그 상자에서는 호다카 씨의 지문밖에 검출되지 않았습니다. 그리고 상자를 일단 개봉했다가 다시 신품으로 보이게 붙여둔 듯한 흔적도 없었어요. 이런 조사 결과들을 보면, 신품 상태였던 약병에 독약 캡슐을 넣었을 가능성은 없다고 생각됩니다. 즉 나미오카 준코 씨는 범인이 아니에요." 가가는 등을 쭉 펴고 우리를 내려다보았다. "이 점에 대해 아직도 뭔가 의문이 있습니까?"

발언을 하는 자는 없었다. 나는 어떻게든 그의 말에서 허점을 찾아보려고 했지만 그런 건 발견되지 않았다.

"그러면 과연 누가 독약 캡슐을 넣었는가. 이것을 알아내기 위해 일단 그걸 넣을 수 있었던 사람을 열거해봅시다. 우선, 말할 것도 없는 일이지만 호다카 씨 본인입니다."

"그가 자살했을 리는 없어요." 간바야시 미와코가 놀란 얼굴로 가가를 보았다.

"나도 그렇게 생각해요. 하지만 이런 일은 논리적으로 엄밀해야 하니까요. 자, 그런 이유에서 독약 캡슐을 넣은 두 번째 사람으로서 미와코 씨, 당신의 이름도 넣지 않으면 안 됩니다."

"미와코가 범인일 리는 없잖아요?" 간바야시가 발언했다.

"그러니까 엄밀하게 하자면 그렇다는 말입니다."

"그래도⋯⋯."

"오빠." 간바야시 미와코가 오빠를 향해 말했다. "가가 씨 이야기를 들어봤으면 좋겠어."

그것으로 간바야시 다카히로는 입을 닫고 고개를 숙였다.

"자, 문제는 여기서부터예요. 호다카 마코토 씨와 간바야시 미와코 씨의 다음으로 누가 범행이 가능했는가. 그건 독약 캡슐이 호다카 씨의 입에 들어가기까지의 경로를 생각하면 저절로 범위가 좁혀집니다."

"당신들 세 사람, 이라고 하고 싶은 거군요?"

"그 밖에도 한 사람이 더 있어요. 유키자사 씨, 당신의 출판사 후배인 니시구치 에리 씨도 포함해야 합니다. 하긴 여러 가지 면을 고려하면 니시구치 씨는 이번 사건과 관계가 없다고 단언할 수 있지만요." 그리고 가가는 나와 간바야시 다카히로의 얼굴을 번갈아 보았다. "여기까지, 뭔가 질문은 없습니까?"

나는 할 말이 생각나지 않아 하릴없이 담배만 피웠다. 그것은 금세 짧아졌다. 크리스털 유리 재떨이 안에 꾹꾹 눌러 껐다. 간바야시 다카히로에게서도 의견다운 의견은 나올 것 같지 않았다.

"다음에는 독약 캡슐에 대해 생각해보겠습니다. 아시는 대로 원래 독약 캡슐은 나미오카 준코 씨가 만들었어요. 나미오카 준코 씨 이외의 사람이 우연히 같은 시기에 초산 스트리크닌이라는 특수한 약물을 입수하고, 우연히 비염용 캡슐에 넣기로 마음먹었다는 건 너무 비현실적인 얘기지요. 그러면 범인은 그것을 어떻게 입수했는가." 가가는 유리문 쪽으로 다가갔다. 그러고는 간바야시 미와코가 조금 전에 닫은 커튼을 다시 열었다. "그것을 밝히기 위해서는 우선 나미오카 준코 씨의 자살에 대한 수수께끼를 풀 필요가 있습니다."

형사는 정원을 등지고 섰다. 역광이 되어 그의 표정이 잘 보이지 않았다. 그것은 나를 묘하게 불안하게 만들었다. 물론 이형사는 그런 효과를 노렸을 것이다.

"이상한 말씀을 하시는군요. 그녀의 자살에 무슨 수수께끼가 있다는 거죠?" 유키자사 가오리의 목소리에서는 아직 여유가 느껴졌다. 최종적으로는 자신에 대한 의심이 풀릴 거라는 자신감이 있기 때문일까.

"몇 가지 의문에 대해 이미 스루가 씨에게는 말한 적이 있습니다." 가가는 나를 보았다.

"그랬었나요?" 나는 일부러 모른 척 고개를 돌렸다.

"우선 잔디에 대한 거예요." 그가 말했다. "나미오카 준코 씨의 머리에는 잔디가 붙어 있었어요. 조사해보니 이곳 정원의 잔디로 단정해도 무방하다는군요. 똑같은 종류의 잔디였고 사용된 제초제도 일치했어요. 과학은 참 대단하죠? 조그만 풀 부스러기 하나로 그런 것까지 알아내다니. 근데 얘기가 그렇게 되면 우리로서는 당연히 의문을 갖게 될 수밖에 없어요. 어째서 나미오카 준코 씨의 머리에 그런 게 붙어 있었을까?"

"그날 그녀가 여기에 왔으니까 그때 묻어 간 거겠죠. 이상할 거 하나도 없는데요?" 약간 쌀쌀맞게 유키자사 가오리가 말했다.

"그게 다른 곳이 아닌 머리에 붙어 있었는데도요?" 가가는 말했다. "기상청에 문의해봤더니 그날은 거의 바람이 불지 않은 온화한 하루였어요. 그런 날에 잔디가 머리에 붙을까요? 그저 정원에 서 있었을 뿐인데?"

"그건 나도 모르죠. 몸을 움직이다 보면 시든 잔디가 날리기도 하잖아요."

"그건 좀 무리한 얘기지만, 뭐 전혀 불가능한 일은 아니겠지요. 그러면 광고지에 대해서는 어떨까요? 유서로 사용된 광고지 말입니다. 몹시 부자연스러운 점이 있는데." 가가가 내 쪽으로 시선을 던졌다.

"그 점에 대해서는 지난번에 내 의견을 말했잖아요? 자살할 작정을 한 사람의 심리는 막상 본인이 아니고서는 모르는 거라고요." 나는 말했다.

그러자 가가는 고개를 끄덕였다.

"맞는 말이에요. 그러니까 광고지 뒤에 유서를 쓴 것이며 그 광고지 끝이 조금 잘려나갔다는 점에 대해서는 여기서 문제로 삼을 생각이 없습니다."

"그러면 뭐가 문제인데요?"

"좀 더 근본적인 거예요. 그 광고지가 피부 미용실의 광고지라는 건 전에도 말했었지요? 그런데요, 그 광고지가 그날 일본 전국의 모든 집에 배포되었던 건 아니었어요. 그 광고지를 신문 사이에 끼워 배달했던 것은 바로 이 동네를 포함한 극히 일부 지역뿐이었습니다."

가가가 무슨 말을 하려는지 그제야 깨달았다. 내 겨드랑이 밑으로 땀이 흘렀다.

"내가 한 말, 이해하셨습니까? 나미오카 준코 씨의 집 쪽에는 그 광고지가 배포되지 않았다는 거예요. 그런데 왜 나미오카 준코 씨 집에 그 광고지가 있었을까요?"

나는 필사적으로 평정을 유지하려고 했다. 가슴속에서는 초조감이 소용돌이치고 있었다.

주의를 기울이지 못한 게 너무 많았구나, 라고 생각했다. 직접 쓴 유서가 나오면 즉시 자살로 처리될 것이다—. 그렇게 생각하고 그 종이를 사체 옆에 놓아두었다. 광고지 뒷면에 썼다는 게 부자연스럽다고 생각하기는 했지만, 필적이 일치하면 문제는 없을 거라고 생각했었다. 미처 광고지가 배포되는 지역까지는 생각하지 못했던 것이다.

"나아가 나미오카 준코 씨가 신었던 샌들에도 문제가 있습니다. 하얀 샌들이었죠." 가가는 말했다. 얄미울 만큼 침착한 어조였다.

"샌들이 어떻게 됐는데요?" 유키자사 가오리가 물었다.

"나미오카 준코 씨의 집에 있던 그 샌들 밑바닥에는 흙이 묻어 있었어요."

"흙?"

"네, 흙입니다. 그걸 처음 봤을 때 뭔가 이상하다고 생각했어요. 나미오카 씨의 맨션 주위는 온통 아스팔트예요. 혹시 어딘가에서 흙 위를 걸었다고 해도 맨션에 돌아오는 사이에 거의 떨어져버리는 게 자연스럽죠. 아무래도 이상해서 그 흙의

성분을 조사해보기로 한 거예요." 가가는 커튼 너머로 정원을 가리켰다. "답은 금세 나왔습니다. 예상했던 대로 이 정원의 흙이었어요. 성분이 완전히 일치했습니다. 자, 이건 대체 어떻게 된 걸까요? 왜 나미오카 준코 씨의 샌들에 이 정원의 흙이 묻어 있었을까요?"

가가의 우렁우렁한 목소리가 보디블로처럼 내 배에 울렸다. 그의 한 마디 한 마디에 타격을 입었다. 샌들인가. 그러고 보니 그건 이상한 일이다.

나미오카 준코의 사체를 옮기던 때의 일이 생각났다. 종이 박스를 준비하고 그녀의 사체를 거기에 넣었다. 그때 그녀의 샌들을 벗긴 것은 호다카였다. 그가 이렇게 말했던 것이다.

"사체에는 최대한 손을 대지 않도록 조심해서 옮기자고. 섣불리 조작했다가 우리가 옮겼다는 걸 경찰이 알아차리면 일이 엉망이 돼."

그런데 이게 뭔가. 샌들까지 손대지 않고 그대로 두는 바람에 현장의 흙을 함께 옮겨놓았던 것이다.

"이상의 이야기를 종합해보면 한 가지 가설이 떠오릅니다. 나미오카 준코 씨가 죽은 장소는 자기 집이 아니라 이 집 정원이었다는 거예요. 이 정원에서 유서를 쓰고 독약을 먹었다. 그래서 머리칼에 잔디가 붙었다―. 하지만 이 추리에는 한 가지 결점이 있습니다. 이 정원에서 유서를 썼다면 필기구는 어디서 났을까. 광고지는 아마 우편함에 들어 있었겠죠. 하지만 볼펜은 어디서 났는가. 우리는 그 대답을 뜻밖의 장소에서 찾아냈습니다." 가가는 거드름을 피우듯이 잠시 틈을 둔 뒤에 다시 말했다. "바로 회람판입니다. 그날 여러분이 이탈리안 레스토랑에 가 있는 동안에 옆집 사람이 회람판을 우편함에 꽂아두고 갔어요. 그 회람판에는 받은 사람이 사인을 할 수 있도록 볼펜 하나가 끼워져 있었죠. 즉 나미오카 준코 씨가 그 볼펜을 사용했을 것이다, 라고 생각한 겁니다. 그래서 우리는 동장님을 찾아가 회람판을 얻어 왔어요. 그걸 감식과에서 조사해본 결과, 나미오카 준코 씨의 지문 몇 개가 발견되었어요."

상황이 몹시 불리해졌다는 것을 자각하면서도 나는 다른 한편에서는 이 형사의 혜안에 감탄했다. 준코가 어떤 필기구로 유서를 썼는가 하는 점은 여태까지 생각조차 못 했던 것이다. 회람판이 있다는 것도 전혀 알아차리지 못했었다.

"나미오카 준코 씨가 이 집 정원에서 자살을 꾀했다는 건 이제 확실한 사실이라고 해도 좋겠지요? 그런 나미오카 준코 씨의 사체를 누군가 그녀의 집으로 옮겼다. 그래서 샌들에는 흙이 묻은 채였다. 그렇게 생각하면 이야기의 앞뒤가 맞아떨어집니다. 그러면 과연 누가 사체를 옮겼는가. 당연히 여기에서 한 인물의 행동에 주목하게 됩니다. 레스토랑에서 식사를 하던 중에 갑자기 자리를 떠난 인물에 대해서."

가가의 말에 간바야시 다카히로가 내 쪽을 바라보았다. 유키자사 가오리까지 방금 막 알았다는 듯한 얼굴을 했다.

나는 뭔가 말을 해보려고 했다. 무슨 말을 해야 할지 알 수 없었지만, 우선은 입을 열어보려고 했다. 그때, 내 가슴팍에서 휴대전화가 울렸다.

"아, 잠깐 실례합니다." 그렇게 말하고 나는 양복 호주머니에 손을 넣었다. 분위기가 내게 불리할 때에 휴대전화가 울리면 마침 잘됐다는 마음이 드는 법이지만, 이번만은 그런 느낌이 들지 않았다. 호출음이 불길한 음색으로만 들렸던 것이다. 나는 휴대전화를 꺼내 통화 버튼을 눌렀다. 그리고 귀에 대고 "여보세요"라고 말해보았다. 하지만 이미 전화는 끊겨 있었다.

그때, 가가가 바지의 오른쪽 호주머니에서 손을 빼냈다. 그가 오른손을 호주머니에 넣고 있었다는 것조차 나는 알지 못했다. 그가 호주머니에서 꺼낸 것은 휴대전화였다. 방금 울린 호출음은 그가 보낸 것이었다.

"실은 나미오카 준코 씨의 집에서 묘한 물건이 발견되었어요. 자, 과연 무엇이었을가요? 네, 휴대전화였어요. 상의 호주머니에 들어 있었습니다. 최근에 나미오카 씨는 근무하던 기쿠치 동물 병원에서 휴대전화 한 대를 받았던 거예요. 긴급한 볼일이 있을 때를 위해 원장이 직원에게 나눠준 거죠. 나미오카 씨의 집에서 발견된 것은 바로 그 휴대전화였습니다."

나는 가슴이 철렁했다. 그렇다면 준코는 휴대전화를 두 대나 갖고 있었다는 건가.

"그게 뭐가 이상하죠? 있어야 할 물건이 발견된 것뿐이잖아요?" 유키자사 가오리가 말했다.

"아, 내 설명이 부족했군요. 휴대전화 자체는 문제가 없었어요. 이상한 건 함께 발견된 휴대전화용 충전기였습니다. 옷을 잔뜩 걸어놓은 행거 뒤편에 숨겨져 있었죠."

가슴이 술렁거렸다. 휴대전화가 두 대였다면 충전기도 두 대가 있었다는 이야기가 된다.

"그런데 말이에요." 가가가 말을 이었다. "이 충전기는 우리가 발견한 휴대전화의 충전기가 아니었어요. 즉 나미오카 씨는 다른 기종의 휴대전화를 또 한 대 가지고 있었다는 뜻이지요. 우리는 그 휴대전화를 찾아보기로 했습니다. 하지만 나미오카 씨의 예금계좌나 신용카드 명세표를 살펴봐도 휴대전화 요금이 나간 흔적이 없어요. 그렇다면 그건 다른 사람의 명의로 신청된 전화기라는 얘기예요. 젊은 여성이 타인 명의의 휴대전화를 갖고 있었다면 그 전화기를 준 사람의 정체는 충분히 짐작이 가죠."

"호다카……." 간바야시 다카히로가 중얼거렸다.

"네, 그렇게 생각하는 게 타당하겠죠. 우리는 곧바로 그쪽으로 조사를 했습니다. 답은 금세 나왔어요. 호다카 씨는 자신이 사용하던 것 말고도 또 한 대의 휴대전화를 갖고 있었어요. 그리고 그 전화기는 어디를 뒤져봐도 찾을 수가 없었습니다."

머릿속이 핑그르르 한 바퀴 도는 것 같았다.

그런 거였구나. 내가 챙겨다가 내버린 충전기는 준코가 병원에서 받은 휴대전화의 충전기였던 것이다.

"······그, 그래서 호다카의 또 다른 휴대전화에 대한 발신 기록을 조사해봤다는 건가요?"

"네, 맞습니다." 가가는 고개를 끄덕였다. "전화기가 없어도 그 기록은 조사할 수 있거든요. 통화 시각까지 정확하게 나옵니다. 나미오카 준코 씨가 마지막으로 전화를 건 상대는 스루가 씨, 바로 당신이 레스토랑에서 전화를 받았던 바로 그 시각이죠."

3

내 머릿속에서 온갖 생각이 어지럽게 회전했다. 그 결과, 여기서 저항해봤자 쓸데없는 짓이라는 결론에 이르렀다. 사체를 옮긴 것은 분명 범죄행위지만 당시 상황을 고려한다면 그리 무거운 벌이 떨어질 리는 없다. 방어선 하나가 무너지는 건 사실이지만 아직도 가가는 진상과는 한참 동떨어진 곳에 있었

359

다. 나는 가장 바깥의 방어선 하나를 버리기로 했다.

"나는……." 윤곽이 짙은 가가의 얼굴을 올려다보며 말했다. "명령에 따라 움직인 것뿐이에요."

"호다카 씨의 명령에 따라?"

"그래요."

"나도 그럴 거라고 생각했어요." 가가는 고개를 끄덕였다. "그 전화는 역시 나미오카 준코 씨한테서 온 것이었죠?"

"예, 맞아요. 자살을 암시하는 전화였어요. 그래서 식사 도중에 급히 빠져나와 어떻게 된 건지 알아보려고 이 집에 왔던 거예요."

"그랬더니 나미오카 씨가 정원에서 죽어 있었다?"

"그렇습니다. 나는 곧바로 호다카에게 전화해서 그런 얘기를 했어요. 그랬더니 놈이 기겁을 해서 뛰어왔죠. 그리고 그녀의 사체를 보자마자 당장 그러더군요. 이걸 어떻게든 해야 한다, 이 여자 집으로 옮겨놓자, 라고요. 그녀가 왜 자살했는지, 놈은 그런 건 전혀 관심도 없었어요." 나는 문 옆에 서 있는 간바야시 미와코 쪽을 돌아보았다. 그녀는 새파랗게 질린 얼굴을 하고 있었다. "호다카 마코토라는 놈은 그런 인간이었어요."

그리고 나는 나미오카 준코의 사체를 싣고 나간 과정을 설명했다. 그리고 사체를 옮긴 뒤에 곧바로 그 맨션에서 나왔다고 말했다.

"내가 했던 일은 그것뿐이에요. 사체의 발견이 늦어지게 된 것에는 죄책감을 느끼지만, 그 일과 호다카의 죽음과는 관계가 없어요." 나는 그렇게 결론을 내리고 담배를 입에 물었다.

"관계가 있는지 없는지, 그건 지금부터 밝혀야 할 일이죠." 가가는 말했다. "지금 그 이야기에서 중요한 것은 당신이 나미오카 준코 씨의 집에 들어갔었다는 거예요. 즉 독약 캡슐에 접근할 수 있었다는 점이죠."

나는 담배에 불을 붙이려고 라이터를 켰다. 하지만 한 번에 켜지지 않아서 두세 번 실패한 끝에 네 번째에서야 겨우 불을 붙일 수 있었다.

바로 옆에서 굳은 표정을 하고 있는 유키자사 가오리의 얼굴이 보였다.

그래, 생각해보면, 이라고 나는 머릿속에서 생각을 더듬었다. 이 여자를 보호해줄 필요 따위는 없었어.

나는 천천히 담배를 피웠다. 하얀 연기가 떠도는 모습을 바라본 뒤에 다시금 가가를 올려다보았다. "나 혼자만이 아니에요, 가가 형사님. 그 방에 들어갔던 것은 나와 호다카 외에도 또 한 사람이 더 있었으니까요."

아주 잠깐이었지만 가가가 오늘 처음으로 당황한 얼굴을 보였다.

"무슨 말입니까?"

"그 말 그대로예요. 우리가 그녀의 사체를 옮기는 과정을 처음부터 끝까지 지켜본 사람이 있었다는 거예요. 우리 뒤를 미행했고 그 끝에 나미오카 준코 씨의 집에도 들어갔어요. 그 인물은 용의 선상에 올리지 않아도 될까요?"

"그게 누구죠?"

나는 흥 코웃음을 쳤다. 나름대로 한껏 부려본 허세였다. "그걸 굳이 내 입으로 말해야 합니까?"

가가의 날카로운 시선이 내게서 천천히 벗어나 유키자사 가오리의 얼굴에서 딱 멈췄다. 그녀는 허공을 쳐다보고 있었다.

"당신인가요?" 가가가 물었다.

유키자사는 한 차례 심호흡을 했다. 내 눈을 흘끔 쳐다보고, 다시 정면으로 고개를 돌려 슬쩍 턱을 당겼다. "네, 그래요."

"흠, 그렇군." 가가는 고개를 끄덕이고 창 앞을 잠시 오락가락했다. 그의 그림자가 테이블 위에서 흔들렸다.

이윽고 그는 발을 멈췄다. "유키자사 씨는 방금 스루가 씨의 증언에 대해 뭔가 덧붙일 말은 없습니까?"

"아뇨, 별로." 그녀는 말했다. "레스토랑에서 스루가 씨가 갑작스런 전화를 받았을 때, 호다카는 명백하게 눈치가 이상했어요. 그래서 뭔가 사고가 터진 거라고 짐작하고 이 집에 와봤죠. 그랬더니 호다카가 스루가 씨와 함께 큼직한 종이 박스를 옮기려고 하고 있었어요."

"그래서 나미오카 씨의 맨션까지 미행을 했다는 건가요?"

"미행이라는 건 정확하지 않아요. 두 사람이 주고받는 대화를 듣고 그 박스를 어디로 옮기려고 하는지 알았기 때문에 나는 조금 뒤에 택시를 타고 갔어요. 그랬더니 마침 두 사람이 그걸 옮겨놓고 나오는 길이더군요. 나는 나중에야 그 집에 들어가 나미오카 준코 씨의 사체를 발견했어요. 그리고 그 직후에 스루가 씨가 혼자서 다시 그 집에 돌아왔고요."

"경찰에 신고할 생각은 없었어요?" 가가가 물었다.

"솔직히 말해서……." 유키자사 가오리는 어깨를 슬쩍 쳐들어 보였다. "그런 건 상관없다고 생각했어요. 나미오카 씨가 죽은 것은 이미 돌이킬 수 없는 일이고, 그렇다면 사망 현장이 어디가 됐건 별로 상관없잖아요? 자기 집에서 자살했다고 해두는 게 오히려 죽은 뒤까지 쓸데없는 소동에 휘말리는 일 없이 조용히 끝날 테니까요." 그리고 그녀는 간바야시 미와코 쪽을 돌아보았다. "무엇보다 미와코의 결혼식을 엉망으로 만들고 싶지 않아. 그건 진심이야."

간바야시 미와코는 입술을 달싹거렸다. 하지만 소리는 나오지 않았다.

가가가 물었다. "그때 당신도 책상 위에 캡슐이 든 약병이 있는 것을 봤습니까?"

유키자사 가오리는 잠깐 망설이는 기색을 보이다가 입을 열었다. "네, 봤어요."

"약병 속의 캡슐이 몇 개였는지, 기억하고 있어요?"

"기억하고 있어요."

"몇 개였지요?"

"여덟 개였어요." 그렇게 말하고 그녀는 나를 돌아보았다. 희미하게 미소를 짓고 있었다.

"스루가 씨, 지금 유키자사 씨가 한 말이 틀림없습니까?" 가가의 시선이 다시금 내게로 향했다.

"글쎄, 잘 기억이 나지 않아요." 나는 대답했다.

그러자 유키자사 가오리가 입을 열었다.

"스루가 씨가 봤을 때는 캡슐이 일곱 개였을 거예요."

호오, 라고 가가는 놀란 듯 눈을 크게 떴다. "그건 왜죠?"

"내가 한 개를 꺼냈기 때문이에요." 유키자사가 태연한 얼굴로 말했다.

나는 그녀의 옆얼굴을 보았다. 그녀는 가슴을 내밀고 등을 꼿꼿이 세우고 있었다. 전혀 두려울 게 없다는 태도로 보였다.

"독이 든 캡슐 하나를 당신이?" 검지를 바짝 세우며 가가가 확인했다.

"네, 맞아요."

"그걸 어떻게 했지요?"

"어떻게도 하지 않았어요."

유키자사 가오리는 자신의 검은 핸드백을 열었다. 그리고 안에서 작게 접은 화장지를 꺼냈다. 그것을 펼쳐 테이블에 올려놓았다. 눈에 익은 캡슐 한 알이 화장지 사이로 나타났다.

"이게 그때 내가 가져온 캡슐이에요." 유키자사 가오리가 말했다.

유키자사 가오리의 장

1

나의 당당한 태도에 스루가 나오유키도 한 방 먹은 기색이었다. 그럴 만도 하다. 나 역시 한참을 망설인 끝에, 캡슐을 훔쳐냈다는 건 고백하는 게 낫다고 판단한 것이다.

테이블에 놓인 캡슐을 빤히 바라보며 잠시 아무도 입을 열지 않았다. 이 캡슐의 등장은 가가도 역시 예상을 못 한 눈치였다.

"이게 정말로 나미오카 준코 씨의 방에 있었던 캡슐이에요?" 가가가 이윽고 물어왔다.

"네, 틀림없어요." 나는 말했다. "의심스럽다면 경찰의 감식과라는 곳에서 조사해보시죠. 아니면 지금 여기서 가가 씨가 먹어보셔도 괜찮고요."

"엇, 나는 아직 죽고 싶지 않은데요?" 가가는 빙긋이 웃고 나서 캡슐을 화장지에 다시 감쌌다. "이건 내가 가져가도 되겠습니까?"

"그러세요. 나는 그걸 사용할 생각이 없으니까요."

"사용할 생각이 없다?" 가가는 양복 호주머니에서 작은 비닐봉지를 꺼내 그 안에 접은 화장지를 넣었다. "그런데 왜죠?"

"왜냐니, 뭐가요?"

"왜 사용할 생각도 없는 약을 훔쳐 왔느냐는 거예요. 캡슐의 내용물이 독약으로 바뀌었다는 건 금세 알았을 텐데."

나는 천장을 올려다보며 한숨을 내쉬었다. "그냥요."

"그냥?"

"네, 그냥 훔쳐 오고 싶었어요. 말씀하신 대로 캡슐의 내용물이 바뀌었다는 건 금세 알았어요. 곁에 하얀 가루가 든 약병이 있었으니까요. 독약일 거라고 생각했다는 건 부정하지 않겠습니다."

"그런데도 일부러 훔쳤다?"

"네, 그래요."

"흠, 이해하기가 어렵군요. 별다른 목적도 없이 독약이라고 생각되는 캡슐을 훔쳐 오는 사람이 있을까요?"

"글쎄요, 다른 사람들이 어떤지는 나도 모르겠어요. 아마 내가 보통 사람들과는 다른 모양이죠. 수사를 혼란에 빠뜨렸다면 그 점은 사과할게요. 미안합니다. 하지만 이렇게 돌려줬으니까 됐잖아요?"

"전부 돌려줬는지 어떤지는 알 수 없는 거 아닌가요?" 옆에서 스루가가 입을 열었다.

"그런 또 무슨 얘기죠?"

"그 캡슐을 한 개만 훔쳐 왔다고는 할 수 없다는 말이에요. 당신은 원래 여덟 개가 있었다고 했지만 그걸 증명할 수는 없어요. 사실은 아홉 개였는지도 모르지요. 혹은 열 개였을 수도 있어요. 훔쳐 온 캡슐이 두 개 이상이 아니라 단 한 개라는 것을 어떻게 증명할 수 있습니까?"

나는 스루가 나오유키의 뾰족한 얼굴을 마주 보았다. 자신에게 혐의가 돌아갈 것을 예상하고 선수를 치려는 모양이었다.

"나는 사실대로 말하고 최대한 그것을 증명하려고 한 거예요. 캡슐을 한 개 훔쳐 왔기 때문에 그 훔친 캡슐이 바로 이거라고 지금 내놓은 거라고요. 스루가 씨, 그런 점에서 당신은 어때요? 당신 역시 제출해야 할 게 있는 거 아닌가요?"

"무슨 얘기예요?"

"내가 기억하고 있거든요. 당신과 둘이서 나미오카 준코 씨의 집을 나오기 전에 약병에 묻어 있던 지문을 닦아냈었죠. 그때 내가 약병 속을 봤어요. 캡슐이 여섯 개로 줄어 있더군요. 사라진 한 개는 대체 어디로 갔을까요?"

천천히 담배를 즐기고 있을 여유 따위, 스루가에게는 없을 터였다. 그것을 뒷받침하듯이 그는 아직 길게 남은 담배를 다시 재떨이 안에 비벼 껐다. 매우 불쾌하다는 듯 얼굴이 일그러져 있었다. 그 일그러짐 속에서 곤혹과 낭패의 기색이 묻어나고 있었다.

"어떻습니까, 스루가 씨." 가가가 물었다. "지금 유키자사 씨가 한 말이 사실인가요?"

스루가의 망설임이 무릎의 가느다란 떨림을 통해 분명하게 엿보였다. 인정할 것인가 아니면 계속 부정할 것인가, 머릿속에서 급하게 계산을 하고 있는 것이다.

그런 그의 어깨에서 스르륵 힘이 빠지는 기척이 보였다. 털어놓을 생각이구나, 하고 나는 직감했다. 끝까지 속일 수는 없다는 걸 깨달은 모양이었다.

"유키자사 씨의 말이 맞아요." 스루가는 화난 사람처럼 말했다. "캡슐을 꺼내 왔어요. 딱 한 개."

"그건 지금 어디 있죠?"

"내버렸어요. 호다카의 사망 원인이 독극물이라는 말을 듣고, 자칫하면 나한테 혐의가 돌아올 것 같아서 없애버렸어요."

"어디에 버렸어요?"

"음식물 쓰레기봉투에 함께 넣어서 버렸어요."

그 말을 듣고 나는 소리 내어 웃었다. 스루가가 놀란 표정을 보였다. 그 얼굴을 보고 나는 한마디 해주었다. "그 쓰레기봉투, 찾을 수 있으면 찾아보라는 거군요?"

스루가는 입가를 삐뚜름하게 틀었다. "나는 사실대로 말했을 뿐이에요."

"하지만 증명할 수는 없잖아요."

"그야 그렇죠. 당신이 캡슐을 두 개 이상 훔쳐 가지 않았다는 것을 증명하지 못하는 것과 똑같아요."

"당신에게는……." 나는 잠시 뜸을 들인 뒤에 말했다. "동기가 있어요."

스루가의 눈이 바짝 치켜 올라갔다. 뺨이 팽팽히 긴장하는 게 보였다.

"동기라니, 그게 뭐죠?"

"나미오카 준코 씨의 사체를 바라보면서 당신, 울고 있었죠? 몹시 슬프고 억울해하는 것 같았어요. 좋아하는 여자를 자살로 몰아넣고 그 사체 처리까지 당신에게 떠맡겼으니 정말로 호다카라는 인간이 미웠겠지요."

"그렇다고 당장 죽이겠다고 생각할 만큼 단세포가 아니에요, 나는."

"당신을 단세포라고 말한 게 아니에요. 그런 상황이라면 죽이고 싶다고 생각하는 것도 당연하다는 뜻이죠."

"나는……." 스루가가 나를 노려보았다. "나는 호다카를 죽이지 않았어."

"그러면 왜 캡슐을 훔쳐 갔습니까?" 가가가 날카로운 어조로 질문했다.

그때, 지금까지 말이 없던 미와코가 입을 열었다. "한 가지물어봐도 될까요?"

모두의 시선이 그녀에게로 향했다.

"어떤 것을?" 가가가 말했다.

미와코의 눈은 내게로 향하고 있었다. 너무도 진지한 눈빛이었다. 나는 조금 당황할 뻔했다.

"유키자사 씨에게 궁금한 것이 있어요." 그녀가 말했다.

"뭔데?"

"예식 직전에 내가 유키자사 씨에게 필 케이스를 맡겼었지요? 문제의 비염용 캡슐이 든 약주머니."

"그랬지. 하지만 그 필 케이스를 갖고 있었던 건 내가 아니라 니시구치 에리였어." 대답을 하면서도 나는 불안했다. 미와코는 대체 무슨 말을 하려는 걸까.

"나중에야 들은 얘기지만, 그 약주머니를 다시 스루가 씨에게 맡겼다고 하던데요, 그건 사실이에요?"

"사실이야. 그래서 스루가 씨도 독약 캡슐을 집어넣을 기회가 충분히 있었다는 얘기야. 근데 그게 왜?"

"아까부터 얘기를 듣다 보니까 아무래도 좀 이상하다 싶어서요."

"뭐가 이상한데?"

"그게요." 미와코는 자신의 뺨에 손을 대고 생각에 잠긴 표정으로 말을 이었다. "유키자사 씨는 스루가 씨가 독이 든 캡슐을 훔쳐냈다는 걸 알고 있었던 거잖아요? 그리고 스루가 씨에게 마코토 씨를 살해할 만한 동기가 있다는 것도 알고 있었어요. 근데 어떻게 그런 스루가 씨에게 필 케이스를 맡길 수 있어요? 그게 위험한 일이라고는 생각하지 못했어요?"

"아, 그건······." 어떻게든 변명하고 싶었지만 나는 그다음 말을 잇지 못했다.

2

나미오카 준코의 방에서 독을 넣은 흔적이 있는 캡슐을 발견한 순간, 내 안에 살의가 싹텄다. 호다카 마코토에게 이 약을 제대로만 먹인다면 완전범죄가 될 수 있다, 라고 생각했다. 경찰에서 나미오카 준코에 의한 강제적 동반 자살로 판단할 거라고 예상할 수 있었기 때문이다.

만일 그때 스루가 나오유키가 되돌아오지 않았다면 나는 호다카의 비염약 병에 독약 캡슐을 함께 넣어두는 방법에 대해 나 혼자서 엄청나게 고민했을 것이다. 어디서 할까, 언제 할까, 남의 눈을 어떻게 피할까, 그걸 넣을 타이밍은? 그런 식으로 아마 속이 울렁거릴 만큼 머리를 쥐어짰을 것이다.

그런데 스루가의 행동이 내 계획을 180도 바꿔버렸다. 그가 캡슐을 훔쳐냈다는 것을 알았을 때, 완전히 다른 생각이 내 머릿속에 떠오른 것이다.

공연히 힘들여 고민할 필요도 없다. 이 남자의 손을 빌려 처리하면 된다, 라고 마음을 바꾼 것이다.

스루가가 캡슐을 훔쳐낸 목적은 분명 호다카를 살해하기 위한 것일 터였다. 하지만 그렇다고 나는 손을 놓고 기다리기만 하면 되는가. 스루가는 행동력이 있는 사람이지만 막상 마지막 순간에 결단을 내리지 못할지도 모른다. 게다가 그가 과연 독약 캡슐을 몰래 넣어두는 데 성공할지 어떨지도 의문이었다. 가장 중요한 비염약 병은 간바야시 미와코가 갖고 있었다. 결혼식 당일에 스루가가 신부의 소지품에 접근할 만한 기회는 아마 없을 터였다.

그렇게 생각하다 보니 내가 해야 할 일이 명확해졌다. 스루가가 독약 캡슐을 넣을 수 있는 기회를 만들어주기만 하면 되는 것이다. 결혼식 당일 간바야시 미와코 옆에 계속 붙어 있을 수 있는 사람은 나를 비롯해 한두 명뿐이다. 스루가에게 살인의 기회를 주는 건 그리 어려운 일이 아니다. 하지만 그래도 범인은 스루가 나오유키다. 이건 분명한 일이다. 혹시 경찰이 사실을 밝혀낸다고 해도 체포되는 건 그 사람이다. 그가 살인을 실행할 수 있게 된 배경에 제삼자의 의지가 있었다는 사실은 어떤 수사관도 간파해내지 못할 것이다. 아니, 직접 범행을 저지른 스루가 자신도 누군가에게 조종당했다는 건 꿈에도 생각하지 못할 것이다.

그리고 그때―.

미와코가 필 케이스를 내게 건네주면서 호다카 마코토에게 전해달라고 말했을 때, 나는 신이 내 편이 되어준 것이라고 생각했다. 그런 절호의 기회는 바라지도 않았던 것이다.

필 케이스를 옆에 있던 니시구치 에리에게 갖고 있으라고 한 것은 내가 독약 캡슐을 넣어둘 기회가 없었다는 점을 나중에 경찰에 어필하기 위해서였다. 물론 그런 노림수가 있었기 때문에 니시구치 에리를 일부러 결혼식장에 데리고 갔던 것이다.

나는 스루가를 찾아보았다. 필 케이스를 내가 직접 호다카에게 건네줘서는 의미가 없다.

마침 미와코가 대기실에서 나왔을 때, 신부의 모습을 보려고 몰려든 사람들 속에 스루가가 있었다. 나는 자연스럽게 다가가서 그에게 말을 걸었다. 그는 신부 쪽을 보고 있지 않았다.

그의 시선 끝에는 간바야시 다카히로의 모습이 있었다.

몇 마디 주고받은 뒤, 나는 니시구치 에리에게 그 필 케이스를 스루가에게 맡기라고 지시했다.

"대답해주세요." 침묵하고 있는 내게 간바야시 미와코가 다시 한번 말했다. "스루가 씨가 캡슐을 훔쳐 갔다는 것을 알고 있으면서 왜 아무 말도 안 했어요? 그리고 왜 그런 그에게 필 케이스를 맡겼어요?"

"상상과 실제 행동은 다르다고 생각했어." 나는 대답했다. "설마 스루가 씨가 정말로 독이 든 캡슐을 거기에 넣을 줄은 생각을 못 했다는 거야. 그냥 그것뿐이야."

"하지만 혹시 그럴지도 모른다는 걱정은 안 했어요? 스루가 씨가 울고 있는 모습까지 봤으면서?"

"그래, 내가 경솔했어. 나도 반성하고 있어. 어떻게 사죄해야 좋을지 모르겠어." 나는 미와코에게 사과했다.

"아, 일이 그렇게 된 거였어?" 스루가가 고개를 위아래로 끄덕이며 말했다. "그때 나도 이상하다고 생각했었어요. 필 케이스를 호다카에게 전해줄 거라면 곧장 신랑 대기실로 가면 되는데 말이에요. 그걸 굳이 나한테 맡긴 건 독약 캡슐을 넣게 하려는 꿍꿍이가 있었던 거군요?"

"마음대로 상상하지 말아요. 자신은 교묘한 함정에 빠졌다는 식으로 말해서 죄를 조금이라도 가볍게 하려는 심정은 물론 이해하지만요."

"몇 번이나 말하지만, 나는 안 했어요!" 스루가는 주먹으로 테이블을 쳤다. 그리고 가가를 올려다보았다. "그때 유키자사 씨에게서 필 케이스를 받아서 곧바로 근처에 있던 호텔 직원에게 건네줬어요, 신랑에게 전해달라고." 그리고 그는 내게 말했다. "당신도 그건 봤잖아요?"

나는 그 점에 대해서는 아무 말도 하지 않기로 했다. 스루가의 그 말은 사실이었다. 필 케이스를 곧바로 직원에게 맡겼었다. 그 안에 독약 캡슐을 넣을 틈은 없었을 것이다. 하지만 내가 나서서 그를 변호해줄 이유는 없다.

"아무튼 나는 이제 더 이상 할 얘기가 없어요." 나는 가가 형사에게 말했다. "경찰서에 나오라고 한다면 언제든지 갈게요. 하지만 지금과 똑같은 얘기밖에는 못 해요."

"물론 한 번은 경찰서에 나오셔야 할 겁니다." 가가는 의미심장한 웃음을 지으며 말했다.

"나도 마찬가지예요. 똑같은 말밖에는 할 게 없습니다."

"당신의 경우는……." 가가는 흘끔 시선을 스루가에게로 향했다. "대우가 상당히 바뀐다는 것을 미리 각오해야 할 거예요. 어떻든 당신은 캡슐을 훔쳐 왔고 현재 그걸 갖고 있지 않아요. 그리고 우리가 찾는 범인은 일주일 전에 그것과 똑같은 캡슐을 독살에 사용했어요. 당신이 자신의 혐의를 풀기 위해서는 그 캡슐의 행방을 분명하게 밝힐 필요가 있습니다."

"글쎄 그건 내버렸다니까요."

"스루가 씨, 당신은 머리가 나쁜 사람이 아니에요. 그런 말을 우리가 받아들일 수 없다는 것쯤은 잘 알고 있을 텐데요."

"그래도 그게 사실이니 어쩔 수 없잖습니까."

"조금 전의 질문에 대한 대답은 아직 못 들었는데요."

"조금 전의 질문?"

"왜 캡슐을 훔쳐 왔느냐는 질문입니다. 혹시 유키자사 씨와 마찬가지로 그냥 훔쳐 오고 싶었던 건가요? 그리고 '나는 보통 사람들과는 다르다'라고 주장할 겁니까?" 가가는 내 쪽을 슬쩍 돌아보며 비꼬듯이 말했다.

대꾸할 말이 생각나지 않았는지 스루가는 입술을 깨물었다.

하지만 그 순간, 여태까지 전혀 토론에 참가하지 않았던 인물이 조용히 손을 쳐들었다. "잠깐 괜찮겠습니까?"

"뭐지요?" 가가는 발언자 간바야시 다카히로를 보았다. 간바야시의 단정한 얼굴은 스루가에게로 향하고 있었다. 그는 그대로 말했다. "그러니까 그게, 당신이었군요?"

"무슨 얘기인지 모르겠네." 스루가가 신음하는 듯한 목소리를 냈다.

"그 기묘한 협박장 말이에요. 그걸 내 방에 넣어뒀던 게 당신이었어요?"

"무슨 소린지 전혀 모르겠군요. 뭔가 오해하고 있는 거 아니에요?" 스루가는 명백히 억지스러운 웃음을 지으며 슬쩍 고개를 돌려버렸다. 바짝 굳어버린 그 표정은 간바야시의 말이 전혀 엉뚱한 얘기가 아니라는 것을 보여주고 있었다.

"뭐예요, 협박장이라는 게?" 내가 물어보았다.

간바야시는 일단 시선을 떨구면서 잠시 망설이는 표정을 보였다.

"오빠⋯⋯." 간바야시 미와코가 가느다란 목소리를 냈다.

"간바야시 씨." 가가도 거들었다. "어서 말해봐요."

이윽고 뭔가 결심이 선 모양이었다. 간바야시는 얼굴을 들었다.

"결혼식 날 아침, 내 방의 문 틈에 봉투 하나가 끼워져 있었어요. 펼쳐보니 안에 협박장이 들어 있었습니다. 그 내용은 정말⋯⋯ 정말 비열한 것이었어요."

"그걸 지금 갖고 있습니까?" 가가가 물었다.

간바야시는 고개를 저었다. "아뇨, 곧바로 태워버렸어요. 너무나 불쾌한 내용이어서."

"그럼 그 내용을 얘기해줄 수 있을까요?"

"자세한 내용은 밝힐 수 없어요. 다만 간단히 말하자면 이런 겁니다. 나와 미와코에 관한 비밀을 알고 있다. 그게 세상에 공표되는 것을 원하지 않는다면 시키는 대로 해라―." 간바야시는 쓸쓸하게 말했다. 나는 미와코 쪽을 흘끔 돌아보았다. 그녀는 입가를 두 손으로 가리고 우두커니 서 있었다.

그와 미와코에 관한 비밀이라는 건 무엇인가. 나는 금세 짐작이 갔다. 그들의 오누이 사이를 뛰어넘은 관계를 말하는 것이다. 그것을 눈치챈 사람은 그야말로 한두 명뿐이다. 나는 스루가를 쳐다보았다. 그는 완전한 무표정이었다.

"구체적으로 어떤 일을 지시한 거였어요?" 가가가 물었다.

"그 봉투에는 비닐봉지가 함께 들어 있었어요. 그 안에 캡슐 하나가 있었죠. 하얀 캡슐입니다. 그걸 호다카 마코토가 상용하는 비염약 병에 넣으라는 거였어요." 간바야시가 말했다.

털썩하고 뒤에서 소리가 났다. 돌아보니 미와코가 바닥에 무릎을 짚고 주저앉아 있었다. 두 손으로 얼굴을 가리고 있었다.

그럴 만도 했다. 나도 진심으로 놀랐다. 설마 그런 공작까지 했으리라고는 꿈에도 생각하지 못했다. 나는 스루가에게 살인을 대신하게 하려고 했다. 그럴 기회도 주었다. 하지만 스루가는 전혀 다른 방법으로 또 다른 사람을 조종하려 했던 것이다.

"스루가 씨." 가가가 스루가를 향해 말했다. "협박장을 보낸 건 당신입니까?"

"……나는 모르는 일이에요."

"당신밖에 없어요." 간바야시가 말했다. "그날, 나와 미와코는 호텔에서 각각 다른 방을 썼어요. 하지만 두 개의 방을 모두 내 이름으로 예약했습니다. 그 두 방 중에서 내가 어느 쪽 방을 쓰는지는 아무도 알 수 없었어요. 알고 있었던 것은 당신과 호다카 씨, 그리고 유키자사 씨뿐이었어요."

"매우 간단한 소거법이군요." 나는 말했다.

그래도 스루가는 침묵하고 있었다. 관자놀이에 주르륵 땀 한 줄기가 흐르는 게 보였다.

그러자 거기서 갑자기 간바야시 다카히로가 나지막하게 웃기 시작했다. 으스스한 웃음소리였다. 가슴이 철렁해서 나는 그를 보았다. 정신이 나갔는가, 하고 생각했던 것이다.

하지만 그렇지 않았다. 그는 금세 진지한 얼굴로 돌아왔다.

"스루가 씨, 당신은 그것만은 결코 실토하고 싶지 않은 모양이군요. 그 말을 하면 살인 교사범이 될 거라고 생각하고 있겠죠. 하지만 이걸 보면 사실대로 털어놓고 싶어질 겁니다. 그리고 내게 감사하게 될 거고요."

그의 말에 스루가는 의아하다는 표정이 되었다. 나도 간바야시를 응시했다. 뭘 하려는 걸까. 예상이 되지 않았다.

간바야시는 바지 호주머니에서 지갑을 꺼냈다. 그리고 거기에서 비닐봉지를 꺼냈다. 그것을 보고 나도 모르게 앗, 하는 소리가 흘러나왔다.

"이게 그때 봉지에 들어 있었던 거예요."

그 비닐봉지에는 하얀 캡슐이 하나 들어 있었다.

간바야시 다카히로의 장

스루가는 도저히 믿을 수 없다는 눈빛이었다. 당연한 일인
지도 모른다. 그는 지금 이 순간까지 자신의 지시대로 내가 그
독약 캡슐을 넣었다고 생각했던 것이다.

"어디, 잠깐 봅시다." 가가가 손을 내밀었다. 그 큼직한 손바
닥에 비닐봉지를 얹어주었다.

가가는 하얀 캡슐을 비닐봉지 너머로 찬찬히 들여다보았다.
그렇게 쳐다봐도 그 캡슐 속에 정말 독약이 들어 있는지는 알
수 없을 테지만, 가가 형사로서는 그걸 언제까지고 들여다보
고 싶은 기분일 것이다.

"조금 전 유키자사 씨도 똑같은 말을 했었지만, 경찰 감식과
에 가져가서 이해가 될 때까지 조사해보시겠습니까? 물론 그

협박장이 단순한 장난질이었고 이 캡슐도 보통 비염약이라면 얘기가 크게 달라지겠죠."그렇게 말하고 나는 스루가를 돌아보았다. "하지만 이건 독약 캡슐이겠지요, 스루가 씨?"

스루가는 분명 망설이는 얼굴이었다. 여기서 어떻게 대답하는 게 가장 유리할지 고민하고 있는 것이리라. 우선 내가 독약 캡슐을 사용하지 않았다는 말이 사실인지 아닌지 의심스러울 것이다. 내 말이 거짓말일 경우, 자신에게 어떤 불리함이 돌아올 것인지 한창 머릿속에서 시뮬레이션을 하고 있을 것이다. 그리고 협박장을 보낸 사람은 자신이 아니라고 계속 주장했을 경우의 리스크도 생각하고 있을 것이다.

"어떻습니까, 스루가 씨?" 가가가 답답하다는 듯이 대답을 재촉했다. "간바야시 씨가 받은 협박장도 당신과는 관계가 없는 건가요?"

스루가는 미간에 주름을 잡은 채, 천천히 팔짱을 꼈다. 그가 각오를 다졌다는 것을 나는 미리 알 수 있었다. 대체로 사람이 팔짱을 낄 때는 이미 결론이 나와 있는 법이다.

"그 캡슐." 스루가가 내게 말했다. "정말로 그 봉지에 들어 있던 캡슐이에요?"

"정말로 그 캡슐이에요." 내가 대답했다.

"그러니까 당신은 그걸 쓰지 않았다는?"

"네, 쓰지 않았어요."

"그랬군." 스루가는 깊은 한숨을 내쉬었다. 온몸에서 힘이 빠져나가는 것이 옆에서 보기에도 금세 느껴졌다. "그걸 안 썼다니……."

"협박장을 보낸 건 스루가 씨예요." 가가가 재차 물었다.

스루가는 가만히 고개를 끄덕였다. "그렇습니다."

"이 캡슐은 어떻게 된 거지요?"

"아까 말했던 대로예요. 그녀, 나미오카 준코 씨의 방에서 훔쳐 온 그 캡슐이에요."

"호다카 씨에게 먹이려고 훔쳐 왔다, 라고 생각해도 무방한 거지요?"

"이제 새삼 부정은 못 하겠지요." 스루가는 엷게 웃었다. 조금 여유가 느껴졌다.

"훔쳐냈을 때, 간바야시 씨를 협박하자고 생각했었어요?"

"아니, 그 시점에는 호다카에게 그 캡슐을 먹일 방법에 대해 구체적으로 생각했던 건 아니에요. 집에 돌아와 캡슐을 바라보면서 혼자 생각하던 끝에 그를 이용하기로 했던 거였어요." 스루가는 턱으로 내 쪽을 가리키며 말했다.

"협박장의 내용은 기억하고 있어요?"

"물론 기억하고 있죠. 내가 썼으니까요."

"그렇다면 구체적인 내용을 말해봐요."

"그건 괜찮은데……." 스루가는 내가 좀 마음에 걸린다는 몸

짓을 해 보였다.

그러자 가가는 다이닝 테이블 쪽으로 걸음을 옮겼다. "이쪽으로 오시죠."

스루가는 자리에서 일어나 가가의 뒤를 따라갔다. 다이닝 테이블 너머에서 두 남자는 우리에게 등을 돌리고 속닥속닥 이야기를 주고받았다. 스루가가 협박장의 상세한 내용을 말하고 있는 게 틀림없었다.

이윽고 스루가가 돌아왔다. 그는 내 얼굴을 본 뒤, 스윽 눈을 돌리고 원래 자리에 앉았다. "간바야시 씨." 가가가 말을 걸어왔다. "잠깐 이쪽으로 올래요?"

그의 목적은 알고 있었다. 나는 작게 한숨을 내쉬고 조금 전까지 스루가가 서 있던 곳으로 갔다.

"협박장을 보낸 사람이 정말 스루가 씨인지 확인해볼 필요가 있어요." 가가는 미안하다는 듯이, 하지만 타협은 허락하지 않겠다는 어조로 말했다.

알았습니다, 라고 나는 고개를 끄덕였다.

"협박장에 사용된 봉투, 안의 종이, 글자의 특징 등을 생각나는 대로 말해봐요."

"봉투는 보통 하얀색 봉투예요. 자를 대고 쓴 글씨로 간바야시 다카히로 님께, 라고 적혀 있었어요. 봉투 안의 편지지는 B5 사이즈의 흰 종이, 워드프로세서나 컴퓨터로 인쇄한 거였어요."

"글의 내용은?" 가가는 수첩에 메모를 하면서 물어왔다.

나는 기억나는 한 정확하게 대답했다. 당신과 간바야시 미와코가 오누이를 넘어선 관계라는 것을 알고 있다. 세상에 공표되기를 원하지 않는다면 동봉한 캡슐을ㅡ. 한 차례 읽었을 뿐인데 조각칼로 새겨진 것처럼 그 글귀는 내 뇌리에 남아 있었다.

가가는 전혀 표정을 바꾸지 않았다. 마치 오래전부터 나와 미와코의 관계를 알고 있었던 사람 같았다. 하지만 그럴 리는 없었다.

"알았어요. 고마워요." 내 눈을 정면으로 바라보며 그는 말했다. 눈을 피하지 않는 것이 자신이 보일 수 있는 배려라고 믿고 있는 얼굴이었다.

"협박장을 보낸 건 스루가 씨가 틀림없습니까?" 나는 물어보았다.

예, 라고 형사는 슬쩍 고개를 끄덕였다. 그리고 그는 말했다. "한 가지만 더 얘기해주시죠."

네, 라고 나는 응했다.

"당신은 왜……." 그렇게 말한 뒤, 가가는 얼굴을 찌푸리며 신중하게 말을 고르는 표정으로 시선을 떨구었다.

그가 묻고 싶은 게 무엇인지는 금세 알았다.

"왜 협박장의 지시를 따르지 않았느냐는 건가요?"

"맞아요. 아, 물론 그게 정상적인 판단이기는 하지만."

"미와코." 나는 바닥에 주저앉아 있는 미와코에게 말을 건넸다. "괴롭겠지만 그 결혼식 날의 일을 한번 생각해봐. 그날 내가 독이 든 캡슐을 넣을 기회가 있었을까?"

미와코는 뺨에 손을 짚고 생각에 잠겼다. 그러자 미와코가 대답하기 전에 유키자사가 말을 끼웠다.

"신부 대기실에서 미와코와 단둘이 있었잖아요."

"잘 아시는군요."

"그거야 뭐, 그때가 어쩐지 인상에 남았으니까요."

"분명 내가 넣었다면 그때였겠지요. 그때 이외에는 기회가 없었어요. 그래서 어땠지?" 나는 다시 미와코를 바라보며 물었다. "내가 필 케이스 근처에 간 적이 있었어?"

미와코는 고개를 저었다. "아니, 그렇지 않아. 오빠는 필 케이스에 손을 댈 수도 없었어."

"그렇지?"

"아, 좀 더 자세히 얘기해줄래요?" 가가가 말했다.

"그때 필 케이스가 들어 있던 가방은 갈아입을 옷과 함께 방한쪽 구석에 놓여 있었어요." 미와코가 설명했다. "입구에서는 가장 먼 자리였고 거기로 가려면 구두를 벗어야 했어요. 하지만 그때 오빠는 입구 근처에만 있었어요."

"네, 그렇습니다." 나는 말했다. 일부러 쓴웃음도 지었다. "고백을 하자면, 나는 그 협박장의 지시대로 캡슐을 넣으려고 했어요. 그 협박장은 내 심리를 아주 잘 알고 있었죠. 내 마음 속에 잠재하고 있던 호다카 마코토에 대한 미움을 자극했으니까요. 평소 같으면 아무리 누군가를 증오하더라도 설마 죽일 생각은 못 했을 거예요. 하지만 그 협박장 때문에 그런 벽이 간단히 무너졌어요. 나쁜 짓이라고 자각하면서도 한편으로는 협박을 받았으니 어쩔 수 없다는 것이 면죄부가 되어서 내 양심을 눌러버린 거예요."

그런데요, 라고 나는 말을 이었다.

"결국 그럴 기회를 잡지 못했어요. 이해하시겠어요? 협박장의 지시를 따르지 않았던 게 아니에요. 따르지 못했던 겁니다."

스루가 나오유키의 장

　간바야시 다카히로의 증언은 나를 지옥에서 구해주었다.

　설마 그가 그런 식으로 털어놓을 줄은 생각도 하지 못했다. 게다가 그 캡슐까지 내주었으니 나로서는 정말로 지옥에서 부처님을 만난 꼴이었다. 그 덕분에 나에 대한 혐의는 상당 부분 풀렸다고 할 수 있었다.

　소곤소곤 이야기를 주고받던 간바야시 다카히로와 가가 형사가 우리 쪽으로 돌아왔다. 간바야시는 조금 전 그 자리에 앉고, 가가는 몇 분 전과 똑같은 자리에 섰다. 모든 것이 한 바퀴를 돌아 원래의 지점으로 되돌아온 느낌이었다. 달라진 것은 상황이 좀 더 복잡해졌다는 것뿐이었다.

　"자, 이제 어떻게 할 겁니까, 가가 형사님." 나는 소파에 몸을 기대고 꼬고 앉은 다리의 위치를 바꾸었다. "분명 협박장을 보낸 건 나였어요. 독이 든 캡슐을 함께 넣어서 보냈죠. 하지만 그건 결국 쓰이지 않았어요. 즉 이걸로 내가 캡슐을 훔쳐 온 것과 호다카의 죽음과는 관계가 없다는 결론이 나왔어요. 한편 유키자사 씨가 훔쳐낸 캡슐도 쓰이지 않은 채 여기 나와 있습니다. 그렇다면 역시 호다카를 죽인 범인은 이 안에 없다는 얘기가 되는 거 아닌가요?"

"자신의 행위가 살인으로 연결되지 않았다는 것을 알고 갑자기 태도가 오만해졌군요." 유키자사 가오리가 비웃는 투로 말했다. "하지만 당신이 한 일은 살인미수가 될 거 같은데요? 혹은 살인 교사라든가."

"뭐, 그런 식으로 몰아갈 수도 있겠죠." 나는 말했다. "하지만 실제로는 어떨까요. 그런 죄로 과연 나를 기소할 수 있을까? 협박장의 글이 어느 정도나 리얼한 것이었는지 이제는 아무도 알 수 없어요. 내가 장난삼아 한 일이라고 주장해버리면 그걸 부정하기는 꽤 어려울 겁니다. 물론 악질적인 장난이었다는 것은 인정하지만."

"만일 내가 그 지시에 따라 호다카 씨를 죽이고 경찰에 잡혀가 협박장에 대한 얘기를 했다면, 그리고 그것을 쓴 것이 당신이라는 게 밝혀졌다면, 당신은 그런 식으로 주장할 생각이었군요?" 간바야시 다카히로가 나를 향해 말했다.

나는 손끝으로 눈두덩 근처를 긁적였다.

"만일 그런 상황이 되었다면 당연히 그렇게 주장했겠지요."

"비겁하시네." 유키자사 가오리가 짧게 말했다.

"비겁하다는 건 나도 알아요. 하지만 당신이 그런 말을 할 자격이 있어요? 내가 캡슐을 훔쳐 온 것을 다 알면서도 필 케이스를 내게 맡겼던 당신이?"

"그건 고의가 아니었다고 했잖아요."

"그럼 이건 어떨까. 만일 내가 캡슐을 훔쳐 오지 않았다면 당신이 직접 그 캡슐을 넣을 생각이었겠죠."

"이상한 소리 하지 말아요."

그만들 하세요, 라는 날카로운 목소리가 날아왔다. 간바야시 미와코였다. 그녀는 몸을 일으키며 우리를 노려보고 있었다.

"당신들, 사람의 목숨을 뭐라고 생각해요? 그의 목숨을 그야말로 하잘것없는 것이라고 생각하는 건가요? 그렇게 간단히 그를 죽일 생각을 하다니, 난 정말 믿을 수가 없어요." 간바야시 미와코는 선 채로 다시 얼굴을 손으로 가렸다. 그 손가락 틈새로 오열이 새어 나왔다.

침묵이 넓은 실내를 가득 채웠다. 그녀의 흐느낌 소리만 그 침묵의 밑바닥에 차곡차곡 쌓여갔다.

"당신을 상처 입히고 싶진 않지만, 그놈은 그런 일을 당해도 할 말이 없는 인간이에요." 내가 말했다.

"거짓말!"

"안타깝게도 사실이에요. 그렇지 않고서는 이렇게 여러 사람들이 그를 죽이고 싶어 할 리가 없죠."

"나도 그 사람은 살 자격이 없었다고 생각해." 유키자사 가오리가 뒤를 이어 말했다.

간바야시 미와코는 우두커니 서버렸다. 대꾸할 말은 얼마든지 있었을 것이다. 분노나 슬픔, 억울함 같은 것이 일제히 그녀를 덮쳤는지도 모른다. 너무나도 수많은 생각이 밀려드는 바람에 그것을 미처 제어하지 못한 채 그저 멍하니 서 있을 수밖에 없는 것처럼 보였다.

이상한 일이라고 나는 새삼 생각했다. 저렇게 순수한 아가씨가 왜 하필 그런 지저분한 사내에게 마음이 끌렸던 것일까. 놈의 어떤 점에 매력을 느꼈던 것일까.

그게 아니면 순수하기 때문에 더러운 자에게 동경심을 품는 것일까.

그때였다. 가가의 나지막한 목소리가 귀에 꽂혔다. "자아, 당신들이 가진 정보는 이제 거의 다 나온 것 같군요."

우리는 가가를 바라보았다. 형사는 모두의 시선을 받아들이며 가슴을 살짝 젖혔다.

"그러면 지금부터 가장 중요한 이야기를 해보기로 할까요."

우리를 내려다보는 가가의 얼굴에서는 왜 그런지 여유가 느껴졌다. 그것은 허세로는 보이지 않았다.

"중요한 이야기라니, 그게 뭡니까?" 내가 물었다.

"물론 독약 캡슐을 넣은 사람이 당신들 중의 누구냐, 라는 것이죠." 가가가 목소리의 톤을 한 단 높여서 말했다.

유키자사 가오리의 장

"가가 형사님, 지금까지 대체 뭘 들은 겁니까? 우리 모두의 얘기를 종합하면 범인은 이 안에는 없다는 결론이 나오잖아요." 스루가가 답답하다는 듯한 목소리로 말했다.

"그럴까요? 나로서는 이제야 사건의 전모가 반절쯤 보이는 정도인데요?"

"반절쯤? 무슨 근거로 그런 말을……."

스루가의 반발을 무시하고 가가는 조금 전 테이블 위에 꺼내놓은 열두 개의 동전을 다시 모아들이기 시작했다. 그것을 손안에서 짤랑짤랑 흔들더니 우리를 둘러보았다.

"아까 호다카 씨의 비염용 캡슐 개수가 어떻게 줄어들었는지 검증해봤죠. 이번에는 나미오카 준코 씨가 만든 독약 캡슐에 대해 똑같은 검증을 해보기로 하지요. 나미오카 씨도 역시 새 비염약을 구입했을 테니까 원래 캡슐은 열두 개가 있었을 거예요.”

가가는 조금 전과 마찬가지로 테이블 위에 동전 열두 개를 늘어놓았다. 우리는 마술사의 손놀림을 바라보듯이 목을 길게 빼고 바라보았다.

“하지만 모든 캡슐에 독이 들어 있었던 건 아니에요. 캡슐 안에 하얀 가루를 집어넣는 데 실패했었는지, 분해된 캡슐 한 개가 초산 스트리크닌 병 옆에 놓여 있었어요.” 그렇게 말하고 가가는 가장 오른쪽의 동전을 집었다.

아, 그렇지, 하고 생각이 났다. 그가 말한 대로 분해된 캡슐 한 개가 분명 떨어져 있었다.

“즉 독이 든 캡슐은 열한 개였을 가능성이 있어요. 그래서 말인데요, 유키자사 씨.” 가가가 갑자기 내게 질문을 던졌다. “당신이 나미오카 씨의 집에서 봤을 때, 약병 안에는 캡슐이 여덟 개 들어 있었다고 했지요?”

네, 라고 나는 턱을 당겼다.

가가는 테이블 위의 동전을 여덟 개와 세 개로 나누었다.

“부검 결과 나미오카 준코 씨가 먹은 독약의 양은 캡슐 한 개일 가능성이 높은 것으로 나왔어요.” 그렇게 말하고 세 개 중에서 하나를 집었다. “자, 나머지 두 개는 어디로 사라졌을까요?"

"뭘 노리는 건지 잘 모르겠군요." 간바야시 다카히로가 말했다. "왜 그런 쪽으로 공략하는 겁니까? 독이 든 캡슐을 누가 넣을 수 있었는가, 하는 쪽으로 접근해야 한다고 생각하는데요."

"근데 그렇지가 않아요. 이번 사건의 수수께끼를 푸는 데는 모든 캡슐의 행방을 따져볼 필요가 있어요. 실은 지금까지 여러분의 이야기를 오랜 시간 캐물었던 최대의 목적은 거기에 있다고 할 수 있어요."

"지금까지의 이야기를 종합하면 이미 답은 한 가지밖에 없어요." 스루가가 말했다.

"그래요?" 가가는 스루가의 얼굴을 마주 보았다. "어떤 대답인데요?"

"어렵게 생각할 필요 없는 거 아닌가요? 캡슐 두 개가 사라진 게 이상하다면 우선 이런 식으로 의심해보면 될 거 아닙니까. 그러니까 사실은 이렇게 된 거예요."

스루가가 테이블에 손을 내밀었다. 그의 손끝은 떼어놓은 두 개의 동전을 나머지 여덟 개 쪽으로 모아들였다.

"흥, 그거였어요?" 나는 고개를 끄덕이며 말했다. "내가 거짓말을 하고 있다는 거죠? 원래 약병에 열 개가 있었다. 그중 세 개를 내가 훔쳤다. 하지만 한 개만 훔쳤다고 말하고 아직 쓰지 않은 캡슐 하나를 가가 씨에게 제출했다. 그리고 나머지 두 개는 호다카의 살해에 사용했다—. 그런 말을 하고 싶은 모양이죠?"

"나는 유일한 가능성에 대해 말했을 뿐이에요. 유키자사 씨 외에는 캡슐을 훔친 사람이 없잖아요?"

"아니, 있어요."

"누군데요?"

나는 말없이 그의 가슴팍을 가리켰다. 주춤 몸을 뒤로 젖혔다.

"이봐요, 내가 한 개밖에 훔쳐 오지 않았다는 건 다른 사람도 아닌 당신이 증언을 했잖아요?"

"잘 생각해보니, 내가 증언할 수 있는 건 일곱 개가 남은 줄 알았던 캡슐이 어느새 여섯 개가 되어 있었다, 라는 것뿐이에요."

"그거면 충분하지요. 그러니까 내가 훔쳐 온 건 한 개라는 얘기예요."

"그때 훔친 것은 한 개였겠죠. 하지만 독약 캡슐을 꼭 그때만 훔쳤다고 할 수는 없어요."

"뭐라고?" 스루가는 눈을 치켜떴다.

"내가 나미오카 씨의 집에 들어간 건 당신과 호다카가 그녀의 사체를 옮겨놓고 나간 뒤였어요. 그렇다면 그때 이미 캡슐을 훔쳐 갔을 수도 있겠죠."

"그럼 내가 캡슐을 두 번이나 훔쳤다는 거예요?"

"그런 얘기가 되겠죠."

"내가 왜 그런 짓을 해야 하지요?"

"그건 나는 모르겠어요. 열 개 중에서 우선 두 개를 훔쳤다. 하지만 실패했을 경우를 생각해서 나중에 다시 한 개를 훔쳐왔다……. 그럴 수도 있잖아요?"

"억지로 갖다 붙이는군요."

"그럴까요? 당신이 나를 의심하는 근거와 완전히 똑같은 차원이라고 생각하는데요."

"좋아요, 그럼 내가 당신 말대로 실제로는 세 개를 훔쳐냈다고 합시다. 그중 한 개를 협박장에 함께 넣어 간바야시 씨의 방에 넣어뒀다. 즉 나는 호다카 살인은 간바야시 씨에게 떠넘겼던 거예요. 그런데 왜 또 내가 독약 캡슐을 따로 집어넣었겠어요? 내가 직접 할 거라면 애초에 간바야시 씨를 이용하려고 하지도 않았겠지요."

"그게 바로 교묘한 트릭이었는지도 모르죠. 당신은 이중으로 살인 계획을 세운 거예요. 간바야시 씨가 협박에 굴하지 않았을 경우까지 생각한 거라고요. 이중으로 계획을 세워두면 간바야시 씨가 실행에 나서지 않더라도 당신이 직접 넣어둔 캡슐 때문에 호다카는 틀림없이 죽게 되겠지요. 그리고 혹시라도 당신이 의심을 받을 때는 그 협박장에 대해 고백하면 되는 거예요. 지금 당신이 말했던 대로, 간바야시 씨를 이용할 생각이었던 사람이 따로 또 캡슐을 넣었을 리 없다고 대개는 생각하게 될 테니까요. 그렇게 해서 혐의를 벗겠다는 작전이었을 거예요."

내 설명을 듣고 스루가는 손을 번쩍 쳐드는 포즈를 취했다.

"와우, 대단하네. 잘도 그런 복잡한 생각을 해내는군요."

"나로서는 상당히 신빙성이 있는 추리라고 생각하는데요?"

"만일 그게 사실이라면 내가 이 자리에서 자살하도록 하죠. 내가 훔쳤다는 두 개 중의 하나를 호다카에게 먹이고 마지막 한 개가 남았을 테니까." 스루가는 자신의 가슴을 치며 말했다.

스루가 나오유키의 장

생각나는 대로 함부로 지껄이는 유키자사의 말에 나도 모르게 머리에 불끈 열이 올랐다. 열 개 중에서 우선 두 개를 훔쳤다고? 그리고 또다시 한 개를 훔쳤다고? 정말 어이없는 얘기다.

"흥미로운 얘기로군요. 고마워요." 가가가 사이에 들어섰다. "두 분의 견해는 모두 다 가능성이 있는 이야기예요. 즉 지금 상황에서는 누구도 범인이라고 단정할 수 없어요. 아니, 두 사람뿐만 아니라 아직은 누구라도 범인이 될 수 있는 가능성이 있다고 해도 좋겠지요."

"적어도 내 혐의는 풀렸다고 생각하는데요." 간바야시 다카히로가 말했다. "나는 나미오카 준코 씨의 집이 어디인지도 모릅니다. 그녀를 본 것도 그 토요일이 처음이었어요. 그 여자가 독이 든 캡슐을 만들었다는 것도 알지 못합니다. 내 손에 들어왔던 것은 협박장과 함께 온 캡슐 한 개뿐이에요. 그 캡슐을 제출했으니까 이제는 완전히 결백하다고 생각하는데요."

어느새 그의 뒤편으로 옮겨 와 있던 간바야시 미와코도 오빠의 말에 동의하듯이 고개를 끄덕였다. 나 역시 간바야시 다카히로의 설에는 빈틈이 없다고 생각되었다.

하지만 가가는 고개를 끄덕이지 않았다. 미간을 좁힌 채 관자놀이 근처를 긁적였다.

"유감스럽지만 일이 그렇게 간단하지 않아요."

"왜죠? 나는 독약 캡슐을 손에 넣을 기회가 없었잖아요."

그런데 가가는 대답하지 않고, 왜 그런지 내 쪽을 쳐다보았다.

"스루가 씨, 독약 캡슐이 들어 있던 약병은 나미오카 준코 씨가 갖고 있었다고 했지요? 그것을 사체와 함께 그녀의 집으로 옮겼다고요."

그렇죠, 라고 나는 대답했다.

"나미오카 준코 씨는 왜 약병을 통째로 갖고 왔을까요? 단순히 자살하기 위해서라고 하기에는 약의 양이 너무 많지 않은가요?"

"그거야 물론 기회를 봐서 호다카의 약병과 바꿔치기하려고 했던 거겠지요."

"하지만 당신들이 여기에 있었기 때문에 단념했다, 라는 건가요?"

"아마도."

하지만, 이라고 가가가 고개를 저었다. "그런 결심을 그렇게 간단히 포기했을까요? 자신의 계획을 성사시킬 수 있는 가능성, 즉 호다카 씨도 자신과 함께 죽을지 모른다는 소망을 아주 조금이라도 남겨두고 싶어 하지 않았을까요?"

"그건 그렇지만, 어쩔 수 없이 포기했겠지요." 유키자사가 말했다. "비염약 병은 이미 호다카 씨에게서 미와코에게로 건너가버린 뒤였잖아요."

"네, 약병을 바꿔치기하는 건 포기해야 했겠지요."

가가의 말투에는 명백하게 뭔가를 알고 있는 듯한 여운이 있었다.

"무슨 말을 하려는 겁니까?"

"미와코 씨에게서 들은 말에 의하면 이탈리안 레스토랑에 가기 전에 호다카 씨가 이 거실에서 장식장 서랍을 열고 그 필 케이스를 꺼냈다고 하더군요."

맞는 말이었기 때문에 나는 그렇다고 대답했다. 다른 사람도 마찬가지였다.

가가는 말을 이어갔다. "그때, 아주 작은 일이 있었던 모양이던데요? 호다카 씨는 비어 있다고 생각했던 필 케이스에 캡슐 두 개가 들어 있었다는."

처음에 앗, 하는 소리를 낸 것은 간바야시 미와코였다. 나도 숨을 헉 삼켰다.

"오래된 약을 먹는 건 좋지 않다는 미와코 씨의 충고에 따라 호다카 씨는 그 캡슐을 쓰레기통에 버렸다고 들었습니다. 이 쓰레기통이지요." 그렇게 말하더니 가가는 큰 걸음으로 장식장에 다가가 그 곁에 있던 쓰레기통을 집어 들었다. "그런데 이 안에 그 캡슐은 들어 있지 않았어요. 그 뒤로 아무도 손을 댄 사람이 없었을 텐데 말이에요. 생각할 수 있는 것은 단 한 가지, 누군가가 남의 눈을 피해 집어 간 거예요."

"그 두 개의 캡슐이 준코 씨가 넣어뒀던 거였어……?" 나는 말했다. 목소리가 갈라져서 나왔다.

"어디까지나 추리입니다만."

"하지만 그 추리가 맞는다고 해도 필 케이스에 들어 있던 캡슐이 나미오카 준코 씨가 넣어둔 것인지는 아무도 모르잖아요?"

"그렇죠. 그 장면을 직접 보지 않는 한."

"그래요. 아, 그럼 누가 보고 있었다는?"

거기까지 말하다가 나는 흠칫해서 한 사람의 얼굴을 보았다.

만일 나미오카 준코가 몰래 이 거실에 들어왔다면 그건 우리가 2층에 올라가 있을 때일 것이다.

그때 1층에 남아 있었던 사람은 한 사람뿐이다.

그 한 사람—, 간바야시 다카히로가 천천히 얼굴을 들어 가가 쪽으로 고개를 돌렸다.

"맞아요, 그날 나는 여기에 있었어요. 하지만 나미오카 씨가 마음대로 여기로 들어와 필 케이스에 뭔가 집어넣는 걸 내가 소파에 앉아서 멍하니 보고 있었다는 겁니까?"

"아니, 만일 당신이 이 자리에 있었다면 나미오카 준코 씨는 들어오지 못했겠지요. 아마 당신이 화장실에라도 간 사이에 나미오카 씨가 몰래 들어왔던 거 아닐까요? 그리고 화장실에서 돌아오던 당신은 우연히 그녀가 필 케이스에 뭔가 넣는 것을 목격했다, 라는 거예요."

"그런 지어낸 이야기를……."

"단순히 지어낸 이야기가 아니라는 것을 증명하기 위해 또 다른 이야기 하나를 해드리지요." 가가는 한 사람 한 사람을 스윽 둘러본 뒤에 말했다. "또 하나의 살해에 대한 이야기예요."

유키자사 가오리의 장

　"또 하나의 살해?" 간바야시 다카히로가 의아한 듯이 물었다. "그건 또 뭐지요? 무슨 비유로 하는 말인가요?"

　"아뇨, 그 말 그대로예요. 비유도 뭣도 아닙니다. 이번 사건에는 분명 또 하나의 살해사건이 있었어요."

　"이봐요, 설마." 스루가가 말을 더듬으며 말했다. "나미오카 준코 씨는 살해되었다, 라는 얘기는 아니겠지요?"

　"아, 그건 상당히 충격적인 반전이군요." 가가는 조금 웃었다. "하지만 그건 아니에요. 나미오카 씨는 자살했습니다."

　"그럼 무슨……."

　"그 또 하나의 살해 피해자에 관한 정보는 그 피해자가 실려간 병원의 의사가 직접 경찰에 신고해준 것이었어요. 병원에 실려 왔을 때 그 피해자는 이미 숨을 거둔 뒤였습니다. 확인을 위해 부검을 해봤는데 초산 스트리크닌에 의한 중독사로 판단되었다는 거예요. 그래서 이번 사건과 뭔가 관계가 있을지도 모른다는 생각에 경찰에 연락을 했다고 하더군요."

"누가 살해되었죠? 그런 사건은 신문이나 텔레비전에서 본 적이 없어요." 나는 말했다.

"이 세상에서 일어나는 모든 사건이 다 보도되는 건 아니에요. 그건 어떤 동네에서나 일어날 듯한, 별로 눈에 띄지 않는 평범한 살해였거든요. 하지만 그 살해에 이번 독약 캡슐 중의 하나가 사용되었어요."

"아무리 그래도 살인사건이 일어났다면 어딘가에는 보도가 되었어야 하는 거 아니에요? 더구나 호다카 씨 살인사건과 관계가 있는 거라면 더 그렇죠."

"아, 나는요." 가가는 진지한 눈빛을 내 쪽으로 던졌다. "또 하나의 살해가 있었다고 했습니다. 살인이 있었다고는 말하지 않았어요."

"예?"

"나미오카 준코 씨가 넣어둔 정체불명의 캡슐을 손에 넣었지만 그 내용물이 독약인지 어떤지는 쉽게 알 수 없어요. 그래서 간바야시 다카히로 씨는 그걸 확인해봐야겠다고 생각했습니다. 캡슐의 내용물이 독약인가. 혹시 그렇다면 그 효과는 어느 정도나 되는가."

"남의 행동을 멋대로 상상하지 말아요."

지금까지 공손하고 온화한 말투를 유지하던 간바야시 다카히로도 마침내 뾰족한 소리를 냈다.

"아니, 상상이 아니에요. 증거를 바탕으로 한 추론이지요. 사건 전날 밤, 간바야시 씨는 밤거리를 걸으면서 실험을 할 만한 타깃을 찾아다녔어요. 그리고 마침 적당한 희생자를 만났던 겁니다. 가엾은 그 피해자는 아무것도 모른 채 밤 산책을 즐기고 있었죠. 연인을 만날 생각이었는지, 아니면 어딘가 놀러 나갔다가 자기 집에 돌아가는 중이었는지, 그건 모르겠어요. 아무튼 간바야시 씨를 만나지 않았더라면 평소와 다름없이 평온무사한 밤을 보냈겠지요. 하지만 피해자는 불행하게도 간바야시 씨와 우연히 마주쳤어요. 그리고 교묘한 속임수에 넘어가 그 캡슐을 먹고 말았습니다. 초산 스트리크닌. 그 효과는 대단했습니다. 피해자는 아마 그리 큰 고통 없이 죽음에 이르렀을 겁니다. 근처에 살던 마음 착한 남자가 그걸 알아보고 병원에 데려가기까지 그 피해자는 길가에 쓰러져 있었어요. 물론 그때는 이미 간바야시 씨는 사라진 뒤였습니다." 그렇게 말한 뒤, 가가는 왠지 스루가 쪽을 바라보며 불쑥 중얼거렸다. "그러니 사리는 행복하다는 거예요."

스루가가 아, 하고 입을 벌렸다. 뭔가 생각나는 게 있는 모양이었다.

"실험 대상이 된 피해자의 위는 부검을 위해 열렸습니다. 그리고 그 독과 함께 무엇을 먹었는지도 밝혀졌어요. 간바야시 씨, 여기까지 이야기하면 단순히 상상만으로 하는 말이 아니라는 걸 알았겠지요?"

간바야시 다카히로는 무릎 위에서 손가락을 끼고 있었다. 그 손이 가늘게 떨리고 있었다. 목덜미의 혈관이 굵직하게 부풀어 있었다.

간바야시 다카히로의 장

그 순간, 마음속에 뭔가가 쓰윽 들어왔다, 라고밖에는 달리
표현할 도리가 없다.

하얀 옷을 입고 정원에 서 있던 그 여자가 거실의 장식장 서
랍을 열고 필 케이스로 보이는 물건에 뭔가 집어넣는 것을 목
격했을 때의 일이다.

가가 형사의 상상력에 나는 내심 혀를 내둘렀다. 그의 이야
기에는 하나도 덧붙일 것이 없었다. 모든 것이 정확하게 맞아
떨어졌다. 화장실에 갔다가 거실로 다시 돌아오던 나는 문 틈
새로 그 모습을 목격했던 것이다.

그 여자가 몰래 넣어둔 것이 독약인지 무엇인지는 알지 못
했다. 그래서 그것을 확인해보고 싶었다. 내가 그것을 확인해

본 방법 역시 가가 형사의 추리대로였다.

이 캡슐을 호다카 마코토에게 먹인다면—. 그 불길한 착상에 나는 마음을 빼앗겼다.

"가가 씨, 그렇다면 이제 나와 유키자사 씨의 혐의는 풀린거 아닌가요?" 스루가가 말했다. "사라진 두 개의 캡슐이 어디로 갔는지 판명된 셈이니까요. 즉 나미오카 준코 씨가 만든 독약 캡슐이 누구의 손으로 건너갔고 어떻게 처리되었는지 모두다 밝혀졌어요. 나나 유키자사 씨가 훔쳐낸 캡슐은 결국 사용되지 않았습니다. 이제 남은 건 경찰과 간바야시 씨가 긴 얘기를 나누는 것뿐이겠지요."

"아니, 나는 안 했어요. 나는 범인이 아닙니다."

"그야 뭐, 당신은 그렇게 주장하겠지만……." 스루가는 내게서 눈을 돌려버렸다.

"잠깐만요. 내 이야기는 아직 끝나지 않았어요. 캡슐의 개수에 대해 그다음 이야기가 있습니다." 가가가 말했다.

"아직도 뭐가 또 있어요?" 유키자사가 눈썹을 찌푸렸다.

"드디어 마지막 이야기예요. 지금까지의 정보를 종합해보면 유키자사 씨가 나미오카 씨의 방에서 처음 약병을 보았을때, 캡슐이 여덟 개가 남아 있었다는 건 사실인 것 같아요. 그중 한 개를 유키자사 씨가 가져갔고, 스루가 씨가 다시 한 개를 가져갔다고 했죠. 하지만 그래서는 아직도 숫자가 맞지 않아요. 한 개가 부족합니다."

"부족해요? 그럴 리가 없어요. 그 집에는 여섯 개가 남아 있었다고 전에 나한테 말했었잖아요?"

"그 집에 남아 있던 캡슐을 합하면 여섯 개였다는 뜻이에요." 가가는 빙긋 웃었다. "아까도 말했지요? 분해된 상태의 캡슐 하나가 떨어져 있었어요. 그것까지 포함하여 여섯 개가 남아 있었다는 겁니다. 따라서 병 속에 남아 있었던 것은 다섯 개라는 얘기가 되겠지요. 유키자사 씨, 당신 말에 의하면 당신이 캡슐을 한 개 훔쳐낸 시점에는 약병 속에는 여섯 개가 남아 있었어요. 그런데 거기에서 다시 한 개가 어딘가로 사라진 겁니다."

"그런 말도 안 되는……." 유키자사 가오리는 말끝을 흐리다가 그 길쭉한 눈을 다시 스루가에게로 향했다. "당신……, 그다음에 또다시 나미오카 씨의 집에 몰래 들어갔었어요?"

"그래서 독이 든 캡슐을 또 한 개 훔쳐 왔다는 거예요? 농담도 어지간히 하시죠. 내가 왜 그런 번거로운 짓을 하겠어요?"

"그 점에 대해서는 조금 전 유키자사 씨가 말했던 설을 그대로 사용해도 될 것 같군요." 가가가 말했다. "즉 계획을 이중으로 세웠다는 거 말이에요. 간바야시 씨가 협박장의 지시에 따르지 않더라도 자신이 직접 독약을 넣을 수 있도록 준비했다는."

"언제요? 내가 언제 독약을 넣을 기회가 있었죠?"

"미와코 씨가 미용실에서 대기실로 이동했을 때예요." 유키자사 가오리가 단언하듯이 말했다. "가방을 미용실에 깜빡 잊고 놓고 왔었어요. 겨우 몇 분 사이였지만 그때라면 그 약을 넣을 수 있었을걸요."

그때의 일은 나도 기억하고 있었다. 미용실에서 나온 니시구치 에리를 만났었다. 분명 오전 11시쯤이었다.

"장난하지 말아요. 그때라면 나는 호다카와 회의 중이었어요. 회의가 끝난 뒤에도 한참 동안 라운지에 있었다니까요."

"호다카 씨와? 요컨대 증인은 이 세상에 없는 거네요."

차갑게 말하는 유키자사의 얼굴을 스루가가 노려보았다. 이윽고 그 날카로운 시선을 가가 형사에게로 옮겼다. "누군가 또 한 개의 캡슐을 훔쳐냈다고 해도 그게 가능한 사람이 꼭 나만은 아니에요. 누군지는 알겠지요?"

"내가 훔쳤다는 거예요?" 유키자사가 어이없다는 얼굴로 말했다.

"그런 말은 안 했어요. 당신과 나는 막상막하라는 얘기죠."

"나야말로 독약을 넣을 기회 같은 건 없었어요."

"글쎄, 그건 모르는 일이죠."

"무슨 말을 하자는 거예요?"

"나한테서 필 케이스를 받아 간 호텔 직원은 그걸 신랑 대기실 입구에 놓고 왔다고 말했어요. 당신이 그때 슬쩍 그 내용물을 바꿔 넣을 수도 있었을 거란 말이에요."

"내가 왜 그런 짓을 하겠어요?"

"당신은 맨 처음에 나한테 독약을 넣게 할 생각이었잖아요? 그런데 내가 아무것도 하지 않고 곧바로 필 케이스를 호텔 직원에게 맡겨버리니까 서둘러 당신이 직접 넣으러 갔겠지요."

"어이가 없군요. 어떻게 그런 엉터리 같은 소리를."

"먼저 말을 꺼낸 건 유키자사 씨, 당신이에요."

스루가 나오유키와 유키자사 가오리는 서로를 노려보더니 결국 각자 다른 방향으로 눈을 돌려버렸다.

하지만 문득 스루가가 쿡쿡 웃음을 터뜨렸다.

"정말 한심한 말씨름을 해버렸네. 반드시 우리 둘 중의 한 사람이 범인이라고 생각할 필요는 없었는데. 독약 캡슐을 한 개 더 가진 사람이 있었잖아요?" 그렇게 말하며 그는 내 쪽을 보았다.

"아, 그래요!" 유키자사 가오리도 깜빡했었다는 듯이 스루가의 말에 동조하며 내 쪽을 바라보았다.

"아까도 말했지요? 나는 독약 캡슐을 넣을 만한 기회가 없었어요. 그래서 당신이 협박장과 함께 보낸 캡슐도 사용을 못 했어요."

"글쎄요, 그건 모르는 일이에요. 뭔가 우리가 깜빡 놓친 순

412

간이 있었겠지요."

"대충 생각나는 대로 둘러대는 당신이야말로 범인 아닙니까?"

내 말에 스루가는 날카로운 시선으로 응해왔다.

무겁고 답답한 침묵의 시간이 흘렀다. 그 속에서 미와코의 흐느낌 소리가 점점 더 커져갔다. 그녀는 머리를 부여안고 괴로운 듯 고개를 저었다.

"이제 정말 뭐가 뭔지 모르겠어요. 누가 범인이든 좋아요. 아무튼 빨리 답을 알려주세요."

누가 범인이라도 좋다―.

그 순간, 안개가 걷히듯이 내 마음의 시야가 활짝 열렸다. 지금까지 전혀 볼 수 없었던 것이 돌연 보였다.

아, 그랬구나.

미와코에게 중요한 건 범인이 누구인가, 하는 것이 아니었다. 사랑하는 약혼자를 죽인 범인을 자신이 밝혀냈다, 라는 사실이 중요한 것이다. 그것을 성취함으로써 평범하게 다른 사람을 사랑하는 여자가 될 수 있다고 믿고 있는 것이다.

말하자면 그녀는 연기를 하고 있는 것이다.

그리고 그 연기는 아주 오래전부터, 호다카를 사랑한다고 했던 그 시점에서부터 시작되었던 게 아닐까.

뒤틀린 사랑밖에는 알지 못했던 미와코는 그를 사랑하는 여자를 연기하는 것으로 과거의 저주에서 도망치려 했던 것이다.

사랑하는 상대는 그 남자가 아니어도 좋았다. 그래서 그를 죽인 범인 또한 누구라도 상관이 없는 것이다.

그때였다. 가가가 나지막하지만 분명한 목소리로 말했다. "답은 나와 있어요, 미와코 씨."

모두가 그를 주목했다. 알려주세요, 라고 미와코가 간절한 마음이 담긴 소리를 냈다.

"지금까지 여러분의 이야기를 듣고 어떻게 사건이 일어났는지 확실하게 알았습니다. 말하자면 지그소 퍼즐이 완성된 셈이에요. 이제 남은 것은 마지막 한 조각을 끼우는 것뿐입니다."

가가는 상의 안주머니에 손을 넣었다. 그리고 뭔가를 꺼냈다. 그것은 세 장의 폴라로이드 사진이었다.

"마지막 한 조각은 이 안에 있어요." 그렇게 말하며 그는 테이블 위에 그 사진을 던졌다.

그곳에 찍혀 있는 것은 모두 이번 사건에서 가장 중요하다고 할 수 있는 증거품들이었다. 그렇기 때문에 가가 형사도 실물은 갖고 다닐 수가 없었으리라. 그것은 세 가지 증거품, 즉 미와코의 가방, 약병, 필 케이스였다.

"이것에 뭐가 있다는 거죠?" 내가 물어보았다.

가가는 선 채로 사진을 가리켰다.

"사실을 말하자면, 이 사진 속 세 가지 증거품 중 하나에는 신원 불명의 지문이 찍혀 있었어요. 여러분의 것도, 호다카 씨의 것도 아니었습니다. 사건과는 별 관계가 없는 지문일 것이다—. 수사본부에서는 그렇게 해석했던 모양이에요. 하지만 나는 딱 한 사람, 그 지문의 주인이라고 생각되는 사람이 있다는 것을 알아냈어요. 그리고 그 예상이 맞았습니다. 별것도 아니었어요. 당연히 찍혀 있어야 할 인물의 지문이 남아 있었던 것뿐이지요. 지금까지 해준 여러분의 이야기를 듣고 이 지문의 수수께끼도 풀렸습니다."

가가는 사진을 가리키고 있던 손가락을 천천히 위로 쳐들었다.

"다른 분들은 무슨 말인지 전혀 알지 못할 겁니다. 하지만 단 한 사람, 지금 내가 한 말의 의미를 알아들은 분이 있을 거예요. 그리고 내 말을 알아들은 그 사람이 바로 호다카 씨를 살해한 범인이에요."

가가는 말했다.

"범인은 당신입니다."

내가 그를 죽였다

지은이 히가시노 게이고
옮긴이 양윤옥
펴낸이 김영정

초판   1쇄 펴낸날 2009년 6월 30일
개정판 1쇄 펴낸날 2019년 7월 25일
개정판 9쇄 펴낸날 2024년 10월 31일

펴낸곳 (주)현대문학
등록번호 제1-452호
주소 06532 서울시 서초구 신반포로 321(잠원동, 미래엔)
전화 02-2017-0280
팩스 02-516-5433
홈페이지 www.hdmh.co.kr

ISBN 978-89-7275-005-5 04830
     978-89-7275-000-0 (세트)

• 책값은 뒤표지에 있습니다.
• 파본은 구입처에서 교환해드립니다.

추리 안내서

(봉인 해설)
—니시가미 신타

주의 : 봉인된 이 추리 안내서에는 범인의 실체에 대한 결정적인 단서가 등장합니다. 스포일러가 될 수 있으므로 소설 본문을 모두 읽고 난 뒤 개봉해 읽어 주시기 바랍니다.

조교 : 교수님 계세요? 접니다.

교수 : 어, 자네가 왔군. 대학을 퇴직했더니 좀체 찾아와주는 사람도 없더니만. 그나저나 자네, 내가 그만둔 뒤에 조교수로 올라갔나?

조교 : 흑흑. 다른 데서 온 우수한 후배에게 자리를 뺏겨버렸어요. 후배를 윗사람으로 모실 수도 없고, 그래서 미스터리 평론가나 되려고 하는 참입니다. 그건 책을 다 읽은 뒤에 줄거리를 정리하고 대충 그럴싸한 소리를 늘어놓으면 되는 일인 거 같아서요.

교수 : 어허, 미스터리 평론이 그리 쉽지는 않을 텐데.

조교 : 다행히 K출판사에서 문고본을 해설해달라는 의뢰가 들어왔어요. 이번 일만 잘되면 저도 화려한 변신을 꾀할 수 있을 겁니다. 아, 근데 실은 제가 도무지 뭐가 뭔지 모르겠단 말이에요. 교수님께서 제발 좀 알려주십시오. 해설을 써야 하는 건 이 책입니다.

교수 : 아, 히가시노 게이고의 『내가 그를 죽였다』라는 책이로군? 그러고 보니 지난번에도 스터디그룹의 교재로 쓸 거라면서 나한테 이 작가의 『둘 중 누군가 그녀를 죽였다』를 들고 왔었지?

조교 : 네. 맞습니다. 이 작가가 생긴 건 꽤 괜찮게 생겼는데 성격이 아주 못됐어요. 책을 끝까지 다 읽어도 범인이 누군지 나오지를 않는다니까요. 근데 그 수수께끼를 풀 수 있는 해설을 써내라니, 이것 참, 정말 어떻게 해야 좋을지 모르겠습니다.

교수 : 독자와의 추리 대결, 궁극의 범인 찾기 소설 제2탄이로군. 지난번에도 말했지만 『내가 그를 죽였다』는 『둘 중 누군가 그녀를 죽였다』에 비해 훨씬 더 어려운 얘기야. 지난번 그 소설에서도 쩔쩔맸던 자네가 이번 소설의 해설을 쉽게 쓸 수 있을 리가 없지.

조교 : 그래서 이렇게 교수님을 찾아왔습니다.

조교 : 음, 그러면 캡슐을 둘러싼 복잡한 사정이 있기는 했지만, 유키 자사 가오리만은 아무래도 캡슐을 바꿔 넣을 기회가 없는 것 같군 요. 하지만 나머지 두 사람 중 한 사람으로 특정하기가…….

교수 : 그렇지, 실은 독약 캡슐의 행방만 생각한다면 이 수수께끼는 풀 수 없어. 속 시원히 말하자면, 신원 불명의 지문이란 필 케이스에 남아 있던 호다카의 전처의 지문이야. 간바야시 다카히로는 전날에 독약 캡슐을 미와코의 약병에 넣었을 가능성이 있어. 만일 그런 거라 면 미와코가 선택한 한 개가 하필 독약 캡슐이었겠지. 하지만 그 경 우는 필 케이스에 남겨진 지문을 설명할 수가 없어. 여기서 이 소설 의 첫 부분에 다시 한번 주목해야 돼. **필 케이스가 실은 두 개가 있었 다**, 라고 적혀 있는 부분이 있었지? 게다가 그 **또 하나의 필 케이스 의 행방**도. 그리고 마지막으로 가장 중요한 포인트! 캡슐이 아니라 **필 케이스를 통째로 바꿔치기할 기회가 있었던 인물**을 암시하는 부 분도 있었을 게야. 이 세 가지 점을 이해한다면 저절로 범인의 이름 을 특정할 수 있어.

조교 : 아, 드디어 알아냈습니다! 저도 이제 미스터리 평론가예요!

니시가미 신타西上心太 1957년생. 와세다대학 법학부 졸업. 대학 재학 중 미스터 리 클럽에서 활동. 일본 추리작가협회 회원이며, 주로 미스터리 작품의 평론을 맡고 있다.

만든 독약 캡슐의 숫자에 대한 것이지. 준코가 비염약을 새로 샀다는 건 알고 있지?(253쪽) 그리고 393쪽 이후에 가가가 한 발언을 주목하도록! 준코가 만든 독약 캡슐 열두 개의 행방을 모두 밝혀낸 거야.

조교 : 유키자사 가오리와 스루가 나오유키가 가지고 나온 두 개, 준코가 자살에 사용한 한 개, 그리고 준코가 호다카의 거실에 몰래 들어가 필 케이스에 넣어둔 두 개(호다카가 쓰레기통에 버린 것), 유키자사 가오리가 목격했던 대로 약병에는 여섯 개가 남아 있었고, 게다가 분해된 한 개를 합하면 모두 열두 개가 되지요.

교수 : 아니, 그게 아냐. 가가는 분해된 캡슐까지 합해서 여섯 개, 즉 약병 속에는 다섯 개밖에 남아 있지 않았다고 말했어. 즉 유키자사 가오리, 혹은 스루가 나오유키, 그 둘 중의 누군가가 나중에 가져갔을 가능성이 생겨난 거야.

조교 : 어라, 그러면 이 두 사람이 다시 용의자가 되네요?

교수 : 408쪽 이후를 읽어볼 것! 간바야시 다카히로는 준코가 몰래 약을 넣는 것을 목격했고, 호다카가 내버린 그 두 개를 쓰레기통에서 주워다가 고양이에게 먹여서 그 독성을 실험했다는(117쪽) 것이 밝혀졌어. 그렇게 되면 간바야시 다카히로는 전날 밤에 미와코와 식사를 하는 동안에 캡슐을 바꿔치기할 기회가 있었다는 얘기야(120쪽).

조교 : 와아, 그럼 세 사람 모두 또다시 용의자가 되는군요. 하지만 캡슐의 행방은 모두 다 판명이 되었는데도 이 정보만 가지고는 용의자를 한 사람으로 특정할 수가 없는데요?

교수 : 거기에서 퍼즐을 완성시킬 마지막 한 조각이 가가의 입을 통해 밝혀져. 미와코의 가방, 약병, 필 케이스 중의 한 가지 물건에 신원 불명의 지문이 찍혀 있었다는 단서야.

6

미와코→유키자사 가오리→니시구치 에리→스루가 나오유키→호
텔 직원→호다카 마코토, 라는 순서야. 니시구치와 호텔 직원은 선의
의 제삼자일 뿐이고, 또한 유키자사 가오리와 스루가 나오유키도 캡
슐을 바꿔 넣을 기회가 없었다는 건 밝혀졌어(146, 160쪽).

그리고 미와코가 갖고 있었던 약병은 경찰이 회수해서 그 안에 남은
아홉 개의 캡슐에는 독약이 남아 있지 않다는 것을 가가가 직접 설
명했지(348쪽). 여기에 미와코가 필 케이스에 넣은 한 개, 그 전날에
미와코 앞에서 호다카가 캔 커피와 함께 먹었던 한 개, 그리고 "벌써
약효가 떨어진 모양이네. 조금 전에 약을 먹었는데(52쪽)"라고 말한
것을 보면 호다카가 또 한 개를 먹었다는 것을 알 수 있어. 즉 이 약
병은 신품이었기 때문에 준코가 독약 캡슐을 넣었을 가능성은 배제
되는 거야.

조교 : 사건이 일어난 뒤, 관계자 전원이 호다카 저택에 모인 자리에
서 유키자사 가오리가 준코의 집에서 훔쳐낸 캡슐을 제출했고, 그리
고 간바야시 다카히로도 협박장과 함께 보내온 캡슐을 가가에게 제
출했습니다. 스루가 나오유키는 자신이 가져온 캡슐은 내버렸다고
증언했어요. 하지만 자신이 불리한 상황에 빠지게 되자 협박장을 보
낸 사람이 자신이라는 것을 인정했고, 가가에 의해 그것은 증명이 됩
니다(385쪽). 그리고 그다음 페이지의 미와코의 증언으로 간바야시
다카히로가 대기실의 가방에 접근할 수 없었다는 것도 증명이 됩니
다. 어라라, 그럼 용의자가 아무도 없잖아요?

교수 : 흐음, 이렇게 소설의 거의 마지막 부분에서 모든 용의자의 범
인일 가능성을 죄다 지워버리다니, 역시 이 작가는 보통내기가 아니
야. 하지만 거기서부터 새로운 일이 전개되고 있어. 나미오카 준코가

그저 무미건조한 퍼즐 소설로 떨어지지 않게 한 점은 역시 대단해. 하지만 여기서 각 용의자의 인연이나 동기 등에 대한 해설까지 늘어놓다가는 원고 매수가 모자랄 테니 냉큼 수수께끼의 핵심으로 들어가자고.

조교 : 호다카에게 버림받고 자살한 나미오카 준코. 그녀가 만든 독약 캡슐을 손에 넣어서 호다카의 약병에 넣은 자가 범인일 텐데, 그게 누군지 도통 모르겠어요.

교수 : 우선 용의자들의 독약 캡슐 입수 기회부터 검증해보자고. 42쪽의 '스루가 나오유키의 장', 그리고 이어지는 '유키자사 가오리의 장' 이 첫 부분에서는 가장 중요한 포인트야.

조교 : 준코의 집에서 유키자사 가오리와 스루가 나오유키가 독약 캡슐을 한 개씩 훔쳐냈어요. 간바야시 다카히로는 그걸 직접 손에 넣을 기회는 없었지만 호텔 방으로 누군가 협박장과 함께 독약 캡슐을 보내왔습니다.

교수 : 독약 캡슐을 필 케이스나 약병에 넣으라는 협박장을 읽은 뒤에 간바야시 다카히로는 그 캡슐을 예복 상의 호주머니에 넣었어(131쪽).

조교 : 그래서 세 사람 모두 독약 캡슐을 갖고 있을 가능성이 생긴 것이지요.

교수 : 한편으로는 필 케이스의 이동도 중요해. 호다카는 그 전날, 자신이 넣어둔 기억이 없는 캡슐 두 개를 필 케이스에서 꺼내 쓰레기통에 내버렸어(58쪽). 그 뒤에, 빈 필 케이스와 약병은 미와코에게 맡겼지. 결혼식 당일, 대기실에서 미와코가 필 케이스에 캡슐 한 개를 넣은 뒤에 그 필 케이스는 다음과 같이 이동했어.

교수 : 끄응, 도무지 성장할 줄을 모르는 친구로군. 자, 그렇다면 우선 지난번 소설과의 큰 차이점을 말해보게.

조교 : 그건 간단하지요. 지난번 소설에서는 두 사람, 그리고 이번에는 세 사람. 용의자의 숫자가 한 사람 불어났습니다.

교수 : 이런 한심한 사람 같으니. 그런 표면적인 건 누구라도 다 알아. 잘 듣게, 그런 것뿐만이 아니라 소설의 '인칭'이 달라졌다는 점을 주목해야 해. 지난번 소설은 사건이 일어나게 된 배경을 설명한 제1장을 제외하고는, 작가가 의도했던 다소의 '생략'은 있었지만 거의 모든 것을 독자에게 다 보여주었어. 하지만 이번 소설은 어떻지?

조교 : 아하, 용의자가 된 세 사람의 시점에서 썼군요?

교수 : 그렇지. 모두 다 그 세 사람의 '일인칭 시점'이야. 부분적으로 순서가 바뀌기는 했지만 '간바야시 다카히로—스루가 나오유키—유키자사 가오리'라는 사이클이 일곱 번 반복되면서 이야기가 진행되고 있어. '일인칭 시점'이기는 해도 수수께끼를 푼다는 추리소설의 약속에 따라 본문에는 허위의 기술이 전혀 없어. 하지만 대화문에서는 꼭 그렇지만도 않아. 그리고 자신에게 불리한 심리묘사나 행동 등이 '생략'되었다는 것도 염두에 두어야 해.

조교 : 어휴, 복잡하네요. 대화문에는 거짓말이 있을 수 있고, 본문에서는 생략이 있을 수 있다…….

교수 : 그럼 서론은 이 정도로 하고, 자네를 위해 수수께끼 해결로 넘어가볼까.

조교 : 이번 사건도 역시 남녀의 애정을 주제로 했어요.

교수 : 그렇지. 근친상간, 연인을 빼앗긴 남자, 버림을 받았으나 자존심을 지키려는 여자 등 다양한 연애 감정으로 인한 갈등을 묘사해서

3